Martha Sophie Marcus

Herrin wider Willen

Historischer Roman

W0300395

GOLDMANN

FSC
Mix
Produktgruppe aus vorbildlich
bewirtschafteten Wäldern und
anderen kontrollierten Herkünften

Zert.-Nr. SGS-COC-1940
www.fsc.org
© 1996 Forest Stewardship Council

Verlagsgruppe Random House FSC-DEU-0100
Das FSC-zertifizierte Papier *München Super* für dieses Buch
liefert Arctic Paper Mochenwangen GmbH.

1. Auflage
Originalausgabe Januar 2010
Copyright © 2008 by Martha Sophie Marcus.
Copyright © dieser Ausgabe 2010
by Wilhelm Goldmann Verlag, München,
in der Verlagsgruppe Random House GmbH.
Die Veröffentlichung dieses Werkes erfolgt auf Vermittlung
der Autoren- und Verlagsagentur Peter Molden, Köln.
Umschlaggestaltung: Uno Werbeagentur München
Umschlagfoto: The Bridgeman Art Library / Musee des
Beaux-Arts / Valenciennes, France,
The Bridgeman Art Library / Berthon, Rene Theodore
(1776–1859), The Bridgeman Art Library/Raphael
(Raffaello Sanzio of Urbino) (1483–1520)
Redaktion: Eva Wagner
BH · Herstellung: Str.
Satz: DTP Service Apel, Hannover
Druck und Bindung: GGP Media GmbH, Pößneck
Printed in Germany
ISBN: 978-3-442-47184-3

www.goldmann-verlag.de

Hochzeitsnacht 1641

1

Wind fuhr durch die Plane des Zeltes, und Ada schauderte auf ihrem Schemel. Sie hatte ihre Halskrause abgelegt, ihr Oberkleid und das Hüftpolsterkissen, und alles sorgsam auf die Reisetruhe drapiert. Ihr Unterkleid hatte sie so weit aufgebunden, dass man einen Schimmer ihrer üppigen Brüste sehen konnte. Zwei Stunden zuvor hatte sie beim Kloster Ebstorf einen Mann geheiratet, den sie bis zum Vortag noch nie gesehen hatte. Nun wartete sie auf ihre Hochzeitsnacht, während draußen ein verkommenes Heer aus marodierenden Soldaten, Halunken und Halsabschneidern tobte und lärmte.

Obwohl der Krieg nun schon fast so lange währte, wie Ada Jahre zählte, war es heute das erste Mal, dass sie ihn am eigenen Leibe spürte.

Wie sie frierend und verkrampft auf ihrem Schemel saß, konnte sie sich zwar an den Namen ihres Ehemannes erinnern, aber nicht mehr an sein Gesicht. Konstantin Lorenz Aegidius von der Wenthe. Sie hatte keine Muße gehabt, ihn genau zu betrachten. Es war eine merkwürdige Vorstellung, dass sie den Mann, mit dem sie gerade die Ehe geschlossen hatte, nächste Woche unter anderen Leuten vielleicht nicht wiedererkennen würde. Ada lächelte traurig, stand auf, streckte ihre steif gewordenen Glieder und rieb sich die Arme, um sich wieder munter zu machen.

Er hatte ihr gesagt, dass er den morgigen Tag wahrscheinlich nicht überleben werde, aber wegen einer Erbschafts- und Gewissenssache dringend Bedarf an einer Ehefrau habe, bevor er in die Schlacht zog. Dazu sei er von den Anführern des protestantischen Heeres, in das er ebenso wie sie unglücklicherweise geraten sei, unter Androhung von Gewalt gezwungen worden.

Die Zeltklappe wurde zurückgeschlagen, und sie sah zuerst die teuren, kniehohen Stulpenstiefel ihres Gatten, deren venezianische Spitzenzierde größtenteils in Fetzen hing, dann sein braunes Lederkoller. In der Hand hielt er einen breitkrempigen Hut. Wenn man von der Stiefel- und der Kragenspitze absah, war er recht schlicht gekleidet, aber was er trug, war von guter Qualität. Unter den Männern draußen gab es weit buntere Vögel. Närrisch geschlitzte Stoffe, Schleifen, Schärpen und Rosetten waren dieser Tage die gefragtesten Werke der Schneiderkunst.

Statt ganz hereinzukommen, wandte er sich noch einmal vom Eingang ab, weil sein Freund Christopher Carton von draußen rief.

»Lenz, ich habe einen.« Er drückte von der Wenthe etwas in die Hand, und der umarmte ihn wortlos dafür. Anschließend bückte er sich, kam herein und schloss die Zeltklappe hinter sich.

»Lenz?«, fragte Ada verblüfft. Er sah sie an und lachte kurz auf, was Ada noch mehr erstaunte. Bei ihren vorherigen Begegnungen hatte er nicht einmal das schwächste Lächeln gezeigt.

»Hat Euch nie jemand anders genannt als Konrade Christiana Henriette Lobeke oder von Bardeleben?«, fragte er.

Ada fühlte, wie sein Spott ihr die Hitze ins Gesicht trieb und ihr ins Bewusstsein rief, warum sie halb entkleidet vor ihm saß. »Schon. Aber das waren meine Brüder, und wir waren noch Kinder.«

»Christopher ist so gut wie mein Bruder. Er sagt ›Lenz‹, seit er sprechen kann.«

Ada räusperte sich. »Ich habe mich gefragt, wie ich Euch nennen soll.«

Sie wusste fast nichts von ihm, kannte ihn noch weniger, als sie ihren ersten Ehemann vor der Hochzeit gekannt hatte. Ihr Vater hatte damals ihre Ehe mit Dietrich von Bardeleben arrangiert, aber immerhin waren sie einander vorgestellt worden.

Seit drei Jahren war Dietrich nun im Krieg verschollen und kürzlich für tot erklärt worden.

Mit einem Seufzen nahm Lorenz von der Wenthe sich den breiten, ledernen Waffengurt von der Schulter und legte ihn zusammen mit seinem Hut am Kopfende der grob gezimmerten schmalen Bettstatt auf den Boden, den Degen griffbereit. Unter das Kissen schob er einen Dolch im Futteral. Bevor er sich ihr wieder zuwandte, presste er sich kurz die Handballen auf die Augen. »Ihr müsst bedenken, dass Ihr mich nicht lange irgendwie zu nennen braucht.«

Ada schluckte. Er kam ihr auf einmal besonders groß und fremd vor und, trotz seiner sanften Stimme, bedrohlich. Sie musste wenigstens ein kleines Maß an Vertrautheit schaffen. »Aber heute Nacht?«, fragte sie zaghaft.

»Wie haben Euch Eure Brüder genannt?«

»Ada.«

Er schnaubte amüsiert. »Da ich nicht sehr beredt bin, wäre ich dankbar für die Erlaubnis, Euch so kurz ansprechen zu dürfen. Mich mögt Ihr anreden, wie Ihr wollt, solange Ihr mich nicht Esel nennt. Obgleich das eine gewisse Berechtigung hätte, wenn man die Situation betrachtet, in die ich mich gebracht habe.«

Ein nervöses Lachen rutschte Ada heraus. »Seid nicht zu hart gegen Euch selbst. Für mich seid Ihr ein Retter in der Not.«

Wenigstens hoffte sie das.

Bis vor kurzem hatte sie als junge Witwe in Celle, bei den Großeltern ihres ersten Gatten, ein ereignisloses, aber einigermaßen zufriedenes Leben gelebt. Vor wenigen Tagen allerdings waren ihr Pate Stechinelli und Eilert, der junge Knecht ihres Vaters, aus Lüneburg gekommen, um sie abzuholen. Seitdem war sie verzweifelt gewesen.

Ihr Vater, der Kaufmann Gotthard Lobeke, wollte sie zum zweiten Mal verheiraten, und den Mann, den er ihr diesmal ausgesucht hatte, wollte sie auf keinen Fall haben. Es war sein Gehilfe Matthias Märtens, der Neffe ihres Paten. Matthias war zwei Jahre jünger als sie und entsprach so recht dem Geschmack ihres Vaters, was bereits bedeutete, dass er Ada zuwider sein musste. Sie hatte ihren Vater nie gemocht und Matthias schon als Kind nicht ausstehen können.

Da die alten von Bardelebens damit einverstanden gewesen waren, dass Ada ihr Haus verließ, hatte sie sich jedoch nicht widersetzen können. Sie besaß weder ein eigenes Vermögen, noch hatte sie dem Junker von Bardeleben einen

Erben geschenkt. Der kleine Junge, den sie ein Jahr nach der Hochzeit auf die Welt gebracht hatte, war nur wenige Stunden alt geworden.

Sie wusste, dass Lorenz von der Wenthe ihre Geschichte kannte, denn Eilert hatte ihr gestanden, dass er von ihm ausgefragt worden war.

Er musterte sie mit halb geschlossenen Augen. »Vielleicht hofft Ihr nun, dass ich entgegen meinen früheren Worten selbstlos bin und mich damit zufriedengebe, Euch geholfen zu haben?«

Seine Unterstellung erboste Ada. Sie merkte, wie sie rot wurde, was sie noch mehr ärgerte. »Das erwarte ich nicht, und ich hoffe es auch nicht. Ich würde nicht lügen wollen, wenn man mich später fragt, ob diese Ehe gültig ist.«

Es sprach für ihn, dass er seinen Fehler sofort einsah und entschuldigend die Hand hob. »Verzeiht. Es ist nur ...« Er ließ die Schultern sinken, neigte den Kopf leicht zur Seite, sein Blick auf sie wurde wärmer, seine Stimme schmeichelnd. »Seit wir unseren Plan besprochen haben, freue ich mich auf diese Nacht. Ihr seid ein schönes Weib. Schöner als alle, die ich bisher gesehen habe.« Er ging vor ihrem Schemel in die Knie und ergriff ihre Hände. »Ich habe mich danach gesehnt, Euch in die Arme zu nehmen.«

Ada spürte, wie er ihr einen Ring auf den Finger schob, aber für den hatte sie keinen Blick übrig. Sie fühlte sich von seinen harten, sonnengebräunten Zügen in Bann gezogen. Gefällig wirkte sein Gesicht nicht, anziehend dennoch. Er musste ein zweites Mal beim Barbier gewesen sein, seit sie die Eheschließung hinter sich hatten, denn die Konturen seines Knebelbarts waren wieder so scharf, wie sie am Morgen gewesen waren, und seine Haut war so glatt, wie

Männerhaut eben sein konnte. Die langen dunkelbraunen Haare hatte er im Nacken zusammengebunden.

Jetzt war Ada sich sicher, dass sie ihn wiedererkennen würde. Seine lang bewimperten Augen waren schön. Er blickte sie an, und ihr Herz machte einen Satz. Ihr wurde ein wenig schwindlig, so raste ihr Puls. »Ich fühle mich wie in einem merkwürdigen Traum«, sagte sie.

»Das haben wir gemeinsam«, erwiderte er und hob ihre Hand an seine Lippen.

Lenz hatte es sich anders vorgestellt. Er hatte gewusst, dass das Weib ihm gefiel und es für ihn keine Überwindung sein würde, mit ihr zu liegen. Von ihr hatte er dagegen Zurückhaltung erwartet. Sie machte den Anschein einer frommen Frau aus ehrbaren Verhältnissen, kleidete sich in ein hochgeschlossenes, steifes, dunkelgrünes Kleid, ähnlich denen, welche die Spanier einst überall gebräuchlich gemacht hatten. Ihr krauser Spitzenkragen war zwar nicht so groß wie ein Mühlstein, doch groß genug, um an einen Kuss gar nicht denken zu lassen. Immer weniger Frauen machten sich die Mühe mit diesen umständlichen Dingern.

Doch während er jetzt vor ihr kniete, trug sie nur ein verführerisch luftiges Unterkleid. Lenz spürte da, wo seine Hände in ihrem Schoß lagen und ihre kühlen Finger umschlossen, durch den dünnen Stoff die Wärme ihrer Schenkel.

Er lobte ihre Schönheit und gestand ihr sein Begehren, um sie für sich einzunehmen. Ein großer Schürzenjäger war er nicht, aber das Schmeicheln hatte er doch gelernt, und schwer hatte er es bei den Weibern nie gehabt. Die Wirkung seiner Worte überraschte ihn allerdings. Die junge Frau sah ihn erstaunt an, und in ihren Zügen spiegelte sich eine Verletzlichkeit, die ihn rührte. Gleichzeitig brachten ihr Geruch und die Nähe ihres weichen, prallen Körpers sein Blut in Wallung.

Seit er unter die Soldaten gepresst worden war, fühlte er sich wie in einem langen Alptraum. Doch leider träumte er nicht, die heutige Nacht konnte tatsächlich seine letzte sein. Er würde das Beste daraus machen und nicht zu viele Gedanken an die guten Sitten vergeuden.

Ihre Hand lag klein und weich in seiner, er führte sie an seine Lippen, bevor er sie losließ. Ohne seinen Blick von dem ihren zu lösen, legte er seine Hände um ihre Taille. »Ihr habt keine Angst?« Sie schüttelte den Kopf und errötete, wenn das Licht der unruhig brennenden Lampenkerze nicht täuschte. Sie war wie ein zum Pflücken einladender, süßer Apfel. Rosig und glatt. Und sauber. Wann war er zum letzten Mal so nah an einem Weib gewesen, das nicht stank? Von einer Woge des Verlangens getrieben, stand er auf, zog sie ebenfalls auf die Füße und nahm sie in seine Arme. »Helft mir beim Ausziehen. Wollt Ihr?«

Wieder nickte sie. Da er sie aber nicht losließ, konnte sie kaum mehr tun, als die Arme weit genug zu heben, um an den Knebelknöpfen seines Lederkollers zu nesteln. Es wirkte so vertraut, wie ihre Hände sich an ihm zu schaffen machten, dass ihn ein wohliger Schauer überlief. Er streichelte ihre von der Natur gut gepolsterten Hüften. Überall hatte sie Fleisch, in das ein Mann mit Lust hineingreifen konnte. Der Anblick dieses Weibes war eine Wohltat nach all den mageren Marketenderinnen, die er in den vorigen Tagen beobachtet hatte. Da hatten nur diejenigen frauliche Formen, die ein zweites Leben unter dem Rock trugen.

Ada hatte eine Figur wie vom großen Rubens gemalt. Mit einem tiefen Atemzug ließ er sie los und trat zurück, um sich schneller ausziehen zu können. Ada kreuzte die Arme vor ihrer Brust und legte fröstelnd eine Hand auf ihre Schulter. »Geht unter die Decke, wenn Ihr friert«, sagte er.

Am Ende lag er schwer, heiß und feucht auf ihr, trotzdem rührte Ada sich nicht, so verwundert war sie von ihren neuen Gefühlen. Kaum war sie zu der Einsicht gekommen, dass ihre zweite Hochzeitsnacht zu den angenehmen Erlebnissen in ihrem Leben gehörte, fiel ihr wieder ein, wo sie war und was er gesagt hatte. Zwei von zwanzig seiner Abteilung würden das Gefecht überleben, hatte er geschätzt und ihr versichert, dass sie nach seinem Tod frei und gut gestellt sein würde, auch wenn sie keinen Erben für ihn austrug. Sie müsse nur schnell einen Brief von ihm, zusammen mit einer Abschrift der Heiratspapiere und ein paar eigenen Worten, an seinen todkranken Vater oder dessen Nachlassverwalter schicken.

In ihrer Jugend hatte Ada sich nie ein Leben ohne Ehemann vorstellen können. Immer hatte sie sich einen Mann an ihrer Seite gewünscht, einen Vater für ihr Haus – weiser und gutmütiger als ihr eigener Vater. Es war ein Hohn des Schicksals, dass sie zweimal heiraten sollte, nur um beide Male gleich darauf ohne Mann dazustehen.

Sie strich ihrem Gatten schüchtern über den Rücken und schauderte leicht, weil sein Bart sie an Hals und Schulter kitzelte, als er sie daraufhin küsste. Hoffnung keimte in ihr auf. »Was wäre, wenn Ihr nicht sterbt?«, fragte sie. Er küsste sie nicht mehr, schwieg und wurde starr, sodass Ada schon wusste, sie hätte nicht fragen sollen.

»Redet nicht von morgen.«

Ada biss sich auf die Lippen. Sie wollte ihn nicht verstimmen. Wenn er sich wünschte, den morgigen Tag zu vergessen, dann würde sie ihm dabei helfen.

Entschlossener streichelte sie ihn nun, fuhr ihm ins aufgelöste lange Haar, das welliger und derber war als ihr eigenes, dennoch weich genug, um in ihr eine Zärtlichkeit zu erwecken, die ihr half, ihre letzten Hemmungen hinter sich zu lassen. »Wenn es nur diese Nacht gibt, ist sie zum Schlafen zu schade«, sagte sie tapfer. Erstaunt hob er den Kopf und sah ihr in die Augen. Als er lächelte, wusste Ada, dass sie den ganzen nächsten Tag dafür beten würde, dass er überlebte.

»Ihr seid ja eine«, sagte er und presste ihr einen Kuss auf die Lippen, der etwas ganz Neues für Ada war, denn er galt nicht einer ehrbaren Frau, sondern einem losen Weib, das zu genießen verstand. Sie störte sich nicht daran, sondern nahm, was er gab, und lernte schnell, den lustvollen Zungenkuss zu erwidern.

Lenz schwelgte in dem üppigen Fleisch und der unschuldigen Sinnlichkeit seiner Braut. Sie bereitete ihm ein Fest, und er war ihr so dankbar dafür, dass sich sein Gewissen regte. Höchstwahrscheinlich würde sie mit seiner Hinterlassenschaft mehr Schwierigkeiten haben, als er ihr wünschte. Er hatte ihr zwar erklärt, dass er sie geheiratet hatte, um sein väterliches Erbe seinem Onkel zu entziehen, der mit seinem Vater seit Langem verfeindet war. Dass er diesen heimtückischen Onkel verdächtigte, hinter seinem erzwungenen Heeresbeitritt zu stecken, hatte er nicht ausgesprochen.

Er schüttelte seine Bedenken ab. Immerhin hinterließ er ihr einen Brief mit einer Warnung. Und gewiss würden ihr Vater und ihr Pate für ihren Schutz sorgen. Sie würde am Ende ihren Gewinn erhalten, falls sie darum zu kämpfen verstand.

Das Gedröhn der Kriegstrommeln holte Ada aus dem Schlaf, als es noch dunkel war. Der Wind ließ die Zeltwände flattern. Es musste die Zeit sein, in der man gewöhnlich die erwachenden Vögel hören konnte, aber kein Vogel mit Sinn fürs Überleben hätte sich inmitten der sie umgebenden Masse von ewig hungrigen Beutemachern zum Singen niedergelassen.

Lorenz oder »Lenz« von der Wenthe war schon dabei, sich anzukleiden. Sie setzte sich auf und beobachtete ihn. Ihr Körper schmerzte an zumeist unaussprechlichen Stellen und rief ihr damit jede Einzelheit der Nacht in Erinnerung. Sogleich verunsicherte die Gegenwart ihres Gatten sie wieder. Aus Angst, sich zu blamieren, bot sie ihm nicht einmal einen Morgengruß, obwohl ihre Gedanken rasten und sie verzweifelt nach Worten suchte, um ihn zurückzuhalten oder ihn gar zu bitten, sich zu retten. Er war überzeugt davon, dass eine Flucht für ihn unmöglich sei. Die Anführer des Söldnerheeres behielten ihn und seinen Freund Christopher ständig im Auge, und die Bande würde sich herzlich freuen, wenn sie einen Grund fände, ihn einfach aufzuhängen.

Er sah sie an, als er zum Bett trat, um sein Bandelier aufzuheben. »Ihr seid wach«, bemerkte er, während er sich den Lederriemen des Waffengurts über den Kopf hob und auf seiner Schulter zurechtrückte. Dann bückte er sich nach seinem Hut. Ada fühlte noch immer einen Kloß im Hals und brachte keinen Ton heraus. Sein Dolch fiel ihr ein. Sie holte ihn unter den Kissen hervor und streckte ihn ihm entgegen. »Vergesst den hier nicht.«

Lenz, der von seinem vor zwei Monaten bei einem Londoner Hutmacher gekauften Respondent Staub schüttelte und klopfte, den er im Zwielicht gar nicht sehen konnte, hielt inne und versuchte, etwas mehr von dem verlockenden nackten Weib zu erkennen. Er hätte selbst an seinen Dolch gedacht. Es war ein gutes Stück, schön marmorierter Damaszenerstahl. Andererseits würde das Schmuckstück wohl bald einem in die Hände fallen, dem er es gewiss nicht gönnte. Zudem hatte er nicht nur einen zweiten Dolch und seinen Degen, sondern auch noch zwei Pistolen. Jedenfalls wenn der langarmige Kerl, der sich Hauptmann Gallas nannte, Wort hielt und ihm seine Feuerwaffen vor dem Gefecht zurückgab. Seiner Vermutung nach würde er allerdings mit oder ohne die Pistolen keine Verwendung für einen zweiten Dolch finden. Kam es zum Kampf Mann gegen Mann, brauchte er eine Hand für den Degen, sonst hatte er schlechte Karten.

Seine Erfahrung im Nahkampf war begrenzt. Zweimal waren Schiffe, auf denen er fuhr, von Seeräubern geentert worden, einmal hatten Straßenräuber in der Nähe von Bristol die Reisegesellschaft seines Ziehvaters überfallen. Dank seiner Stärke im Degenfechten, worin Meister ihn von Kindheit an geschult hatten, hatte er sich bei diesen Gelegenheiten behaupten können. Geschick im Umgang mit Feuerwaffen besaß er ebenfalls, schon weil ihn die faszinierenden Apparaturen besonders interessierten.

Im Kampf mit Dolch, Knüppel, Fäusten und Zähnen war ihm jedoch wahrscheinlich jeder zweite Lump überlegen. Sicher war er schon ein ums andere Mal in Händel geraten, wie es sich nicht umgehen ließ, wenn man sein Leben in einer Rotte von Seeleuten verbrachte, die keinen feinen Umgang gewöhnt waren. Bei solchen Faust- und Ringkämpfen ging es allerdings meist nicht um das Leben, und das machte sie im Vergleich zum Spiel.

Am geordneten Klang der Kaiserlichen Trommeln erkannte er, dass die Gegner zum Aufbruch und Angriff rüsteten. Er musste sich beeilen, um Christopher zu finden, seine Pistolen in die Hände zu bekommen und die Pferde. Sein Herz schlug ihm vor Angst bis zum Halse, gleichzeitig konnte er nun nicht mehr erwarten, dass es losging. Wovor hast du am meisten Angst, hatte er einmal seinen Ziehvater gefragt. Davor, Angst zu haben, hatte der geantwortet. Recht hatte er: lieber mit blindem Gebrüll voran, als mit schwerem Herzen warten müssen.

Seine junge Frau ließ die Hand mit dem Dolch sinken, als er ihn nicht nahm. Entschlossen setzte er den Hut auf, die breite Krempe verwegen nach oben geschlagen. »Behaltet den Dolch und zieht Euch an. Es wird bald losgehen. Wenn Ihr schnell seid, kann ich Euch noch zu den Wagen bringen.«

Er hatte noch nie ein Weib so schnell aufstehen und sich anziehen sehen, wie sie es auf seine Worte hin tat. Reizvoll wirkte das, in der sich allmählich hebenden Dunkelheit. Er hätte gerne noch eine weitere Stunde ihre weiche Haut an seiner gespürt.

Sie räusperte sich und trat zu ihm, fast fertig angezogen. »Helft mir bitte mit dem Kragen.« Lenz band ihr den Kragen zu, die Haube trug sie schon. Nun wirkte sie wieder ehrbar und würdevoll. Seltsam war das, nach ihrer schwülen, innigen Nacht. Er fragte sich flüchtig, ob seinem Vater eine solch sittsame Ehefrau an seiner Seite gefallen hätte. Wer konnte es wissen? Vielleicht trafen sich die beiden noch.

Sie ging zum Bett zurück, holte seinen Dolch und hielt ihn ihm wieder hin. »Ich kann ihn keinesfalls behalten.«

Lenz zügelte mühsam seine Ungeduld. »Konrade – alles, was jetzt noch mein ist, wird am Abend Euch gehören. Ich habe Euren Knecht und Euren Paten angewiesen, meine Truhe für Euch zu sichern. Ihr könnt das eine oder andere Stück daraus hoffentlich gut verkaufen, wenn Ihr in Lüneburg seid. Es sind ein paar Dinge darin, für die ein ehrlicher Händler Euch einiges Geld geben muss.«

Ada stieß die Luft aus. »Das mag sein. Aber diesen Dolch will ich nicht, und ich werde ihn nicht nehmen. Ich hätte keine ruhige Stunde mehr, wenn ich immer denken müsste, dieses Messer hätte Euch vielleicht gerettet. Steckt ihn wieder zu Euch, und gebt mir das Gefühl, dass Ihr Euch nicht einfach morden lasst. Ein Mann wie Ihr muss sich doch bis zum Letzten wehren. Vielleicht kommt Ihr am Ende doch davon.«

Sie verblüffte Lenz. Wie kam sie dazu, große Stücke auf ihn zu halten? Ein Mann wie er – was sollte das heißen? Sie wusste nichts von ihm, und vom Krieg schien sie noch weniger zu wissen. »Es könnte sein, dass Ihr dieses Messer vor dem Abend selbst braucht«, sagte er, mehr um sie zu verstören, als dass er tatsächlich vorher an diese Möglichkeit gedacht hätte.

Sie schüttelte energisch den Kopf. »Ich wüsste gar nicht,

wie ich es benutzen sollte. Ich habe in meinem ganzen Leben noch nicht einmal ein Huhn umgebracht.«

Diese Worte und der treuherzige Blick ihrer blauen Augen erschütterten Lenz. Dass eine Frau sogar in diesen Landen ein so weltfremdes dummes Geschöpf bleiben konnte, wo der Krieg mit Pest und Hunger schon seit so langer Zeit wütete und das Vertrauen auf den Schutz Gottes vergeblich schien! Was musste das Mädchen für ein verzärteltes Dasein geführt haben. Wahrscheinlich taugte sie nichts, wenn es ums Überleben ging. Er konnte nur hoffen, dass sie es zurück bis nach Lüneburg zu ihrem Vater schaffte.

Gedankenverloren nahm er ihr endlich den Dolch ab und befestigte die lederne Scheide wieder an seinem Bandelier. »Ich bringe Euch jetzt zum Wagen.«

Am Tag der Schlacht

2

Ada atmete die angehaltene Luft aus. Von dem zärtlichen Mann der letzten Nacht war in diesem Fremden nichts mehr zu erkennen, doch sie verübelte es ihm nicht, weil sie wusste, was vor ihm lag.

Das Landsknechtszelt, in dem sie die Nacht verbracht hatten, stand mitten im Lager des verkommenen Heeres. Der Boden war zerwühlt und mit stinkenden Abfällen übersät, Grünes gab es nur noch so hoch oben, dass auch Tiere mit langen Hälsen nicht mehr herankamen. Zwischen Zelten und Wagen schacherten Weiber um Nahrung. Um ihre Beine herum spielten und stritten magere Hunde und schmutzige Kinder, die geschickter stehlen als sprechen konnten. Die Frühlingsbrise ließ geflickte Zeltplanen schlagen und trug das Geräusch von Stimmen mit sich, die in einem Dutzend verschiedener Sprachen schwatzten.

Ein Stück entfernt stand der Knecht ihres Vaters an eine Birke gelehnt, und einige Schritte davon entfernt sprach von der Wenthes Freund Christopher Carton mit einem fremden Handlanger. Alle drei setzten sich sofort in Bewegung, als sie aus dem Zelt kamen. Ada bemerkte noch mehr Männer, die sie unverhohlen beobachteten. Also hatte von der Wenthe mit seiner Vermutung recht gehabt, dass er beaufsichtigt wurde.

»Guten Morgen, Eilert«, begrüßte sie ihren Knecht herzlich. Es wäre an ihm gewesen, zuerst zu grüßen, doch sorgenvoll und blass, wie er aussah, konnte er etwas Freundlichkeit und Nachsicht wohl gebrauchen. Eilert war wenig älter als zwanzig, so alt wie sie, und hatte auf der Reise nach Celle ein Abenteuer erleben wollen, nachdem er sein ganzes Leben lang in Lüneburg festgesessen hatte. Mit solch einem lebensbedrohlichen Tumult hatte er dabei nicht gerechnet. Er dienerte vor ihr und von der Wenthe, ohne einen Ton herauszubringen.

»Holt die Truhe«, sagte Carton, der ebenfalls nicht ausgeschlafen wirkte. Mit einem Lächeln wandte er sich an Ada und verbeugte sich. »Meine Dame, Ihr armer Diener hat nicht geschlafen, fürchte ich. Er ist sehr besorgt.«

»Hast du denn geschlafen?«, erkundigte ihr Gatte sich mit leisem Spott bei seinem Freund.

»Erbärmlich«, gab der ohne Zögern zu. »Im Gegensatz zu dir kann ich nicht aufhören, einen Ausweg zu suchen.« Er beugte sich etwas vor. »*Losing reigns happens. Or don't you think so?*«

Ada blieb keine Zeit, über dieses seltsame Kauderwelsch nachzudenken, denn einige der Kerle, die ihr vorher als Beobachter aufgefallen waren, kamen näher.

»Sie kommen«, meinte von der Wenthe, ohne eine Miene zu verziehen. »Ich will meine … meine Gemahlin noch schnell in Sicherheit bringen. Versuch, unsere Pistolen zu besorgen, und warte hier beim Zelt auf mich.« Unsanft nahm er Adas Arm und zwang sie, mit ihm Schritt zu halten. Mit der freien Hand griff er oben in sein Lederkoller und zog ein gefaltetes Papier heraus. »Die Dokumente hat Euer Pate. Hier ist mein Brief. Könnt Ihr ihn so aufbewahren, dass er auf keinen Fall verloren geht?«

Ada nahm das Blatt und schob es unter ihrem Kragen zwischen zwei Knöpfen ihres Oberkleides hindurch auf ihr Herz. »Ich wünschte, Ihr hättet Zeit gehabt, mir alles zu erklären.«

Einen Atemzug lang zögerte er, bevor er antwortete. »Ihr dürft alle Papiere lesen, bevor Ihr sie abschickt.«

Ada und ihre Begleiter Stechinelli und Eilert hatten die Reise von Celle nach Lüneburg im Schutz eines Wagenzuges von Kaufleuten angetreten. Eine Meile hinter Uelzen waren sie jedoch unter das herrenlose Heer von Plünderern geraten, welches sie nun umringte. Alle Mitglieder der Reisegesellschaft hatten ihre Habe und ihr Leben schon verloren geglaubt. Doch die Anführer der Söldnerbande sahen sich durch heranrückende Kaiserlich-katholische Truppen bedroht und hielten es für nützlicher, die wehrhaften Kaufleute und vor allem ihren bewaffneten Begleitschutz als Verbündete zu gewinnen. So waren die Reisenden und zumindest ein Teil ihrer Waren vorerst gerettet worden.

Angesichts der bevorstehenden Schlacht hatten sie die meisten ihrer vierundzwanzig schweren Fuhrwerke im Kreis aufgestellt und zur Verteidigung befestigt. Zwei Reisewagen standen im Inneren des Kreises, einer davon gehörte Adas Vater. Ihr Pate Stechinelli war nicht zu sehen.

»Ich wünsche Euch Glück«, sagte von der Wenthe. »Sobald die Kaufleute beschließen, Fersengeld zu geben, flieht mit Ihnen und seht zu, dass Ihr so schnell wie möglich hinter sichere Stadtmauern gelangt. Kommt nicht auf den Gedanken, hier zu warten.«

»Aber …«

»Ihr seid es mir schuldig, Euch in Sicherheit zu bringen.«

Sein Kiefermuskel trat hervor, so ernst meinte er das. Ada nickte. Zumindest den Glauben daran, dass sie das tun würde, war sie ihm schuldig. »Ihr wisst, wo Ihr mich finden könntet, falls …?«

Von der Wenthe fasste ihre Schulter und schob sie ihrem Paten entgegen, der eben kreidebleich aus dem Wagen gestiegen war und nun näher kam. »Lobeke in der Grapengießerstraße. Ich weiß. Hütet die Papiere gut.«

Noch bevor Stechinelli bei ihnen ankam, war ihr Gatte auf und davon. Ada sah ihm nach, wie er mit wehendem dunklem Zopf und langen Schritten zu dem Zelt zurückstürmte, wo Christopher Carton auf ihn warten sollte. Eine Gruppe von bereits zum Kampf gerüsteten Männern, die in seinem Weg stand, wich ihm aus. Das wunderte Ada nicht, denn seine Miene war finster, und er hatte beeindruckend breite Schultern.

»Da bist du endlich«, sprach Stechinelli sie kurzatmig von hinten an. »Komm sofort in den Wagen.«

»Da kommt Eilert mit der Truhe«, erwiderte Ada.

»Geh vor.« Ihr Pate stieß sie ungeduldig an. »Ich warte auf die Truhe.«

Damit du einen kleinen Blick hineinwerfen kannst, dachte Ada und blieb stehen. »Habt Ihr eine Münze für den Mann, der Eilert tragen hilft?«, fragte sie.

Stechinelli sah sie befremdet von der Seite an. »Ich hätte angenommen, dein Gemahl hätte dir seine Barschaft anvertraut. In der Tat wäre meine nächste Frage danach gewesen. So oder so sollte er den Mann ja wohl bezahlt haben. Wir werden ihm nichts anbieten. Solche Schnapphähne nehmen ohne Anstand doppelt.«

Ada hatte sich gedacht, dass er das sagen würde, aber die Frage hatte ihren Zweck erfüllt. Die Männer waren mit der Truhe bei ihnen angekommen.

»Nun schaffe ich es allein«, sagte Eilert zu seinem Begleiter, der nickte, die Kiste abstellte und schnell davonging.

»Ich kann helfen«, sagte Ada.

Eilert schüttelte den Kopf. »Herr von der Wenthe hat mich fürstlich mit zwei Dukaten entlohnt, damit ich die Kiste direkt in Euren Wagen stelle. Und so schwer ist sie nicht. Nur unhandlich.« Er nahm die Kiste an beiden Griffen wieder auf, ächzte und ging etwas in die Knie, bevor er unter der Last sein Gleichgewicht fand.

Ada freute sich für ihn, denn so viel Geld bekam er sonst nicht einmal in einem Jahr. Wenn es ihm gelang, wohlauf nach Lüneburg zurückzukommen, würde das ein kleines Vermögen für ihn sein. »Wenn du im Wagen bist, bleibst du darinnen und hältst den Kopf tief unten. Nicht dass dich einer mit nach vorn ins Gefecht schickt. Wir brauchen dich noch«, sagte sie leise.

Er sah sie flüchtig an. »Danke, hohe Frau«, murmelte er. Ada konnte nicht sagen, ob die Röte in seinem Gesicht von der Anstrengung oder der Scham über seine Erleichterung herrührte.

In der Wagenburg rüsteten die Männer zum Aufbruch, wenn auch mit Hintergedanken. Den selbsternannten Generälen der protestantischen Armee hatten die Kaufleute zugesagt, dass die knapp hundert bewaffneten Fuhrknechte und Begleitschutzmänner auf ihrer Seite in die Schlacht ziehen und nur sie selbst zurückbleiben würden, um die Wagen vor Plünderung zu schützen. Insgeheim aber hatten die Männer des Handelszuges abgesprochen, bei der ersten Gelegenheit kehrtzumachen und zuzusehen, dass sie mit den Wagen und dem, was von den wertvollen Waren übrig war, in Richtung Lüneburg davonkamen.

Als Ada an jenem Morgen wieder zu ihnen stieß, waren Kisten, Körbe, Ballen und Fässer längst aufgeladen, die Zugtiere standen in ihren Geschirren im Inneren des Kreises bereit. Einige der elf in Celle und Uelzen als Schutz angeworbenen Musketiere waren noch dabei, ihre kleinen Pulverbüchsen zu überprüfen. Mindestens zehn davon trug jeder von ihnen an seinem Bandelier. Zehn Kapseln bedeuteten zehn Schuss, bevor sie mit Pulverhorn und Pulvermaß hantieren mussten.

Zum ersten Mal seit Anfang der Reise wurde Ada bewusst, was hundertzehn Musketenschüsse von geübten Schützen bedeuten konnten, auch wenn das Laden bei aller guten Vorbereitung seine Zeit dauerte. Sie stellte sich vor, wie hundertzehn Tote nebeneinander lagen, und es schauderte sie.

Die bewaffneten Männer brachen in die Richtung auf, aus welcher der Lärm der katholischen Trommeln kam. Am Rand des eigenen Lagers gruppierten sich die Soldaten zu einer groben Schlachtordnung, angetrieben von den brüllenden Anführern. Ein sinnvoller Plan war nicht zu erkennen. Pikeniere, Musketiere und bloße Degen-, Schwert- und Pistolenträger versammelten sich hier und dort in Gruppen. In anderen Abteilungen mischte sich alles durcheinander, immer wieder verteilten Grüppchen sich neu, und viele der Männer sahen aus, als ob sie von der Nacht noch einen kräftigen Rausch hätten. Die berittenen Soldaten, zu denen von der Wenthe und sein Freund gehörten, bildeten eine leidlich geordnete Truppe am vordersten Rand der strudelnden Masse.

Ada stand mit dem Rücken zu ihrer Kutsche und beobachtete, wie nun auch die Männer der Handelsgesellschaft hinauszogen. Die drei zehn- oder elfjährigen Lehrjungen, die mit ihnen reisten, waren auf den höchsten Wagen geklettert und reckten sich, um das Kaiserlich-katholische Heer zu erspähen. Zu jung, um zu wissen, dass sie Angst haben sollten, stießen sie sich an und machten alberne Witze. Ada spürte, wie ihr Mund trocken wurde, sie konnte nicht mehr schlucken. Von der Wenthe hatte recht. Nicht nur er, sondern sie alle würden umkommen.

Wie um Ada zu bestätigen, donnerten zum ersten Mal Kanonen. Die protestantische Seite hatte keine schweren Geschütze, die katholische sehr wohl. Die Jungen auf dem Wagen fuhren bei dem plötzlichen Gedröhn so zusammen, dass einer von ihnen das Gleichgewicht verlor und herunterfiel. Er schrie erst vor Schreck, dann vor Schmerz, und blieb liegen. Ada lief los und erreichte ihn fast so schnell wie die beiden Jungen, die vom Wagen geklettert kamen.

»Sofort kommst du zurück. In den Wagen. Konrade!«, hörte sie Stechinelli hinter sich zetern.

Draußen war das zerlumpte Heer in Bewegung gekommen. Die Anführer hatten zum Angriff gerufen, bevor alle wegliefen.

»Wo hast du dir wehgetan?« Ada hockte sich zu dem Jungen.

»Überall«, jammerte der, setzte sich mit verzerrtem Gesicht auf und rieb sich die schmerzenden Stellen. Schlimm konnte es also nicht sein.

»Macht, dass ihr in eure Wagen kommt, ihr lütten Dösköppe.« Herr Knoop, einer von zwei Hamburger Kaufleuten des Zuges, stieß zu ihnen. »Und Ihr man auch. Eurem Herrn Paten platzt sonst der oberste Knopp ab. Und Ihr wollt Euer Leben doch noch haben, wenn Euer neuer Mann nachher wiederkommt, nech?«

Ada sah zu dem ungeordnet strömenden Heerhaufen. Der Lärm war ohrenbetäubend, die Geschütze dröhnten und knallten ohne Unterbrechung, die Menschen schrien durcheinander, und die Reiter waren hinter dem Hügel in einer Senke verschwunden. »Der kommt nicht wieder«, sagte sie, holte tief Luft und sah dem Hamburger in die Augen. »Der kommt nicht wieder.«

Knoop lächelte mitfühlend. »Ist schon recht, wenn Ihr das Schlimmste annehmt. Ihr müsst das Schlimmste annehmen, aber bereit sein und schnell zugreifen, wenn es besser kommt.«

Ada nickte, raffte ihre Röcke und ging zu ihrem Wagen, den ihr Pate nicht verlassen hatte, seit Eilert mit der Truhe hineingestiegen war.

Stechinelli saß mit der geöffneten Bibel auf den Knien da, hielt ihr aber die Tür auf, als sie einstieg. »Sogar für ein Weib zeigst du wenig Verstand. Setz dich dahin und bete für uns.«

Ada setzte sich neben ihn, Eilert gegenüber, der sich mit gefalteten Händen in eine enge Nische neben ihre Gepäckstücke gedrückt hatte. Neben ihm auf dem Sitz, bedeckt von einem Berg ihrer eigenen Sachen, stand von der Wenthes Truhe. Rötliche Eiche, eisenbeschlagen. So unzugänglich hatte Eilert sie dort verstaut, dass Stechinelli noch keine Gelegenheit gehabt haben konnte, darin zu spionieren. Ada bedauerte, dass auch sie selbst keine Möglichkeit dazu hatte. Sollten sie es tatsächlich bis nach Lüneburg schaffen, wäre ihr Vater der Erste, der sich das Recht nehmen würde, den Inhalt zu untersuchen. Sie musterte die stabile Kiste und stutzte. Das Schloss wirkte stark und sicher. So schnell würde diese Truhe niemand öffnen, auch sie nicht, denn sie hatte keinen Schlüssel dafür bekommen. Die Ereignisse um sie herum kamen ihr auf einmal so verrückt und unwirklich vor, dass sie bei dieser Feststellung beinahe gelacht hätte.

Stechinelli las laut aus der Bibel vor. Seine Stimme hetzte durch die Psalm-Verse, trotzdem waren die Worte gut zu verstehen, wenn man sie verstehen wollte. »Gott ist uns Zuflucht und Stärke, eine Hilfe, reichlich gefunden in Drangsalen. Darum werden wir uns nicht fürchten, wenngleich …« Ada wunderte sich immer, wie ein so kleiner, dünner Mann so laut sprechen konnte. Angenehm klang seine Stimme dabei nicht, die Tonlage war zu hell und zu flach. Ohnehin wollte sie dem Bibelwort nicht folgen, sondern lieber ihr eigenes kleines Gebet sprechen. Daher blendete sie seine Stimme aus, wie sie es auch in der Kirche mit dem Pastor oft tat. Früher, als sie noch bei ihrem Vater wohnte, hatte sie das nicht gedurft, denn der prüfte alle Mitglieder seines Haushaltes nach den Gottesdiensten mit Fragen. So würde Matthias Märtens es ihm nachmachen und sich deswegen für einen guten Menschen halten. Aber gefiel ein Mann, der seinem Kind befehlen würde, den gehüteten Viertelschilling zur Buße in die Kollekte zu geben, weil es bei der Predigt nicht jedes Wort verfolgt hatte, Gott wirklich besser?

Draußen krachte eine gewaltige Folge von Schüssen. Der Wind trieb den schwefligen Pulvergestank in Schwaden zu ihnen herüber. Ada faltete die Hände und bemerkte den Ring an ihrem Finger. Sie hatte zwar gewusst, dass er da war, ihn aber nicht genau angesehen. Kummervoll zog sie ihn ab, um ihn zu betrachten: Gold, ein großer grüner Stein, zwei kleine weiße daneben. *J.K. 1622* stand auf der Innenseite. Es machte ihr nichts aus, dass die Gravur nichts mit ihrer Hochzeit zu tun hatte. Immerhin hatte von der Wenthe sich die Mühe gemacht, überhaupt einen Ring für sie aufzutreiben. Sie drehte und wendete ihn ein bisschen, um das Morgenlicht einzufangen und die Steine zum Glitzern zu bringen, doch der Morgen war zu grau, die Sonne verbarg sich hinter dicken Wolken. Ada zuckte zusammen, als ihr Pate ihr ohne Vorwarnung den Ring aus der Hand nahm.

»Das war anständig von deinem Gatten«, sagte er. »Aber es ist in dieser Lage zu gefährlich, ihn zu tragen. Ich bewahre ihn auf.« Ohne Zögern ließ er das Schmuckstück in der Tasche seines grauen Wamses verschwinden.

Obwohl es Ada vor Wut den Hals zuschnürte, schwieg sie. Nur durch einen tätlichen Angriff hätte sie Aussichten gehabt, den Ring umgehend wiederzubekommen. Sie musste eine passende Gelegenheit abwarten.

Stechinelli sollte ruhig noch eine Weile glauben, dass sie sich auf eine Heirat mit von der Wenthe nur eingelassen hatte, um dessen Vermögen ihrem Vater zuzuführen. Für ihren Paten war das der einzig denkbare Grund, sonst hätte er in die überstürzte Verbindung nie eingewilligt. Er ging fest davon aus, dass sie sich nun wieder allem beugen würde, was Gotthard Lobeke beschloss. Aber sie hatte nicht vor, ihrem Vater zu gehorchen. Eher wollte sie bei den Benediktinerinnen eintreten.

Mit einem tiefen Atemzug wandte sie ihre Gedanken dem Mann zu, den sie gerade geheiratet hatte, und wollte ein Gebet für ihn beginnen. In dem Augenblick gab es in der Wagenburg ein gewaltiges Krachen von berstendem Holz. Menschen schrien und riefen durcheinander. Ada steckte den Kopf aus dem Fenster, Eilert sah neben ihr hinaus, während Stechinelli starr und mit hochrotem Kopf sitzenblieb und die aufgeschlagene Bibel in seinem Schoß krampfhaft festhielt. Ein prüfender Blick brachte Ada zu der Erkenntnis, dass ihr Pate seine Blase nicht hatte kontrollieren können. Ein dunkler Fleck breitete sich unterhalb des Buches auf seiner Hose aus. Hastig sah sie wieder hinaus und nahm dabei wahr, wie Eilerts Adamsapfel in seinem Hals hüpfte und wie ihm der Schweiß von der Stirn lief. Ihr saß selbst der Schreck in den Gliedern, und sie konnte ihnen ihre Angst nicht verdenken. Dennoch hätte sie sich furchtlosere Begleiter gewünscht.

Draußen versuchten die zurückgebliebenen Kaufleute die Ordnung wiederherzustellen. Zwei Wagen waren von einer Kanonenkugel getroffen und zerstört worden. An die sieben Pferde hatten sich losgerissen, gebärdeten sich wie wahnsinnig und brachten Unruhe unter die restlichen Tiere. Ihre Kutsche wackelte, weil die angebundenen Pferde an den Seilen rissen. Der Besitzer eines anderen Wagens hatte nach einem heftigen Disput angespannt und war ausgeschert. Er knallte mit der Peitsche, und sein Wagen holperte mit halsbrecherischer Geschwindigkeit davon.

Unsicherheit breitete sich aus. Auf einmal begannen alle anzuspannen.

»Eilert …«, sagte Ada zögernd.

»Ja. Ja, ich mach«, gab der zurück, stieg hastig aus und versuchte, die aufgeregten Pferde so weit zu beruhigen, dass er anspannen konnte. »Sie kommen zurück. Wir müssen los«, rief er einen Augenblick später.

Sie kamen in der Tat. Doch hasteten da nicht nur die Begleitmänner des Handelszuges heran, sondern alle Ränge des gesamten Heeres in bunter Mischung. Das allgemeine Davonlaufen hatte begonnen. Adas Instinkt befahl ihr, sofort mitzulaufen, doch die Vernunft hielt sie zurück. Die besten Aussichten davonzukommen, lagen für sie bei der Gemeinschaft des Wagenzuges. Mehr und mehr der vorher zur Schlacht ausgerückten Männer fanden sich bei ihren Brotherren ein, halfen beim Anspannen und Rangieren und drängten zur geordneten Flucht.

Zittrig wie er war, bekam Eilert ihr zweites Pferd nicht an die Deichsel. Das erste, mit dem er mühsam fertiggeworden war, wollte daraufhin auch nicht mehr stillstehen.

»Besser, wir steigen aus«, warnte Ada über die Schulter Stechinelli, doch der saß reglos und mit geschlossenen Augen, nur seine Lippen bewegten sich im unaufhörlichen Gebet. Ada stieg aus dem Wagen und lief nach vorn, um das angespannte Pferd zu halten. Wenn sie auch nicht viel von Pferden verstand, ließ der im Grunde fromme Wallach sich von ihr doch beruhigen. Eilert war den Tränen nah und verfluchte mit umkippender Stimme die Stute, die an seiner Hand mit angstgeweiteten Augen und Nüstern stampfte und zerrte.

Erleichtert sah Ada Kaufmann Knoop heraneilen, so

schnell ihn seine kurzen Beine trugen. Er griff energisch mit an und half Eilert, die Stute an die Deichsel zu bringen. Dann kam er zu Ada und stieß sie sanft gegen die Schulter. »Steigt ein, junge Frau. Es wird gleich losgehen.« Hilfsbereit lief er mit ihr zur Wagentür und streckte schon die Hand aus, um sie beim Einsteigen zu stützen, da sprengte ein Reiter ins Innere der sich auflösenden Wagenburg, der Ada bekannt vorkam.

Christopher Carton musste ein ausgezeichneter Reiter sein, da er sein Pferd vor Ada zum Halten brachte, ohne eine Hand an den Zügeln zu haben. Mit der linken Hand hielt er sich am Sattel fest, sein rechter Arm war verletzt. Blut bedeckte seine Brust bis hoch zur Schulter, und sein Gesicht war bleich. Adas Knie wurden weich, sie fasste haltsuchend nach der Wagentür.

»Was wollt Ihr?«, drohte Kaufmann Knoop, griff in den Zügel von Cartons Pferd und drängte es von Ada weg. Das rüttelte sie auf. Sie beschwichtigte Knoop mit einer Geste und griff nach Cartons Steigbügel.

Seine Miene war von Schmerz und Entsetzen gezeichnet. »Ich brauche Hilfe. Wir müssen ihn holen. Ich konnte es nicht allein.«

»Ist er tot?«, fragte Ada und hörte, dass ihre Stimme schrill wurde.

Carton sah sie hilflos an. »Vielleicht. Vielleicht nicht.«

Knoop, der inzwischen begriffen hatte, schüttelte den Kopf. »Wir werden nicht warten können.«

»Ist es weit?«, fragte Ada. Keinen Versuch zu unternehmen, ihren Gatten zu bergen, war für sie ausgeschlossen. Sie wäre allein losgelaufen, wenn es Sinn gehabt hätte.

»Nein. Aber es eilt. Die Katholiken …«

»Katholiken, Hugenotten, Schweden, Heiden, was hat das noch damit zu tun?«, schimpfte Knoop und ließ Cartons Pferd los. »Wolfspack, allesamt. Ich hole ein paar Männer.«

»Zwei, mit Pferden«, sagte Carton schwach und lehnte sich nach vorn auf den Hals seines Pferdes.

Ada rüttelte an seinem Bein. »Ihr müsst wach bleiben. Bitte. Sie finden ihn sonst nicht. Bitte, bleibt wach.« Er kämpfte mit seiner Schwäche und nickte schließlich. Sie schämte sich, als ihr bewusst wurde, wie grausam es war, so mit einem Verwundeten zu sprechen. Er hatte bessere Aussichten, sein eigenes Leben zu retten, wenn er sich nicht weiter um den anderen kümmerte. »Ich kann nicht von Euch verlangen, dass Ihr zurückgeht«, sagte sie. »Vielleicht bringt Ihr besser Euch selbst in Sicherheit.«

»Lenz ist mir lieber als anderen der Bruder. Ich lasse ihn da nicht liegen«, sagte Carton.

Knoop kam mit zwei berittenen Fuhrknechten wieder, die ein drittes Pferd am Strick führten. Beide sahen kräftig und verwegen genug aus. »Ihr müsst sie dafür bezahlen«, sagte der Kaufmann. Carton wendete sein Pferd allein mit dem Druck seiner Schenkel und trieb es gegen den Menschenstrom an zum Galopp, die Fuhrknechte folgten ihm.

»Viel Glück«, sagte Ada, zu leise, als dass einer von ihnen es hätte hören können. Ihre Hände krampften sich vor ihrer Brust ineinander.

»Könnt Ihr sie bezahlen? Ich habe ihnen mein Wort gegeben«, sagte Knoop grimmig.

Ada nickte abwesend. »Ich werde sie bezahlen.«

Um sie herum fuhren mehrere Wagen an und formierten

sich. Knoop rannte zu seinem eigenen Gefährt, Eilert kletterte hastig auf den Bock. »Steigt ein«, sagte er mit angstvoller Miene.

Ada wusste, dass Warten Unsinn war. Die Wagen kamen ohnehin nicht so schnell voran, dass die Reiter sie nicht hätten einholen können. Sie setzte sich wieder auf den Platz neben ihrem Paten. »Fahr«, rief sie und hielt sich fest.

Der Wagen machte einen Satz, als Eilert die Pferde antrieb, und dieser Schock erweckte Stechinelli zum Leben. Mit einem erschrockenen Keuchen griff er nach dem nächsten Halt. Die Bibel polterte auf den Wagenboden und klappte zu.

Ada roch seinen Angstschweiß und den trocknenden Urin und warf einen schnellen Blick in sein Gesicht, das eine elend gelbliche Farbe angenommen hatte. »Seid Ihr wohl?«

Er würdigte sie keines Blickes. »Dein Vater wird nicht mit dir zufrieden sein«, stieß er hervor und presste dann die Lippen wieder zusammen.

Ada fühlte Entrüstung aufsteigen, verbot sich aber jede Gefühlsäußerung. Natürlich würde ihr Vater nicht mit ihr zufrieden sein. Doch sie hatte schon als Kind herausgefunden, dass ihr Vater nicht das Maß aller Dinge war. »Ich weiß nicht, was Ihr meint«, sagte sie.

»Von der Wenthe hat gesagt, er stirbt«, zischte ihr Pate. »Was gibt es für einen Grund, solchen Lumpen Geld in den Rachen zu werfen, damit sie dir einen Toten bringen? Willst du uns hier drinnen mit einer Leiche und ihren üblen Ausdünstungen belasten?«

Ada schoss das Blut in die Wangen. »Wollt Ihr mich

tadeln, weil ich versuche, meinem Gatten wenigstens ein christliches Begräbnis zu verschaffen?«

Er schnaubte verachtungsvoll. »Christliches Begräbnis. Was bist du für ein unwissendes, unverständiges Ding geblieben. Weißt du nicht, in was für Zeiten wir leben? Christliches Begräbnis ist nur noch für die, die in Würde an dem Ort sterben, wo sie hingehören. Auch ich hätte mich auf diese Reise nicht einlassen sollen.«

Ganz ließ Adas Wut sich nicht mehr bezähmen. »Ich kann mir schon vorstellen, dass mein Vater Euch nicht gut genug bezahlt hat. Er trennt sich von seinen Münzen ebenso ungern wie Ihr.«

Stechinelli warf ihr einen hasserfüllten Blick zu. »Ich werde meinen Lohn haben, wenn du mit Matthias verheiratet bist, da mach dir keine Sorgen.«

»Ich kann nicht Matthias Märtens heiraten, wenn ich noch mit Konstantin Lorenz Aegidius von der Wenthe verheiratet bin«, erwiderte sie und sandte ein lautloses Gebet zum Himmel, um den Männern zu helfen, die hinter ihr auf dem Schlachtfeld ihren Gatten suchten.

»Er ist tot«, sagte ihr Pate.

»Wohl dem, der seine Hoffnung setzt auf den Herrn!« Mit Genugtuung über seine darauf folgende Sprachlosigkeit lehnte Ada sich an das harte Rückenpolster des Wagensitzes und hütete ihre zaghafte Hoffnung.

Lenz ärgerte sich darüber, dass er wieder zu Bewusstsein kam, denn als er vom Pferd gefallen und es schwarz um ihn geworden war, hatte er Dankbarkeit dafür gespürt. Wenn er schon sterben musste, dann gern so leicht und schnell, hatte er gedacht, aber nun war er wieder wach, wollte brüllen vor Schmerz und tat es nicht, nur aus Angst, dass es dann noch schlimmer würde. Männer zerrten und zogen an ihm, kniffen und rissen, zogen ihn grob unter einem tonnenschweren Sack hervor, wie es ihm schien. Ihm brach der Schweiß aus allen Poren. Als er die Augen aufzwang, sah er, dass es sein totes Pferd war, unter dem er lag. »Gott, passt doch auf«, wollte er brüllen, doch heraus kam ein Flüstern.

»Lenz«, sagte Christopher mit Verzweiflung in der Stimme, und es wurde wieder dunkel um ihn.

3

Nur ein Teil der Flüchtenden wandte sich nach Lüneburg.

Das Soldatengesindel wusste, dass es bei den Stadttoren keinen Einlass erhalten würde und nur darauf hoffen durfte, Anschluss an einen der größeren schwedischen Truppenteile nördlich der Stadt zu finden. Viele brachten sich in Sicherheit, indem sie gleich zu den Kaiserlichen überliefen, die beim Anwerben längst nicht mehr wählerisch waren.

Die Uelzener Kaufleute entschieden sich kurz nach dem Aufbruch dafür, umzukehren und sich hinter die eigenen Stadtmauern durchzuschlagen, bevor das Kaiserlich-katholische Heer ihnen den Weg abschnitt.

Gerade als der Wagenzug sich teilte, wurde er von den drei Reitern eingeholt, die auf dem vierten Pferd Adas Gatten mitbrachten. Sie hatten ihn quer über den Sattel gelegt, sodass im ersten Moment nicht zu sagen war, ob er noch lebte. Erst als sie ihn auf den Boden legten, stöhnte er. Ada hockte sich neben ihn, um festzustellen, wie schwer die Verletzungen waren. An seiner anderen Seite sank Christopher Carton auf die Knie.

»Aufladen und weiter«, schrie Kaufmann Knoop zu ihnen herüber, und Ada entschied, dass das die einzige Möglichkeit war, auch wenn sie dann vorerst nichts für die Verletzten tun konnten. »Legt ihn auf den Wagenboden«, befahl sie den beiden Fuhrknechten.

Der eine schwieg, der andere schüttelte den Kopf. »Unser Lohn.«

Ada wechselte einen hastigen, forschenden Blick mit Carton, der mit der gesunden Hand seinen Geldbeutel aus dem Koller zog und dem Mann hinwarf.

Der sah prüfend hinein. »Reicht nicht«, sagte er und musterte Ada berechnend.

Sie sprang auf und rannte zur Wagentür zurück. »Meinen Ring und mein Reisegeld«, fuhr sie ihren Paten an.

»Niemals.« Stechinellis Augen sprühten vor Abscheu.

»Mörder«, sagte sie leise. »Wollt Ihr so genannt werden?«

Er rührte sich nicht, bis sich an Ada vorbei ein Degen in die Kutsche schob und an seine Weste stieß. Ada sah die Hand zittern, die die Waffe führte, aber für ihren Paten genügte die Drohung. »Raub«, stieß er hervor. »Das ist Raub.«

Ada streckte die Hand aus und lief gleich darauf mit dem Ring und ihren paar Talern Reisekasse zu den Knechten. Der Wortführer steckte beides zu sich, dann legten sie den Verletzten erstaunlich behutsam in den Wagen.

Während der eine sich noch damit befasste, ihn so zu legen, dass die Tür sich schließen ließ, ging der zweite zum

Pferd zurück und brachte Ada einen zusammengerollten Mantel. »Sein Zeug«, sagte er, dann stieß er seinen Kumpan an, und beide zogen sich ohne weiteren Gruß zurück.

»Dank euch«, rief Ada ihnen nach. Sie war schon halb in der Kutsche, als ihr Carton einfiel und sie sich noch ein Mal umdrehte. »Ihr bindet Euer Pferd am besten an die Kutsche und steigt zu uns ein.«

Er sah sie mit großen Augen an. »Ich würde«, sagte er, den Degen noch in der linken Hand, »ich …«

Seine Beine gaben nach, und er wäre der Länge nach gestürzt, wenn Ada ihn nicht aufgefangen hätte. Sie war nicht zierlich, aber sein Gewicht zu halten, kostete sie all ihre Kraft. »Gute Güte. Ach du lieber Gott«, keuchte sie. »Eilert!«

Auf der Weiterreise fuhren sie als Letzte im Wagenzug, und Ada rechnete jeden Moment mit herangaloppierenden Kosaken oder einem ähnlich wilden Reitervolk, das der Kaiser jüngst angeworben haben mochte.

Christopher Carton klemmte, mit geschlossenen Augen und den Degen zwischen den Knien haltend, in dem Winkel neben dem Gepäck, wo vorher Eilert gesessen hatte. Das hatte den Vorteil, dass er nicht umkippen konnte, falls er wieder das Bewusstsein verlor. Vorerst war er wach, bei jedem starken Stoß des Wagens auf der ungepflegten Straße verzog sich sein Gesicht vor Schmerz. Zu seinem Glück blutete die Streifschusswunde an seiner Schulter nur noch schwach. Ada hatte gefragt, ob sie ihm helfen könne, aber er hatte abgelehnt; und die Wahrheit war, dass sie gar nicht wusste, was sie hätte tun können. Für Carton ebenso wenig wie für von der Wenthe, der zusammengerollt auf der Seite lag und den Boden des Wagens so bedeckte, dass sie alle ihre Füße unter ihn stecken mussten. Er hatte mindestens drei Wunden davongetragen, mehr konnte sie nicht erkennen, weil inzwischen alles voller Blut war. Das Innere der Kutsche war rotbraun verschmiert, ihr Kleid hatte Flecken, sogar Stechinellis Bibel. Immerhin kamen die Blutungen allmählich zum Stillstand, an einigen Stellen war das Blut bereits getrocknet. Es mochte ein gutes Zeichen sein, dass der Verletzte bei jedem dritten Atemzug stöhnte. Ada hatte ihm seinen Mantel unter den Kopf geschoben und die Haare aus dem Gesicht gestrichen, dabei hatte er die Augen geöffnet, doch ohne ein Zeichen von Bewusstsein.

Ihr Pate saß derweil stocksteif und mit versteinerter Miene da, die Bibel wieder auf dem Schoß, allerdings zugeklappt.

Ada selbst fühlte sich erschöpft und durchgerüttelt. Für eine Weile wollte sie das Elend der anderen nicht mehr sehen und auf keinen Fall darüber nachdenken, wie es weitergehen würde, daher machte sie ebenfalls die Augen zu. Ihr Körper holte sich sofort sein Recht, und sie döste ein.

Schüsse und Geschrei rissen sie wieder aus dem Schlaf. Entgegen ihrer Erwartung waren es nicht die Kaiserlich-katholischen Reiter, die ihnen folgten, sondern Räuber, die den Wagenzug von der Seite her angriffen.

Abrupt kamen sie zum Stehen.

»… geheiligt werde dein Name, wie …« Stechinelli murmelte mechanisch und mit weit aufgerissenen Augen.

Der Schusswechsel war vorüber, kaum dass er angefangen hatte, und das Geschrei verstummte. Ada steckte den Kopf aus dem Wagen. »Eilert? Alles in Ordnung?«

»Der Angriff ist abgeschlagen«, kam es hörbar erleichtert vom Kutschbock zurück.

»Warum geht es nicht weiter?«, fragte Stechinelli laut und ungeduldig.

»Es sind zwei von den Unsrigen zu Boden gegangen«, berichtete Eilert. »Einer von den beiden, die vorhin geholfen haben, Herrn von der Wenthe zu holen. Der wird gerade aufgeladen.«

»Ist er tot?«, erkundigte Stechinelli sich.

»Sieht so aus.«

»Ich werde sehen, dass wir den Ring und die Taler wiederbekommen. Dieser Lohn war nichts anderes als erpresst.«

Ada machte sich nicht die Mühe, ihrem geizigen Paten zu widersprechen. Sie lehnte sich zurück und schloss die Augen, fand aber nicht so gnädig in den Schlaf wie zuvor. Die Sorgen ließen sich nicht mehr verdrängen, ihre Gedanken rasten. Vielleicht würde von der Wenthe vor ihren Füßen sterben, Carton womöglich gleich mit. So brachte sie zwei Tote nach Lüneburg, falls man sie überhaupt hineinließ, und müsste ihren Vater bewegen, ihnen ein Begräbnis zu verschaffen. Dann müsste sie die Papiere abschicken, und die würden nicht an ihren Bestimmungsort gelangen, so unsicher, wie die Straßen waren. Falls sie ankämen, würde es lange dauern, bis sie etwas von ihrem neuen Vermögen sah. Zu lange. Stechinelli und ihr Vater würden sie zwingen, Matthias Märtens zu heiraten, sobald die kürzestmögliche Trauerzeit vorüber wäre. Bei dem Gedanken schnürte sich Adas Kehle zu, die Tränen wollten ihr kommen. Verzweifelt beugte sie sich vor und strich ihrem Gatten mit dem Handrücken über die Wange. »Lenz – bleibt am Leben.«

Er antwortete nicht, doch als Ada sich aufrichtete, bemerkte sie, dass Christopher Carton seinen Blick erstaunt auf ihr ruhen ließ. Er errötete und räusperte sich. »Lenz ist zählebig. Ich setze meine Hoffnung darauf.«

Ada nickte. »Wie geht es Euch?«

Er lächelte gequält. »*Miserable.* Aber Fieber habe ich wohl nicht, was denkt Ihr?«

Ada hob die Hand zu ihm, und er beugte sich vor, stöhnte jedoch und zuckte zurück, als sich bei der Bewegung seine Verletzung erneut bemerkbar machte.

»Konrade!« Wieder hatte ihr Verhalten Stechinelli einen Grund zur Empörung gegeben.

Ada ließ die Hand sinken. »Jedenfalls wären Ruhe und Pflege auch für Euch zuträglicher. Wenn wir in Lüneburg bei meinem Vater sind, lassen wir gleich den Bader holen.«

»Du bist nicht gescheit«, platzte Stechinelli heraus. »Die Herren werden mit einem Gasthaus fürlieb nehmen müssen. Es wäre anmaßend von uns, deinen Vater so zu überfallen.«

Seine Fingerknöchel waren weiß, so lange hielt er bereits krampfhaft seine Bibel fest. Ada war sicher, dass es nur der Respekt vor Cartons Degen war, der ihren Paten davon abhielt, in wüste Beschimpfungen gegen sie alle auszubrechen. Diese Angelegenheit war ganz und gar nicht nach seinen Vorstellungen verlaufen. »Die Leute würden böse reden, wenn ich nicht bei meinem Gatten bliebe, um ihm beizustehen, und ich könnte es mit meinem Gewissen nicht vereinbaren.«

»Dann wirst du mit ihm im Gasthaus bleiben müssen. Ist zu hoffen, dass du das am Ende bezahlen kannst.«

Carton räusperte sich. »Gebt mir einmal die Heiratspapiere, die mein Freund Euch anvertraut hat. Ich werde Euch etwas Nützliches zeigen.« Zu auffällig, als dass es unbewusst hätte wirken können, griff er mit der gesunden Hand seinen goldfarbenen Degengriff fester. Daher zögerte Stechinelli nur kurz, bevor er das über Kreuz verschnürte Papierbündel aus der Weste zog und ihm aushändigte. Carton versuchte, das Päckchen auf dem Knie zu balancieren und den Knoten einhändig zu lösen. Der Wagen holperte, das Päckchen entglitt ihm und landete auf von der Wenthes Gesicht. Flink nahm Ada es an sich.

»Gottverflucht«, murmelte ihr Gatte, deutlich genug.

Stechinelli schnappte nach Luft und unternahm eine vergebliche Anstrengung, seine Füße unter dem gotteslästernden Verletzten hervorzuziehen, um ihn nicht mehr berühren zu müssen.

Ada fühlte sich erröten, machte sich aber unbeirrt an dem Päckchen zu schaffen. In geöffnetem Zustand reichte sie es Carton zurück. Der schlug die Papiere auseinander, nahm etwas aus deren Mitte und suchte Adas Blick. Eindringlich sah er sie an und machte mit der Hand eine Geste, als wolle er sich den kleinen Gegenstand in den Halsausschnitt stecken. Mit einem Seitenblick auf ihren Paten streckte er den Arm aus und drückte ihr das Ding in die Hand. Es war der Truhenschlüssel. Ada schob ihn so schnell unter ihrem Kragen in ihr Kleid, dass Stechinelli keine Zeit blieb einzugreifen. Carton gab ihm zudem keine Gelegenheit nachzuforschen, sondern nahm ein gefaltetes Blatt aus dem Bündel. »Das hätte an meinen Vater gehen sollen, wenn ich auf dem Schlachtfeld geblieben wäre. Da ist aufgeführt, was meiner Familie an Bezahlung für die

Schiffsladung aussteht, die wir nach Lübeck gebracht haben. Ich kann ohne Schwierigkeiten per Wechsel für die Zeche aufkommen.« Er gab Ada das lose Blatt, die mit zusammengekniffenen Augen die Schrift musterte.

Ihr Pate riss ihr das Blatt aus der Hand. »Im Lesen war sie schon immer schwach. Sie hat nicht viel Verstand.«

Ada starrte auf ihre leeren Hände hinunter. Noch dunkler rot konnte sie nicht werden, aber ihr Gesicht brannte, und Tränen drängten in ihre Augen. Sie merkte, wie die Jahre in Celle sie weich gemacht hatten. So viel Verachtung war sie nicht mehr gewöhnt.

»Frau von der Wenthe ...« Cartons betont freundlicher und respektvoller Ton ließ sie aufblicken, und ihr wurde wärmer, als sie seine hellen Augen sah. Bei allen Zeichen von Entkräftung war er doch ganz auf ihrer Seite und wandte sich geradezu liebevoll an sie.

»Herr Carton?«

»Christopher«, stellte er richtig. »Ihr seid wie meine Schwägerin. Darf ich Euch bitten, diesen Brief an meinen Vater zu schicken, wenn es mit mir nicht gut ausgeht?«

Eine ungehorsame Träne lief ihr neben der Nase herunter, trotzdem brachte sie ein Lächeln zustande. »Es wird gut ausgehen. Aber ich werde ihn an mich nehmen.«

Lüneburg: Im Vaterhaus

4

Zwölf Wagen kamen am Ende vor Lüneburgs Rotem Tor an. Man ließ sie nicht einfach hinein. Die Wartezeit wurde länger und länger, während die Kaufleute mit der Stadtwache disputierten, die Fuhrknechte am Straßenrand Wasser ließen und jeder Wagen und jedes einzelne Mitglied der Reisegesellschaft unter die Lupe genommen wurde.

Carton schlief, Adas Pate hatte die Augen geschlossen, und auch von der Wenthe war ganz still geworden. Beunruhigt blickte Ada von ihm zu den Männern, die sich draußen langsam an der Wagenschlange entlang auf sie zubewegten. Wenn sie nur eine Möglichkeit sähe, ihm zu helfen! Aber wie die Dinge lagen, konnte sie sich in dem vollgestopften Wagen kaum rühren.

Wieder blieben die Männer der Stadtwache bei einem Fuhrwerk stehen. Ada verlor die Geduld. »Was dauert das so lang?«, rief sie Eilert zu.

»Ich glaube, die Toten sollen nicht in die Stadt. Man ist sich nicht einig«, gab er zurück.

Ada beugte sich ängstlich zu von der Wenthe hinunter und versuchte zu erkennen, ob er noch atmete.

»Eine Unverfrorenheit, deshalb den ganzen Zug aufzuhalten«, sagte ihr Pate, legte seine Bibel auf den Sitz und stieg mit steifen Bewegungen aus der Kutsche.

Auch Adas Rücken und Gesäß schmerzten höllisch von der aufgezwungenen Bewegungslosigkeit auf der harten Bank und von den Wagenstößen. Zudem zwickte ihre Blase. Trotzdem nutzte sie den gewonnenen Raum, um sich dem am Boden Liegenden zu widmen. Sie rüttelte ihn behutsam, berührte ihn so lange, bis seine Lider endlich flatterten. »Durst«, flüsterte er.

Adas erste Regung war ein Aufatmen, weil er noch so viel Leben zeigte. Gleich darauf kam die Erkenntnis, was es bedeutete, ihn pflegen zu müssen. Durst. Natürlich hatte er Durst, das konnte sie ihm nachfühlen. Leider hatte sie selbst nichts. Alles, was er brauchte, müsste sie ihm besorgen, und darin war sie nicht geübt.

Andererseits wurde es höchste Zeit, dass sie solche Dinge lernte, wenn sie in Zukunft allein für sich sorgen wollte. Entschlossen raffte sie ihre Röcke und stieg aus.

Ihr Pate hatte eine laute Auseinandersetzung mit der Stadtwache, er behauptete, als ansässiger Bürger von Lüneburg vorgelassen werden zu müssen. Drei Wagen trennten sie von der diskutierenden Gruppe. Ada fing beim Letzten an und fragte erfolglos jeden Kutscher nach Trinkbarem. Alle machten freundliche Bemerkungen darüber, dass ihre Kehlen ebenfalls trocken wären. Helfen konnte keiner. Der Kutscher des vierten Wagens, auf dem die beiden Toten lagen und neben dem die streitenden Männer standen, war der zweite Fuhrknecht, der mit Carton geritten war. Er stand schweigend beim Kutschbock, eine Hand am Wagen, oben auf dem Bock saß einer der Lehrjungen. Beide verfolgten die Auseinandersetzung der anderen so starr, dass ein unaufmerksamer Beobachter sie für teilnahmslos gehalten hätte.

Ada vermutete, dass der Mann starr vor Trauer war, und ging zu ihm. »Es tut mir leid für Euch. Euer Freund war ein mutiger Mann.« Er presste die Lippen zusammen, nickte und sah sie an. »Meine Verletzten haben Durst«, fuhr sie fort. »Habt Ihr noch einen Schluck Wasser auf dem Wagen? Dann könnte ich wenigstens eine Kleinigkeit für sie tun.«

»Konrade! Was fällt dir ein?« Ihr Pate hatte sie offenbar erst jetzt bemerkt.

Der Fuhrknecht nahm seine braune Filzkappe ab, strich sich mit der Hand über den kurz geschorenen runden Schädel, schüttelte den Kopf und seufzte.

»Ihr könntet ihn beim Hospiz begraben lassen. Vor der Stadt, dort entlang«, riet Ada ihm leise.

»Verletzte? Warum habt Ihr uns nicht gesagt, dass Ihr Verletzte im Wagen habt?«, warf einer der Wachmänner Stechinelli vor. »Habt Ihr verwundete Soldaten mitgenommen? Die dürfen nur in die Stadt, wenn sie zahlungsfähig sind. Wo kämen wir hin, wenn wir die alle aufpäppeln sollten?«

Ada drehte sich rasch zu ihm um. »Nein. Es handelt sich um meinen Mann. Er und ein Freund wurden unglücklich in das Gefecht verwickelt.«

»Dann fahrt um Himmels willen vor. Wir räumen Euch den Weg«, erwiderte der Wachtposten.

Ada wirbelte danksagend herum, um zum Wagen zu laufen, da griff der Fuhrknecht nach ihrem Arm, nahm ihre Hand und drückte ihr eilig ihren Ring hinein. »Nehmt den Jungen mit. Bis ich ihn hole«, bat er. Sein Ton war so drängend, dass Ada nicht über die Antwort nachdachte, sondern den Ring einsteckte und nickte. »Dierk«, befahl der Mann. »Du gehst mit der Frau.«

Geschmeidig wie ein Wiesel glitt der Junge vom Wagen und kam an Adas Seite. Gleichzeitig sprang der Mann auf den Bock, nicht weniger geschickt als der Junge, was bei seiner muskulösen Masse überraschte.

Den Jungen neben Ada überkamen Zweifel. »Aber du holst mich doch, Onkel?«

»Sicher«, sagte sein Onkel, wickelte die Zügel vom Haltehaken los und nahm die Peitsche zur Hand.

»Komm«, forderte Ada den Jungen auf und lief mit ihm, bis sie außer Atem bei ihrer Kutsche ankamen. »Der Junge kommt mit, Eilert. Und wir können vorfahren, sie lassen uns durch.«

»Denn man rauf zu mir«, hörte sie Eilert zu dem Jungen sagen, während sie schnell einstieg. »Auf Herrn Stechinelli warten?«, rief Eilert.

»Ach wo«, rief sie zurück. »Der läuft.«

Eilert versteckte sein Auflachen hinter einem Husten, dann knallte er mit der Peitsche, und Ada spürte, wie sie ausscherten und die Kolonne im Trab überholten. Sobald sie an dem Wagen des Fuhrknechts vorüber waren, ließ der ebenfalls die Peitsche schnalzen und scherte aus, überholte aber nicht, sondern wendete. »Was machst du da, bist du verrückt?«, brüllte Kaufmann Knoop, dem der Wagen gehörte. Ada steckte den Kopf aus dem Fenster und sah hinter ihnen einen kleinen Tumult ausbrechen, aus dem sich mit puterrotem Gesicht Stechinelli löste, um ein paar Schritte laut schimpfend hinter ihnen her zu rennen.

»Das wird er uns übelnehmen«, sagte Christopher Carton mit schwacher Stimme.

Ada sah ihn an, dann von der Wenthe auf dem Boden, und ihr zog sich vor Mitleid das Herz zusammen. »Er nimmt alles übel, der alte Ganter, und recht geschieht es ihm, wenn er sich heute mal ein bisschen die Absätze krumm läuft. So oder so wird er mir nichts als Schwierigkeiten machen.«

Carton sah sie verblüfft an, und Ada wurde rot, während sie selbst über ihre offenen Worte staunte.

Sobald sie das Tor passiert hatten, ging es mit dem Wagen langsamer voran als zu Fuß. Lüneburg war bereits in Adas Kindheit eine dicht bevölkerte Stadt gewesen, und nun schien der Krieg auch noch die gesamte Landbevölkerung hinter die Stadtmauern getrieben zu haben. So ein Gedränge hatte Ada selten erlebt.

Sie konnte sich im Gegenteil sogar an geisterhaft leere Gassen erinnern – damals in den Pestjahren, 1624 bis 1626. In jener Zeit war die Bevölkerung der Stadt geschrumpft. Eine Weile hatte es jeden Tag an die vierzig Seuchentote gegeben, darunter Adas Mutter, 1625. Ada war sechs Jahre alt gewesen.

Ihre Mutter war während eines Besuches bei Adas Tante krank geworden, und in deren Haus war sie auch gestorben. Der Vater hatte ausrichten lassen, er würde sie nicht krank zurück ins Haus nehmen. Es wäre niemand zur Pflege bei der Hand.

Das mochte seinen Haushalt gerettet haben, denn im Haus der Tante erkrankten und starben fast alle. Ada wusste, dass sie ihrem Vater dankbar für ihr Leben sein sollte, aber ihre Brüder und sie hatten ihn vom Todestag der Mutter an dafür gehasst, dass er ihnen nicht erlaubt hatte, sie noch einmal zu sehen.

Er machte es ihnen ohnehin leicht, ihn zu verabscheuen, denn er war streng, ohne gerecht zu sein, grob und furchteinflößend.

Inzwischen waren die Brüder beide tot, und auch dafür gab Ada der Tyrannei ihres Vater die Schuld.

Gotthard war mit achtzehn weggelaufen und mit zwanzig im Heer der protestantischen Seite umgekommen. Da war Ada sechzehn gewesen.

Ulrich wurde mit sechsundzwanzig im Wirtshaus erschlagen, wo er zu viel Zeit verbracht hatte. Da war Ada schon zwanzig und hatte gerade ihr eigenes winziges Kind verloren.

Die bedrückenden Gedanken an ihren Vater ließen es ihr verlockend erscheinen, in einem Gasthaus zu wohnen statt im Vaterhaus, und sie bat Eilert, eines zu finden.

Er quälte sich mit dem Wagen, an den Cartons Pferd hinten angebunden war, die Rote Straße entlang bis zum Platz am Sande. Dort wurde der Trubel so dicht, dass es nicht mehr vor oder zurück ging. Offene Fuhrwerke voll Waren in Fässern, Säcken und Körben, einer voll Umzugsgut: Truhen, Stühle, Deckenbündel; ein Erntewagen mit einem stinkenden Fuder Mist; Männer mit Lasten auf den Schultern und mit Schubkarren voll Holz; Pferdeknechte mit mehreren Tieren an der Hand, die sich zur Tränke am Sande durchdrängen wollten; geschlossene Wagen, aus denen ungeduldige Stimmen schimpften; Frauen mit Körben auf dem Kopf; streunende Kinder; dazwischen Hunde, Katzen und Tauben. Ein Bauer und seine Söhne versuchten, mit vier kleinen braunen Rindern vom Fleck zu kommen.

»Wäre leichter, erst nach Haus zu fahren«, rief Eilert nach hinten.

Mit einem Ruck wurde die Tür der Kutsche aufgerissen, und Stechinelli schaute zu Ada herein, erhitzt von einem strammen Fußmarsch und außer sich vor Wut. »Ein Gasthaus für die Herren und dich zu finden, ist das Letzte, was ich für dich tun werde. Wenn ich deinem Vater von deinem Benehmen berichte, wird er hoffentlich den Riemen bei dir anlegen und dich zum Gehorsam zwingen. Nichts als Schande haben seine Kinder ihm gebracht. Mit meinem Neffen allein stünde er besser da.«

»Ich habe meinem Vater bis heute keine Schande gebracht als die, die Ihr dazu macht«, sagte Ada leise. Den mutigen Worten zum Trotz waren ihre Hände schweißnass.

Carton holte tief Luft. »Frau von der Wenthe hat ihrem Mann bis hierher das Leben bewahrt. Ihr habt dagegengewirkt und tut es noch. Stirbt mein Freund, lässt sich viel eher an Eurem Ruf kratzen. Wahrhaftig solltet Ihr jetzt besser gehen und uns eine Unterkunft suchen.«

Stechinelli schlug darauf wortlos die Tür so heftig zu, dass die Kutsche wackelte. Ada kamen die Tränen, nur das Schluchzen konnte sie unterdrücken. Es machte sie schwächer, wenn jemand ihre Partei ergriff, als wenn niemand es tat.

»Es tut mir sehr leid«, sagte Carton betroffen.

»Ich bin nur ... Gleich geht es wieder.« Ada winkte ab und trocknete sich das Gesicht mit einem Rockzipfel.

An ihrem Fenster tauchte nun Eilerts Gesicht auf. »Bitte

um Vergebung. Wenn Ihr meine Meinung anhören mögt: Ihr werdet in Lüneburg heute kein Mietbett finden, wo sich ein Kranker pflegen lässt. Es ist ja hier das reine Heringsfass. Besser, wir fahren in die Grapengießerstraße und lassen uns zum Wenigsten mal Wasser geben. Die Pferde haben's auch nötig, und hier an der Tränke ist zu viel Andrang.«

Ada schniefte. »Hast recht, Eilert. Fahr zu.«

Eine Viertelstunde später lenkte Eilert den Wagen in die Durchfahrt ihres Elternhauses und brachte ihn auf dem Innenhof zum Stehen, wo er mit dem schweigsamen fremden Jungen die Pferde ausspannte. Im Haus anmelden musste Eilert die Reisegesellschaft nicht, denn ihre Ankunft war bereits bemerkt worden. Zwei Frauen kamen aus dem Seitenflügel gelaufen, um sie zu begrüßen. Ada kannte sie beide nicht. Die jüngere lief zu Eilert und fiel ihm in die Arme, obwohl er zwei halb abgezäumte Pferde an der Hand hatte und nicht weniger verschwitzt und staubig war als die. Auch die ältere blieb kurz bei Eilert stehen und wechselte ein paar Worte mit ihm, während Ada ausstieg. »Wo ist denn der Alte?«, hörte sie Eilert mit gedämpfter Stimme die Frauen fragen.

»Nicht daheim«, sagte die jüngere fröhlich, und Ada fiel ein Stein vom Herzen.

Eilert entließ die Frau aus seiner Umarmung und schob sie sanft in Richtung Haus. »Lenchen, hol mal fix Knütter, wenn er hier ist. Die Herrschaften brauchen Hilfe. Geh mal hin, Ursula.«

Ursula kam Ada entgegen und knickste, dann wurde sie bleich und drückte die Hände aufs Herz. »Oh Gotte.«

Ada drehte sich um und verstand. Carton war ausgestiegen, und mit dem vielen trockenen Blut an sich sah er bei Tageslicht furchtbar aus. Sie begriff, dass weder sie noch die Männer weiterkonnten, väterliches Wüten hin oder her. »Wir brauchen zwei Betten, Wasser, Tücher, Essen, den Bader. Und einen, der tragen helfen kann.« Sie wies ins Innere der Kutsche.

Ursula spähte zwischen ihr und Carton hindurch. »Oh Gotte«, wiederholte sie, nickte dann aber wild. »Knütter kommt gleich. Ich mach ein Bett. Wo soll ich's richten? Küche?«

Die Küche war zu öffentlich, um als Festung dienen zu können, dachte Ada bitter. »Was ist mit der zweiten Kammer oben?«

»Sollte nach der Hochzeit Eure und Märtens' Kammer werden. Aber nu is ja allens anders«, sagte Eilert, der ohne Pferde herangekommen war. Der Junge stand bei dem breiten Holztrog vor dem Stall und tränkte alle drei Tiere allein.

»Dann mach da die Betten«, sagte Ada. »Und Eilert, sieh zu, dass ihr beide, Dierk und du, den Bauch vollhabt, bevor mein Vater wiederkommt. Er braucht den Jungen nicht gleich zu sehen.«

»Passen wir schon auf«, beruhigte Eilert sie.

Etwas später stand Ada in der oberen Kammer des Haupthauses. Früher hatten ihre Eltern hier geschlafen, doch daran erinnerte nichts mehr. Ada kannte keines der wenigen Möbelstücke.

Neben dieser Kammer, deren Fenster zum Hof hin gingen, befanden sich im ersten Obergeschoss noch zwei weitere kleine Räume. Im fensterlosen mittleren schliefen die beiden Mägde, der andere war vollgestopft mit Zeug, das darauf wartete, gewaschen oder repariert zu werden. Früher hatten dort Adas Brüder geschlafen, nachdem sie zu groß für die elterliche Kammer geworden waren. Ein Bett stand noch zwischen dem Gerümpel, an der Wand, die dem Fenster gegenüberlag.

Ada hatte seit dem Tod ihrer Mutter bei den Mägden geschlafen, damit sich die Frauen nachts um sie kümmern konnten. Sie war oft aufgewacht und hatte geweint, was ihren Vater belästigte.

Die Knechte hatten ihre Unterkunft seit jeher im Seitenflügel, nah bei den Tieren und beim Gerät, um den Besitz vor Dieben und anderem Unglück zu schützen.

Die Räume des Haupthauses lagen größtenteils auf einer Seite der hohen Diele, die man entweder von der Straße her durch die prunkvolle Haustür und einen niedrigen Flur betrat oder vom Hof her durch ein großes Flügeltor, durch das auch sperrige Lasten gebracht werden konnten. Von der Straße aus betrachtet, lagen die Räume links; rechtsseitig führte eine Treppe zur hölzernen Galerie, von der die Türen in die oberen Räume abgingen.

Unten, mit Fenstern zur Straße, gab es die Dornse, die makellose gute Stube, in der Gotthard Lobeke Gäste empfing und Geschäfte regelte. Daneben lag das Herz des Hauses, die Küche, von wo aus Wärme ins ganze Haus verteilt oder durch ein Fenster zur Durchfahrt hin abgeleitet werden konnte. Neben der Küche befand sich zum Hof hin die Kammer, in der Adas Vater schlief und seine Bücher führte. Wie alle Hoffenster ließen sich auch die seiner Kammer zwar öffnen, hatten aber keine Glasscheiben, sondern eine weit billigere Lederbespannung. Zumindest er war der Ansicht, dass diese bei hellem Tag genug Licht durchließ.

Ada schloss die Tür ihrer Zuflucht von innen. Eben hatten die Knechte ihr Reisegepäck hereingebracht, darunter auch von der Wenthes Truhe. Nun war Knütter, der Einzige des Gesindes, den sie außer Eilert und der Köchin von früher her kannte, gegangen, um den Bader zu holen.

Ursula, die um etliches älter war als Ada, arbeitete prompt und schnell. Wasser, Bier und Tücher hatte sie schon gebracht. Nun war sie dabei, mit der Köchin eine kalte Mahlzeit zusammenzustellen.

Von der Wenthe lag im Bett, über das Ursula und Ada vorsorglich leere Mehlsäcke gebreitet hatten. Er war aufgewacht, als sie ihn hochtrugen, hatte geschrien und wieder angefangen zu bluten. Auf dem Bett war er ohnmächtig geworden, und das hatten die Knechte auf Adas Geheiß genutzt, um ihm Koller, Stiefel und Oberhemd auszuziehen.

Carton hatte sich auf das Schlaflager am Boden gelegt und war gleich eingeschlafen. Ada hätte es ihm gern nachgemacht, aber so einfach ging es nun eben nicht mehr.

Ihr Gatte seufzte bei jedem Atemzug und wälzte sich ruhelos. »*Damned pebbles*«, murmelte er. »Durst.« Ada füllte einen Holzbecher mit Bier, setzte sich auf die Bettkante und berührte seine unverletzte linke Schulter. Am Unterarm hatte er eine große Wunde. Sie musste ihren Ekel davor unterdrücken. »Hier ist Bier.«

Er sah sie an, die schönen Augen rot unterlaufen. »Braves Weib. Dein Busen ist so schön wie … Habe ich dich bezahlt?« Sein Atem war heiß, schlecht, wie abgegriffenes Kupfer.

Ada seufzte. Er war zu fiebrig, um zu wissen, was er redete, und sie war zu müde für Entrüstung. Sie legte eine Hand in seinen Nacken und stützte ihn. »Trinkt.«

Knütter und der Bader fanden bei ihrer Ankunft schließlich drei Schlafende vor. Ada hatte ihre Halskrause an einen Kleiderhaken gehängt und sich auf Lenz' Truhe gesetzt, um nur einen Moment auszuruhen. Dort war sie, gegen die Wandtäfelung gelehnt, eingenickt.

Der kleine, muskulöse und speckbäuchige Bader band sich eine fleckige, braune Schürze um. Ada fragte sich, ob sie schon immer braun gewesen war, oder ob sie ihre Farbe der unappetitlichen Arbeit ihres Besitzers verdankte.

Eine Stunde brauchte der Mann, um die Verletzungen der beiden Leidenden zu versorgen. Drastische Maßnahmen wie Ausbrennen oder Ausschneiden blieben ihnen erspart. Ada hatte von solchen Torturen reden hören, denen die Ärzte Verwundete üblicherweise unterzogen. Sie war erstaunt, dass der Bader sich darauf beschränkte, die Wunden zu nähen und erst dann die umgebende Haut mit einem nassen Tuch zu reinigen. Die Verkrustungen an den Verletzungen entfernte er gar nicht. Für die Männer schien die Prozedur schlimm genug zu sein, sie bissen auf ihre Knebelhölzer und stöhnten.

Der Bader bemerkte Adas Verwunderung. Als er fertig war, sah er sie verachtungsvoll an. »Wenn es Euch so nicht passt, holt doch den neuen Wundarzt. Die meisten Leute waren froh, wenn ich ihren Betttüchern die Blutsudelei so weit als möglich erspart habe. Fängt es an zu eitern, kann ich immer noch kommen und das Fleisch ausschneiden. Macht es, wie Ihr meint, aber für mich sind es jetzt drei neue Taler.«

Ada bekam feuchte Handflächen. »Sogleich?« Der Bader nickte mit finsterer Miene, sie nickte betreten zurück. »Wartet einen Moment vor der Tür.«

Der Mann tat wie geheißen, Ada wandte sich hilfesuchend Carton zu, obwohl er ihres Wissens nichts Bares mehr bei sich hatte. Er reagierte, bevor sie fragen konnte, und zeigte auf die Truhe. Ada war mit zwei Schritten dort und fischte im Oberteil ihres Kleides nach dem Schlüssel.

In der Kiste lagen zuoberst, auf einem grünen Stück Samt, das den restlichen Inhalt bedeckte, ein Bündel Kleidung und ein Lederbeutel mit Münzen. Drei Taler waren fast die Hälfte des Inhalts, das sah sie ohne Zählen und Rechnen, als sie die Summe für den Bader herausnahm. Sorgsam verstaute sie den Beutel wieder in der Truhe und deren Schlüssel in ihrem Kleid.

Von der Galerie aus sah sie zu, wie der Bader unten über die Diele ging, nachdem sie ihn bezahlt hatte. Er hatte den Ausgang noch nicht erreicht, als die Haustür von außen geöffnet wurde. Mit einem Ruck flog die schwere Tür auf, gerade eben so, dass sie nicht an die Wand schlug und ihre Zierleisten einen Schaden davontrugen. Ada fühlte sich in ihre Kindheit zurückversetzt. Das breite Gesicht ihres Vaters wurde nicht besonders rot, wenn er wütend war, vielmehr erstarrten seine Züge in eisiger Abscheu. »Raus aus meinem Haus«, fuhr er den Bader an. Weil er dann sofort suchend zu ihr nach oben sah, vermutete Ada, dass er Stechinelli begegnet war. Ohne den Blick von ihr zu wenden, ging er zur Mitte der Diele, Matthias Märtens einen Schritt hinter ihm. Von dort aus musterten beide sie schweigend, ihr Vater mit einer Kälte, die das Übliche übertraf. Märtens' Ausdruck konnte sie nicht deuten. Sein Unterkiefer stand vor, was seinem langen, hageren Gesicht stets einen grimmigen und missbilligenden Ausdruck gab. Er sollte sich zumindest einen Bart wachsen lassen, dachte Ada.

Ihr wurde bewusst, in welch üblem Zustand ihr eigenes Äußeres war. Sie trug noch das durch Reiseschmutz und Blut verdorbene grüne Kleid und hatte den Kragen nicht wieder angelegt. Unter ihrer Haube, die ebenfalls nicht mehr die reinste sein konnte, hatte sich ihr Haarknoten weitgehend aufgelöst. Unwillkürlich verschlangen sich ihre Hände vor ihrem Bauch, und obwohl sie räumlich hoch über ihrem Vater stand, fühlte sie sich klein.

»Komm runter in die Dornse«, befahl er, drehte sich um und ging selbst in seine Kammer.

Matthias Märtens blieb noch auf der Diele stehen, sah aber nicht mehr sie an, sondern nur das Dielenfenster der Dornse. Er drehte seinen steifen grauen Rundhut in den Händen und sprach zur Wand, eintönig, ohne Höhen und Tiefen. »Ihr habt Euren Herrn Paten sehr verärgert. Ich hoffe, dass Ihr nun Vernunft annehmt und Euch allem fügt, was Eure Vormünder zu Eurem Besten bestimmen. Vielleicht lässt sich der Schaden noch beheben.«

Ada sparte sich eine Erwiderung und ging in die Kammer zurück, die sie mit den beiden Männern teilte. Sie wollte zumindest nicht schäbig gekleidet vor ihren Vater treten, um sich nicht noch unterlegener zu fühlen.

Mit dem lederbespannten Kaminschirm zwischen sich und den Männern zog sie sich ein frisches Oberkleid an, prüfte den Sitz des Hüftkissens, band ihren Kragen wieder um und richtete Haare und Haube.

»Soll ich Euch begleiten?«, fragte Carton.

Ada musste nicht in sein bleiches Gesicht sehen, um zu wissen, welche Anstrengung das für ihn bedeutet hätte. So sehr sie sich Begleitung wünschte, wusste sie zudem, dass es nur ein Aufschub gewesen wäre, wenn sie nicht allein ging. Außerdem war sie allein härter. »Nein. Er kann mir nicht viel anhaben. Er ist nicht mehr mein Vormund.« Zu ihrem Bedauern klang sie nicht überzeugend.

»Ich gebe Euch den Rat, keine Papiere aus der Hand zu geben.«

Sie nickte. »Es liegt alles sicher in der Truhe.« Mit einer energischen Bewegung ihrer Schultern rückte sie das Kleid zurecht, dann zog sie aufrecht in ein neues Gefecht mit ihrem Vater. Bisher hatte sie alle verloren, doch diesmal hatte sie den festen Vorsatz, nicht nachzugeben.

Die Dornse, mit ihren Wänden und ihrem Boden aus Eichenholz und den Fensterscheiben aus kleinen Glasstücken, lag immer im Halbdunkel, es sei denn, es kam Besuch ins Haus. Dann wurden Lichter angezündet, Wachs bei hohen, Talg bei weniger hohen Gästen.

Seit Adas Kindheit hatte der Raum sich nicht verändert. Sie erinnerte sich vage daran, dass zu Lebzeiten ihrer Mutter gelegentlich Blumen in einem Tonkrug auf dem schweren Tisch gestanden hatten. Die Blumenbeete gab es noch immer. Vor dem Haus waren sie sogar gepflegt, was Ada nicht wunderte. Ihr Vater hatte schon immer gern nachgeahmt, was die großen Patrizierhäuser taten. Und die großen Häuser hatten lange Zeit um die schönsten Gärten und kostbarsten Pflanzen gewetteifert. Ganz Holland war dadurch reich geworden.

Auch bei den Fenstern hatte der Vater seinen Vorbildern

nachgeeifert. Drei waren es: im linken, farbig in Blei gefasst, das Wappen der Lobeke, im rechten das mütterliche Wappen der Rademacher. In der Mitte der heilige Nikolaus, Schutzpatron der Kaufleute.

Schön bunt war das alles, aber heller wurde es davon nicht in der Stube, und allzu ehrfurchteinflößend war es für den wissenden Gast ebenfalls nicht, denn zumindest das Wappen der Rademacher war vom Vater erfunden worden. Ada wusste das von ihrem Bruder Ulrich. Der Vater hätte es ihr nicht erzählt.

Er kam aus seiner Kammer und zur Dornsentür herein. Ada horchte, ohne sich zu ihm umzudrehen, obwohl die Härchen in ihrem Nacken sich aufrichteten und sie sich auf einmal kraftlos fühlte. Mit zusammengebissenen Zähnen wandte sie sich ihm zu und nickte grüßend. »Vater.«

Er ging an ihr vorbei und setzte sich mit dem Rücken zu den Fenstern an den großen Tisch. »Ja. Das bin ich. Und du tätest gut daran, es im Gedächtnis zu behalten. Ich hatte dein Wohl im Sinn, als ich nach dir geschickt habe, und du dankst es mir mit dem schlimmsten und dümmsten Ungehorsam, bevor du überhaupt hier ankommst.«

Er hatte sich nicht sehr verändert, aber doch ein wenig. Haare hatte er schon damals kaum noch gehabt, und er versteckte sein Haupt daher meist unter einer Kappe. Die Müdigkeit um die Augen und die Falten waren neu. Auch hätte er ihr in früheren Tagen sofort eine Ohrfeige versetzt.

Ihm zu erwidern, dass sie nicht ungehorsam hatte sein wollen, wäre diesmal eine Lüge gewesen. Sie atmete durch. »Stechinelli hielt die Eheschließung mit Herrn von der Wenthe für vorteilhaft.«

Gotthard Lobekes flache Hand knallte auf die Tischplatte. Aha, da war er, der bekannte Vater. Es kostete Ada Mühe, nicht zurückzuweichen. Er ballte seine Hand zur Faust und schüttelte sie drohend. »Stechinelli hielt es nicht für vorteilhaft, dass du diesen Herrn Marodeur halb tot aufklaubst und hier anschleppst. Stechinelli versicherte mir glaubhaft, du hättest mit deinem Verhalten seinen Rat und unseres Herrgotts Weisheit verspottet und meine Beschlüsse zunichtegemacht. Einen Vorteil hätte es für alle geben können, wenn du nicht so ein unverständiges Geschöpf wärest.«

Tausend Widerworte schossen Ada durch den Sinn, aber sie schwieg. Mit ihm zu streiten war überflüssig. Nichts, was sie sagte, würde seine Ansichten beeinflussen. Sie sah ihn weiter mit höflich unterwürfiger Aufmerksamkeit an und ließ ihn fortfahren.

»Ich erwarte, dass du dich nun in keiner Weise widersetzt, wenn ich die Sache bereinige. Du wirst deine Habe sogleich aus der Kammer dieser Männer entfernen und sie danach nicht mehr betreten. Ich stelle eine Magd zur Pflege an. Des Weiteren wirst du schweigen und nicht einen Laut über eine etwaige Eheschließung verbreiten. Ohnehin glaube ich keinen Augenblick, dass diese Verbindung rechtskräftig ist. Weiß der Teufel, welchen Vorteil sich der Kerl davon versprochen hat, dich dumme Gans zu überrumpeln. Am Ende wollte er an mein Vermögen, aber das wird ihm sauer werden. Wo sind die Papiere?«

Ada bewegte sich rückwärts und öffnete die Tür. »Oben.«

»Hol sie.«

Nebenan stand die Küchentür halb offen, und Ada entdeckte die neugierige Nasenspitze von Eilerts Lenchen. Umso besser, dann würde sich schnell herumsprechen, was sie zu sagen hatte. »Vater, es tut mir leid. Ich habe eine rechtskräftige Ehe mit Herrn von der Wenthe geschlossen, und ich werde diese Ehe achten. Und pflegen werde ich meinen Gatten selbst.«

Es überraschte sie nicht, dass er aufsprang und mit dem irren Blick eines Berserkers auf sie zukam. Schnell floh sie über die Diele und die Treppe hinauf. Als ihr Vater den Fuß der Treppe erreichte, war sie schon an der Tür ihrer Kammer. Er begriff, dass die Verfolgung sinnlos war, und blieb unten. Ada nahm noch einmal ihren Mut zusammen und trat ans Geländer der Galerie. »Es würde als unchristlich betrachtet werden, falls du mir die Unterstützung deines Hauses bei der Pflege meines Gatten verweigerst. Sobald er gesund genug ist, werden wir dir nicht weiter zur Last fallen.«

Die Stimme ihres Vaters war wie drohendes Gewittergrollen. »Du weißt nicht, was du redest, und nicht, wie die Leute etwas betrachten. Was sie sehen werden, ist, dass du dich von einem Haderlumpen hast fangen lassen. Begreif es schnell, dann lässt es sich noch richten. Glaub nicht, ich helfe dir weiter, wenn er überlebt und du ihn am Hals hast. Von mir siehst du keinen Heller. Sei glücklich, dass meine Gesinnung so christlich ist, dass ich euch nicht umgehend in die Gosse werfe.«

Ada ließ ein Nicken als Antwort genügen, bevor sie in die Kammer ging. Sie fuhr zusammen, als sie Carton neben der Tür bemerkte, wo er mit dem Degen in der Hand gelauscht hatte. Fahrig machte sie die Tür zu und drehte den Schlüssel im schwergängigen Schloss.

Carton bewegte sich mühsam zu seinem Lager zurück. Mit der gesunden Hand, in der er auch den Degen hielt, stützte er sich an der Wand ab.

Ada schnaubte belustigt. »Was wolltet Ihr tun? Attackieren? Ihr wäret ja kopfüber die Treppe hinuntergestürzt.«

Er hielt inne und sah sie mit treuherzigem Augenaufschlag an. »Zu Eurem Schutz hätte ich mein Bestes versucht.«

Sie schenkte ihm ein dankbares Lächeln. »Das ist liebenswürdig, aber für Euch gibt es mehr zu befürchten als für mich.« Weit mehr, dachte sie. Einen Totschlag wollte sie ihrem Vater nicht zutrauen, aber es lag ihm bestimmt nicht fern, die Krankheit der beiden Männer auszunutzen, um sie loszuwerden.

Aus christlicher Gesinnung behielt er sie nicht im Haus, er wollte nur Aufsehen vermeiden, da war Ada sicher. Gotthard Lobeke wusste so gut wie sie, wie die Leute sich damals das Maul über ihn zerrissen hatten, als es um ihre sterbende Mutter gegangen war. Er würde sich gut überlegen, ob er wieder einen Schwerkranken aus dem Haus wies.

Carton sackte gequält auf der Strohmatratze am Boden zusammen. »Wenn es mir besser ginge und der Mann nicht Euer Vater wäre, dann hätte ich ihn für den ›Haderlumpen‹ zum Duell gefordert.«

Seine Worte weckten in Ada warme, fast mütterliche Zuneigung. Er hatte ein junges, hübsches Gesicht, konnte nicht viel älter sein als sie selbst und steckte voll unverbrauchtem Heldenmut. Mehr, als gut für ihn war. Sie hatte das von ihrem Bruder Gotthard in Erinnerung. »Mein Vater hat immer Hellebarden und eine Muskete besessen, aber nie einen Degen. Einen Zweikampf würde er lächerlich nennen. Leute, mit denen er Händel hat, bringt er vor Gericht, und darin ist er gut. Bestimmt wird er versuchen, meine Ehe für ungültig erklären zu lassen. Ich kann nur hoffen, dass wir keinen Fehler gemacht haben, denn seine Juristen-Freunde wüssten ihn sicher zu finden.«

»Es hat alles seine Richtigkeit.« Carton konnte nicht länger aufrecht sitzen und streckte sich auf seinem Lager aus. »Bis zu dem Tag, an dem wir vom Besitz seines Vaters aufgebrochen sind, hat Lenz nie einen Fehler gemacht. Jedenfalls kann ich mich nicht daran erinnern. Ich kann ein Papier nicht so schnell lesen, wie er eine kluge Antwort fertig diktiert.« Seine Augen fielen zu, er sprach schon wie im Schlaf. »Ohne ihn hätte ich mich schon viel öfter in Schwierigkeiten gebracht.«

Zu Adas Freude stand ein Tablett mit Essen auf dem kleinen Tisch beim Fenster. Die letzte Aufregung hatte sie noch hungriger gemacht. Während sie sich setzte, stellte sie sich vor, dass ihr Vater in seiner Kammer genau unter ihr saß, wie ein Dämon der Unterwelt. Mochte er lauern, für den Moment war sie in Sicherheit. Sie hob den Deckel von der Steingutschüssel. Hühnerfrikassee. Das Wasser sammelte sich in ihrem Mund. Sie überlegte, ob sie angesichts der leidenden Kranken ein schlechtes Gewissen für ihren Appetit haben musste. Dann befand sie, dass es niemandem half, wenn sie sich nicht bei Kräften hielt. »Was hat er denn an dem Tag für einen Fehler gemacht?«

Falls Bitterkeit in Cartons Stimme lag, wurde sie von seiner Schwäche überdeckt. »Er ist ausnahmsweise blind meinem Wunsch gefolgt. Der Streit mit seinem Vater hatte ihn sehr aufgebracht. Das war ein Streit! Ich dachte, entweder bringt der Vater den Sohn mit giftigen Worten um, oder der Sohn den Vater mit dem Degen. Merkwürdig sind die Väter hierzulande, wenn Ihr verzeiht. Aber ich bin wohl verwöhnt. Mein Vater ist liebenswert.« Seine Stimme erstarb, und er atmete tiefer.

»Möchtet Ihr noch etwas essen, bevor Ihr schlaft?«, fragte Ada leise.

»Ich hab schon, danke«, flüsterte er.

Viel konnte das nicht gewesen sein, stellte Ada mit einem Blick auf das volle Tablett fest. Sie wollte zulangen, da zwickte sie doch das Gewissen, und sie stand noch einmal auf. Zuerst breitete sie eine Wolldecke über Carton, dann beugte sie sich über ihren Gatten und beobachtete eine Weile dessen unregelmäßige Atmung. Sein gepflegter Bart verlor schon die Kontur. Die rauen Stoppeln ließen sich im Wachstum von der Schwäche des Mannes nicht aufhalten und hoben die kantigen Formen seines Kiefers hervor. Seine Lippen dagegen waren weich, wie sie wusste. Je länger sie sein Gesicht ansah, desto schneller schlug ihr Herz. Sie wollte ihr Möglichstes tun, um ihn am Leben zu erhalten, schwor sie sich, als sie auch über ihn eine Decke zog.

5

Bange Tage und Nächte lang wusste Ada nicht, ob ihr Möglichstes genug sein würde, um Lorenz von der Wenthe zu retten. Sie wusch ihn, flößte ihm zu trinken ein, bettete ihn täglich frisch, kühlte ihn, wenn er im Fieber die Decken von sich stieß, und wärmte ihn mit heißen Steinen aus der

Küche, wenn ihm vor Fieberfrost die Zähne klapperten. Ihr Vater hinderte sie nicht, nahm allerdings auch mit keinem Wort Anteil, ebenso wie Märtens, den Ada nicht ein einziges Mal zu Gesicht bekam. Sie vermutete, dass beide abwarteten, ob ein natürlicher Tod des Kranken ihnen jede weitere Mühe abnehmen würde.

Die ganze Zeit über war ihr Gatte nie wach genug, um mit ihm reden zu können. Christopher Carton dagegen fühlte sich nach viel Schlaf und stärkender Krankenkost schon am Ende des zweiten Tages so weit wiederhergestellt, dass er ein vermittelndes Gespräch mit Adas Vater führen wollte. Sie beauftragten Knütter, für sie darum anzusuchen, aber Gotthard Lobeke ließ ausrichten, er wüsste nicht, was er mit dem ungeladenen Herrn Gast zu reden hätte.

Angesichts dieser angespannten und schwierigen Lage in Lobekes Haus ging Carton am dritten Tag mit Eilerts Unterstützung aus, um eine bessere Herberge zu finden, kehrte jedoch erfolglos zurück. Für sich allein hätte er ein Wirtshausbett gefunden, das er mit nur einem anderen Gast hätte teilen müssen. Zur Pflege eines Kranken fand sich kein guter Ort. Gemeinsam mit Ada kam Carton zu dem Schluss, dass es unter diesen Umständen besser war, wenn auch er blieb.

In der folgenden Nacht schlief von der Wenthe ruhig, und am Morgen war das Fieber gebrochen.

Lenz wusste, dass es ihn böse erwischt hatte, als er zu sich kam. Was genau ihm zugestoßen war, wusste er nicht.

Er fühlte sich wie gekielholt – als sei er der Länge nach unter einem seepockigen Schiffsrumpf hindurchgezogen worden: zu dreiviertel ertrunken, und kein Fetzen heile Haut mehr. Das Atmen tat weh, das Schlucken, und jede andere Bewegung hätte sicher geschmerzt, wäre er zu einer einzigen fähig gewesen. Schwach, wie er war, blieb er machtlos auf der Seite liegen. Immerhin konnte er die Augen öffnen, wenn er auch nicht verstand, was er sah.

Es war dämmrig in der fremden Kammer, als wäre es Morgen oder Abend, aber das mochte am Schweineblasenfenster liegen. Honigfarbene Nadelholzvertäfelung vom Boden bis zur Decke, mit ornamentalen Schnitzleisten verziert. Handwerklich schön gemacht, aber nicht kostbar. Der Boden war aus Lärchendielen, ein Teppich, der ihn sonst wohl bedeckte, lag aufgerollt vor einem kleinen Tisch beim Fenster. Ein solides und schlichtes braunes Tischchen, wie der ungepolsterte Stuhl, der dazugehörte.

Auf dem Tisch stand ein Tablett mit Zinntellern, Steingutschüssel, Bechern und einem Brotknust, der ihn zu der Überlegung verleitete, ob er hungrig war. Die Vorstellung, etwas zu essen, verursachte ihm jedoch Übelkeit.

Er hörte einen Mann schnarchen. Den Fehler, sich nach ihm umzusehen, machte er nicht, sondern blieb bei dem, was er ohne weitere Anstrengung überblicken konnte. An der Wand beim Kopfende des Bettes standen Truhen. Eine davon erkannte er als seine, sie hatte vor langer Zeit seiner Mutter gehört und im Haus seines Vaters gestanden, bis er dorthin gekommen war, weil … Sein Kopf tat ihm weh, wenn er zurückdachte. Es fiel ihm schwer, seine Erinnerungen zu ordnen, nur langsam setzte sich die Geschichte zusammen.

Sein Vater war sterbenskrank. Er war mit Christopher zu ihm nach Wenthe gereist.

Großen Aufwand hatte er getrieben, weil er seinen sterbenden Vater noch hatte sehen wollen, wie es seine Kindespflicht war. Lenz war mit versöhnlichen Gefühlen und besten Absichten gekommen. Doch der alte Mann hatte ihn nicht für einen letzten Segen zu sich zitiert, nicht, um seine Verbundenheit zu zeigen, sondern nur, um ihn bis aufs Blut zu reizen und einen Streit vom Zaun zu brechen. Lenz' Vater hatte keinen Wert darauf gelegt, in Frieden von seinem Sohn Abschied zu nehmen. Ihm war nur wichtig gewesen, sich noch an Lenz' Reaktion auf sein Testament weiden zu können.

Diese kalte Boshaftigkeit hatte Lenz erschüttert, mehr als die Beleidigungen und Vorwürfe oder der Inhalt des Testaments, womit sein Vater ihn hatte strafen wollen. In der Tat konnte Lenz sich an die Einzelheiten der ärgerlichen Auseinandersetzungen mit dem Sterbenden gar nicht mehr erinnern. Nur daran, wie fassungslos und wütend er gewesen war, weil die letzten Gedanken seines Vaters Gemeinheiten galten. Mit solch einem schlechten Bild seines Vorfahren im Gedächtnis musste er nun leben.

Lenz hatte den Besuch abgebrochen und war mit Christopher abgereist, obwohl der alte Herr noch lebte.

Dann … dann musste noch etwas geschehen sein, an das er sich aber beim besten Willen nicht erinnern konnte.

Lenz wandte seine Aufmerksamkeit wieder dem Raum zu, in dem er sich nun befand. Es war Christopher, der da schnarchte, da gab es keinen Zweifel mehr.

Die zweite Kiste, die er sehen konnte, war ihm unbekannt. Es war eine Aussteuertruhe, um die Hälfte höher als seine, mit allerlei Schnitzereien an der Vorderseite. Ein Hochzeitspaar rechts, eines links, Vögel, Blumen. Ein hübsches Möbelstück. Auf dem Boden davor stand ein eckiger Weidenkorb mit Deckel.

An einem Wandhaken über den Truhen hing eine spanische Halskrause, sehr feine Spitze, bloß etwas schmutzig und nicht mehr ordentlich gestärkt. Die jungen Frauen in England trugen so etwas kaum noch. Wahrscheinlich gehörte zu dem Kragen die Frau, deren Kleid mit anderen getragenen Wäschestücken unter dem Tischchen beim Fenster lag. Der mochte auch die Kammer gehören, aber welches anständige Frauenzimmer nahm zwei Männer in seine Kammer, einen davon nackt unter seiner Decke? Er wollte nicht spekulieren, wo sie gelandet waren, aber selbst sein schläfrig matter Verstand spürte Neugier.

»Christopher?«, versuchte er laut zu sagen, war aber zu heiser, um zu seinem Freund durchzudringen, der weiterschnarchte. Statt seiner rührte sich in Lenz' Rücken auf dem Bett etwas, er fühlte, wie die Matratze schwankte, dann etwas Warmes, das ihn berührte. Jemand atmete ihm ins Ohr.

»Lenz?«, fragte eine Frauenstimme.

Sensenmann und Deubel, nun wurde es heikel. Wer war dieses Weib, das ihn offenbar kannte, und das er völlig vergessen hatte? »Hm«, sagte er, um Zeit zu gewinnen, und das war gut, denn sie kletterte aufgeregt aus dem Bett. »Christopher«, sagte sie, so laut, wie Lenz gern selbst gewesen wäre. »Christopher, er ist wach.«

Als Nächstes tauchte der Kopf seines geliebten Beinahe-Bruders vor Lenz' Augen auf – knittrig, zerzaust, lange nicht barbiert, aber mit wachen Augen und hoffnungsvoller Miene. Trotz seiner Mattigkeit lächelte Lenz unwillkürlich. Solange nur der Kleine heil und gesund war.

Christophers Jungenmund zog sich zu einem strahlenden Lächeln in die Breite. »Ich wusste doch, dass du es schaffst, *I knew it.* Wir bringen dich im Handumdrehen wieder auf die Beine.«

Lenz brachte ein Brummen hervor, von dem er hoffte, dass es zustimmend klang, fand dann aber, dass er für den Moment genug getan hatte. Er schloss die Augen, und kaum drei Atemzüge später war er wieder eingeschlafen.

Solange Lorenz von der Wenthe in höchster Gefahr gewesen war, hatten Ada und Christopher sich kaum unterhalten. Im Gegenteil, je gesünder Christopher wurde, desto verlegener wurden sie im Umgang miteinander, da sein Aufenthalt in ihrer Kammer als unziemlich galt und manche Peinlichkeit mit sich brachte.

Umso überraschter war Ada, als Christopher sie nach dem ersten Wortwechsel mit seinem genesenden Freund stürmisch in die Arme schloss und drückte, als wäre sie seine Herzliebste. Sie zog die Luft ein vor Schreck, sodass er sie schnell wieder losließ und rot anlief. »Verzeiht mir. Es überkam mich.«

Lächelnd drückte sie seine Hand, und von da an war er so guter, übersprudelnder Laune, dass Ada ihn nicht wiedererkannte.

Er war melancholisch und voller Schuldgefühle gewesen, seit er ihr am Tag nach ihrer Ankunft in Lüneburg erzählt hatte, was in der Schlacht passiert war. Dabei fand Ada, dass er sich für sein Verhalten auf dem Schlachtfeld keineswegs schämen musste. Sie hatte sich nicht getäuscht, als sie annahm, dass er ein ausgezeichneter Reiter sei. Bereits vor der Attacke hatte er es so aussehen lassen, als hätte er Schwierigkeiten mit seinem aufgeregten Pferd. Es überraschte die anderen Männer daher nicht, dass er die Zügel verlor und sein Pferd mit ihm durchging. In rasendem Galopp brachte es ihn quer zur Richtung des Angriffs an den Rand des Geschehens.

Lenz hatte Christopher dazu geraten, ihm aber gleichzeitig klargemacht, dass mit diesem Trick nur einer von ihnen durchkommen könne. Er selbst war bei der vorpreschenden Reiterei geblieben, die die Besatzung der gegnerischen Kanonen überwältigen sollte. Eine aussichtslose Strategie, hatte Lenz Christopher erklärt, und bald hatten sich seine Worte bestätigt. Die Mannschaften der Geschütze und vor allem die Kaiserlichen Musketiere schossen die angreifenden Reiter so schnell von den Pferden, dass der Gegner es nicht einmal für nötig hielt, ihnen die eigenen berittenen Kürassiere entgegenzuschicken. Sie waren geschlagen, bevor sie eine einzige feindliche Kanone auch nur deutlich erkennen konnten.

Christopher hatte Lenz aus der Ferne mit dem Pferd stürzen sehen und war umgekehrt, um ihm zu helfen, dabei war er jedoch selbst von einer Musketenkugel gestreift worden. Als er den bewusstlosen Freund erreichte, konnte er nur feststellen, dass er allein und mit seinem verletzten Arm keine Aussicht hatte, ihn zu retten. Helfer fanden sich unter den mittlerweile kopflos fliehenden oder mit weißen Lappen in der Hand zum Feind überlaufenden Soldaten nicht.

Die Hilflosigkeit, die er empfunden haben musste, hatte ihm beim Erzählen wieder im Gesicht gestanden. Das Wissen, den Freund trotz der Schwierigkeiten geborgen zu haben, half ihm nicht, solange der noch mit dem Tod rang.

Er gab sich die Schuld dafür, dass sie überhaupt unter die Soldaten geraten waren. Lenz hatte mit dem Einspänner und ihren Pferden bis Munster durchfahren wollen. Christopher hatte auf eine Pause in Hermannsburg gedrängt, wo sie auf einen Teil der Bande gestoßen und in Reibereien hineingezogen worden waren. Am Ende war ihnen nichts anderes übriggeblieben, als sich von den groben Kerlen zum Rest der Armee mitschleifen zu lassen.

Nun, da Lenz über den Berg war, fiel die Niedergeschlagenheit von Christopher ab. Voll neuer Tatkraft ging er am folgenden Tag aus, um Erkundigungen darüber einzuholen, welche Möglichkeiten sie für ihr weiteres Vorgehen hatten und wie sie am günstigsten an Bargeld kommen konnten.

Ada nutzte die Zeit, in der er abwesend war, um die Briefe und Papiere zu lesen, die sie in Verwahrung hatte. Dies in Christophers Gegenwart zu tun, wäre ihr unangenehm gewesen. Zu ihrem Leidwesen war sie tatsächlich schwach im Lesen, wenn sie auch durch viel Übung besser vorankam als früher.

Sie öffnete das Fenster, um mehr Licht hereinzulassen, überzeugte sich, dass ihr Gatte schlief, und setzte sich.

Geehrter Vater,
hoffend, Ihr möget Euch wieder besserer Gesundheit erfreuen, setze ich Eure gräflichen Gnaden hiermit von meinem Beschluss in Kenntnis, mich Eurem väterlichen Rat und Wunsch zu beugen und eine angemessene Ehe zu schließen.
Solches ist geschehen am zehnten May, mit der ehrbaren Wittib Konrade Christiana Henriette von Bardeleben, geborene Lobeke aus Lüneburg. Der Ehe-

kontrakt wurde nach Brauch und Gesetz vor Zeugen eingetragen in das Kontraktenbuch zu Ebstorf.
Eurem Willen ist somit Genüge getan, möge es Eurer Zufriedenheit dienen.

Achtungsvoll
Konstantin Lorenz Aegidius von der Wenthe

Weder erwähnte er seine Notlage, noch fügte er ein persönliches Wort bei. Ihr Gatte musste zu seinem Vater ein wahrhaft kaltes Verhältnis haben, folgerte Ada. Andererseits mochte es sein, dass er geglaubt hatte, der Brief würde seinen Vater nicht mehr erreichen, sondern nur einen Nachlassverwalter.

Sie blätterte durch die restlichen Papiere. Da war ihre Heiratsurkunde mit einer Abschrift, was für Lorenz' weise Voraussicht sprach. Cartons verschlossener Brief an seinen Vater, den Ada zur Seite legte, um ihn zurückzugeben. Dann kam ein edler Papierbogen mit Wasserzeichen.

Letztwillige Verfügung seiner gräflichen Gnaden Ludwig von der Wenthe. Die Handschrift war zittriger und schlechter lesbar als die seines Sohnes. Ada buchstabierte sich nur zwei Zeilen durch das Geschriebene, um sicherzugehen, dass es sich um das Schriftstück handelte, welches ihr Gatte ihr vor der Eheschließung vorgelesen hatte.

Der alte Graf von der Wenthe vermachte aus Gründen, die sein Sohn als »streitsüchtigen, altersstarrsinnigen Eigenwillen« bezeichnet hatte, sein Haus, das direkt zugehörige Land, alles bewegliche Gut und die Einnahmen daraus dem Eheweib seines Nachkommen, so »von angesehenem Stand«. Dem Sohn blieben die vom Herzog von Braunschweig verliehenen Lehensgüter, die in diesen unruhigen

Zeiten eine zweifelhafte Gabe waren. Je nach weiterem Verlauf des Kriegsgeschehens mochten sie noch auf Jahre keinen Gewinn bringen oder ganz verlorengehen.

Gab es kein Eheweib, blieb das Gut Treuhändern unterstellt und fiele nach Lorenz' Tod an die Erblinie von Graf Ludwigs Bruder: Graf Ferdinand von der Wenthe-Heidmark.

Ada hatte der Heirat zugestimmt, so wie eine Ertrinkende nach dem Rettungsseil griff. Sie hatte nicht lange darüber nachgedacht, was genau hinter dem Zwist zwischen Lorenz und Ludwig von der Wenthe stecken mochte, auch nicht, warum beide so dringend verhindern wollten, dass Lenz' Onkel Ferdinand alles erbte. Erst im Nachhinein wurde ihr deutlich, dass es einen wichtigen Grund dafür geben musste, wenn Lenz das Erbe lieber einer fremden Frau zuspielte als seinem Verwandten. Es hätte schließlich an ein Wunder gemahnt, wenn sie nach der einen Nacht ein Kind auf die Welt brachte, welches seine Linie fortführen konnte.

Ada wollte nicht daran denken, was sie anfangen würde, wenn sie ein Kind statt eines Ehemannes zurückbehielt. Solche Überlegungen beunruhigten sie jetzt weit mehr als an jenem Tag am Rande eines Schlachtfeldes.

Die letzten Schriftstücke waren ineinandergefaltet. Ihr Gatte hatte sie ebenfalls am Tag der Heirat verfasst. Es waren sein eigenes Testament und eine Mitteilung an sie.

Verehrte Frau von der Wenthe,
die Ihr bei Erhalt dieses Briefes sein werdet,
ich hoffe, Euch gereicht unser Handel zum Vorteil,
und vertraue darauf, dass Ihr angelegentlich meiner

letztwilligen Verfügung nach bestem Gewissen handeln werdet.
Bedenkt, dass unten genannte Personae nicht für meine sündigen Verfehlungen büßen dürfen und als unschuldig und hilfsbedürftig behandelt werden müssen. Möget Ihr dies verständiger betrachten als mein nun wohl verstorbener Vater, der darin eine weitere Ursache für das Zerwürfnis zwischen ihm und mir fand.
Besonders ans Herz lege ich Euch außerdem die Obwalt und Sorge für das – der Familie in vielerlei Weise verbundene – von der Wenthe'sche Gesinde, wie es jedem mitmenschlich fühlenden Brotherren ohnehin obliegt.
Seid gewarnt, dass mein Onkel, Graf Ferdinand, Euch als Hindernis betrachten könnte, das seiner Inbesitznahme des Gutes entgegensteht. Behaltet im Sinn, dass ihm mitmenschliche Gefühle fremd sind.

Ich wünsche Euch gutes Gelingen für Euren weiteren Weg.
Lorenz v. d. Wenthe

In Rätseln schrieb er, fand Ada, und widmete sich seinem Testament. Die Handschrift ihres Gatten war ein Segen, sie kam gut damit zurecht. Dennoch stockte sie nach den ersten zwei Sätzen und las sie noch einmal von vorn, dann zog sie mit einem Zischen die Luft durch die Zähne ein.

Das Wenthe'sche Familiengut vermachte Lorenz ihr, mit allen Einnahmen. Den ansehnlichen Besitz jedoch, den er in England hatte, der Familie Carton. Mit der Auflage, eine beträchtliche jährliche Summe aus dessen Ertrag treuhänderisch seinem ebenfalls in England lebenden unehelichen Kind und dessen Mutter zugutekommen zu lassen. Eine Unterstützung nach Ermessen sollte die Familie Carton an Ada zahlen, falls sie ein Kind von ihm auf die Welt brachte.

Ada faltete sämtliche Blätter zusammen und band die Schnur darum, so fest, als könnte sie derart die verwirrenden Gedanken bändigen, welche die Lektüre in ihr entfesselt hatte. Sie konnte sich nicht vorstellen, was ihr Gatte nun mit ihr anfangen würde. Vielleicht würde er sie schnellstens loswerden wollen, wenn er wach genug war. Auf ihn warteten bereits in England eine Frau und ein Kind.

Unten ging die Haustür auf, die Stimme ihres Vaters war zu hören. Ada erschrak, er hätte länger ausbleiben sollen. Sie hoffte, dass die Frauen in der Küche nicht gerade Dierk mit Honigbrot fütterten.

»Bitte um Verzeihung«, sagte Lorenz von der Wenthe vom Bett aus, die Stimme rau vom langen Nichtgebrauch. »Wo sind wir hier?«

Ada war zusammengefahren, als er sie ansprach, nun überspielte sie den Schreck mit einem gezwungenen Lächeln. Auf dem Weg zum Bett warf sie das Papierbündel in seine Kiste, verschloss sie und hängte sich den Schlüssel, den sie mit einem Band versehen hatte, um den Hals. Dann nahm sie auf einem Fußschemel neben dem Bett Platz, wo sie mit ihrem Gatten auf Augenhöhe saß. »In Lüneburg. Im Haus meines Vaters.«

Mit nachdenklich gefurchter Stirn musterte er sie. Ada hielt seinem Blick stand und machte ihre eigenen Beobachtungen. Sein bärtiges, blasses Gesicht sah noch längst nicht gesund aus, aber seine Augen waren beinah klar und so hübsch wie zuvor. Trotz allem, was sie inzwischen über ihn wusste, und trotz der Unannehmlichkeiten, die sie bei der Pflege mit ihm gehabt hatte, schlug ihr Herz schneller. Er gefiel ihr, sie konnte es nicht ändern.

»Es mag Sie kränken«, sagte er endlich. »Aber ich muss gestehen, dass ich nicht die geringste Suspicion habe, wer Sie ist.«

Ada erstarrte. Auch das noch. Was für eine Entwicklung: erst Braut, dann Dirne, nun offenbar Dienstmagd. Bei allem Mitgefühl, das ging zu weit. Würdevoll richtete sie sich auf. »Nun, das lässt sich remedieren. Auch wenn Ihr mich nicht mehr kennt, bin ich seit sechs Tagen Eure Gemahlin, und Ihr wart durchaus bei Bewusstsein, bevor und nachdem Ihr die Ehe mit mir geschlossen habt. Traktiert mich daher bitte nicht mit dem ›Sie‹.« Er machte daraufhin ein so betroffenes Gesicht, dass ihr ihre Schroffheit leidtat. Womöglich gefährdete es seine Genesung, wenn sie ihn derart grob behandelte.

Er räusperte sich. »Gütiger Himmel. Warum … Ich weiß nicht, was passiert ist.«

Durch seine Verwirrung sanftmütiger gestimmt, klärte Ada ihn über die Umstände ihrer Ehe auf. Nur die Wonnen ihrer Hochzeitsnacht verschwieg sie. Falls er sie verließ, war es ganz gut, wenn er sich nicht an alles erinnerte. So würde es ihr leichter fallen, ihren Stolz zu bewahren.

»Und nun sind wir in Eurem Vaterhaus«, wiederholte er schließlich.

Und zurück beim »Ihr«, schloss Ada für sich, was immer das bedeuten mochte.

»Ist Euer Vater einverstanden mit unserer Eheschließung?«

Ada schüttelte den Kopf und stand auf, um ihm ungefragt einen Becher Bier und einen Bissen Hackbraten zu holen. »Er sinnt auf Mittel, sie ungeschehen zu machen.«

»Falls ich meine Geisteskräfte an jenem Tag noch beisammen hatte, wird er keine finden. Was ist mit Euch? Wollt Ihr zu unserem Kontrakt stehen, oder sind Euch Bedenken gewachsen, da ich Euch nicht, wie versprochen, wieder zur Wittib gemacht habe?«

Ada hielt ihm das Stückchen Hackbraten vor die Nase, aber er verzog angeekelt das Gesicht. Sie zuckte mit den Schultern. »Wenn Ihr dabei bleibt, bleibe ich auch dabei. Ich brauche diesen Ausweg nach wie vor.«

Allein für die Tatsache, dass die Frau ihn nicht hatte sterben lassen, hätte Lenz ihr sein Vertrauen schenken können, wenn er nicht gewusst hätte, dass Christopher im Spiel gewesen war. Christopher hätte die Frau mit allen Mitteln zu Hilfsmaßnahmen angehalten.

Bevor er den Freund gesprochen hatte, konnte er also nicht entscheiden, ob sie sein Vertrauen verdiente. Seine Gemahlin – er wollte verdammt sein. Da hatte sein Vater es am Ende doch geschafft, ihn in eine Ehe zu zwingen. Sie war ein hübsches, dralles Weib, aber was sollte er bloß mit ihr anfangen? War sein Vater tot, gehörte ihr nun das Familiengut. Sie konnte es haben, er wollte es nicht. Das hatte sein Vater nicht begriffen, als er sein Testament machte: Lenz hatte nicht die Absicht, je auf dem Gut zu leben, er wollte zurück nach Bristol. Dort hatte er seine Existenz aufgebaut, wo Cartons lebten, die ihn aufgezogen hatten wie ihr eigenes Kind. Im Gegensatz zu seinem Vater, der ihn fortgeschickt hatte. Zu seinem Besten, wie alle sagten.

Er hätte nicht zurückkehren sollen. Die Abgründe, die zwischen ihm und seinem Vater klafften, waren zu tief.

Die Frau hielt ihm den Braten vor den Mund, aber er konnte noch immer nicht essen. Schmerz und Übelkeit hingen eng zusammen.

Sie sagte, sie bräuchte die Ehe mit ihm als Ausweg.

Vielleicht ließ sich die verkorkste Angelegenheit noch zum Besseren wenden. Warum sollte er sie nicht als Gutsherrin installieren? Dann konnte er seines Weges ziehen.

»Wenn ich mich wieder bewegen kann, müssen wir nach Wenthe reisen. Vielleicht lebt mein Vater noch.«

Mit einem schönen Lächeln hielt sie ihm einen Becher Bier hin. Er roch das herbe Malz und nickte zustimmend. Dafür hatte der Schmerz genug nachgelassen.

Die Erleichterung gab Ada für einen Augenblick ein Gefühl des Schwebens. Glücklich half sie dem Kranken beim Trinken und wollte ihm gerade vorschlagen, es mit etwas Bewegung zu versuchen, da rief ihr Vater auf der Diele: »Konrade!« Mit einer Lautstärke und Wut, dass Wände und Türen sich aufzulösen schienen. Ada hätte Bier vergossen, wenn der Becher nicht schon beinah leer gewesen wäre. Von der Wenthe ließ ihn sich von ihr geben.

»Was ist?« Sie fragte von der Galerie aus nach unten, sah den Grund für die Aufregung aber schon selbst. Ihr Vater starrte zu ihr hoch, hielt Dierk am Kragen und schüttelte ihn, wie ein Hund eine tote Katze.

Zum Glück war der Junge nicht tot, sondern im Gegenteil erstaunlich gelassen, wenn auch zerzaust. Mit seiner Mütze in der Hand und wegen der groben Faust in seinem

Nacken mit hochgezogenen Schultern sah er ebenfalls zu ihr hoch.

»Wie viel Ungeziefer, glaubst du, werde ich für dich durchfüttern?«

»Der Junge wurde von seinem Onkel getrennt und wird bald abgeholt. Die paar Bissen Brot, die er isst, kann ich Euch bezahlen.«

»Damit du umso schneller selbst zur Bettlerin wirst.« Wieder schüttelte ihr Vater den Jungen, sprach jedoch nicht weiter, weil es an der Haustür klopfte. Da sich vom Gesinde wohlweislich niemand sehen ließ, musste er selbst öffnen. Ein Stück weit schleifte er den Jungen mit, dann überlegte er es sich anders und schleuderte ihn angewidert von sich.

Der Halbwüchsige wäre gestürzt, wenn seine Geschmeidigkeit ihn nicht gerettet hätte. Mit einem Wiesel hatte Ada ihn anfangs verglichen, aber ein junger Kater war passender. »Psst«, machte sie und signalisierte ihm, zu ihr heraufzukommen. Während ihr Vater die Tür öffnete, sauste der Junge die Treppe herauf und auf ihr Zeichen hin hinter ihr in die Kammer. Das ging fast lautlos vor sich, weil er keine besohlten Schuhe trug, sondern nur eine Art Ledergamaschen.

Immerhin ging er nicht barfuß. Man sah es auch dem Rest seiner Kleidung an, dass bisher jemand für ihn gesorgt hatte. Sie würde den Kleinen jetzt nicht im Stich lassen.

Der Ankömmling war Christopher Carton. Er kam in Begleitung eines graubärtigen Bauern, welcher einen gefüllten Korb trug. Als sich Carton höflich vorstellen wollte, wurde er von Gotthard Lobeke brüsk unterbrochen, da dieser bereits zu wissen glaubte, mit wem er es zu tun hatte. In einem Wortschwall schrie er heraus, dass er ihn und von der Wenthe für Betrüger hielt. Sie sollten sich nicht einbilden, mit diesem Heiratsschwindel bei ihm durchzukommen. Wütend stieß er mit dem Finger in Christophers Richtung und äußerte Drohungen, die ihnen die Hölle auf Erden versprachen. Speicheltröpfchen flogen ihm aus dem Mund, so sehr war er außer sich.

Ada hörte kaum zu. »Sst«, machte sie noch einmal und winkte diesmal dem Bauern, der eingeschüchtert mit seinem Korb auf der Diele stand. Dankbar für die Anweisung, brachte er die Kiepe die Treppe hoch, übergab sie ihr und stahl sich auf ihren Hinweis hin durch die Hoftür hinaus.

Carton versuchte, die Auseinandersetzung mit ihrem Vater in vernünftige Bahnen zu lenken. Ada hatte ihm angedeutet, wie aussichtslos das bei solchen Gelegenheiten war, aber manche Erfahrung musste jeder selbst machen. Ihrer Beobachtung nach näherte Carton sich der Erkenntnis mit jedem Schritt, den er rückwärts zur Treppe machte. Seine Hände hoben sich zu einer beschwörenden Geste, als wolle er einen knurrenden Schäferhund vom Angriff abhalten, während er sich mit dem Rücken voran die Stufen hinaufbewegte.

Gotthard Lobeke schüttelte die Faust. »Vor Gericht. Da wird diese Farce enden. Vor Gericht!«

Carton deutete oben am Ende der Treppe eine Verbeugung an und ging dann mit erhitztem Gesicht wortlos an Ada vorbei in die Kammer.

Ihr Vater stürmte zur Hoftür hinaus und rief nach Knütter und Eilert. Ada bedauerte die beiden und folgte Carton mit der schweren Kiepe.

Carton stieß erschöpft den Atem aus. »So einem Menschen bin ich noch nie begegnet. Lenz, dagegen war dein Vater ein Lamm.«

Der Angesprochene ließ ein verächtliches Schnalzen hören. »Ts. Mein Vater war nur leiser in seiner Grobheit.«

Ada sah mit Rührung zu, wie Christopher sich auf den Schemel neben Lenz' Kopf setzte, mit der Miene eines erleichterten Kindes, das zur genesenden Mutter ans Bett kommt. Behutsam nahm er seinem Freund den leeren Bierbecher ab und stellte ihn auf den Boden.

»Danke für mein Leben«, sagte Lenz. Seine Stimme war noch immer rau, und er wirkte bereits wieder erschöpft.

»Ohne deine Gattin hätte ich dich nicht herausgebracht, ohne sie und den Onkel des Jungen.« Christopher zeigte auf Dierk, der stumm abwartend auf der Truhe saß.

Der Junge hatte seine grüne Mütze wieder über die dunkelblonden, langen Locken gestülpt. Als alle ihn ansahen, lächelte er und ließ ein Gebiss sehen, welches so breit war, dass er erst noch hineinwachsen musste. Seine Zähne waren strahlend und gesund, ein selten schöner Anblick. Ada lächelte unwillkürlich zurück. Grüne Augen hatte der Bengel, und der, der ihm die dazu passende Mütze geschenkt hatte, mochte ihm auch beigebracht haben, dass sein Lächeln einen Sack Taler wert war.

»Hast du noch Hunger?«, fragte sie mit einem Lachen in der Stimme.

»Meistens«, gab er zurück, und – Ada hätte es nicht für möglich gehalten – sein Grinsen wurde noch breiter.

Sie lachte und zeigte zum Tisch. »Kannst das aufessen.«

»Es sind noch mehr Sachen in der Kiepe.« Christopher

sprang auf und fing an, seine Einkäufe auszupacken und auf den Tisch zu legen.

Ada sah zum Bett und erwischte ihren Gatten dabei, wie er sie musterte, interessiert und abschätzend. »Möchtet Ihr jetzt auch etwas essen?«, fragte sie.

Lenz nickte, dachte aber nicht an Essen.

Im Haus ihres tobsüchtigen, feindlich gesinnten Vaters teilte diese Frau eine Kammer mit zwei Fremden, die ihr bislang nichts als Mühe und Sorge bereitet hatten.

Dazu nahm sie einen vorübergehend verwaisten Halbwüchsigen auf, ebenfalls gegen den Willen ihres Vaters.

Hatte sie so ein großes Herz, oder machte sie nur gute Miene zu allem, weil ihr nichts anderes übrigblieb? Wie sie den Jungen eben angelächelt hatte, das sprach für ein Herz. Es machte ihn ein bisschen neidisch. Mit ihm selbst ging sie weit kühler um. Natürlich konnte es kein Vergnügen für sie gewesen sein, ihn zu pflegen. Er mochte nicht daran denken, was sie wahrscheinlich alles für ihn getan hatte.

»Sagt mir noch einmal Euren Namen«, bat er.

Ein Schatten flog über ihr Gesicht. Ihre Wangen waren weiß unter der Rosigkeit, die jede ihrer Gemütsregungen begleitete. Rund und samtglatt waren sie außerdem.

Zum ersten Mal stellte Lenz sich die Frage, ob er mit ihr die Ehe vollzogen hatte. Dass er sich daran nicht erinnern konnte, war ihm besonders unangenehm.

Sie musterte ihn ebenso gründlich wie er sie. Die Farbe ihrer Augen war von der Art, die sich bei genauer Betrachtung in Flecken verschiedener Farben auflöste. Mit Blau waren sie schlecht beschrieben, aber ihm fehlte ein besseres Wort.

»Konrade Christiana Henriette. Konrade wie meine Großmutter, Christiana aus christlicher Hoffnung heraus, und Henriette wie meine Tante. Ich habe Euch erlaubt, mich Ada zu nennen, wie meine Brüder es getan haben.«

Lenz schluckte. Das klang nach einem gehörigen Maß an Vertrautheit zwischen ihnen. »Ah. Und ... Wie habt Ihr mich genannt?«

Mit einem frechen Lächeln wandte sie sich ab und ging zum Tisch, um zu untersuchen, was Christopher gekauft hatte. »Ihr habt mir erlaubt, Euch alles außer Esel zu nennen. Und das werde ich wohl getan haben.«

6

Für Gotthard Lobeke war Adas unplanmäßige Eheschließung ein größeres Problem, als seine Tochter ahnte.

Sie brachte ihn in ernste Schwierigkeiten. Es wäre alles in bester Ordnung gewesen, wenn sie Matthias Märtens geheiratet hätte. Märtens war von Kind an in Lobekes Geschäft hineingewachsen und seit Jahren seine rechte Hand. Der junge Mann wusste und konnte genug, um sein Nachfolger zu werden. Essig, Stockfisch, Salzgurken, gepökeltes Fleisch und die Kalkulationen, die damit zusammenhingen, waren sein Leben, ebenso wie sie das Leben von Gotthard Lobeke gewesen waren.

Es war unvermeidlich gewesen, dass Märtens auch Dinge erfuhr, die nicht für Leute außerhalb des Hauses Lobeke bestimmt waren. In jeder Hinsicht war es daher wichtig, ihn fest an das Geschäft und die Familie zu binden. Es verstand sich von selbst, dass Lobeke ein Interesse daran hatte, ihn mit seiner Tochter zu verheiraten. So wäre sein Nachfolger ihm verwandtschaftlich verpflichtet gewesen und hätte sich aus der Aufgabe, ihn im Alter zu versorgen, nicht herausreden können. Auch die Tochter wäre damit versorgt gewesen, niemand konnte ihm schieren Eigennutz unterstellen.

Hinzu kam die Hoffnung, dass das Geschäft am Ende doch noch in seiner Linie weitervererbt werden würde, wenn auch nicht namentlich.

Abgesehen von alldem war da allerdings noch Stechinelli, der scheinheilige Teufel. Der wäre zufrieden gewesen, wenn sein Neffe mit dem Lobek'schen Haus verheiratet war, weil auch er damit im Alter abgesichert gewesen wäre. Märtens ließ nichts auf seinen Onkel kommen.

Alles wusste der Junge eben auch nicht.

Bis vor sechzehn Jahren war Lobeke ein ehrlicher Händler gewesen und hätte keine Anschuldigung fürchten müssen. Dann jedoch verursachte der Krieg zunehmend hohe Kosten und verringerte die Einnahmen erheblich. Der Rat der Stadt erhob immer neue Geldforderungen an die Bürger, um seinerseits den Forderungen der vor den Stadttoren abwechselnden Kriegsparteien nachzukommen. Mal Mansfeld, mal Tilly, mal Wallenstein, mal Banér – alle pressten der Stadt Geld und Gut ab. Dazu musste wieder und wieder die Lüneburgische Defensionskasse gefüllt werden, damit der Rat die bewaffnete Verteidigung der Stadt bezahlen konnte.

Lüneburg war bislang besser durch den Krieg gekommen als viele andere Städte, aber von guten Zeiten konnte keine Rede sein. Oft konnten die Waren wegen der lagernden Heere nicht unbeschadet an ihre Bestimmungsorte gebracht werden. Mit dem Salzhandel ging es ohnehin seit Jahrzehnten bergab, und auch wenn Lobeke selbst kein Salzfahrer war, hatte er früher von der Zusammenarbeit mit ihnen profitiert. Oft bezog er seine Ware von den Kunden der Salzhändler.

Das unselige Salz war auch schuld daran gewesen, dass er zum Betrüger geworden war. Jedermann hatte damals dringend Geld gebraucht, und so hatte es ihn anfänglich sogar gefreut, dass er in einen Salzbetrug verwickelt wurde.

Die Salzfahrer hatten so einen Schwindel nicht zum ersten Mal gedeichselt. Oben auf ihre Fuhren luden sie ein paar Fässer reines, edles Salz, darunter lüneburgisch gesiegelte Salzfässer, die mit Sand gefüllt waren. So brachten sie die weithin bekannten Gefäße aus der Stadt. In der Nähe von Hamburg wartete dann das billige, unreine Baiensalz aus Frankreich, mit dem sie das gute Lüneburger Salz streckten und alle Fässer füllten.

Der Gewinn war beachtlich, und wenn es aufflog, schoben die Lüneburger Patrizier, die selbst zum Teil von dem Betrug wussten, alles auf »welsche Schwindler« und Stadträte fremder Städte, die solche Lumpen davonkommen ließen, um Lüneburg zu schaden.

Seit Lobeke in solch trüben Gewässern fischte, war er darauf angewiesen, dass die Mitwisser Stechinelli und Märtens schwiegen.

Was Märtens nicht wusste, war, dass sein Onkel nach dieser Sache weitere zweifelhafte Methoden gefunden hatte, um für das Lobek'sche Geschäft Gewinn zu erwirtschaften. Einige Jahre zuvor hatte eines dieser Geschäfte mit dem Tod des Kreditgebers geendet und dazu geführt, dass mehrere von dessen Schuldnern, darunter Lobeke, regelmäßig Summen an einen unbekannten Erpresser zahlten. Alle zahlten ohne Gegenwehr, denn auch denen, die mit dem Mord nichts zu tun hatten, lag nichts daran, dass alles aufgeklärt und ihr Name dabei in den Schmutz gezogen wurde. Der finanzielle Verlust schien das kleinere Übel zu sein.

Erst in diesem Jahr war die Forderung des Erpressers zum ersten Mal ausgeblieben.

Lobeke war überzeugt davon, dass kein Lüneburger Fernhändler seinen Gewinn seit Anfang des Krieges nur auf ehrliche Weise gemacht hatte, daher drückte ihn sein Gewissen nicht über die Maßen. Ärgerlich war vielmehr, dass ihm die Gaunereien nicht geholfen hatten. Seinem Geschäft drohte längst wieder der Untergang.

Auch dafür wäre seine Tochter beizeiten die Lösung gewesen. Sie ahnte nichts davon, aber in zwei Jahren, an ihrem vierundzwanzigsten Geburtstag, sollte sie das Erbe ihrer Tante ausgezahlt bekommen. Auch Lobeke selbst hatte davon erst vor einigen Monaten erfahren. Die Schwester seiner Frau hatte ihn gehasst und ihm misstraut.

Wären Konrade und Märtens bis dahin verheiratet, würden die väterlichen Finanzen an der Erbschaft gesunden. Man konnte es drehen und wenden: Die Ehe mit jenem dahergelaufenen Kleinadligen durfte nicht sein. Bereits einmal hatte Lobeke Konrade mit einem Adelsnamen verheiratet und auf geschäftliche Vorteile gehofft, die sich nie eingestellt hatten. Es war für ihn ein Glücksfall gewesen, dass er eine zweite Chance bekommen hatte, eine nutzbringende Verbindung für seine Tochter zu schmieden.

Er musste eine Lösung finden, denn wenigstens einmal

sollte eines seiner Kinder ihm nützlich sein, wenn er sonst schon nichts von ihnen gehabt hatte.

Nach der Mittagspause des folgenden Tages beehrte Stechinelli das Lobek'sche Haus mit seinem Besuch.

Er kam in Begleitung von Matthias Märtens und wurde von Adas Vater in unwilligem Tonfall begrüßt; sie hörte es von oben durch die halb geöffnete Tür.

Die drei Männer gingen in die Dornse, und obwohl Ada wusste, dass kein Laut von dort heraufdringen würde, trat sie auf die Galerie und lauschte. Vor dem Dielenfenster der Dornse konnte man hören, was darin gesprochen wurde, das wusste sie aus Erfahrung. Nur musste man aufpassen, um rechtzeitig von dort zu flüchten, Schuhe durfte man nicht tragen.

Bevor Ada recht wusste, was sie tat, war sie schon aus ihren Lammfellpantoffeln geschlüpft und unterwegs zur Treppe. Sie erinnerte sich, wohin man die Füße setzen musste, damit die Holzstufen nicht knarrten. Unten lief sie einen Bogen, damit sie vom Fenster der Dornse aus nicht gesehen werden konnte, dann schob sie sich dicht an der Wand bei der Küchentür vorbei. Wenn jemand die Dornse verließ, musste sie über die Diele und halb die Treppe hoch sein, bevor derjenige aus dem vorderen Flur trat, dann könnte sie es unbemerkt in die Kammer zurück schaffen. Ihr Herz schlug heftig vor Aufregung – selbst während der Kanonenschläge bei Ebstorf war es nicht so schlimm gewesen. Sie hockte sich unter das Fenster und musste einige Male tief atmen, bevor sie richtig hören konnte.

»Weiter abzuwarten ist fruchtlos.« Das war Stechinelli. »Ich behaupte, es ist überdies gefährlich. Wollt Ihr die Ehe anfechten, ist jeder Tag, den sie mit ihm in einer Kammer verbringt, höchst ungünstig. Ihr hättet es nicht erlauben sollen. Irgendein Vorwand hätte Euch doch einfallen müssen, um sie davon abzuhalten. Und Ihr hättet Euch in jedem Falle die Papiere sichern müssen.«

»Vernunft hatte keine Wirkung auf sie«, knurrte Adas Vater. »Ich hätte sie eingesperrt, wenn nicht der zweite Kerl gewesen wäre. Ihr Gezeter hätte man später abtun können, aber so ein Zeuge macht den Fall schwierig.«

»Beide müssen verschwinden. Die Erbschaft, um die es geht, käme dem Geschäft sehr zupass, bevor … Ihr wisst, was ich meine.«

»Falls es eine solche Erbschaft überhaupt gibt. Eine ungewisse Sache. Ich will die Kerle lieber los sein und alles so machen, wie es vorher geplant war. Unter diesen Umständen eine Erbschaft einzufordern, führt zu einer Menge unbequemer Nachfragen.«

Ein Räuspern war zu hören, ein Husten, dann sprach Matthias Märtens mit seiner eintönigen Stimme. »Es wäre zu versuchen, ein Gespräch mit den Herren zu führen. Das Gesinde setzte mich in Kenntnis, sie wären Ausländer. Es könnte sein, dass sich die Angelegenheit mit einer auszuhandelnden Entschädigung aus der Welt schaffen lässt.«

»Was?« Der Lautstärke nach brachte der Gedanke an eine Zahlung ihren Vater in Rage. »Ich soll diesen Lumpen Geld geben? Das wäre zweifellos das, was sie erreichen wollen.«

»Bei Herausgabe der Papiere und Bereinigung des Kontraktenbuches wäre es die sicherste Lösung. Man könnte auch verlangen, dass die Subjekte für eine bestimmte Zeit das Land verlassen«, erwiderte Märtens unbeeindruckt. Ada musste ihm zumindest dafür Anerkennung zollen, dass er gelernt hatte, ihrem Vater zu widersprechen.

»Darauf wird sich der Betreffende kaum einlassen, falls die Sache mit seiner Erbschaft wahr ist, wovon ich nach wie vor überzeugt bin. Ich habe das Testament seines Vaters gesehen«, schaltete Stechinelli sich ein.

»Wenn du so kluge Einfälle hast, Märtens, dann schlage auch vor, wovon wir eine Bestechung bezahlen sollten.« Gotthard Lobeke ließ sich von der Problematik des Geldausgebens nicht so leicht abbringen.

Märtens räusperte sich und hustete wieder. »Ich hielte die Investition für vernünftig genug, um meine eigenen Ersparnisse einzusetzen.«

»Ha!«, sagte Lobeke zufrieden. »Und warum solltest du das nicht? Schließlich geht es um deine Zukunft.«

Stechinelli schnaubte. »Ich stimme nicht zu. Da wir aber auf jeden Fall die Herausgabe der Papiere erreichen müssen, mag ein solcher Handel stattfinden. Ginge es nach mir, würden wir das allerdings später remedieren.«

»Davon will ich nichts hören«, sagte Lobeke.

»Ach nein?«, sagte Stechinelli scharf und fügte einige Worte so leise hinzu, dass Ada sie nicht verstand. Ihren Vater brachten sie zum Schweigen. »Gott hatte schon entschieden«, sagte Stechinelli dann laut.

Lobeke seufzte. »Erst machen wir, was Euer Neffe vorschlägt. Und am besten gleich.«

Ada nahm es als Signal und lief los, gebückt über die Diele, die Treppe hoch. Bis auf die lange Seite der Galerie schaffte sie es, bevor die Dornsentür aufging. Vor der Kammer lungerte Dierk herum. Sie scheuchte ihn mit einer Handbewegung hinein und schnappte im Vorüberflitzen ihre Pantoffeln.

Von der Wenthe schlief, Carton las ein englisches Büchlein von einem William Shakespeare, welches er sich in der Stadt bei der Stern'schen Druckerei gekauft hatte.

Die Schritte der Männer waren schon auf der Treppe zu hören, als Ada ihre Pantoffeln anzog. »Sie kommen zum Verhandeln und wollen die Papiere«, klärte sie Carton auf.

Er legte sein Buch auf den Tisch und weckte seinen Freund. »Besuch«, warnte er und half ihm, sich aufzusetzen und gegen die Kissen zu lehnen.

Mehr Zeit blieb nicht, sie kamen schon die Galerie entlang. Ada versuchte, ihre Atmung und ihre zitternden Hände in die Gewalt zu bekommen. »Seid vorsichtig.«

»Lasst sie kommen.« Ihr aus dem Schlaf gerissener Gatte nutzte die Hand des gesünderen Arms, um sich die Haare hinter die Ohren zu streichen. Er klang grimmig. »Ich bin bester Stimmung.«

Ein Blick ihres Vaters genügte, um Ada dazu zu bringen, mit Dierk den Raum zu verlassen, als die Männer hereinkamen.

Wenn Lenz je einem vierschrötigen Mann begegnet war, dann war es Gotthard Lobeke. Groß, klobig, mit Händen wie eckige Schaufeln. Sogar seine Kappe war kantig. Staunenswert, dass so ein Kerl ein so rundes Frauenzimmer gezeugt hatte.

Stechinelli und Märtens sahen neben ihm lächerlich aus. Der Erste, zu seiner Linken, klein und drahtig, der Zweite, lang und hager, zu seiner Rechten.

Es war gewiss selten gute Luft in der Kammer, auch wenn Ada regelmäßig das Fenster aufriss, aber mit den drei Männern war neuer Gestank hereingekommen. Von wem er ausging, war nicht zu sagen. Beißender Schweiß- und Uringeruch, der Lenz' noch anfälligen Magen zum Revoltieren brachte und eine unwillkürliche Abneigung gegen alle drei Männer verursachte.

»Die werten Herren sollten Rücksicht darauf nehmen, dass Herr von der Wenthe noch nicht bei Kräften ist.« Heldenhaft stellte Christopher sich vor ihn, die Hand am Degen. Ein merkwürdiges Gefühl, dass der kleine Hitzkopf zur Abwechslung einmal ihn beschützte und nicht umgekehrt, dachte Lenz.

»Schon gut, Christopher. Zum Reden habe ich Kraft genug. Herr Lobeke hat ein Recht auf ein paar Antworten.«

»Ich brauche nur eine Antwort«, sagte sein unfreiwilliger Schwiegervater. »Ich frage, ob Er der Vernunft gemäß den lächerlichen Ehekontrakt vergessen und umgehend aus der Stadt verschwinden wird, und Er antwortet mit einem deutlichen ›Ja‹. Das ist die einzige Antwort, die ich will.«

Lenz hatte schon anderen Männern gegenübergestanden, die ihn mit Respektlosigkeit einzuschüchtern versuchten. Nur weil er etwas angeschlagen war, ließ er sich von diesem Knollfinken noch lange nichts bieten. »In meinem Buch steht, dass man rechtsgültige Kontrakte nicht einfach vergisst. Nehme Er sich in Acht, wenn Er mir unterstellt, dass mir das möglich wäre.«

Wie ein wütender Terrier schoss Stechinelli vor und fuchtelte mit dem Zeigefinger. »Der Vertrag war unter anderen Bedingungen geschlossen, als sie sich nun eingestellt haben. Schändlich, wenn Ihr die Situation ausnutzt, anstatt Euren

Helfern Dankbarkeit zu bezeigen. Der Herrgott hat Euch noch einmal gerettet. Vergeltet es nicht mit einer so üblen Tat. Ihr habt das arme Kind überrumpelt. Aus Mitleid mit Euch hat sie sich auf die Ehe eingelassen. Das könnt Ihr sie nicht ewig büßen lassen.«

Zweifel durchfuhr Lenz. Im Grunde hatte der Terrier recht. Die kleine Ada hatte sich überrumpeln lassen und würde die Eheschließung mit ihm womöglich bald bereuen. Andererseits konnte er sich dann immer noch mit ihr einigen. Vielleicht war sie auch mit dem Handel zufrieden, den er ihr beizeiten vorschlagen wollte. So oder so ging diese Männer das alles nur etwas an, falls sie ernstlich um das Mädchen besorgt waren. »Ich werde stets bemüht sein, das Wohlergehen meiner Gattin sicherzustellen«, erklärte er.

»Scheinheiliges Getue«, sagte Lobeke. »Was ist so Besonderes an meiner Tochter, dass Er sie unbedingt haben muss? Nichts! Nichts für ihn! Für uns aber. Hier gehört sie her. Hier, an die Seite von Märtens.«

Er hieb dem jungen Mann kräftig auf die Schulter, was für den ein Signal bedeutete. Nun war es an ihm, vorzutreten. »Ich biete Euch eine Entschädigung – einen beträchtlichen monetären Ausgleich, wenn Ihr die Angelegenheit als den Irrtum betrachtet, der er ist, und mir meine Braut wieder überlasst. Meine Wertschätzung für die Tochter von Herrn Lobeke ist hoch.«

Er brachte das in einer monotonen Stimmlage vor, die solche Gefühle nicht bestätigte. Allerdings ging es um Schwierigkeiten, die einen jungen Mann überfordern konnten. Lenz musterte den, dem er die Braut geraubt hatte. Ansehnlich war er nicht, da konnte Ada einen Besseren finden. Bei der Vorstellung, dass sie mit der mageren, pferdegesichtigen Gestalt ins Ehebett steigen würde, schüttelte es ihn. Aber der Kaufmann mochte andere Qualitäten haben, und Ada sah vielleicht tatsächlich nicht die Tragweite, die es haben würde, wenn sie ihren vorgesehenen Platz nicht einnahm, sondern mit dem väterlichen Haus brach.

»Frau von der Wenthe hat eigene Ansichten zu der Angelegenheit«, warf Christopher ein. Christopher hatte eine hohe Meinung von Ada, das hatte Lenz bereits bemerkt. Sein Freund bewunderte die junge Frau, doch sein Urteil hatte nur halbes Gewicht. Er war zu oft selbst noch ein unbedachter Junge und ließ sich von Launen mitreißen.

Lobeke schüttelte ungehalten den Kopf. »Das Weib muss noch geboren werden, dessen Ansichten ernst zu nehmen sind. Wenn Er sie nicht in ihrem Unverstand bestärkt, dann wird meine Tochter zur Vernunft kommen und tun, was gut für sie und für uns alle ist. Er sollte sich freuen, dass ich Ihm Gelegenheit gebe, so leicht aus der Verantwortung zu kommen und loszuwerden, was Er ohnehin nicht wollte, auch wenn Er es jetzt noch nicht begriffen hat.«

Lenz atmete tief durch. Der Mann war ein Ungetüm, aber auch er hatte in gewissem Sinne recht. Er hatte eigentlich keine Frau gewollt und nicht die Verantwortung, die daran hing. Hätte er nicht mit seinem Leben abgeschlossen gehabt, wäre er nie auf den Gedanken gekommen, Lobekes Tochter zu heiraten.

Ada und Dierk waren in den Hof gegangen und hatten sich auf den Rand der Pferdetränke gesetzt, wo die Sonne hinschien.

Es kam Ada vor, als wäre sie seit Wochen im Dämmerlicht eingesperrt gewesen, daher hielt sie die Nase dankbar ins Licht und schloss die Augen genießerisch. Eben hatten die Glocken von St. Johannis geläutet, nun drangen nur noch gedämpfte Stadtgeräusche zu ihr: polternde Wagenräder, muhendes Rindvieh, Hundegebell, ein schreiender Brotverkäufer. Die lautesten Geräusche waren das Mampfen und Strohrascheln der Pferde im Stall, gelegentliches Grunzen einer Sau und das Plätschern im Trog hinter ihr. Dierk schöpfte mit einer Hand Wasser, ließ es wieder auslaufen, schöpfte neu, fasziniert von den Tropfen und Wasserringen, die im Sonnenlicht glitzerten.

Außer ihnen war niemand im Hof. Wahrscheinlich wusste das Gesinde, was sich abspielte, und hielt sich vorerst geduckt.

Von der Nebenkammer oben hätte sie mit dem Ohr an der Wand vielleicht wieder etwas erlauschen können, aber für einen Tag hatte sie genug Aufregung gehabt, und sie wusste ja nun, was ihr Vater und die anderen ungefähr vorhatten. Wenigstens Christopher würde ihr aufrichtig vom Verlauf des Gespräches erzählen, er war ihr deutlich zugeneigt.

Mit Lenz war es eine andere Sache. Er beobachtete sie verstohlen und, wie sie glaubte, mit Argwohn, als wüsste er noch immer nicht, was er von ihr zu halten hatte. Zunehmend ärgerlich machte er sie damit, schließlich hatte sie ihm wirklich das Leben gerettet und tat ihr Möglichstes für ihn. Besonders, weil sie sich gut an die leidenschaftliche Nacht mit ihm erinnern konnte, verletzte seine misstrauische Kälte sie. Er mochte jene lustvollen Stunden vergessen haben, aber damals hatte er sie offenbar gut genug leiden können. Es hätte ihm möglich sein müssen, sich ein paar freundliche Worte für sie abzuringen. Christopher kamen sie doch auch leicht über die Lippen.

Das Plätschern hatte seit einer Weile aufgehört. Ada öffnete die Augen und sah zu Dierk hin, der die Hände nun im Schoß liegen hatte, zwischen den lang ausgestreckten Beinen. Er trug eine derbe grüne Kniebundhose, die ihm bald nicht mehr bis zu den Knien reichen würde, und keine Strümpfe mehr, seit sie seine auf den Wäscheberg geworfen hatte. Das Wetter war warm genug geworden.

Daran, wie seine Schultern hingen und wie er auf den mit Kopfstein gepflasterten Boden starrte, sah sie, dass er Kummer hatte. Einen Moment zögerte sie, dann berührte sie kurz tröstend seine Hände. »Denkst du an deinen Onkel? Er wird schon kommen.«

Doch der Junge schüttelte den Kopf. »Er ist ein wilder Mann. Meine Mutter hat das immer gesagt, und sie hatte recht. Onkel Curd macht immer solche Sachen. Manchmal vergisst er andere Leute.«

»Ist er der Bruder deiner Mutter?«

»Nein. Von meinem Vater. Meine Mutter sagte, der war auch so, bevor sie ihn geheiratet hat, aber danach nicht mehr. Tot ist er trotzdem. Schon lange.«

»Und deine Mutter? Was ist mit der?«, erkundigte sich Ada. Dierk schwieg, blickte nur wieder verloren in die Ferne. »Musst es mir nicht erzählen«, fügte sie schnell hinzu.

Schweigend beobachteten sie beide, wie eine graue Singdrossel vor dem kahlen Blumenbeet an der rückwärtigen Hauswand eine Schnecke fand und versuchte, deren Gehäuse auf den Pflastersteinen zu knacken.

Dierk seufzte tief. »Was soll ich denn machen, wenn er nicht kommt?«

Nun hätte Ada ihm gern etwas Tröstliches gesagt, aber sie quälte sich mit derselben Frage. Was soll ich machen, wenn … Eine Frau ohne Vermögen war allein noch weniger sicher als ein elfjähriger Junge. Andererseits half ihm vielleicht schon die Hoffnung, nicht einsam sein zu müssen. Sie sah ihm in die Augen. »Wenn es nach mir geht, kannst du bei mir bleiben, bis du deinem Onkel wieder einfällst. Aber ich kann vielleicht nicht darüber bestimmen. Was möchtest du denn tun?«

Er wandte sich ihr zu, eine von seinen golden schimmernden Locken hing ihm ins Gesicht, und seine grünen Augen wurden groß. »Er hat versprochen, dass er kommt. Vielleicht ist ihm was passiert? Kann man das nicht herausfinden? Ich meine … Ich würde schon bleiben, aber … Ihr wisst ja selbst nicht, was mit Euch wird, oder?«

Ada nickte. Der Junge wusste so gut wie sie, dass sie beide zu denen gehörten, über die verfügt wurde. Im Zweifelsfall hatten sie keine Macht. »Wir können auf jeden Fall Eilert und Knütter bitten, sich umzuhören, wo Kaufmann Knoop geblieben ist und ob der etwas weiß. Und sie könnten beim Hospiz herumfragen, denn dahin hat dein Onkel Euren toten Bekannten vielleicht gebracht.«

»Knoop wird wütend gewesen sein wie eine Wespe im Glas. Dabei wäre sein ganzer Kram weg gewesen, wenn Onkel Curd und Hans nicht die Räuber verjagt hätten. Das war ein Ding. Ich dachte, wir sterben alle.«

Ada tätschelte ihm den Rücken. »Ich auch.«

Dierk lächelte sie an und hielt ihr die Hand hin. »Ihr helft mir, und ich helfe Euch.«

Sie lächelte zurück und schlug ein. »So machen wir's.«

Lenz betrachtete die Gesichter der Männer, die auf seine Entscheidung warteten. Lobekes breites Gesicht zeigte kein Gefühl. Seine Augen waren blauer als die Augen seiner Tochter, und im Gegensatz zu diesen eiskalt.

Stechinelli zeigte seine Aufregung deutlicher. Hatte Lenz ihn zuvor mit einem Terrier verglichen, kam ihm das jetzt zu freundlich vor. ›Bedrohte Ratte‹ passte eher zu seinem spitzen, vertrockneten Gesicht und zu dem schlechten Geruch, der im Raum hing.

Der Einzige, von dem Lenz sich so schnell keine Meinung bilden konnte, war der pferdegesichtige Märtens. Ein ausnehmend steifer junger Mann, der offenbar gelernt hatte, Gefühle zu verbergen. Falls er welche hatte – ganz sicher konnte man da nicht sein.

Lenz hatte seine Entscheidung eigentlich längst gefällt. Schon allein Christopher zuliebe, der ihn besorgt von der Seite ansah, würde er Ada nicht bedenkenlos hier zurücklassen. Sein Ehrgefühl erforderte es jedoch, dass er das Mädchen noch einmal zum Nachdenken brachte. »Herr Märtens – ich sehe ein, dass ich Euch Eure älteren Rechte streitig gemacht habe und Ihr glauben müsst, ich hätte Ada überrumpelt. Daher bin ich bereit, Euch die Gelegenheit zu geben, dies zu überprüfen. Ihr sollt unter vier Augen mit ihr sprechen und Eure Ansicht zu der Sache darlegen. Sollte sie danach ihre Meinung geändert haben und bei Euch bleiben wollen, werde ich versuchen, meine Ehe mit ihr mittels rechtlicher Schritte zu lösen. Möchte sie es jedoch nicht, sehe ich keinen Grund dazu.«

Stechinelli stöhnte verächtlich. Lobeke stieß entrüstet die Luft aus und schüttelte den Kopf. »Kindische Kosenamen habt Ihr für sie. Hat sie Euch also eingewickelt wie eine Metze, ja? Steckt das dahinter? War sie diejenige, die das Unheil eingefädelt hat? Was hat sie Euch dafür versprochen? Glaubt nicht, dass ich ihr noch etwas mitgebe. Ihr habt nicht mehr zu erwarten als ihre billigen Gaben.«

Lenz richtete sich ruckartig auf und ignorierte den Schmerz, der ihn dabei durchfuhr. »Nehm' Er sich in Acht, wie Er von der spricht, die vielleicht die Mutter meines Kindes wird. Und jetzt rufe Er sie her, bevor ich mein Angebot zurückziehe.«

»Euer Kind? Was meint Ihr damit?« Märtens zeigte die erste Gefühlsregung. Ein Muskel unter seinem Auge zuckte unkontrolliert.

Lenz ließ sich wieder gegen die Kissen sinken. »Darüber solltet Ihr Euch im Klaren sein: Die Ehe ist vollzogen.« Er konnte sich zwar nicht daran erinnern, aber das würde er seinen Gegnern nicht auf die Nase binden. Es mochte sein, dass der Gedanke allein Märtens abschreckte.

Märtens schwieg kurz, räusperte sich. »Es ist doch richtig, dass man nach … äähh … gewisser Zeit weiß …«

»Nach einem guten Monat wüsstet Ihr vielleicht, dass sie kein Kind erwartet.« Lenz war darüber bestens im Bilde. Lang waren solche Monate, wenn man angstvoll hoffte, dass eine Frau nicht empfangen hatte. Dennoch ging man das Risiko immer von Neuem ein, wenn man jung und unbeherrscht war. Märtens hatte diese Erfahrung wohl noch nicht gemacht.

Er selbst war mittlerweile darüber hinausgewachsen, sein Tun von Lust und Sehnsucht bestimmen zu lassen. Nicht nur seine eigenen Fehler hatten ihn vorsichtig gemacht, sondern auch die Verantwortung, Christopher ein Vorbild zu sein. Glücklicherweise war der in Bezug auf die

Frauen zurückhaltend und ließ sich den Kopf nicht leicht verdrehen.

»Das Kind werdet Ihr versorgen, falls es kommt.« Lobeke grollte drohend.

Der Gedanke an die Verwicklungen, die ein Kind, vor allem ein Sohn, mit sich bringen würde, dessen Legitimität derart im Unklaren lag, ließ Lenz seinen Vorschlag beinah wieder zurückziehen.

Christopher ging zum Fenster, öffnete es mit ungeduldigen Bewegungen und drehte sich wieder zu ihnen um. »Das sind müßige Überlegungen. Ich bin sicher, dass sie nicht bleibt.«

»Und was habt Ihr wohl damit zu tun?«, fuhr Lobeke ihn an. »Eure Besorgnis ist verdächtig. Welchen Vorteil hättet Ihr davon? Hat sie Euch auch schöne Augen gemacht?«

Christopher fasste entrüstet seinen Degengriff fester, mehr um sich zu beherrschen, als um die Waffe zu ziehen. »Eure Tochter ist eine untadelige junge Frau und die Gemahlin meines Freundes. Selbstverständlich werde ich sie verteidigen.« Sein Blick wurde wieder vom Fenster angezogen.

Lenz konnte verstehen, dass Christopher erbost war, wunderte sich aber über dessen Erröten, das schamhaft wirkte.

Lobeke schnaufte wie ein Stier, der sich von einem unwürdigen Gegner abwendet, drehte sich um und verließ den Raum. »Machen wir es, wie der Herr sagt.«

Eilig schlossen Stechinelli und Märtens sich ihm an.

»Christopher, geh mit«, sagte Lenz. »Sieh zu, dass Märtens allein mit ihr redet.«

Sein Freund ging mit langen Schritten zur Tür hinaus bis zur Balustrade. »Sie sollen im Hof reden«, rief er den drei Männern nach. Er bekam nur ein abfälliges Geräusch zur Antwort, bezog aber gleich darauf Stellung beim Fenster zum Hof. »Sie tun es. Da kommt Märtens und schickt den Jungen weg.«

»Waren Ada und Dierk schon vorher da draußen?« Lenz beobachtete Christophers Profil genau, als der nickte. Angespannt starrte sein Freund auf den Hof und ließ das Paar nicht aus den Augen. »Wie sieht es aus?«

Christopher zog die Brauen zusammen. »Ich kann den Bastard nicht ausstehen. Einen Hackenstiel im Hintern und einen Unterkiefer wie ein Hecht.«

»Solche Worte aus deinem frommen Munde.« Lenz lächelte, er hätte es nicht besser ausdrücken können.

Christopher sah ihn über die Schulter an. »Sie wird doch nicht bei ihm bleiben?«

So viel Sorge und Verwirrung lagen in seinem Blick und Ton, dass Lenz' Lächeln erstarb. Verteidigte sein kleiner Ziehbruder tatsächlich nur die untadelige Frau eines Freundes? Oder waren die zwei sich längst viel näher gekommen, als er geglaubt hatte?

Es gab nichts, das Matthias Märtens hätte sagen können, um Ada umzustimmen. Im Gegenteil: Je länger er ihr gegenüberstand, desto froher war sie, dass der Himmel ihr eine Chance geschenkt hatte, ihm zu entkommen. Kühl und in knappen Sätzen erinnerte Märtens sie daran, wie sie ihren Vater kränkte, wenn sie sich nicht nach seinem Wunsch richtete. Sie nähme sich nicht seiner Pflege an. Sie versagte ihm die leiblichen Erben für sein Geschäft. Sie setzte ihre eigene Absicherung aufs Spiel. In den schwierigen Zeiten war es nötig, das Vermögen zusammenzuhalten und zu akkumulieren. »Es muss Euch doch einsichtig sein. Ihr würdet die Aussichten für uns alle verbessern. Euer Erbe würde dem Geschäft dienlich sein. Ich könnte es zum Aufblühen bringen, wenn Ihr mich heiratet. Denkt doch, wie Ihr selbst davon profitieren würdet. Ich biete Euch eine Sicherheit, die eine viel solidere ist als die des Herrn von der Wenthe. Ein Landgut in diesen Zeiten ... Das ist nichts gegen ein klug geführtes Geschäft innerhalb von Stadtmauern.«

Ada fragte sich, was er mit ihrem Vermögen meinte. Ihr Vater würde sich nicht scheuen, sie zu enterben und Märtens alles zu hinterlassen, wenn der ihn dafür im Alter versorgte. Damit wäre sie zufrieden, denn sie fühlte keine Verbundenheit mit ihrem Vater. Er hätte leibliche Erben gehabt, wenn er mit seinen Söhnen besser umgegangen wäre.

Märtens hatte seinen runden grauen Filzhut auf. Er trug keinen schönen Kragen, sondern ein einfaches, schmales weißes Tuch, das zu einem eng sitzenden Knoten geknüpft war. Damit es ihm nicht die Luft abschnürte, streckte er den Hals und reckte das Kinn empor. Das ließ ihn noch steifer wirken, als er ohnehin schon war.

Was für ein Unterschied zu dem Mann, der ihr einige Tage zuvor die Ehe angetragen hatte. Mit seinem verwegenen Krempenhut in den Händen, einem Spitzenkragen, der sauberer hätte sein können, und einer Art, sich zu bewegen, die von seinem Selbstbewusstsein zeugte.

Lenz. Sie nannte ihn in Gedanken nur noch so. Hoffte er, dass sie sich von Märtens überreden ließ?

Sie sah zum offenen Kammerfenster hoch. Nicht Lenz

stand dort, sondern Christopher, und er beobachtete sie besorgt. Angespannt hielt er eine Faust an seine Brust. Ihm lag daran, dass sie nicht bei ihrem Vater blieb, schließlich war ihre Rettung ursprünglich sein Einfall gewesen.

Gleichgültig also, was Lenz wollte. Sie wandte ihre Aufmerksamkeit wieder ihrem Gesprächspartner zu und unterbrach seine Rede mit erhobener Hand. »Märtens, ich habe einen Kontrakt geschlossen, weil ich es für richtig befand, und ich werde ihn halten. Spar dir deine Rede. Du scheinst außerdem vergessen zu haben, wie lange ich dich schon kenne. Willst du mir erzählen, du bist um meinen Vater oder um mein Wohl besorgt? Du hättest dich sehr verändert, wenn du nicht in erster Linie an dich selbst denken würdest. Was ist der wahre Grund dafür, dass du mich unbedingt haben musst?«

Eine Erschütterung ging durch ihn, mit einer verkrampften Bewegung faltete er die Arme vor der Brust. »Es ist die vernünftigste Erwägung.«

Ada verschränkte ebenfalls ihre Arme, wenn auch entspannter. »Du mochtest mich früher so wenig wie ich dich. Herrgott! Mein Vater sagt, wirf die Katzen in die Ilmenau, und du wirfst die Katzen in den Fluss. Wenn aber Stechinelli sagt, verlang zwei Taler von Lobeke statt einem, dann verlangst du zwei und einen halben. Also, was brächte ich dir ein? Sag es mir, dann überlege ich es mir vielleicht.«

Er zischte wütend und sah sie voll Abscheu an. »Du weißt es wirklich nicht? Nun, vielleicht bringt es dich zur Vernunft. Du wirst von deiner Tante erben. Beträchtlich. Wir beide könnten einen Kontrakt machen. Ich vermehre das Geld, das Geschäft gesundet, und ich sorge dafür, dass du davon profitierst. Bist du dir sicher, dass der das auch tut, wenn du bei ihm bleibst?« Er ruckte mit dem Kopf und wies zum Kammerfenster hinauf.

Ada war sich keineswegs sicher und zudem überrascht von dem, was sie gerade von Märtens erfahren hatte. Aber sie beherrschte sich und nickte langsam. »In der Tat. Das bin ich. Wir können unser Gespräch beenden.«

Märtens ließ die Arme sinken und ballte die Fäuste. »Ich hoffe, dass du es bereust. Er soll dich auf kaltem Stroh sitzen lassen ohne einen Bissen Brot. Du wirst Gras fressen, Konrade, und dir wünschen, du wärst klüger gewesen. Aber blöd warst du ja schon immer.«

Weiterhin steif, aber weniger würdevoll als zuvor stakste er vom Hof auf die Diele.

Ada sah zum Fenster, wo Carton noch immer mit der Hand auf dem Herzen stand, neben sich nun Dierk. Sie zuckte mit den Schultern und lächelte. Erleichtert trat Christopher zurück.

7

Als Ada nach der Unterredung mit Märtens in die Kammer trat, war dort bereits Betriebsamkeit ausgebrochen. Lenz saß auf der Bettkante, ein Laken um die Hüften, und ließ sich von Dierk in ein Hemd helfen.

»Das solltet Ihr nicht tun«, sagte Ada, als er, von Christopher gestützt, aufstand.

Lenz warf ihr nur einen knappen Blick zu. »Überlegt lieber, was Ihr mitnehmen wollt. Wir werden abreisen, bevor Euer Vater oder die anderen einen neuen Einfall haben. Ich bin nicht in der Verfassung, mich zu schlagen.«

»Gerade deshalb sollten wir noch ein paar Tage bleiben.« Christopher kam Ada mit den Worten zuvor. »Der Weg nach Wenthe zurück ist gefährlich, auch ohne dass du wacklig auf den Beinen bist. Wir müssen doch vorher zumindest wissen, wo die Heere stehen. Einen Wagen brauchen wir und Begleitleute, oder wir müssen einen Zug finden, dem wir uns anschließen. Stell dir vor, uns passierte noch einmal etwas Ähnliches wie auf dem Herweg, und wir hätten Ada dabei. Ich habe noch nicht genug Geld besorgt. Und es ist noch keine Antwort aus Lübeck gekommen. Außerdem wissen wir gar nicht, was uns auf Wenthe erwartet.«

»Dann bleiben wir eben in der Stadt. Aber in einem Wirtshaus.«

Ada seufzte. »Es tut mir leid, selbst wenn wir Betten fänden ... Wir können nicht sogleich gehen.«

Ungeduldig wandte Lenz sich ihr zu. »Es tut mir auch leid. Es ist verständlich, wenn Ihr Eurem Vater nicht das gleiche Misstrauen entgegenbringt wie ich. Ihr müsst Euch trotzdem meinem Wunsch beugen.«

»Ach, das ist es gar nicht. Es ist ...« Sie vermied verlegen, auf das gewickelte Laken um seine Hüften zu sehen. Wie ein übergroßes Windelkind wirkte er damit.

Das Stehen ermüdete Lenz sichtlich. Gereizt griff er nach Christophers Arm. »Was?«

»Ihr habt keine Hose.«

»Was?«

»Ich habe bisher keine Hose für Euch beschafft. Allerdings dachte ich auch, dass es noch nicht eilen würde.«

»Hose?«, wiederholte Lenz ungläubig. »Ich hatte eine zweite Hose!«

Christopher räusperte sich. »Ich habe sie in deinem Auftrag gegen einen Ring getauscht.«

Ada machte ein zerknirschtes Gesicht und hob die Hand mit dem Ring; sie kannte die Geschichte bereits. Dierk kicherte, verkniff es sich aber gleich wieder.

Christopher führte Lenz zum Bett und setzte ihn entschlossen dort ab. »Das entscheidet die Sache. Du kannst nicht in Windeln gehen.«

Ada schlug sich die Hand vor den Mund, aber es half nichts, sie prustete los. Auch Dierk konnte sich nicht mehr beherrschen und lachte. Nur Lenz war nicht amüsiert. Schwerfällig legte er sich hin, zog die Decke bis zum Bauch hoch und grollte. »Nun habe ich eine Ehefrau. Man sollte meinen, sie könnte für eine Hose sorgen.«

»Gleich morgen«, versicherte Ada.

Eine Hose konnte am nächsten Tag besorgt werden, dennoch brachen sie nicht auf.

Nachdem sich die erste Aufregung über die Auseinandersetzung mit den drei Lüneburger Männern gelegt hatte, beschloss Lenz zu bleiben. Der Umzug ins Gasthaus hätte wertvolle Zeit gekostet, die besser mit Reisevorkehrungen verbracht wurde.

Ada war es recht. So konnte sie Eilert bitten, sich nach Dierks Onkel umzuhören und für sie herauszufinden, wer der Nachlassverwalter ihrer Tante war. Sie hielt es für das Klügste, wenn sie die Angelegenheit mit der geheimnisvollen Erbschaft vorerst für sich behielt, und verpflichtete Eilert zum Schweigen.

Christopher und Dierk waren seit dem Morgen in der Stadt und hatten noch nichts von sich hören lassen, als Eilert die Treppe heraufkam, immer zwei Stufen auf einmal nehmend. Ada wusste, dass sie viel von ihm verlangte. Er hatte genug Arbeit und musste ihr jeden Gefallen hinter dem Rücken ihres Vaters tun. Sie schwor sich, dass sie ihn belohnen würde, falls sie tatsächlich zu einem Vermögen kam.

Mit Hilfe seiner vielen Verwandten und Bekannten in der Stadt hatte er schnell herausgefunden, wer der Nachlassverwalter war. Was Dierks Onkel betraf, war Eilert nicht erfolgreich gewesen, hatte aber noch Hoffnung.

Seine Neuigkeiten flüsterte er Ada vor der Kammertür zu, dann drückte er ihr ein Zeitungsblatt in die Hand. »Das wird die Herren interessieren. Der Krämer sagt, es steht was von England da, und es ist noch ganz frisch.«

Lenz war wach und hörte Ada vor der Tür mit dem Knecht tuscheln. Sie hielt viel von Eilert. *Eilert wird dies tun, Eilert kann das machen, Eilert weiß es bestimmt, Eilert wird helfen.* Er selbst hatte Eilert bisher nur in Angstschweiß erlebt und hätte keine hohen Einsätze auf ihn gewettet. Sein Misstrauen rührte allerdings unter anderem daher, dass er nicht verstand, wie jemand auch nur einen Monat lang bei diesem Lobeke dienen konnte. Das ganze Haus war ihm suspekt.

Ada kam zurück ins Zimmer. »Eilert hat uns eine Zeitung mitgebracht.«

Sie sah nun jeden Tag brav und schmuck aus. Nicht eine einzige haselbraune Haarsträhne wagte sich unter ihrer Haube hervor. Lenz argwöhnte, an den Plänen zur eiligen Abreise habe sie wohl am meisten geärgert, dass die Schmutzwäsche nicht mehr gereinigt werden konnte. »Was steht drin?«

Sie reichte ihm das Blatt, statt es zu lesen. Neugierig schien sie nicht zu sein. Er nahm es und hielt es auf Armeslänge. »Gütiger Gott.«

Erwartungsvoll starrte sie ihn an. »Was?«

Er räusperte sich. »Das Parlament hat den Earl of Strafford zum Tode verurteilt. Könntet Ihr mir wohl ... In der Truhe liegt eine Brille, die ... ääh ...« Lenz gab sich innerlich einen Tritt. War er ein Kind? Er war keineswegs blind. Aber die Frau staunte ihn so an, als wüsste sie nicht, ob sie das Todesurteil für den Earl erschütternder fand oder die Tatsache, dass es für ihn unbequem war, ohne Brille zu lesen. »Also würdest du bitte ...?« Das war schroffer herausgekommen als beabsichtigt, aber was erwartete sie? Sollte stimmen, was die Überschrift des Zeitungsblattes behauptete, dann war das ungeheuerlich. Das Parlament hätte sich gegen den König durchgesetzt. Gewaltige Folgen konnte das haben.

»Verzeihung«, sagte sie und wurde rot. Ihr reizendes, entwaffnendes Apfelbäckchenrot. Er würde sich in Acht nehmen müssen, dass er nicht zu viel Lust bekam, sie zu küssen, wenn er wieder gesund war.

Sie sperrte die Truhe auf und räumte behutsam einiges heraus. Seine zwei Ersatzhemden, einen Kragen, dann kam der grüne Samt, den er als Schutz für den Rest hineingelegt hatte, und endlich die kleine Tasche mit seinen kostbaren persönlichen Dingen. »Da ist sie drin.«

Die ganze Tasche brachte sie ihm und legte sie respektvoll in seinen Schoß, dann stand sie wieder da und sah ihn gespannt an. So viel zur fehlenden Neugier, dachte er. Er kramte den schwarzen, aus Leder gefertigten Nasenkneifer heraus, setzte ihn auf und las laut. »Todesurteil für den Earl of Strafford. Das englische Parlament hat in London Sir Thomas Wentworth, Earl of Strafford, Ratgeber Seiner Majestät Charles I., mittels eines Strafbeschlusses zum Tode verurteilt. Ihm wird vorgeworfen, durch seine Ratschläge die Errichtung einer ›willkürlichen und tyrannischen‹ …« Sie war unruhig, das irritierte ihn. Er blickte auf. »Was?« Eindeutig verkniff sie es sich zu lachen, sie hielt die Hand vor den Mund. »Findest du es amüsant, was da geschehen ist?«, fragte er scharf.

Sie rang um Fassung, holte tief Luft und brachte endlich einen angemessenen Gesichtsausdruck zustande. »Nein. Nein, ganz und gar nicht. Ich meine, man soll nicht alles glauben, was in solchen Blättern steht, aber ein Todesurteil, auch wenn ich den Earl of Strafford nicht kannte … Nein, amüsant ist das nicht. Es ist nur … Es ist die Brille. Es tut mir leid. Das ist so ungewohnt.«

Sie ärgerte ihn kolossal. Tadelnd sah er sie an. »Es ist ein Segen, dass diese kleinen Geräte erfunden wurden. Hast du noch nie einen Menschen mit Brille gesehen?«

Wie ein Kind faltete sie die Hände hinter dem Rücken und mied seinen Blick. »Doch. Aber nicht dich.«

Dich, sagte sie. Das rührte etwas in ihm an. Es klang passend, wie sie es sagte, und es fühlte sich passend an, es selbst zu sagen. Merkwürdig, aber es beschwichtigte ihn.

»Kann ich jetzt weiterlesen?«

Mit einem verschmitzten Lächeln im Mundwinkel nickte sie.

»Dann setz dich da hin und hör auf, mich abzulenken.« Er machte ihr mit den Beinen Platz auf dem Bett, und sie setzte sich tatsächlich. Auch das fühlte sich passend an. Verwundert über sich selbst, schüttelte er den Kopf, dann las er: »… Errichtung einer ›willkürlichen und tyrannischen Regierung mit Waffengewalt‹ verfolgt und damit grundlegende Gesetze untergraben zu haben. Die Lords des Oberhauses und Seine Majestät Charles I. stimmten nach etlicher Überlegung dem Urteil zu.« Lenz senkte das Blatt und nahm den Kneifer ab. »Das ist in der Tat beunruhigend.«

Ada zuckte mit den Schultern. »Was bedeutet es denn? Einer, der so verräterische Ratschläge gibt, muss doch bestraft werden.«

»Um Strafford tut es mir nicht leid. Das Urteil bedeutet allerdings, dass das Parlament den König besiegt hat, denn aus freien Stücken hat der seinen Ratgeber nicht ausgeliefert. Wenn Charles so schwach geworden ist, dann ist es ein schlechtes Zeichen. Man kann mit ihm unzufrieden sein, doch vermutlich schützt seine Person England vor Schlimmerem.«

»Wovor?«

»Vor der Herrschaft des Pöbels. Wenn das unwissende Volk nun glaubt, es könne sich gegen die alte Ordnung auflehnen, dann wird es womöglich Zustände geben wie hier in diesem verrotteten Land. Jeder Bauer und Sackweber wird seine Mistforke nehmen und den Soldaten spielen, weil das lohnender wird, als die Soldaten zu füttern.«

»Du kannst doch nicht sagen, hier hätte sich das Volk aufgelehnt. Es waren doch die hohen Herren, die uneins geworden sind.«

»Ja. Nur sorgen längst die Soldaten selbst dafür, dass der Krieg weitergeht. Wären nicht die Scharen leicht geworbener Söldner und ihre Anführer, wäre er längst vorbei. Dann hätte King Charles unser Parlament vielleicht gar nicht einberufen, weil seine Kassen nicht so leer gewesen wären. Viel englisches Silber ist in diesen Krieg geflossen.«

»Bist du denn ganz gegen das Parlament?«

»Gewiss nicht. Aber ein großer Aufstand kann niemandem recht sein, der friedlich Handel treiben will. Es ist für uns in den vergangenen Jahrzehnten schwer genug gewesen.«

Sie lächelte und betrachtete eingehend ihre Handflächen. »So viele Jahrzehnte treibst du doch wohl noch keinen Handel.«

»Die Familie Carton. Das meine ich mit ›wir‹.« Energisch packte er seine Brille ein und übergab ihr die Tasche.

Lenz hatte während seiner Krankheit so viel geschlafen, dass ihm nun jede Nacht zu lang war. Mindestens eine Stunde vor den anderen wachte er am Morgen auf und lag dann im Dunkeln, so aufgedreht vor Ungeduld, dass er aus dem Bett springen wollte. Jede Stunde in diesem bedrückenden Haus, in dem er nichts verloren hatte, zerrüttete seine Nerven weiter. Er wollte heim nach Bristol, Christopher gesund bei seinem Vater abliefern, und dann in Ruhe neue Unternehmungen kalkulieren. Nie wieder wollte er so verschrobenen Gefühlen nachgeben wie denen, die ihn ans Krankenlager seines Vaters getrieben hatten.

Leider konnte er sich nicht so weit vergessen, dass er einfach ging. Prinzipien waren etwas anderes als verschrobene Gefühle. Sein Vater hatte ihn in eine Situation gebracht, die gegen seine Prinzipien verstieß. Der alte Mann hatte keine moralischen Skrupel gekannt und Menschen, für die er hätte sorgen sollen, grundlos in Not hinterlassen.

Er musste versuchen, Ordnung in diese Angelegenheiten zu bringen.

Das hieß, er musste seine Frau bitten, es zu versuchen. Die Frau, die in ihrem raumgreifenden Schlaf schon wieder gegen ihn gerollt war und ihn mit ihren weichsten Teilen berührte.

Er atmete tief ein. Wäre er noch halb tot gewesen, hätte sie nackt neben ihm liegen können, und es hätte ihm nichts ausgemacht. So voll und ganz lebendig, wie er sich inzwischen fühlte, weiterhin mit ihr das Bett teilen zu müssen, war unangenehm. Er musste ihr verständlich machen, dass so eine Lage für einen Mann schwierig war. Falls sie es einem gewissen eigensinnigen Teil von ihm nicht schon vorher ansah.

Er musste unbedingt aufstehen, das war nicht zu ertragen.

Der Aufbruch aus dem Haus Lobeke kam schließlich überstürzt. Christopher erfuhr am Nachmittag von einer Reisegesellschaft, die sich schon am nächsten Morgen in Richtung Hermannsburg auf den Weg machen wollte.

Glücklicherweise hatte Ada die Angelegenheit mit ihrer Erbschaft regeln können. Ein Brief an den Nachlassverwalter ihrer Tante hatte ausgereicht. Da das Schreiben bei ihr ebenso mühsam voranging wie das Lesen, hatte sie sich kurz gefasst, nur Mitteilung von ihrer Heirat gemacht und ausdrücklich gebeten, bei Fälligkeit der Erbschaft auf ihre persönliche Anfrage zu warten.

Eilert hatte ihr die zustimmende Antwort gleich mitgebracht. Angaben über die Erbschaft konnte der Verwalter ihr nicht machen, es hätte eines Antrags bedurft, und sie hätte bei ihm erscheinen müssen. Dazu reichte die Zeit nicht mehr, aber das würde sie später nachholen können. Dann würde sie auch schon wissen, wozu genau sie das Geld brauchte.

Sie hatte mittlerweile das Gefühl, dass sie Lenz nähergekommen war, trotzdem wagte sie nicht, ihn zu fragen, was er mit ihr vorhatte. Ihre Befürchtung, dass es etwas Enttäuschendes sein würde, ließ sie den Augenblick hinausschieben. Sie würde sich damit auseinandersetzen, wenn es so weit war. Das Einzige, wonach sie sich erkundigte, war, ob noch Besorgungen gemacht werden sollten, bevor sie die Stadt verließen.

Lenz trug ihr auf, die Dinge in seiner Truhe zu begutachten. Über die notwendigen Anschaffungen sollte danach sie entscheiden. Geld hatte er, denn Christopher hatte inzwischen einen Wechsel einlösen können.

Da es Lenz nicht mehr im Bett hielt, saß er beim offenen Fenster auf dem Stuhl, während sie die Truhe auspackte.

Obenauf lagen die Sachen, die sie schon kannte. Unter dem grünen Samt kamen ein gefalteter, etwas staubiger Wandgobelin zum Vorschein, ein Handspiegel mit vergoldetem Rahmen, dazu passend Kamm und Bürste, und eine Länge weißes, gutes Leinen.

Als Nächstes nahm sie eine hölzerne Schatulle heraus. Lenz' Nicken gab ihr die Erlaubnis, sie zu öffnen. Sie fand eine Pappschachtel darin, mit einem Satz schwarz angelaufener Silberknöpfe, ein schmales Perlenarmband, eine zerrissene Goldkette mit einem Rubinanhänger, eine Rubinbrosche, deren Rand ehemals mit kleinen Perlen besetzt gewesen war, von denen nun die Hälfte fehlte. Trauerschmuck: ein schwarzes Medaillon mit einem eingelassenen goldenen Kreuz und betenden Händen, ein Goldring mit einem hervortretenden Totenschädel und eingravierten Initialen. Ein Bergkristall, so groß wie die Kuppe ihres Daumens, der aus seiner Fassung gebrochen war.

»Meine Mutter hatte mehr Schmuck, aber das ist alles, was übrig ist«, sagte Lenz.

Ada hätte gern nach dem Rest gefragt, tat es aber nicht. Er sollte nicht denken, dass sie sich Ansprüche auf diese Dinge anmaßte. So nickte sie nur, stellte die Schatulle neben sich auf den Boden und nahm ein weiteres Stück Leinen aus der Truhe.

Lenz hob das Kästchen auf und sah hinein. »Ich habe keine Vorstellung, was man für diesen Tand noch bekommen würde. Wahrscheinlich nicht viel. Möchtest du etwas davon für dich haben?«

Ada sah ihn an. »Möchtest du nichts als Erinnerung behalten?«

Er klappte die Schatulle zu und stellte sie auf den Tisch. »Zwei, drei Dinge, aber die sind noch in der Truhe.«

»Die Bücher?« Ada nahm ein Buch nach dem anderen heraus. Dante: Göttliche Komödie, Ulenspiegel, Boccacio: Decameron, las sie. Sie kannte keines davon. Dann kamen theologische Traktate und eine schmucke Bibel.

»Die Bibel. Meine Mutter hat auf den letzten Seiten ihren Stammbaum eingetragen. Das ist das einzige Wissen, das ich über diesen Zweig der Verwandtschaft habe. Nicht dass es zählen würde, sie sind fast alle tot.«

Es kam vor, dass gerade die Toten zählten, dachte Ada, sprach es aber nicht aus. Ohnehin war sie bereits von dem nächsten Stück abgelenkt, das sie aus der Truhe nahm. Es war eine überwältigend schöne Jacke. Das helle Leinen war zwischen der Pracht der Stickereien kaum zu sehen. Blüten, Früchte und Vögel in den Farben des Regenbogens – eine Augenweide. Verbunden wurden die Figuren durch breite Ranken aus Gold- und Silberfäden. Golden war auch die Spitze, mit der die Säume der Jacke großzügig besetzt waren. In jeder Lücke, die von den Stickereien noch gelassen wurde, glitzerte ein zartes, kleines Silberscheibchen.

»Die werde ich behalten. Sie gehört zu dem Porträt, das noch in der Kiste liegt. Ich weiß, dass Christophers Mutter sie meiner Mutter geschickt hat.«

Ada vermutete, dass er die Jacke seiner englischen Mätresse schenken würde, und fühlte einen Stich. Verlegen beugte sie sich über die Truhe und fand das Bild. Es war in ein Laken eingeschlagen, aus dem sie es behutsam auswickelte.

Lenz sah ihr über die Schulter. »Eigentlich habe ich es gestohlen. Ich fand allerdings, ich hätte zumindest auf ein Bild meiner Mutter ein Recht.«

Die Jacke war auf dem Bild gut wiedergegeben, wie wahrscheinlich auch Lenz' Mutter. Sie hatte die gleichen Augen und Haare wie er, wirkte aber schmal und ernst. Um den Hals hatte sie ein Goldcollier mit einem schwarzen Medaillon. »Das ist der Trauerschmuck«, stellte Ada fest.

»Wirklich?« Lenz beugte sich weiter zu ihr herunter, verzerrte dann aber das Gesicht. »Mein Knie.«

Seit er wieder das Bett verließ, machte das Knie ihm Schwierigkeiten. Es war geschwollen und heilte nicht so zufriedenstellend wie seine anderen Verletzungen. »Du wirst im Wagen reisen müssen«, sagte sie.

Gereizt lehnte er sich zurück und streckte das Bein aus. »Deswegen bin ich Seefahrer geworden. Weil mich das Reisen zu Land so ärgert. Ich hätte nie damit anfangen sollen.«

Ada sah erstaunt auf. »Seefahrer?«

»Fernhandelsagent. Das bin ich, falls es sich dir noch nicht erschlossen hat. Eine interessante und lohnende Tätigkeit. Es war völlig unsinnig von meinem Vater zu erwarten, dass ich auf Wenthe ansässig werde. Das öde Stück Erde ist kein Teil meiner Welt. Schon gar nicht in diesen Zeiten. Wer freiwillig in diesem vom Krieg zerfressenen Wrack von Land lebt, ist klüffelwitzig.«

Ada lachte kurz und unfroh. »Du zeigst eine große Verachtung für die Menschen hier. Dabei bleibt den meisten nichts anderes übrig. Außerdem bleibt man doch in der Heimat. Ich würde schon in Kölln die Sprache nicht mehr verstehen.«

»Ich habe bereits als Kind vier Sprachen erlernt. So dumm kommst du mir nicht vor, dass du nicht wenigstens noch eine lernen könntest.«

»Ich fürchte, da irrst du dich. Aber das ist ja gleichgültig. Ich werde das Land nicht verlassen, nicht wahr?«

Ada wartete mit klopfendem Herzen, aber er erwiderte nichts darauf. Stattdessen nahm er eines der Bücher zur Hand und schlug es auf. Es war das von dem Italiener, Boccacio.

Mit einem stummen Seufzen beugte sie sich wieder über die Truhe. Es war schwierig, auf so engem Raum mit ihm zusammen zu sein, seit er wach war. Er strahlte etwas aus, das sie fahrig und ungeschickt machte. Ständig hatte sie das Bedürfnis, ihn anzusehen, um zu verstehen, was sie so verwirrte. Sie musste sich zusammennehmen, um normal zu wirken.

Andererseits schien es ihm ähnlich zu gehen, denn er hatte auch nicht aufgehört, sie verstohlen zu beobachten. Nur in diesem Moment tat er es nicht, er hatte seine Brille auf die Nase geklemmt und sich in das Buch vertieft. Ein leichtes Lächeln lag auf seinen Lippen. Lippen, mit denen er über ihren Bauch gereist war in jener Nacht, als es kein morgen für ihn gegeben hatte.

Ada wurde heiß, sie zwang sich an ihre Aufgabe zurück. Ein kleiner Ballen weiße Klöppelspitze. Das Richtige für eine feine Haube. Eine weitere Holzschachtel, in die sie hineinsah. Weiße und schwarze Spielsteine aus Holz lagen darin, die Linien für das Spielbrett waren auf der Außenseite der Schachtel aufgezeichnet, aber an einigen Stellen abgeschabt. Zwischen den Holzscheiben lagen vier Schiffchen und ihre kleinen Masten, die man aus den für sie vorgesehenen Löchern gezogen hatte. Die Schiffe waren bemalt gewesen, doch von den Farben war wenig übrig. Ebenso schäbig war das letzte Teil. Ada nahm es heraus, es war kleiner als ihre Handfläche. Ein Schaukelpferd mit einem Ritter darauf, der einmal ein Schwert in der Hand gehalten hatte, von dem nur noch der Griff da war. Leimreste an Hals und Hinterteil des Tieres deuteten darauf hin, dass es Mähne und Schweif aus echten Haaren gehabt hatte. Ein liebevoll gemachtes Spielzeug.

»Das war meins. Die Schiffe gehörten zuerst meinem Bruder. Bis er gestorben ist.« Lenz hatte nur kurz aufgeblickt und sich dann wieder dem Buch gewidmet.

»Wie alt ist er geworden?«

»Neun Jahre. Ein Jahr nach seinem Tod haben meine Eltern mich nach England geschickt. Ich war sechs Jahre alt.«

»Und deine Mutter?«

»Starb ein Jahr später. 1620.«

Ada legte das Pferdchen behutsam zurück in die Schachtel. Menschen verloren Kinder. Viele Mütter verloren mehr, als sie aufwachsen sahen. Dennoch, der Blick auf die paar abgegriffenen Spielzeuge ließ Ada mit der unbekannten Toten schmerzhaft mitfühlen. Wie konnten die Eltern es übers Herz gebracht haben, den zweiten Sohn fortzuschicken, nachdem ihnen schon der erste genommen worden war? Vielleicht war Lenz' Mutter vor Kummer gestorben. »Die Sachen sind sehr hübsch«, sagte sie leise.

Lenz klappte das Buch zu und legte es mit einem kleinen Knall auf den Tisch, oben darauf die Brille. »Wir haben sie nicht von unseren Eltern bekommen. Ein Freund der Familie hat sie uns geschenkt. Der Bruder von Christophers Mutter. Er war es auch, der mich von Wenthe abgeholt und nach Bristol gebracht hat. Ein großzügiger, freundlicher Mann, soweit ich mich erinnere. Leider ist er noch im selben Jahr ums Leben gekommen. Sein Schiff sank.«

»Es klingt, als hättest du an deine Eltern keine guten Erinnerungen.«

Mit einem Ruck stand er auf. »Ich habe an meine Mutter kaum Erinnerungen. Und wenn ich eine gute Erinnerung an meinen Vater hätte, würde sie nicht zählen gegen das, was ich über ihn weiß.«

Er sprach zwischen zusammengebissenen Zähnen hindurch, aber Ada nahm an, dass das mehr an dem schmerzenden Knie lag als an seinem Vater. Er humpelte durch die Kammer zur Tür und stützte sich an der Wand ab, während er sie öffnete. »Soll ich helfen?« Ada wusste die Antwort, bevor sie fragte.

»Nein«, sagte er schroff.

Ada lächelte. Er schämte sich dafür, dass sie ihn gepflegt hatte, und wäre eher ins Nachtgeschirr gefallen, das sie zwei Türen weiter platziert hatten, als weiter Hilfe von ihr anzunehmen.

Mit einem Schütteln des Kästchens wollte sie die Spielfiguren darin zurechtrücken, damit sie den Deckel schließen konnte. Eine von den Holzscheiben bewegte sich nicht, schien am Boden festgeklebt. Beim Versuch, sie zu lösen, hob sich der doppelte Boden der Schachtel. Darunter lagen umschlaglose Briefe. Ein knappes Dutzend, auf zartem Papier, die Tinte leicht verblasst. »*Liebe Agnes*«, begann der oberste, begannen sie alle. Ada blätterte sie durch. Bis auf zwei waren alle von einer Katharina unterzeichnet. Die anderen beiden waren kurze Mitteilungen und kamen von G.W.

Wie kannst Du noch Worte von mir erwarten, nachdem Du mein Herz gebrochen hast? Es ist in mir so leer wie auf einem gefrorenen See bei Nacht. Ich habe nicht einmal mehr die Kraft, Dich zu mir zu wünschen.

Ada hielt vor Überraschung die Luft an. 1613 war der Brief datiert, und G.W. bedeutete nicht Ludwig von der Wenthe, die Handschrift war eine andere.

Wenn Agnes Lenz' Mutter war, dann hatte sie einem anderen als ihrem Ehegatten das Herz gebrochen. Neugier wuchs in Ada, die Lust am Skandal. Was hatte »Agnes« gewagt, wie weit war sie gegangen?

Ada hätte die Briefe gern gelesen, ob es nun richtig war

oder nicht. Ging es um Lenz' Mutter, so war sie seit einundzwanzig Jahren tot und würde keinen Schaden mehr nehmen, weil eine andere Frau ihr Geheimnis teilte. Der Sohn musste es ja nicht erfahren. Sie lauschte zum Flur hin. Wenigstens ein Blick, dachte sie, und nahm sich den zweiten Brief von G.W. vor. 1619.

Ich danke Gott dafür, dass er Dir genug Vertrauen in mich eingab. Ich werde Deinen Sohn abholen. Gleichzeitig verfluche ich den Herrn, dass er Dir so viel Vertrauen eingab. Du weißt, dass ich es nicht enttäuschen werde, aber Du weißt vielleicht nicht, was Du damit von mir verlangst. Ich werde Dein Kind lieben, aber sein Anblick wird Wunden in mir aufreißen, die nur mühsam verheilt sind. Vor zwei Jahren hätte ich Dich noch angefleht mitzukommen. Heute ist es zu spät.

Lenz kam zurück. Flink versteckte Ada die Briefe wieder in der Schachtel. Nun wusste sie fast sicher, wer G.W. war. Agnes' Kind war jedenfalls der Mann, der soeben in die Kammer gehumpelt kam.

Er lehnte sich neben der Tür gegen die Wand und schöpfte Atem. Eine dunkle Haarsträhne war aus seinem Zopf entkommen, und die oberste Schleife am Hemdkragen hatte sich gelöst. Er sah Ada nicht an, sondern blickte auf den Boden. Obwohl er sehr beherrscht war, glaubte Ada auf einmal eine besondere Verletzlichkeit in ihm zu erkennen. Sie konnte sich gut erinnern, wie ein sechsjähriges Kind sich fühlt, dem man die Mutter genommen hat. Voll Schmerz und Wut gegen alle, die es für schuldig daran hält. »Waren Christophers Eltern Freunde deiner Eltern?«

Lenz hob den Blick, als wäre er in Gedanken weit fort gewesen. »Katharina Carton und meine Mutter waren Freundinnen. Sie sind zusammen aufgewachsen. Zwischen unseren Vätern gab es bloß eine Geschäftsbeziehung. Das hat Christophers Vater nicht abgehalten, mich wie seinen eigenen Sohn zu behandeln. Katharina hat meine Mutter leider nur um sieben Jahre überlebt.«

»Du solltest das Bein lieber hochlegen.« Ada wusste, dass sie das sagte, weil sie sich nach einer Gelegenheit sehnte, ihn zu berühren.

»Ich fürchte, du hast recht.« Er hinkte zum Bett.

Ada stand hastig auf und half ihm ungebeten dabei, die Beine auf die Matratze zu schwingen, damit er die heilenden Muskeln nicht beanspruchen musste.

Peinlich berührt von ihrem heimlichen Vergnügen daran, wollte sie sich danach hastig zurückziehen, doch er hielt sie am Handgelenk fest.

»Ada ...«

Die Hitze schoss Ada mit einer Wucht in die Wangen, dass ihr beinah die Tränen kamen. Sie konnte ihm nicht in die Augen sehen.

Lenz fühlte an ihrem Handgelenk, wie ihr Puls raste. Sie konnte ihn nicht ansehen, solche Scheu hatte sie vor ihm. Eigentlich hatte er mit ihr über ihre Ehe sprechen wollen und die Nacht, die in seinem Gedächtnis fehlte. Da sie jedoch eindeutig aus seiner Nähe fliehen wollte, verging ihm die Lust dazu. Er konnte den Eindruck gewinnen, dass er sich in jenen Stunden schlecht gegen sie benommen hatte, so angespannt, wie sie sich in seiner Gegenwart oft verhielt.

Mit einem Widerstreben, das ihn selbst erstaunte, ließ er ihre weiche Hand los. »Wie wäre es, wenn wir uns die Zeit mit einer Partie Mühle vertrieben?«

Sie zog ihre Hand weg und umfasste das Gelenk, als hätte er ihr wehgetan. »Mühle?«

»Das Kästchen mit den runden Spielsteinen.«

»Ach so.« Sie schüttelte den Kopf. »Nein, lieber nicht.«

Ohne ihn anzusehen, machte sie sich wieder daran, Sachen zu sortieren und sorgsam einzupacken.

Es war ihr wohl nicht bewusst, wie sehr sie ihn vor den Kopf stieß, dennoch machte sie ihn wütend. Freundlich klang er daher nicht, als er wieder sprach. »Dann gib mir das Buch und meine Brille.«

Dass sie ihm die Sachen einfach wortlos reichte, machte ihn noch gereizter. Fast riss er sie ihr aus der Hand. Es war glücklicherweise nicht nötig, dass er ihr gefiel, dachte er.

Das Vermächtnis des alten Grafen von der Wenthe

8

Christopher hatte einen zweirädrigen Karren und ein kräftiges kleines Pferd kaufen können. Die Ladefläche des Wagens war gerade groß genug für zwei Truhen, zwei Körbe und einige Bündel. Lenz und Ada konnten mit Dierk gut nebeneinander sitzen, eine vierte Person hätte keinen Platz mehr gefunden. Christopher bevorzugte ohnehin sein Pferd, das er bequemer fand als den Wagen.

Trotz aller Bemühungen hatte Eilert Dierks Onkel nicht gefunden. Beim Hospiz hatte man sich an ihn erinnert, denn er hatte Knoops Wagen dort stehen lassen. Doch er war spurlos verschwunden, noch bevor sein Freund begraben war.

Da sie nicht schlüssig geworden waren, was für den Jungen nun das Beste war, hatten sie ihm die Wahl überlassen, und er hatte sich entschieden mitzufahren.

Es war noch dunkel, als sie mit Hilfe der Knechte das Gepäck hinunter in den Hof brachten und dort auf den Karren luden. Weder Stechinelli noch Märtens waren im Haus, Gotthard Lobeke rumorte in seiner Kammer und kam erst heraus, als sie reisefertig waren. Über der Schulter ein Handtuch, stand er mit grimmigem Gesicht da und sah zu, wie seine Tochter zu ihrem Gatten und dem fremden Jungen auf den Kutschbock stieg.

So im Halbdunkel, allein auf seinem Hof, hatte er etwas an sich, das Ada einen Hauch von Mitgefühl für ihn eingab, gleichgültig, wie anschuldigend er an ihr vorbeistarrte. »Ich schreibe dir bald«, sagte sie, als Lenz das Pferd antrieb, doch sie bekam keine Antwort.

Auch die Abschiedsgrüße der Männer erwiderte ihr Vater bloß mit dem gleichen kalten Starren. Ada war von Herzen erleichtert, als er außer Sichtweite war.

Zwei kleine Fuhrwerke, zwei Reisewagen, zweimal sechs beladene Maulesel und siebzehn Reiter reisten in der Gruppe, die sie nach Hermannsburg bringen sollte. Sie kamen weit schneller voran als mit dem vorigen Handelszug und hatten zudem zwei Führer, die genau darüber Bescheid wussten, wo Soldaten lagen und welche Dorfruine man besser schnell umfuhr, weil sich dort bewaffnete, hungrige Landleute aufhielten.

Es sei in der Umgebung von Lüneburg nicht so arg wie mancherorts, wo die Leute sich gegenseitig auffraßen, sagten die Führer, aber viel fehlte nicht mehr. Sei doch zum Beispiel Barnstedt schon öfter geplündert worden, als man noch zählen könne, und man müsse nur Bardowick ansehen, wo sich schon dreimal die Brennmeister ausgetobt hätten. Eine ganz neue Profession wäre das, die Brennmeister. Hätten früher die Meister des Löschens größten Respekt genossen, so seien es nun die, die das Gegenteil bewirkten.

Dank der höheren Geschwindigkeit und der Führer, die sie vor Zwischenfällen bewahrten, gelangten sie schon am Abend nach Hermannsburg. Die einzige Unterkunft dort war ein Haus, dessen Ziegeldach aussah wie der durchhängende Senkrücken eines alten Kleppers.

Ada hatte in ihrem Leben nur wenige Male in Gasthäusern übernachtet. Das Gasthaus in Hermannsburg überzeugte sie davon, dass sie auf die Erfahrung auch in Zukunft gern verzichten wollte. Zusammen mit Dierk wurde ihr von der Wirtin eine Kammer zugeteilt, wo sie ein Bett mit zwei weiteren Frauen teilte, von denen die eine schnarchend ihre schlechten Zähne lüftete und die andere sich die ganze Nacht kratzte. Dierk schlief auf zwei alten Schaffellen vor der Glut im Kamin und hatte es dort bequemer als sie. Sein Ruhelager war zwar noch schmutziger als ihres, doch das machte ihm nichts aus.

Auch die Männer schienen über den Schmutz und die schlechte Luft hinwegsehen zu können. Sie klagten am Morgen nur darüber, dass der Boden in der Kammer im Obergeschoss so mürbe sei, dass sie Angst gehabt hätten, in der Nacht mit dem beladenen Bett durchzubrechen. Sie hatten sich das große Ruhelager zu viert teilen müssen.

Ada musterte Lenz besorgt, aber seit sie unterwegs waren, ging es ihm besser, zumindest nach außen hin. Das Einzige, was sich noch verschlimmert hatte, war sein Hinken. Mittlerweile hatte er sich einen Holzknüppel besorgt, den er als Krücke benutzte. Auf den Wagen und wieder herunter musste er sich helfen lassen.

Es war nur ein zweistündiger Weg von Hermannsburg nach Wenthe, sie rasteten unterwegs nicht noch einmal. Noch vor der Mittagszeit bekamen sie daher das Gutshaus zu Gesicht. Es war befestigt wie eine kleine Burg, so wie Ada es auch vom Landsitz der von Bardelebens her kannte. In früheren Zeiten wäre das sicher genug gewesen, doch gegen Angreifer mit neueren Schusswaffen würden Graben und Mauer nicht lange schützen. Dennoch war die Mauer um das Anwesen zumindest ein Hindernis für Eindringlinge.

An jenem Tag allerdings stand das große Tor halb offen, und der Turm daneben war unbemannt, niemand sprach sie an oder verkündete ihre Ankunft.

Christopher spähte auf den Hof, gab Entwarnung und winkte sie heran. Einen Moment lang hatten sie Zeit, der Szene zuzuschauen, die sich vor dem großen, mit Efeu bewachsenen Haus abspielte.

Ein schwarz gekleideter Geistlicher stritt sich mit einer Magd in braunem Schürzenkleid und blauem Kopftuch. Jeder von ihnen hatte eine Hand an dem Führseil einer weißen Kuh, die bei ihnen stand. Beide versuchten, dem anderen den Strick zu entwinden.

Eine weitere, kleinere Frau in Trauerkleidung aus schwarzem Samt redete auf die zwei ein. An ihrer Hand hing ein etwa vierjähriges Mädchen, ebenfalls mit einem dunklen Kleid herausgeputzt.

»Wer sind die Leute?«, erkundigte Ada sich.

»Die Magd heißt Luise. Die anderen habe ich nie gesehen«, gab Lenz mit finsterem Gesicht zurück.

Luise war es, die sie zuerst bemerkte. Die hochgewachsene junge Frau schrak zusammen, ließ die Kuh los und ging fluchtbereit einige Schritte rückwärts, bevor sie zu dem Schluss kam, dass die Ankömmlinge keine Bedrohung waren.

»Mach das Tor zu, Luise«, befahl Lenz laut. »Hier geht vorerst nichts vom Hof.«

Es entging Ada nicht, wie fassungslos Luise Lenz anstarrte und wie sie die Fäuste ballte, bevor sie an ihnen vorbei zum Tor lief.

Lenz brachte den Wagen vor dem Geistlichen und der Kuh zum Stehen. Der Mann hielt den Strick nun mit beiden Händen, in seinem Gesicht stand verbissene Entschlossenheit geschrieben. Er trug eine Tonsur, der nackte Schädel in der Mitte glänzte. Seine Wangen hingen schlaff herunter, wie bei einer Bulldogge.

Ada konnte Lenz' Anspannung neben sich spüren, obwohl er sich gelassen gab. Ruhig legte er die Peitsche zu ihren Füßen quer.

Neben ihnen stieg Christopher vom Pferd und winkte Dierk zu sich, der mit der üblichen Gewandtheit vom Kutschbock sprang.

Ada sah sich zu Luise um, die eben einen gewaltigen Riegel vor das Tor legte. Die Magd war schlank, aber stark. Sie handhabte das schwere Tor mühelos allein.

»Was glaubt Ihr für einen Anspruch auf diese Kuh zu haben?«, fragte Lenz den Geistlichen. »Auf welche Weise habt Ihr sie erworben?«

Der Geistliche schob den Unterkiefer vor und lehnte sich ein wenig nach vorne, als stemmte er sich gegen den Wind. »Was ginge das Euch an? Wer seid Ihr?«

Luise war wieder herangekommen und nahm Lenz die Antwort ab. »Das ist der junge Herr Graf. Euer Vater ist tot.« Sie spuckte Lenz den zweiten Satz verächtlich entgegen, eine Impertinenz, die sie bei vielen Herrschaften den Kopf gekostet hätte. Ada glaubte, neben der Verachtung in Luises Stimme einen Hauch von Zufriedenheit zu hören. Das weckte ihre Neugier.

»Friede seiner Seele. Seit wann?«, erwiderte Lenz.

»Vorgestern. Er liegt noch drinnen.« Luise verschränkte die Arme, ihr Blick streifte Ada und heftete sich dann aufs Wagenrad. Sie war wohl frech genug für unhöfliche Worte, aber den Herrschaften böse in die Augen zu starren, brachte sie doch nicht fertig.

Ada vermutete, die junge Frau verurteilte Lenz dafür, dass er seinem Vater nicht bis zum Ende beigestanden hatte. Die meisten Menschen hätten das getan.

Nun stieß die Frau im Trauerkleid einen auffallend verspäteten Entzückensschrei aus. »Aach! Konstantin, Junge, bist du das wirklich? Dem Himmel sei Dank. Dein armer Vater. Es hat ihn gereut, dass ihr so im Streit auseinandergegangen seid.«

Der Magd Luise entkam daraufhin ein kurzes, höhnisches Lachen. Sie sagte jedoch nichts, sondern nutzte die Gunst des Augenblickes, entwendete dem abgelenkten Geistlichen mit einem schnellen Ruck den Strick der Kuh und zog das Tier mit sich in Richtung Stall. Der Geistliche wollte auffahren, ließ sie dann aber gehen.

Lenz wandte sich der Frau zu, die ihn »Konstantin« nannte, wie es sonst nur sein Vater getan hatte. »Verzeiht. Aber ich glaube nicht, Eure Bekanntschaft bereits gemacht zu haben.«

Sie kam zum Wagen getrippelt, das Kind immer an der Hand. Die Kleine sah blass und müde aus und hatte bläulich durchschimmernde Äderchen an Stirn und Schläfen.

Die Wangen der Mutter dagegen waren rot. Ada war in ihrem Leben nicht vielen Frauen begegnet, die sich schminkten, diese tat es offensichtlich. Sie hatte ihr Gesicht weiß gepudert, die Wangen künstlich gerötet und die Brauen und Wimpern schwarz gefärbt. Das Ergebnis wirkte befremdlich, zumal unter der schwarzen Haube der Frau karge, weißblonde Löckchen hervorkamen und auf dem Trauerkleid ein großer weißer Kragen lag.

»Ich bin eine gute Freundin deines armen Vaters gewesen, eine sehr gute.« Die Stimme der Frau brach, und sie schniefte. »Base dritten Grades, ja. Er hat doch sicher von mir erzählt. Cornelia von Questenberg, Junge. Dein Vater hatte die Güte, mir viele Jahre hier in seinem Haus ein Heim zu bieten. Erst ganz kurz vor deiner Ankunft hat er mir geraten, mit unserer kleinen … Ich meine, mit meiner kleinen Aegidia hier in die Stadt umzusiedeln. Der unsicheren Zeiten wegen, sagte er. Ich hätte ihn ja nie verlassen, aber er hat es mir ans Herz gelegt, und Aegidia zuliebe … Du wirst das verstehen, nicht wahr? Sieh sie dir an, den kleinen Schatz. Dein Vater war immer so sehr besorgt um sie.«

Lenz atmete tief durch und band die Fahrleine an ihrer Öse fest. Er widmete Cornelia von Questenberg keinen weiteren Blick und sah auch das Kind nicht an.

Luise war mit der Kuh beinah beim Stall. »Wo sind Ottman und Jakob?«, rief er ihr nach, bekam von der ungnädigen Magd aber keine Antwort.

»Ich seh mich um«, sagte Christopher, überließ Dierk sein Pferd und ging Luise nach.

»Wie kann ein Sohn abreisen, wenn sein Vater im Sterben liegt!« Der Geistliche presste die Lippen zusammen, sodass auch noch unter seinem Mund ein Wulst entstand. Ada versuchte ihre Belustigung zu unterdrücken, indem sie ihm nur in die Augen sah, doch seine Unterlider wurden von den Hängebacken so nach unten gezogen, dass ihr roter, innerer Rand sich nach außen stülpte, was sein Gesicht noch hundeähnlicher machte. Seine Stimme klang ölig und feindselig.

»Aber lieber Pastor Hasenbein«, sagte Cornelia, »das Ganze war eine so unglückliche Geschichte. Ihr werdet dem Jungen das doch jetzt nicht zum Vorwurf machen.« Im Gegensatz zu Pastor Hasenbeins war ihre Stimme wie zuckerglasiert.

Ada schob es auf ihre Reisemüdigkeit und die Anspannung, dass sie die beiden so komisch fand. Sie musste sich tatsächlich das Lachen verkneifen.

»Pastor Hasenbein«, wiederholte Lenz mit beißendem Unterton und machte es Ada damit noch schwerer, die Fassung zu bewahren. »Ihr habt mir noch nicht gesagt, was Ihr mit der Kuh zu schaffen habt.«

»Euer Vater muss bestattet werden. Die Kuh deckt die Kosten.«

»Aber Ludwig hat für die Bestattung im Voraus bezahlt. Eurem Vorgänger, dem Pastor Sievers.« Cornelia legte dem Pastor beschwichtigend die Hand auf den Unterarm. »Das versuche ich Euch doch die ganze Zeit klarzumachen.«

Pastor Hasenbein starrte sie an. »Ihr wart es, die gesagt hat, ich solle die Kuh nehmen.«

»Aber doch für unsere anderen Kosten. Dafür solltet Ihr sie nehmen.«

»Welche Kosten wären das wohl?«, erkundigte Lenz sich in gleichbleibend sarkastischem Tonfall.

Die Frau von Questenberg sah ihn treuherzig an. »Oh. Der Bader. Die Leichenfrauen. Das Trauermahl. Der Lohn für das Gesinde, Trauerkleidung, Trauerschmuck. Die Reisekosten. All das. Das Leben muss weitergehen, nicht wahr?«

Lenz seufzte. »Wer verwaltet den Nachlass?«

Cornelia von Questenberg spitzte die Lippen und zuckte mit den Schultern. »Ein Beutelschneider. Ich habe deinem Vater von seinen unsinnigen letzten Verfügungen stets abgeraten. Es wäre für alle besser, diese Ergebnisse seiner Verwirrtheit zu vergessen. Du bist der Erbe, und du entscheidest nach deinem Herzen. So sollte es sein. Diese spitzfündelnden Advokaten richten nur Unheil an.«

Ada konnte nicht mehr an sich halten, es galt Sprechen oder Lachen. Der Eigennutz stand dieser weißen Frau ins Gesicht geschrieben. »Hat Graf von der Wenthe Euch etwas vermacht?«

Cornelia von Questenbergs Blick sprang mit einem giftigen Aufglühen zu ihr. »Wen bringst du denn da mit, lieber Konstantin? Eine ... Bekannte?«

Adas Direktheit freute Lenz. Sie war offensichtlich bereit, den Kampf mit der fürchterlichen Person aufzunehmen. Habgierige, irritierende Frauen wie Cornelia von Questenberg waren ein Grund, warum er bislang nicht hatte heiraten wollen. Sie taten selten etwas Nützliches und beriefen sich meist auf eine Pflicht zur Fürsorge, die andere ihnen gegenüber erfüllen sollten.

Noch einen Augenblick zuvor hatte er sich von dieser ganzen Wenthe'schen Erbschaftsangelegenheit so angewidert gefühlt, dass er die Aussicht, auch nur einen Tag bleiben zu müssen, zum Verzweifeln fand. Nun kam ihm der Plan, auf dem Gut aufzuräumen, schon interessanter vor. Es hing alles davon ab, ob Ada dem Druck gewachsen war, der in den nächsten Tagen entstehen würde, und ob sie genug Mut hatte, sich den Gefahren zu stellen.

»Ada … Konrade Christiana Henriette von der Wenthe, geborene Lobeke, ist meine Gattin, Frau von der Quasten … Questenberg. Meines Wissens ist sie damit seit dem Ableben meines Vaters die Herrin dieses Hauses. Und nun bitte ich um Zurückhaltung, was die weitere Regelung des Nachlasses betrifft. Ich möchte, da es sich nun einmal so ergeben hat, Abschied von meinem Vater nehmen. Pastor Hasenbein wird Verständnis dafür haben, wenn ich ihn bitte, morgen zur Bestattung wieder vorzusprechen.«

»Procurator Eckermann aus Hermannsburg hat den Nachlass zu verwalten«, sagte Hasenbein. »Ich werde mich bei ihm erkundigen, ob das hier mit rechten Dingen zugeht.«

Ada erhob sich und stieg vom Wagen. »Das ist ein ausgezeichneter Gedanke. Ihr könnt ihn gleich zur Trauerfeier bitten. Im Anschluss kann er uns eröffnen, was mein Schwiegervater im Einzelnen vertestiert hat.« Sie ging um den Wagen herum auf Lenz' Seite. »Dierk, lass das Pferd für einen Moment los, es kann ja nicht fort.«

Dierk verstand und kam zu ihr. Gemeinsam halfen sie Lenz beim Absteigen, der dabei so viel Würde zeigte wie möglich.

Cornelia von Questenberg hatte es die Sprache verschlagen. Aegidia fing an zu jammern, weil ihre Mutter ihre Hand zu fest drückte, und die wurde dadurch lange genug abgelenkt, um Ada und Lenz den Vortritt zur Haustür zu lassen.

Christopher kam eben von der Rückseite her um das Haus herum, als sie die Treppe erreichten. Ein Knecht war bei ihm. Dem Mann fehlte das linke Ohr, und eine Augenhöhle war von Brandnarbengewebe überwuchert. Es schauderte Ada, allmählich bekam sie den Eindruck, vor der Kuriositätenbude eines Jahrmarktes gelandet zu sein. Die merkwürdigsten Menschen hatten sich auf diesem Gut versammelt.

»Tag, Ottman. Bring Er mal den Wagen weg«, sagte Lenz zu dem Mann. Ada sah ihren Gatten von der Seite an. Er konnte einen Ton anschlagen, als sei er des Kaisers Vetter. Sie wollte Ottman entschuldigend zulächeln, aber er war schon unterwegs zum Wagen. Ihr Lächeln erreichte stattdessen Christopher, der es erwiderte, bevor er zu Dierk und seinem Pferd ging.

Lenz stieß sie an. »Deine Hand«, sagte er leise.

»Was?«

»Nimm meinen Arm. Wir betreten unser Haus. Dein Haus.«

Verwirrt legte Ada ihre Hand auf seinen Arm, und sie schritten über die Schwelle.

Lenz nahm Ada mit in den Kleinen Saal, in dem sein Vater aufgebahrt lag. Man hatte ihn würdevoll auf einen langen Tisch gebettet, der in der Mitte des Raumes stand.

Der Tisch war von den für eine Aufbahrung üblichen Kerzen umgeben, aber auch von Blumen. Sogar in die Hände hatte jemand seinem Vater einen weiß blühenden Zweig gesteckt. Lenz fragte sich, ob es eine Seele geben konnte, die das aus Liebe getan hatte, oder ob sein Vater dafür im Voraus bezahlt hatte. Beim Stand der Dinge im Haus mochte es ebenso gut aus Berechnung geschehen sein.

Adas Hand lag noch auf seinem Arm, als er sich neben seinen toten Vater stellte und darüber nachdachte, was er mit ihm verloren hatte.

Nichts, was er liebte, nicht einmal etwas, das er gut gekannt oder wenigstens gemocht hatte. Dennoch betrachtete er das weiße, faltige Gesicht, das durch die Reglosigkeit, zu der es nun auf ewig verdammt war, sein Mitgefühl erregte, und sah ein, dass er trotz allem etwas Einzigartiges verloren hatte. Der Tote war das Glied, das vor ihm kam, in der langen Kette derer, von denen er herstammte und die er vielleicht eines Tages selbst zeugen würde. Diesem Mann und seinen Vorfahren ähnelte er womöglich, diesen Mann hätte er nach solchen Ähnlichkeiten fragen und um Erklärungen bitten können.

Manche Einsichten waren nun für immer verloren.

Auch der Grund, warum sein Vater so achtlos mit Menschen umgesprungen war. So ohne Moral, dass Lenz sich nun fragen musste, ob etwa tatsächlich auch das kleine bleiche Geschöpf, das draußen an der Hand seiner Mutter gehangen hatte, von seinem Vater gezeugt worden war.

Aegidia. Allein der Name. Er wusste nicht, woher der Name stammte, nur dass er die männliche Form davon selbst führte: Aegidius, sein dritter Vorname. Er schüttelte den Kopf, um dem neu aufsteigenden Ärger Einhalt zu gebieten, und sah Ada an. »Morgen kommt er unter die Erde. Danach bist du Herrin hier.«

Sie erwiderte seinen Blick und seufzte. »Zwischen euch gab es wirklich keine Liebe, wie es scheint. Willst du die Leute zusammenrufen, damit ich sehe, mit wem ich es zu tun habe?«

Lenz nickte und führte sie aus dem Saal – in dem Wissen, dass sie, selbst wenn er alle zusammenrief, nur die Hälfte von denen sehen würde, mit denen sie es zu tun hatte. Die Geister der anderen stünden unsichtbar dahinter.

Zwölf Zimmer gab es im Haus, das größte Doppelgemach hatte Ludwig von der Wenthe bewohnt, im zweitgrößten hatte Cornelia von Questenberg sich mit ihrer Tochter eingerichtet.

Lenz hatte bei seinem früheren Aufenthalt das ehemalige Zimmer seiner Mutter benutzt, das zur Südseite des Hauses lag, Christopher das daneben. Es lag auf der Hand, dass Ada und Lenz gemeinsame Gemächer beziehen mussten, um den Anschein einer Ehe zu wahren. Deshalb ließen sie ihr Gepäck in diese beiden Räume bringen. Christopher bezog eines der letzten beiden bewohnbaren Zimmer, am Ende des Ganges.

Das Haus war ein kleines Schloss von verblasster Pracht. Es war gebaut worden, um eine große Familie und viel Gesinde beherbergen zu können und Raum für gesellschaftliche Vergnügungen zu bieten, gleichzeitig aber die Verteidigung im Notfalle zu ermöglichen. Mit Fenstern war man daher sparsam gewesen. Im Untergeschoss waren sie nachträglich vergrößert worden, im Obergeschoss wohl von Anfang an größer gewesen. Viel Licht ließen sie dennoch nicht herein.

Jedem Raum sah man an, dass die Blütezeit der Geselligkeit vor Jahrzehnten geendet hatte. Viele Hände wurden gebraucht, um gegen den Verfall anzukämpfen, auch wenn einzelne Räume wenig oder nie genutzt wurden. Ada hatte in Celle ohne Unterlass an einem solchen Kampf teilgenommen. Auch dem Haus ihrer ehemaligen Schwieger-Großeltern fehlten zwei jüngere Generationen, die die vielen Räume hätten beleben können.

Bei der Begutachtung der Wenthe'schen Burg wurde ihr unwohl. Sicher war das ein stolzer Besitz, aber man musste ausgezeichnet wirtschaften, damit er sich trug, und sie hatte das Personal für diese große Aufgabe bisher noch nirgends gesehen.

Der Große Saal mit seinen verblichenen und löchrigen gestickten Wandteppichen lag im Obergeschoss. Hier waren früher die großen Gesellschaften gegeben worden, bei denen zuerst auf dem Eichenparkett getanzt, später darauf geschlafen wurde. Die Zimmer waren den hochgestellten Gästen vorbehalten geblieben.

Von jenen vergangenen Festen zeigte der Saal Spuren: Fett-, Wachs- und Brandflecken, Ruß über dem riesigen Kamin, von Nagelschuhen und Stuhlbeinen zerschabtes Holz, abgewetzte Vergoldungen an den Paneelen. Und obwohl das letzte Fest viele Jahre zurücklag, hatte Ada, als sie durch die prunkvolle Flügeltür eintrat, den Eindruck, dass der Geruch von erhitzten Menschen, Rauch, Wein und gebratenem Schweinefleisch noch in der Luft hing und sich mit dem Modergeruch feuchter Wände mischte.

Ada war die Erste im Saal, sie wollte die Menschen von Wenthe nacheinander ankommen sehen. So konnte sie vielleicht schon eine Bekanntschaft schließen, bevor sie als Fremde der ganzen Gruppe gegenübertreten musste.

Die Fenster des Saales lagen zur Westseite des Hauses, hin zur Kapelle und zu den Ställen. Von einem der Alkoven aus konnte Ada sehen, wie unten eine Bauernfamilie aus dem Stall kam. Einer zupfte am anderen, um Falten und Stroh aus der Kleidung zu entfernen. Zwei Frauen, ein Mann, ein Halbwüchsiger, etwas älter als Dierk, zwei Kinder, unterwegs in den Saal, um sich der neuen Herrin zu empfehlen. Hager sahen sie alle aus, und keiner lachte.

An ihr sollte es nicht liegen, wenn das so blieb, nahm Ada sich vor. Die Tür quietschte in den Angeln, und sie drehte sich um.

Zwei alte Frauen traten ein, ihre Pantoffeln schlurften über das Parkett. Die eine war noch zwanzig Jahre älter als die andere und hatte einen Buckel. Sie hielt sich am Arm der Jüngeren fest. Beide waren grau gekleidet, nicht schwarz. Ada nahm an, dass sie die einzigen guten Kleider trugen, die sie besaßen.

Die Bucklige hatte unter ihrer hellgrauen Filzhaube weißes, dünnes Haar, das Gesicht war runzlig wie ein überwinterter Apfel, der Mund eingefallen. Ihre Augenwinkel waren von einer Entzündung rot, und die ehemals blaue Iris war milchig.

Im Vergleich wirkte die Jüngere ansehnlich, doch bei genauerer Betrachtung verlor sich das. Nichts passte an der Frau zusammen: Für ihren kurzen Oberkörper waren Beine und der dürre Hals zu lang, der Kopf viel zu klein. Ein Kinn fehlte ihr völlig, die Nase war spitz, und die Haare waren zu einem schmutzigen Gelbgrau gealtert.

Beide Frauen deuteten vor Ada einen mühevollen Knicks an. Die Ältere war es, die schließlich sprach.

»Gnädije Fru, dat is de Baiersche Erna. Se kunn nich spreeken. Mi nömt se de Behnsche. Ik bün siet fiefuntsösstig Johrn in't Huus.«

Sie sprach ein schluriges Plattdeutsch, aber so langsam, dass Ada sie gerade noch verstehen konnte. »Fünfundsechzig Jahre im Haus, Behnsche! Das ist eine lange Zeit«, sagte sie und lächelte. »Und ganz sicher ist es das Anrecht auf einen Sitzplatz.«

Zwischen den Fensteralkoven standen jeweils drei Stühle; Ada holte einen davon und lud die Behnsche zum Sitzen ein. Der stummen Baierschen Erna stellte sie es frei, sich einen Stuhl zu holen. Die Frau zog es vor, sich hinter den Stuhl der Behnschen zu stellen.

Inzwischen war die Bauernfamilie angekommen, zusammen mit den Knechten Ottman und Jakob. Gleich hinterher schritten Lenz und die Magd Luise, mit Christopher und Dierk auf den Fersen.

Zuletzt kam Cornelia von Questenberg in Begleitung ihrer Magd und ihrer Tochter. Die Magd war es, die diesmal das Kind trug. Nicht nur deshalb fiel sie Ada auf. Sie stach aus den Menschen von Wenthe durch Schönheit heraus. Ada hatte keine Ruhe, um sie lange zu betrachten, aber es brauchte nur einen Blick für die Erkenntnis: Anmut mit gefälligen Rundungen, und ein hübsches rosiges Gesicht unter weizenblonden Haaren. Grete hieß sie, ihre Herrin hatte vor einer Weile laut nach ihr durchs Haus gerufen. Das Kind fühlte sich bei ihr wohler als bei seiner Mutter; sie neckten sich, und die Magd gab dem Mädchen einen Kuss auf die Wange.

Ada zählte und kam auf siebzehn Personen. Das Oberhaupt der Bauernfamilie Flügge unterrichtete sie davon, dass eine weitere Familie auf dem Anwesen lebte. Die Schwarkes wären allerdings samt Kind und Kegel auf dem Felde bei der Aue, beinah eine Stunde Wegs entfernt, wo früher das Dorf gewesen sei.

Das Dorf war vier Jahre zuvor von Kaiserlichen Truppen niedergebrannt worden. Die Überlebenden hatten sich teils zu Verwandten in die Städte geflüchtet, teils hatten sie sich dem protestantischen Heer angeschlossen.

Die Flügges und die Schwarkes waren auf Wenthe untergekommen, wohnten innerhalb der Mauer und versuchten tagsüber so gut wie möglich die Äcker zu bestellen, die den Menschen auf dem Gut das Überleben sicherten. In diesem Jahr hatten sie damit bisher Glück gehabt; die Saat war zumindest nicht zertreten. Aber bis zur Ernte dauerte es noch lang.

Die Leute machten sich große Sorgen. Selbst die Kinder hatten alte Augen, als hätten sie schon zu viel Not gesehen. Außer Ada lächelte niemand im Saal, alle hatten schmale, gepresste Münder und wirkten müde. Hüte wurden ratlos in Händen gedreht.

Auch Cornelia von Questenberg hatte ihre verzuckerte Freundlichkeit für den Moment verloren und beobachtete Lenz mit dem Blick eines hungrigen Habichts.

Ada hatte sich mit den Flügges bekannt gemacht, sich mit deren Bauern-Platt abgemüht, das kaum leichter verständlich war als das der Behnschen, ihr am Ende des Gespräches aber schon vertraut wurde.

Lenz sprach mit den Knechten, während die knochige Luise drei Schritte daneben stand und lauschte. Sie musterte Lenz ebenso misstrauisch, wie Cornelia es tat. Ada überlief es kalt, so feindselig wirkte Luise. Mit einem tiefen Atemzug verließ sie die Bauern und steuerte auf die Magd zu. Zu ihrem Bedauern schloss Cornelia sich ihr an; sie tat, als merkte sie es nicht. »Luise, wie lange bist du schon in diesem Haus?«

Luises Miene war versteinert, sobald sie gemerkt hatte, dass Ada auf sie zukam. »Solange ich lebe.«

Ada musste zu der Magd hinaufsehen, so groß war sie. »Du bist hier geboren?«

»Ja, gnädige Frau.«

Kein Wort zu viel, dachte Ada. »Dann kennst du den Haushalt gut. Sag mir doch, was deiner Ansicht nach am dringendsten getan werden muss und woran der schlimmste Mangel herrscht.«

Für einen winzigen Moment blitzte giftiger Spott in Luises Augen auf. »Wenn man sich bescheidet, mangelt es nicht.«

Ada hatte bereits erwartet, dass sie an Luise länger würde arbeiten müssen, und war von der abweisenden Auskunft weder überrascht noch entmutigt. Doch bevor sie weitersprechen konnte, fuhr Cornelia von Questenberg dazwischen.

»Was ist das für eine Antwort, du Gans? Nur weil der alte Herr von der Wenthe dir gegenüber Nachsicht bewiesen hat, brauchst du nicht zu denken, dass eine neue Herrschaft sich von dir Unverschämtheiten bieten lässt. Antworte anständig, wenn du gefragt wirst.« Sie wandte sich Ada zu. »Aber das kommt davon. Man darf die Dienstboten nicht fragen. Ich selbst kenne den Haushalt gut genug und kann dir genau sagen, woran es mangelt, mein Kind. An allen Ecken und Enden nämlich. Es mangelt überall. Keine Seife, kein Pfeffer, kein Honig, kein Faden feines Garn zum Strümpfestopfen. Es wird nötig sein, ein Vermögen in dieses Haus einzubringen, um nur die gewöhnlichsten Annehmlichkeiten wiederherzustellen. Seit Ludwig den Verwalter entlassen hat, sind hier viele Rechnungen nicht aufgegangen, um es nachsichtig auszudrücken. Ich kann dir und deinem Gatten nur raten, den Mann wieder einzustellen. Er kennt sich hier besser aus als jeder andere.«

Luises Gesicht blieb reglos. Ada wollte diese Zurückhaltung durchdringen. Hinter der Maske der jungen Frau war Wichtiges verborgen, das spürte sie. »Ich danke Euch für Euren Rat, Frau von Questenberg, aber Luises Ansicht ist durchaus richtig. Wir werden uns gewiss für lange Zeit bescheiden müssen. Einige Notstände lassen sich allerdings beheben. Wenn du die Frage gründlicher bedacht hast, kannst du mit der Antwort zu mir kommen, Luise.« Damit wandte Ada sich sowohl von ihr als auch von Cornelia ab und begab sich zu den beiden alten Frauen, die noch stumm abwartend auf ihrem Platz verharrten.

Zu ihrem Erstaunen gesellte sich Lenz zu ihr. Erna knickste vor ihm, die Behnsche nickte ihm zu. »Den beiden untersteht die Küche«, sagte er. »Das war schon so, als ich hier Kind war.«

»Nee, nee. De Luise. De Deern maakt allens. Wi beiden Ollen kümm nich mehr torecht, alleen. Wi püttjern blots rüm, as wi künnt.«

An Lenz angestrengtem, staunenden Gesicht erkannte Ada, dass er die alte Magd kaum verstand. »Jede Hand wird gebraucht. Euer ›Rumpüttjern‹ ist gewiss eine große Hilfe«, sagte sie.

Die Behnsche nickte mit einem Grinsen, das ihre sechs Zähne zeigte. »N' oll Fru un 'n oll Koh sin ümmer 'n bäten to.«

Auch den Spruch verstand Ada. *Eine alte Frau und eine alte Kuh sind immer ein bisschen dazu.* Ein Seitenblick sagte ihr, dass Lenz ihn weder verstand noch wusste, wie er weiterging, denn er nickte nur gutmütig. Dann fasste er ihren Ellbogen, um sie mit sich zu ziehen.

»N' oll Mann un 'n oll Peerd sin all' beid' nix weert«, sagte sie leise zu ihm. *Ein alter Mann und ein altes Pferd sind alle beide nichts wert.*

Er funkelte sie mit zusammengezogenen Brauen an. »Nun fang du nicht auch noch an. Wer soll dieses Genuschel denn verstehen?«

»Verstehst du gar nichts? Du hast hier als Kind doch sprechen gelernt.«

Unwillig schüttelte er den Kopf. »Doch nicht von der Köchin. Irgendwas mit alten Leuten und Vieh habt ihr gesagt. Wiederhol es mir auf Italienisch, dann übersetze ich es dir.«

Energisch zog er sie mit sich auf die Stufen eines Alkovens. Von dort hielt er den Leuten eine kurze Ansprache, stellte Ada vor, verlor ein paar Worte über die neuen Besitzverhältnisse und kündigte die Bestattung seines Vaters für den nächsten Tag an. Er sagte genug, um die schlimmsten Befürchtungen seiner Zuhörer zu beschwichtigen, aber nichts Genaues über seine Zukunftspläne. Im Anschluss entließ er das Gesinde aus dem Saal. Nur Christopher und Cornelia blieben zurück.

Dierk versuchte im Hinausgehen, ein Gespräch mit der schönen Grete anzufangen, die Aegidia noch auf dem Arm hatte. Grete gab keine Antwort und zeigte ihm die kalte Schulter. Die erste Frau, die seinem Charme nichts abgewinnen konnte, dachte Ada. Aber der Tag war noch nicht zu Ende, und Dierk war nicht so leicht abzuschrecken. Sogar die Wirtin in Hermannsburg hatte ihm beim Abschied ungebeten einen Wurstzipfel geschenkt, und die war unfreundlich und geizig genug gewesen.

Ada war längst so von ihm eingenommen, dass sie ihn nach Kräften verwöhnte. Der Junge und Christopher waren wie Sonnenschein für sie. Bei dem Gedanken lächelte sie, und dieses liebevolle Lächeln schenkte sie Christopher, der es errötend in Empfang nahm.

Dann jedoch wandten sie alle ihre Aufmerksamkeit der weißgepuderten Cornelia zu, die sich darum bemühte, gelassen zu wirken. »So eindeutig geklärt, wie du tust, sehe ich die Besitzverhältnisse hier nicht, mein lieber Junge.« Ihre Hände krallten sich in ihre Rockfalten.

Lenz richtete sich auf. »Frau von Questenberg, als Euch gänzlich unbekannter, erwachsener Mann mutet es mich seltsam an, von Euch als ›Euer Junge‹ bezeichnet zu werden. Ihr seid jünger, als meine Mutter heute wäre. Ich versichere Euch, dass ich die Verfügungen meines Vaters respektieren werde. Allerdings muss ich gestehen, dass ich Euren Namen oder Euer Verhältnis zu meinem Vater bisher nirgendwo erwähnt gefunden habe.«

»Das kann ich dir ganz genau erklären«, sagte Cornelia mit erhobenem Zeigefinger und spitzem Mund.

»Verzeih, Lenz«, meldete Christopher sich zu Wort, »aber wollen wir uns nicht im Kabinett deines Vaters unterhalten? Dort gibt es ein Feuer. Ada fröstelt.«

Das hatte er schneller bemerkt als Ada selbst. Er war der zuvorkommendste junge Mann, dem sie je begegnet war. Auch Lenz würde ein Sessel beim Feuer guttun, er wirkte gequälter als am Morgen. »Du hast recht. Mir ist ein wenig kalt«, stimmte sie zu.

Man musste beide Augen verschließen, um nicht zu sehen, dass sich zwischen diesen beiden etwas tat, dachte Lenz. Es fing an, ihn zu beunruhigen. Eine Liebesbeziehung zwischen seiner Gemahlin und seinem Freund würde ihn vor große Probleme stellen.

Er konnte kein Gerede darüber zulassen, dass sein Freund seine Ehe geringschätzte, geschweige denn brach.

Außerdem wollte er Ada auf Wenthe zurücklassen. Christopher würde leiden oder sich sträuben; es konnte bis zum Zerwürfnis gehen. Nein, das durfte nicht geschehen, eher würde er Schande in Kauf nehmen. Seine Ehe war nur ein Zufall. Wenn es Christopher ernst mit Ada war, sollte dieser Zufall sein Glück nicht verhindern. Man musste abwarten.

Sein Freund hatte wohlerzogen Cornelia den Arm angeboten und schritt mit ihr die breite Steintreppe hinunter. Seitlich von der breiten Treppe verlief die engere Dienstbotentreppe, mit schmaleren Stufen, durch einen Sockel und ein Geländer abgetrennt. Lenz musterte sie, hatte jedoch keine Hoffnung, dass sie für ihn bequemer sein würde. Jede Treppe war eine Qual, und diesen Auf- und Abstieg hatte er an jenem Tag schon dreimal bewältigt. Er würde sich unten im Kabinett seines Vaters einrichten, bis sein Knie aufhörte zu schmerzen. Diese Begründung würden die Leute verstehen, und ihm kam sie gelegen.

Ada war schon zwei Stufen hinuntergegangen, da drehte sie um und kam zu ihm zurück. »Verzeih, ich hatte dein Knie vergessen. Du kannst dich auf mich stützen, wenn du willst.« Sie nahm seine Hand und legte seinen Arm um ihre Schultern, ohne eine Antwort abzuwarten.

Ihr weicher Frauenkörper strahlte Wärme aus. Ein Bild zuckte in Lenz' Erinnerung auf. Durch Zeltleinwand gefiltertes Mondlicht auf weißer Haut. Formen, wie von Rubens gemalt, so üppig. So willig. Oder nicht willig? Die Erinnerung verlosch, was blieb, war die Hitze, die in ihm aufgewallt war, der schnelle Herzschlag. Und die Frau.

Unwillkürlich zog er Ada an sich, ihre Brust an seine, so heftig, dass er ihre spanische Halskrause zerdrückte. Sie atmete erschrocken ein, wehrte sich aber nicht, sondern blieb reglos und brachte mit ihren großen Augen seinen Herzschlag zum Stolpern. Sein Körper erinnerte sich gut. Wenn er danach ging, war es ein großartiges Erlebnis gewesen, ihr beizuliegen. Gefühle, die er nächtelang neben ihr im Bett unterdrückt hatte, drängten sich in den Vordergrund. Seine Vorstellungskraft spielte ihm überwältigend lebendig vor, dass er sie nackt im Arm hielt. Ihre Unterlippe war voll und rot, und sie wehrte sich noch immer nicht. Sein Eheweib. Das Weib, das er nach Recht und Moral begehren durfte. Warum also nicht? Langsam beugte er seinen Nacken.

Bevor Lenz sich entschieden hatte, ob er Ada küssen würde oder nicht, waren Christopher und Cornelia unten angekommen und drehten sich zu ihnen um. »Kommt ihr?«

Zum ersten Mal, seit Ada ihn kannte, klang Christophers Stimme Lenz und ihr gegenüber unfreundlich. Nicht so sehr, dass es einem Fremden aufgefallen wäre, aber Ada hörte es, und sie sah den ungehaltenen Blick, mit dem er Lenz bedachte. Lenz ließ sie daraufhin frei, bis auf den Arm um ihre Schultern, damit er sich auf sie stützen konnte. Der Zauber war gebrochen, die Hitze, die sie gespürt hatte, verflog.

Zu viert standen sie kurz darauf vor dem Schubladenschrank von Lenz' Vater, einem mit Intarsien bedeckten, mannshohen Möbelstück aus rotem Holz, nach den neuesten Vorlieben gefertigt. Seine Oberfläche glänzte makellos, ebenso die bronzenen Knäufe der sechzig Schubladen und Türchen.

Ada hatte schon von solchen Kunstwerken der Tischlerei gehört, deshalb vermutete sie, dass der Schrank geheime Fächer besaß, die sich nur mit gewissen Handgriffen öffnen ließen. Auf Tischhöhe war eine Schreibplatte eingearbeitet, die herausgezogen, aber leer war. Tintenfass, Gänsekiele, Sandbüchse, alles hatte seine besondere Nische in den Abteilen über der Platte.

Der Schrank war das schönste Möbelstück, das Ada je gesehen hatte. Er musste ein Vermögen gekostet haben. Obwohl sie die Vorstellung berauschend fand, das kostbare Stück zu besitzen, war ihre vordringlichste Überlegung, ob es eine Möglichkeit gab, es zu verkaufen. Vom Erlös konnten Löhne ausgezahlt werden und Lebensmittel angeschafft, die weit wichtiger waren.

So vorzugehen wäre sicher vernünftiger, als das Vieh zu verkaufen.

»Dieser Schrank gehört mir«, sagte Cornelia von Questenberg in dem Augenblick. »Ludwig hat ihn mir lange vor seinem Tod geschenkt. Er soll die Aussteuer für Aegidia aufnehmen.«

Lenz setzte sich seufzend auf den Polsterstuhl, der an der Schreibplatte stand.

Christopher hatte ein blaues Trinkglas von dem zweiten Tisch im Raum genommen, hielt es gegen das Licht, drehte es spielerisch. Die Farbschattierungen, die durch seine Verzierungen entstanden, waren bezaubernd. Das Glas war ein weiteres wertvolles Stück. Ada notierte es in Gedanken für den Verkauf. Bier schmeckte aus Tongeschirr nicht schlechter.

»Hat Graf Ludwig diesen Schrank anfertigen lassen?«, wandte sie sich an Cornelia. Gut verstellen konnte sie sich nicht, aber sie hoffte, freundlich zu klingen.

»Für Aegidia.« In Cornelias zierlichem weißem Gesicht traten plötzlich die Kiefermuskeln erstaunlich stark hervor.

Ada konnte verstehen, dass die alleinstehende Mutter um einen Anteil am Nachlass kämpfte, wessen Kind ihre Tochter auch sei. Sie selbst war sogar bereit, ungeschriebene Ansprüche anzuerkennen, wenn sie gerechtfertigt schienen.

Das änderte nichts daran, dass sie Cornelia von Questenberg nicht mochte. Wenn Aegidia Ludwig von der Wenthes Tochter war, dann hatte ihre Mutter in Sünde gelebt. War sie es nicht, nahm die Frau den Anschein von Unmoral aus Gewinnsucht in Kauf, was Ada gleich schlimm fand. Für die still trauernde Mutter eines illegitimen Kindes hätte sie Mitgefühl gehabt. Ohne Nachforschung hätte sie ihr eine Absicherung zugestanden. Bei Cornelia lag der Fall anders. »Hat er geheime Fächer?«

Cornelia sah sie überrascht an. Die Puderschicht konnte ihre Unentschlossenheit nicht verbergen. »Nein, das … das hat er nicht. Das heißt … eines. Aber das werdet ihr verstehen, das möchte ich für mich behalten. Wozu wäre ein geheimes Fach sonst gut?«

Lenz seufzte wieder und streckte mit verzerrtem Gesicht das Bein aus. Adas Gefühl für ihn ließ sie Cornelia fast vergessen. Sie hatte sich gewünscht, dass er sie küssen und sagen würde, dass er sich erinnerte.

»Er hat acht«, sagte er. »Ich wäre neugierig, ob Ihr auch nur eines davon fändet, Frau von Questenwald. Nebenbei hättet Ihr es schriftlich, wenn mein Vater Euch den Schrank geschenkt hätte. Lasst uns ein Ende mit dem Taktieren machen, bevor Ihr richtig damit beginnt. Es mag eine bittere

Wahrheit für Euch sein, aber mein Vater hatte nicht die Absicht, Euch etwas zu vermachen. Ich erspare Euch die unschmeichelhaften Namen, mit denen er Euch belegt hat. Ich bin sicher, meine Gattin wird Euch mit Wohlwollen behandeln, aber diese Hoffnung muss Euch für den Augenblick genügen.«

Cornelias Mundwinkel sanken nach unten. »Gattin? Wer soll das eigentlich glauben? Als Junggeselle kommt Er her und lernt, dass es ohne Ehe für Ihn nichts zu erben gibt. Kaum ist der Vater tot, steht Er mit einer Gattin vor der Tür. Gattin, dass ich nicht lache! Die hat keine größeren Rechte am Nachlass als ich. Ich kann mir schon vorstellen, aus welchem Schmutz Er sie aufgeklaubt hat. Damit werde ich mich nicht abfinden, da sei Er gewarnt.«

Ada hatte es kommen sehen, sie verschränkte die Arme. »Passt nur auf, dass Ihr den Dreck nicht gegen den Wind fegt. Ihr solltet über Eure Vermutungen schweigen, so wie ich über meine schweige, die Euch betreffen.«

»Bravo«, sagte Christopher und nickte ihr zu.

»Vermutungen haben hier nicht das geringste Gewicht.« Lenz drehte sich auf dem Stuhl zum Schrank hin und begann, dessen Fächer der Reihe nach zu öffnen. »Das Gesetz gibt mir und meiner Gattin recht. Dagegen hat Frau von Quasten kein Mittel.«

Cornelia ballte die schmalen Hände mit den spitzen, dünnen Fingern zu Fäusten, lächerlich in ihrer Hilflosigkeit. Sofort tat sie Ada wieder leid, und sie ärgerte sich über Lenz, der sie auch noch mit ihrem Namen aufzog. Wahrscheinlich sah die Frau verzweifelt einer ungewissen Zukunft entgegen. »Lasst uns doch etwas Zeit, und wir werden dafür sorgen, dass niemand in unerträgliche Not gerät.« Ada streckte Cornelia versöhnlich die Hand hin, doch die drehte sich um und verließ den Raum mit kleinen Schritten und vorgestrecktem Hals wie ein wütendes Huhn.

Lenz warf Ada über die Schulter einen Blick zu, den sie nicht deuten konnte. Vielleicht war es Anerkennung, vielleicht reiner Spott.

»Was für eine Krähe«, sagte Christopher. »Hat dein Vater tatsächlich über sie gesprochen?«

»Leider nicht so, dass ich mir einen Reim darauf machen kann. Er hat vor einigen Monaten mit ihr gebrochen. Sie ist selbst erst zurückgekehrt, als er schon im Delirium lag, und sie hat seine Kammer nicht betreten wollen, bis er tot war. Das ist zumindest das, was Jakob sagt, der zweite Knecht ... Ah.« Lenz nahm aus einer der kleineren Schubladen einen Schlüssel und öffnete damit die vier mittleren Türen. »Ich gehe davon aus, dass hier kein Silber zu finden ist, sonst hätte der Pastor wohl kaum die Kuh haben wollen. Aber vielleicht ...«

Im Aufstehen schob er die Schreibplatte in den Schrank, dann tastete er innerhalb und außerhalb der vielen Abteilungen so lange, bis er sieben geheime Fächer entdeckt hatte. Außer einem kleinen Beutel Münzen fand er keine Schätze. Den Beutel hielt er Ada hin. »Für den Anfang.«

Sie nahm ihn und leerte ihn in einen flachen Holzteller aus, der auf dem Tisch stand. Mit flinken Händen machte sie Türme aus den Münzen. Das Lesen mochte ihr schwerfallen – Rechnen konnte sie spielend. Doch das lohnte sich in diesem Fall kaum. »Kipper- und Wipperblech«, sagte sie. »Gerade genug, um ein Leintuch vom Wegfliegen abzuhalten. Das rettet die Kuh nicht.«

Lenz lachte, ohne sich zu ihr umzusehen, und suchte weiter. Christopher sah sie verblüfft an. »Kipper und Wipper?«

Das erste Mal, dass er deutsche Worte nicht verstand, soweit Ada wusste. »Am Anfang des Krieges hat der Kaiser die Münzpressen verpachtet. Daraufhin nahm die Münzbetrügerei überhand, und das Geld war nichts mehr wert. Vor etwa zwanzig Jahren hat man das wieder geändert. Drei Säcke von diesem Blech wurden gegen einen guten, neuen Reichstaler eingetauscht. Von denen müssten wir jetzt ein Säckchen voll finden.«

Lenz hatte das achte Fach entdeckt. Mit hochzufriedenem Gesicht holte er einen weiteren Beutel aus dem schmalen Abteil und sah hinein, dann überreichte er ihn lächelnd Ada. »Das rettet die Kuh.«

Sie seufzte erleichtert und schüttete auch diese Münzen auf den Teller. »Ob dein Vater wirklich die Bestattung schon bezahlt hat?«

Lenz zuckte mit den Schultern. »Ich sehe die Papiere durch.«

»So lange kann ich Ada die Gebäude zeigen.« Christopher blickte nicht auf, als er seinen Vorschlag machte, sondern rückte das blaue Glas auf der Eichentischplatte zurecht.

Adas Sinne waren so sehr auf Lenz ausgerichtet, dass sie sogar den winzigen Ruck wahrnahm, der bei Christophers Worten durch ihn ging. Kühl klang er, als er dem Vorschlag zustimmte und sie mit seinem Freund fortschickte.

Die Herausforderung, Ordnung auf dem Wenthe'schen Gut zu schaffen, kam Ada einfach vor im Vergleich zum Umgang mit ihrem Gatten. Sein Verhalten verwirrte sie zusehends. Sie musste es endlich wagen, ihn nach seinen Plänen für die Zukunft zu fragen.

Soeben holte er ein paar Briefe aus dem Fach, in dem der Silberbeutel gesteckt hatte. Den Stein, von dem sie beschwert gewesen waren, legte er in eines der offenen Abteile. Ada fragte sich, warum jemand Papiere beschwerte, die er in einem geschlossenen Fach aufbewahrte.

»Schuldscheine«, sagte Lenz. »Wenn wir den Advokaten treffen, werden wir ihn bitten, sich darum zu kümmern.«

»Es ist mir unangenehm zu fragen …« Ada nahm die Münztürmchen nacheinander mit Daumen und Zeigefinger und ließ sie wieder in den Beutel klingeln. »Aber … Was hast du mit dem Gut vor? Ist es deine Absicht, hier zu leben?«

Er kramte schon wieder im Inhalt des Schrankes. »Es ist dein Gut, nicht meines. Soweit meine Möglichkeiten reichen, werde ich veranlassen, dass du es halten kannst. Jakob ist unterwegs zu Eckermann, dem Advokaten. Falls der mir anständig erscheint, können wir schon morgen nach der Bestattung das Geschäftliche mit ihm klären.«

Obwohl im Kamin ein großzügig bemessenes Feuer brannte, bekam Ada eine Gänsehaut. Das war die Aufregung. Sie fror leichter vor Aufregung als vor Kälte. »Möchtest du, dass ich allein hier lebe?« Es strengte sie an, die Frage ruhig und beherrscht auszusprechen.

Lenz warf ihr einen verständnislosen Blick zu und schüttelte den Kopf. »Du kannst das wohl kaum als allein bezeichnen. Das Gut braucht in besseren Zeiten dreimal so viele Hände wie jetzt, um einen ordentlichen Ertrag zu bringen. Natürlich wirst du selbst entscheiden, mit wem du hier lebst. Nur sollst du das Gesinde behalten. Das ist meine Bedingung.«

Ada schluckte, nickte, senkte den Blick. »Selbstverständlich.«

»Wollen wir?« Christopher war auf einmal nah bei ihr und bot ihr seinen Arm an. Wortlos nahm sie ihn und ließ sich zur Tür führen.

Auf dem Flur stand Luise, mit den Händen an ihren Röcken.

Ada war sicher, dass sie dort schon länger gestanden und zugehört hatte, obwohl das Gesicht der Magd kein Schuldbewusstsein verriet. Luise nickte höflich und trat zur Seite, um sie und Christopher vorbeizulassen, dann klopfte sie an den Türrahmen des Geschäftszimmers. Heftige Neidgefühle trafen Ada. Dass Luise mit Lenz allein im Raum sein würde, machte sie wütend. Es gab vermutlich keine Zuneigung zwischen den beiden, aber eine Art Einverständnis, das Ada für sich nicht beanspruchen konnte. Warum hatte sie eben nicht hartnäckiger nachgefragt?

Weil Christopher danebengestanden hatte, gab sie sich selbst zur Antwort. Unter vier Augen hätte sie Lenz vielleicht Fragen gestellt, die dem Grund dafür näher kamen, aus dem er sie oben auf der Treppe an sich gedrückt hatte. Er hatte sie damit überrumpelt, aber unangenehm war es nicht gewesen. Es war beschämend, wie sehr sie sich nach Berührungen mit ihm sehnte. Das erregende Wohlgefühl, ihn zu spüren, war nicht vergleichbar mit der freundlichen Nähe, die entstand, wenn sie ihre Hand auf Christophers Arm legte.

»Ich hatte noch keine Gelegenheit, es dir zu sagen, aber ich bin froh, dass du nicht in Lüneburg geblieben bist, um diesen Märtens zu heiraten«, unterbrach er ihren Gedankengang.

Sie traten hinaus auf den Hof. Zwei Dutzend Hennen scharrten über das Anwesen verteilt, im hoch auf Pfähle gebauten Taubenhaus gurrte es, und auf dem stinkenden Hofteich schwamm ein Erpel mit drei Enten, von denen wenigstens eine ein paar Küken hatte. Der dampfende Misthaufen zeugte davon, dass es auch im Stall noch Tiere gab. Zwei magere Hunde schnüffelten neben der Scheune herum: ein alter brauner Jagdhund und ein gefleckter Mischling, der jünger und lebhafter war. Beide kamen auf Ada und Christopher zu, als sie sie bemerkten.

Ada mochte Hunde nicht besonders, sie kannte Gruselgeschichten über verwilderte Hofhundrudel, die Menschen angriffen. Deshalb rückte sie dichter an Christopher heran. »Darüber bin ich auch froh, aber lass uns jetzt nicht davon reden. Die Zukunft macht mir trotzdem Sorgen.«

Er legte seine freie Hand auf ihre. »Du findest Hilfe bei mir, wenn du sie willst.«

Ada merkte, dass sie rot wurde. »Das ist freundlich.«

Eine Stalltür flog auf, und Dierk kam laut lachend herausgerannt. Hans, der älteste Sohn der Flügges, war ihm auf den Fersen und jagte ihn mit einem Stallbesen in der Hand. Auch er lachte. Als die beiden Ada und Christopher gewahr wurden, blieb der junge Flügge ehrerbietig grüßend stehen, während Dierk zu ihnen kam.

»Ich habe was Aufregendes gehört«, wandte er sich an Ada. »Die Leute hier meinen alle, der alte Graf hätte einen Schatz versteckt. Wenn man ihn fände, wäre das gut für Euch, oder?« Er hatte keine Angst vor den Hunden, beugte sich zu ihnen hinunter und kraulte sie abwechselnd.

»Einen Schatz? Wie kommen die Leute darauf?« Ada lächelte. Sie mochte nicht mehr daran denken, dass Dierks Onkel vielleicht doch noch kommen und seinen Neffen abholen würde.

Dierk grinste entschuldigend, bevor er antwortete. »Sie sagen, der Herr war so profitgierig und knauserig, dass was übrig sein muss. Er muss aus dem Krieg einen Gewinn gezogen haben, sagen sie.«

»Darüber werden wir morgen alles erfahren, wenn Procurator Eckermann hier ist«, warf Christopher ein.

Dierk sah ihn flüchtig an, in seinem Blick blitzte Spott auf. »Ja? Na dann.« Er wandte sich wieder an Ada und hob beide Hände mit zu Hörnern gekrümmten Fingern an die Schläfen. »Habt Ihr schon den schwarzen Bullen gesehen? Ein böses Monstrum. Man denkt, seine Augen müssten rot glühen.«

Ohne auf Antwort zu warten, rannte er zurück zum Viehstall, die Hunde hinterher. Auch der Flügge'sche Junge war wieder hineingegangen.

Christopher sah ihm kopfschüttelnd nach. »Das mit dem Schatz ist sicher Unsinn.«

»Ja? Schade.« Ada tat, als müsste sie seinen Arm loslassen, um ihren Rock zu heben, bevor sie weiterging. Als könne sie damit wiedergutmachen, dass sie vorher zu nah an ihn herangerückt war.

9

Der Procurator Eckermann reiste am nächsten Mittag an. Gemeinsam mit ihm erschien überraschend der ehemalige Verwalter des Gutes, Wilhelm Vogt. Die beiden wurden von einem Boten begleitet, der eine schriftliche Beileidsbekundung von Lenz' Onkel Ferdinand überbrachte. Der wenig jüngere Bruder des verstorbenen Grafen residierte jenseits von Hermannsburg in der Heidmark.

Der Rheumatismus würde ihm die Reise verbieten, ließ Graf Ferdinand bestellen.

Lenz dachte sich seinen Teil. Ihr Leben lang hatten die Brüder sich an Arglist und Habgier überboten, auch gegeneinander. Erbittert hatten sie sich im Religionsstreit auf verschiedene Seiten gestellt. Alles, was Lenz über seinen Onkel wusste, wies darauf hin, dass er ein noch schlechterer Mensch sein musste, als sein Vater es gewesen war. Der Rheumatismus hätte Graf Ferdinand von nichts abgehalten, wenn er Ludwigs alleiniger Erbe geworden wäre, vermutete Lenz. Dass dem nicht so war, hatte Procurator Eckermann ihm zweifellos ausgerichtet.

Beweisen konnte Lenz es nicht, aber er war überzeugt davon, dass seine Begegnung mit den vagabundierenden Soldaten, die Christopher und ihn zum Heer verschleppt hatten, eine von Graf Ferdinand gestellte Falle gewesen war.

Pastor Hasenbein war mit zwei zusätzlichen Sargträgern rechtzeitig zur Stelle, um vor der Beisetzung in der kleinen Kapelle eine Andacht halten zu können. Den Begründern des Wenthe'schen Geschlechts hatte die Kapellengruft noch als Grabstätte gedient. Ihre Nachkommen fanden die letzte Ruhe auf einem Friedhof außen vor der Mauer.

Hinter der Kapelle gab es eine Tür, die direkt zu diesem Friedhof führte, doch für Särge war sie zu klein, und zudem hatte Lenz den Schlüssel noch nicht gefunden. Daher trugen sie in einer kleinen Prozession den Toten aus dem Haupttor, um das Anwesen herum zum Familienfriedhof auf der Nordseite.

Zu Füßen eines grauen, mit Ornamenten verzierten Steinkreuzes wurde Ludwig von der Wenthe dann zur letzten Ruhe gelegt, neben Agnes, die ihm einundzwanzig Jahre vorausgegangen war, und neben Rudolph, seinem erstgeborenen Sohn.

Während des schwermütigen Moments am Grab bedauerte Lenz, dass er über seine Mutter so gut wie nichts wusste. Die wenigen Kindheitserinnerungen, in denen sie vorkam, waren undeutlich. Er konnte nicht einmal sagen, ob sie seinen Vater gemocht hatte.

Der leichte Heideboden fiel mit einem Rieseln auf den Sarg. Das war ein anderes Geräusch als das Poltern schwerer, nasser Erde, die vor vierzehn Jahren auf den Sarg von Christophers Mutter gefallen war. Lenz hatte um sie stärker getrauert als um seine eigenen Eltern.

Christopher war noch jung genug gewesen, um am Grab von Schluchzen geschüttelt zu werden. Sein Vater hatte selbst kaum Kraft übriggehabt, daher hatte Lenz seinen Freund umarmt und gehalten.

Zu jener Zeit war ihm klar geworden, dass er nie endgültig in deutsche Lande zurückkehren, nie auf Wenthe leben würde. Er fühlte sich den Cartons und ihrer Heimat zugehörig.

Hasenbein sprach abschließende Worte und entließ die Versammelten mit Gottes Segen. Dann gingen sie gemeinsam ins Haus, nach oben in den Großen Saal, in dem sie sich beinah verloren, obwohl sie knapp dreißig Menschen waren.

Die Frauen hatten eine Mahlzeit bereitgestellt, bei der ausnahmsweise nicht gegeizt worden war, sodass die unglücklichen Gesichter des ausgehungerten Gesindes sich aufhellten. Sobald die Gesellschaft an der langen, aufgebockten Tafel saß, wurde die Stimmung an diesem Trauertag ausgelassener als an gewöhnlichen Tagen, von denen Lenz hier vor kurzem immerhin auch eine Handvoll erlebt hatte.

Während des Essens wanderte sein Blick um den Tisch und blieb als Erstes bei Wilhelm Vogt hängen. Lenz hatte darüber gestaunt, dass er erschienen war, da er sich von seinem Vater in Unfrieden getrennt hatte. Vogt hatte es bei seiner Beileidsbekundung damit begründet, dass man einem alten Menschen seinen Eigenwillen nachsehen müsse und keinen Groll über den Tod hinaus bewahren solle. Friedlich und demütig hatte er dabei geklungen, obgleich sein hartes Gesicht und die listigen Augen nicht so wirkten, als sei Demut seine größte Stärke. Lenz hatte sofort überlegt, welchen Vorteil der Mann sich ausrechnete.

Weil Vogt in seinem Alter war und ihm äußerlich ein wenig ähnelte, konnte Lenz nicht umhin, dessen Zukunftsaussichten mit seinen eigenen zu vergleichen. Es war gottgewollt, dass er über dem Verwalter stand und seine Aussichten besser waren. So sah es zumindest die Aristokratie. Lenz war jedoch in einer bürgerlichen Pflegefamilie aufgewachsen, bei einem Mann, der sich nicht scheute, bei

Tisch auch den König zu kritisieren. Lenz' Adel hatte dort nie eine Bedeutung gehabt. Er hatte alle Diskussionen für und wider das Parlament in London, für und wider King Charles mitgeführt, als wüsste er nichts von seinem Titel.

Es hatte für ihn allerdings auch nie einen Anlass gegeben, sich auf seine Privilegien zu berufen. Henry Carton hatte ihn gelehrt, Wohlstand selbst zu erwerben, und ihm den Anfang mit großzügigen Krediten leichtgemacht.

Wilhelm Vogt hatte ganz sicher keinen solchen Freund und Gönner gehabt. Wahrscheinlich war es die wohlberechnete Hoffnung, seine Stellung als Verwalter wiederzubekommen, die ihn zurück nach Wenthe getrieben hatte. Gerade diese berechnende Gewandtheit mochte Vogt in so gefährlichen Zeiten bei der Führung des Gutes zur richtigen Stütze machen. Ada würde entscheiden müssen, ob sie ihn wollte. Er würde es ihr nahelegen.

Ada. Sie saß am anderen Ende der Tafel neben Christopher. Zog sich ein Tuch aus dem Ärmel und wischte sich braune Soße vom Kinn, dann legte sie das Tuch neben den Teller. Sie trug wieder den schrecklichen Kragen. Was muffige Kleidung betraf, wurde sie an jenem Tag bloß von einem der Sargträger übertroffen. Er trug eine Hose mit Braguette, mit einer Schamkapsel. Nur in diesem Land, das seine Zivilisation verloren hatte, konnte so etwas lächerlich Überholtes sich noch halten.

Andererseits mochte solch eine künstliche Schwellung gelegen kommen, um eine echte zu verbergen. Seit dem verpassten Kuss oben an der Treppe hatte Lenz schon einige Male damit zu kämpfen gehabt, wenn er in Adas Nähe war.

Es war ein Glück, dass sein schmerzendes Knie ihm den

Vorwand geliefert hatte, seinen Schlafplatz nach unten zu verlegen. Er hatte sich von Luise ein Bett in das Kabinett seines Vaters stellen lassen.

Luise. Sie starrte mit unbewegter Miene blicklos vor sich auf den Tisch. Er hatte keine Lust, sich selbst um sie zu kümmern. Sollte Ada Luises Geheimnisse ergründen und eine Lösung finden.

Sein Blick flog zurück zu Ada, weil sie über etwas lachte, das Christopher gesagt hatte. Er beobachtete einen Augenblick lang, wie zugetan sein Freund ihr war. Als säße sonst niemand am Tisch, so bedachte er sie mit Aufmerksamkeit. Und sie blühte unter seinen Blicken auf.

Das misslaunige Gefühl in Lenz wuchs, der Brocken Brot mit Soße wurde ihm im Mund zäh und fade. Eine verdammte Misere. Es würde so kommen, dass Christopher sich zum ersten Mal ernsthaft verliebte. In meine Frau, dachte Lenz. In meine. Er staunte, wie wütend ihn das machte, obwohl seine Vernunft doch anders entschieden hatte.

Er verfluchte den Tag, an dem er dem Ruf seines Vaters gefolgt war.

»Darf ich Euer Gnaden daran erinnern, dass mir eine Bezahlung aussteht?«

Pastor Hasenbein. Lenz kehrte aus der Gedankenversunkenheit zu seinem Tischnachbarn zurück und brachte seine schlechte Laune mit. »Wie lange seid Ihr hier schon im Amt?«

»Einen guten Monat. Mein Vorgänger ist vor zwei Monaten nach Uelzen umgesiedelt.«

»Wenn Ihr das wisst, dann wisst Ihr ja auch, wo Ihr Eure Bezahlung abholen könnt. Mein Vater hat an Euren Vorgänger eine beträchtliche Summe im Voraus gezahlt. Eine geradezu katholische Summe. Er muss gehofft haben, sich sein Seelenheil kaufen zu können. Ich werde Eure Sargträger entlohnen, aber kein zweites Mal die Kirche.«

Hasenbein schmetterte seine Scheibe Brot auf den Tisch, sein Glas wackelte. »Dass Ihr Euch nicht schämt, am Bestattungstag Eures Vaters mit der Kirche zu feilschen. Ich habe den weiten Weg hierher nicht gescheut, ich bin ihn mehrfach gegangen, um Eurem Vater den Trost des Glaubens zu spenden. Wollt Ihr mir das Brot rauben? Dann schlagt Ihr die Nägel in Fleisch und Kreuz unseres Herrn Jesu. Dann wird Gott …« Sein Kopf war rot, die Hängebacken schwabbelten erregt.

Lenz bedeutete ihm mit der Hand zu schweigen. »Versteigt Euch nicht, Hasenbein. Es sind schlechte Zeiten, ich kann Euch beinah verstehen. Aber jemand, der Betrug im Sinn hat, soll wenigstens nicht Gottes Namen ins Spiel bringen. Muss ich noch deutlicher werden?«

Einen Atemzug lang verharrte Pastor Hasenbein, dann stand er auf und warf sein Fingertuch auf den Teller. »Ihr verdient die Gnade der Kirche nicht. Ich werde dieses Haus nicht mehr betreten.« Damit drehte er sich um und verließ den Saal.

»Dierk, bring den Pastor zur Tür, damit er den geraden Weg findet.« Lenz wäre selbst gegangen, wäre die Treppe nicht gewesen. Der Junge würde schon Obacht geben, dass Hasenbein Haus und Hof ohne Umweg verließ. Überhaupt war der Junge flink, sowohl auf den Füßen als auch im Denken. Es war die Überlegung wert, ihn als Lehrjungen mit nach England zu nehmen, falls sein Onkel nicht auftauchte.

Nach England zurück – wenn es doch schon so weit

wäre. Der Appetit war ihm nach dieser Sache mit Hasenbein endgültig vergangen. Er hätte noch härtere Worte gegen ihn verwenden können, denn er hatte den Beweis gefunden, dass der alte Pastor den Kirchenlohn an Hasenbein weitergereicht hatte. Er warf einen Blick Richtung Procurator Eckermann, der die Aufforderung erwartet hatte. Der gesetzeskundige ältere Herr betupfte seinen Mund und reinigte konzentriert seine Finger, indem er erst die eine Hand in die Wasserschale tauchte und die Finger einzeln trocknete, dann das Gleiche mit der anderen tat. »Falls Euer Gnaden zum Geschäftlichen schreiten wollen, stehe ich zur Verfügung.«

»Gut.« Lenz warf seinen Lappen ähnlich unachtsam zum Teller wie Hasenbein zuvor. Er landete halb in der Soße. Ihm war es einerlei, doch beim Aufstehen fing er sowohl einen Blick von Luise auf, die ihn voll Abscheu betrachtete, als auch einen von Ada, die ihn mit ihren blauen Augen tadelte. Herrgott, er hatte es gewusst, warum er keine Frau wollte. Ihr ganzes Sein kreiste bloß um unbedeutende Dinge wie Soßenflecken und gestärkte Hauben. Ada würde sich gewaltig entwickeln müssen, um zurechtzukommen. Gebieterisch winkte er ihr, damit sie Eckermann und ihn begleitete.

Am nächsten Morgen erwachte Ada in dem großen Bett ihres Gemaches allein. Zu ihrem Leidwesen war sie sich nun erstmals sicher, dass es so bleiben würde.

Sie war die Herrin auf Wenthe, daran gab es keinen rechtlichen Zweifel, mochte es Cornelia von Questenberg oder wem sonst auch missfallen. Procurator Eckermann hatte es bestätigt.

Lenz seinerseits hatte Eckermann darüber unterrichtet, dass er nur so lange auf Wenthe weilen würde, bis der Alltag seinen geregelten Gang ginge. So bald wie möglich würde er sich wieder seinem englischen Geschäft widmen.

Er würde sie allein lassen. Ada gab sich Mühe, vernünftig zu sein, aber es half nicht. Die Vorstellung, dass er gehen würde, ohne einen Blick zurückzuwerfen, tat weh und erstickte jede Lust darauf, den Tag zu beginnen. Sie hatte ihr Leben lang nur davon sprechen hören, wie Verliebte sich benahmen, und hätte sich bis zum Vortag nicht zu denen gerechnet. Der Schmerz belehrte sie nun eines Besseren.

Sie wusste, wenn sie aufstand, würde sie unweigerlich Lenz' Nähe suchen, auf freundliche Worte und ein Zeichen von Zuneigung hoffen. Oder ihn auch nur heimlich ansehen, ihn bewundern und ihren wilden Herzschlag dabei spüren.

Selbst als er ungerührt mit dem Advokaten das Geschäftliche besprochen hatte, hatte sie ihn bewundert. Er musste ein ausgezeichneter Kaufmann sein, er dachte klar, fand deutliche Worte und bestimmte das Gespräch.

Mit Eckermann zur Seite hatte er ihr die Bücher des Gutes erklärt: was sie brauchen würde, woher es kommen konnte. Sie hätte sich das alles auch allein erklären können, aber da sie viel langsamer las und ihn gern reden hörte, ließ sie ihn. Sie sah zu, wie seine geraden, schlanken Finger mit den breiten Nägeln über die Zeilen fuhren, und erinnerte sich, wie sie ihm während seiner Genesung die Nägel geschnitten hatte.

Nach einer Weile waren ihnen Christopher und Cornelia mit Grete und Aegidia ins Kabinett gefolgt, doch da war alles Wichtige bereits geregelt gewesen. Graf Ludwig hatte Aegidia nicht als sein Kind anerkannt und seine ungeklärte Beziehung zu Cornelia nach einer Reihe von Auseinandersetzungen endgültig beendet, so sagte der Advokat. Es hatte nur einen strengen Blick von Eckermann gebraucht, und Cornelia hatte ihre Forderungen für sich behalten. Stattdessen richtete sie ein herzerwärmendes Bittgesuch an ihn, als hätte er etwas zu entscheiden.

Ada hatte kaum hingehört. Sie beobachtete aus dem Augenwinkel, wie ungeniert aufdringlich Grete vor dem Feuer mit Christopher scherzte, der Aegidia ein hölzernes Nashorn vom Kaminsims gereicht hatte, ein fremdartiges, märchenhaftes Tier. Er war freundlich zu Grete, aber auf eine Art, die keinen Zweifel an seinem Abstand zu ihr ließ. Zurückhaltender, als er Ada gegenüber je gewesen war.

Sie hatte sich allerdings auch nie so schamlos bei ihm angebiedert.

Mit einem Seufzen schob Ada das Federbett von sich. Dies war ein neuer Tag, es half nichts, er wollte bewältigt werden.

Wahrscheinlich würde sie besser dran sein, wenn die Männer fort waren. Dann würde alles ruhiger sein.

Am Nachmittag kamen die Flügges und die Schwarkes früher vom Feld als gewöhnlich. Ein wandernder Scherenschleifer hatte sie vor Horden von durchziehenden Söldnern gewarnt, deren Herrn er nicht zu nennen wusste. Die Bauern hatten gelernt, jede Warnung ernst zu nehmen, und ihre Arbeit abgebrochen, um sich hinter die schützende Mauer zu flüchten. Nur der älteste Flügge'sche Sohn war draußen geblieben, um sich umzusehen.

Die Nachricht, die er brachte, als er bei Einbruch der Dunkelheit nachkam, erschütterte alle. Die Streuner waren italienische und flämische Söldner in Kaiserlichen Diensten, und sie hatten Pastor Hasenbein auf seinem Heimweg gefangen genommen, grausig zugerichtet und liegen gelassen. Ein Schäfer hatte ihn noch lebend gefunden, aber nichts mehr für ihn tun können.

Bei aller Betroffenheit nahmen die Leute vom Gut dieses Ereignis auf, als handelte es sich um einen gewöhnlichen Unfall. Entrüstung wurde zwar geäußert, doch mit dem gleichen Schulterzucken, mit dem man den Einsturz einer baufälligen Brücke bedacht hätte.

Was Lenz empfand, war nicht zu deuten. Ada konnte nicht umhin, ihm ein schlechtes Gewissen zu wünschen. Das passte zu der unterschwelligen Wut, die sie ohnehin auf ihn hatte.

Hätte er den Pastor nicht vergrault, dann wäre der Mann einige Stunden später mit den Sargträgern und dem Advokaten zusammen gereist und wahrscheinlich davongekommen. Zumindest hatte sie von denen nichts Gegenteiliges gehört.

Ada hatte am Morgen ihr Zimmer mit dem Vorsatz verlassen, Lenz nicht nachzulaufen, sondern sich nur mit den Angelegenheiten ihres Anwesens zu beschäftigen. Noch am Vormittag hatte sie sich von der wortkargen, abweisenden Luise die beiden Milchkammern zeigen lassen. Eine davon wurde wegen der kargen Umstände nicht benutzt. Die Hälfte der verbliebenen Kühe war um diese Zeit im Jahr tragend oder gab aus anderen Gründen keine Milch mehr. Dennoch ließ Ada sich beschreiben, welche Käsearten üblicherweise hergestellt wurden.

Lenz hatte offenbar ähnliche Pläne, denn er stand mit Jakob, Grete und der kleinen Aegidia vor der Milchkammertür, als sie in den Stallflügel kamen. Grete drückte ihre Brust heraus und wiegte sich vor ihm ebenso schamlos hin und her wie am Vortag vor Christopher. Und Lenz war keineswegs abgestoßen, das sah man ihm deutlich an. Er schenkte Grete sein seltenes Lächeln.

Ada hätte die schöne Magd gern in der Luft zerfetzt. Die Metze schreckte nicht einmal zurück, als sie Ada bemerkte, sondern verabschiedete sich mit einem frechen Zwinkern von Lenz, bevor sie hüftschwingend den Stall verließ.

Für Ada hatte Lenz anschließend kein Lächeln übriggehabt, nur ein gelangweiltes Nicken, das von ihr kühl erwidert worden war. »Vor dem Abendessen sprechen wir in meinem Zimmer mit Wilhelm Vogt. Sei darauf vorbereitet«, hatte er gesagt und war mit Jakob in Richtung Pferdestall weitergegangen, ohne ihre Antwort abzuwarten.

Luise hatte eine Art, nichts zu sagen und keine Miene zu verziehen, die verächtlicher nicht sein konnte. Ihre Gesellschaft hatte Adas Laune nach diesem Zusammentreffen nicht verbessert.

Gereizt und traurig betrat sie vor dem Abendessen Lenz' leeres Zimmer, um dort auf ihn und Wilhelm Vogt zu warten.

Die schmale Bettstatt in der Ecke war unter einem roten, türkisch gemusterten Überwurf versteckt, auf dem Tisch lagen die kleine Ledertasche mit seinen persönlichen Dingen und das Buch, welches er schon in Lüneburg gelesen hatte. Ein kleiner Bogen Papier steckte als Lesezeichen darin. Die darauf addierten Zahlen interessierten Ada mehr als das Buch, als sie es in die Hand nahm. Dennoch blieb ihr Blick an den Worten hängen, nachdem sie es an der markierten Stelle aufgeschlagen hatte:

Nach diesen Worten begann er sie zu umarmen und zu küssen und zog sie schließlich auf die Truhe nieder, in der ihr Mann eingeschlossen war. Hier ergötzte er sich mit ihr, solange es ihm gefiel, und sie sich mit ihm.

Ada klappte das Buch zu und ließ es auf den Tisch fallen, als hätte sie sich daran verbrannt. Tatsächlich war ihr von den Worten heiß geworden; sie hatte nicht gewusst, dass solche Dinge aufgeschrieben werden durften. So etwas las ihr Gatte also, anscheinend mit Vergnügen und lieber, als zu ihr zu kommen und jener Lust zu frönen. Sie sah zu seinem Bett, zu der roten Decke, und wandte sich mit einem Ruck ab. Es machte sie wütend auf sich selbst, dass sie so dumm war, ihn zu begehren.

Er betrat den Raum mit Wilhelm Vogt zusammen. Vogt begrüßte sie mit der angemessenen Ehrerbietung, den Hut in der Hand und einen Kratzfuß andeutend.

»Stell Er sich meiner Gemahlin vor«, sagte Lenz und setzte sich auf den Schreibstuhl, ohne dem Mann einen Platz anzubieten, wodurch Ada sich veranlasst fühlte, ebenfalls stehenzubleiben.

Der ehemalige Verwalter war einfach und ordentlich gekleidet: gedeckte Farben, keine Flicken, und das lange Haar streng nach hinten frisiert zu einem Nackenknoten. Die Frisur betonte die Form seines Gesichts, das vorn spitz zulief. Hässlich war er nicht, trotzdem fand Ada ihn unangenehm.

Der Mann schilderte nüchtern seinen Lebenslauf, berichtete von seiner Zeit als Verwalter auf Wenthe und bot sich erneut für den Posten an.

Ada nickte höflich. »Ich werde es mir überlegen. Hat Er einige Tage Zeit zu bleiben?« Vogt stimmte zu, und sie entließ ihn.

Während der Unterredung hatte Lenz sich nicht geäußert. Sobald Vogt gegangen war, stand er auf und zog mit ungeduldigen Handgriffen eine blaue Jacke aus, die seinem Vater gehört haben musste. »Was gibt es da zu überlegen? Natürlich stellst du ihn ein. Er kennt jedes Huhn hier und hat die Bücher allem Anschein nach sauber geführt. Du findest so schnell niemand anderen, der das für dich tut.«

Ada verschränkte die Arme vor der Brust. »Ich kann es selbst tun.«

Lenz warf ihr einen spöttischen Blick zu und schnaubte herablassend. »Ja, doch, sicher. Könntest du nur ordentlich lesen, dann würde es dir leicht von der Hand gehen, nicht wahr? Rechnungsbücher führen, in der Tat! Lies mir doch einmal diese Einträge vor.« Er zog ein Rechnungsbuch aus einem der Schrankfächer und schlug es wahllos auf.

Ada fühlte ihre Wut überkochen. »Ach nein, das langweilt mich.« Sie schnappte das Decameron vom Tisch. »Komm, ich lese dir hieraus vor. Etwas Erbauliches, ja?« Beim Lesezeichen schlug sie es auf.

Lenz wurde rot und nahm ihr eilig das Buch aus der Hand. »Das ist keine geeignete Lektüre für dich.«

»Warum nicht?« Er stand nun so dicht vor ihr, dass sie seine Wärme spüren konnte. Sehnsucht gesellte sich zu ihrer Wut. »Könnte ich noch mehr über deine niedrigen Vorlieben darin entdecken, als ich so schon gesehen habe?«

Lenz schreckte so hastig zurück, wie er näher gekommen war. Seine Augen verrieten, wie auch in ihm die Wut aufstieg. »Meine Vorlieben gehen dich zweifellos nichts an. Du aber könntest die Phantastereien in dem Buch für bare Münze nehmen und zu Dummheiten verleitet werden, die deinem Leib, deiner Seele und meinem Namen Schaden zufügen. Das kann ich auch dann nicht dulden, wenn ich diesen Ort endlich verlassen habe.«

»Endlich!« Ada schrie es heraus, ohne dass es ihr bewusst war. »Oh ja, da hast du recht. Wenn es endlich so weit ist, dann können wir beide glücklich sein. Herrgott, wäre ich dich nur schon los!« Sie stürmte aus dem Raum, weil sie wusste, dass sie weinen würde, und ihm auf keinen Fall die Genugtuung gönnen wollte. Blind vor Schmerz lief sie die Treppe hinauf, warf die Tür ihrer Kammer ins Schloss und verriegelte sie, bevor das Schluchzen aus ihr hervorbrach.

Unbedacht trat Lenz mit seinem kranken Bein gegen das Tischbein, nachdem Ada aus dem Zimmer gelaufen war. Brennender Schmerz durchzuckte ihn, loderte so heftig auf wie seine Gefühle. In dem Augenblick, als sie wütend geworden war und anfing, Leidenschaft zu zeigen, waren mehr Bilder zurückgekehrt. Beide Hände hatte sie über dem Kopf in die Kissen gekrallt, ihr keuchender Atem hatte ihn angefeuert. Wortlos hatten ihre weichen Lippen um jedes sündige Vergnügen gebettelt, das ihm in den Sinn kam. Oh ja, sie war willig gewesen, kein Zweifel. Und nun war er ihr zuwider, warf sie ihm niedrige Gelüste vor.

Beinah hätte er ein zweites Mal zugetreten, damit der Schmerz ihn zur Vernunft brachte. Sein Körper verlangte nach dieser Frau, aber er war kein Knabe mehr, würde deshalb nicht die Beherrschung verlieren. Sie wollte ihn nicht, und er würde sich nicht um sie bemühen. Zum einen hoffte er, dass sie in jener Nacht nicht empfangen hatte, und er wollte das Risiko nicht noch einmal eingehen. Zum anderen konnte er ohnehin nicht einer unbedeutenden Lust wegen vor Christophers Augen mit der Frau zu Bett gehen, in die der vielleicht verliebt war. Sein Freund würde über die Verliebtheit sicher hinwegkommen, aber das war kein Grund, ihn leichtfertig eifersüchtig zu machen. Sie mussten beide vernünftig sein und sich von der Frau fernhalten, dann würde ihre Freundschaft unbeschädigt bleiben und sein Plan aufgehen.

Er musste Christopher bitten, Abstand zu ihr zu halten. Auch wenn sie ihn ermutigte.

Und wenn er es nicht tat? Die beiden gingen so vertraut miteinander um. Vielleicht hatten sie es längst getan. Vielleicht hatte sein Freund schon seine Lippen auf ihren weißen Busen gedrückt. Sich in ihrem warmen Fleisch verloren.

Lenz fühlte, wie ihm die Wut bis zum Hals stieg. Er schmetterte seine Faust gegen die Seitenwand des Schrankes, wieder und wieder, dann lehnte er die Stirn gegen das kühle Holz, um sich zu beruhigen.

Seine Schläge gegen den Schrank hatten einen merkwürdig ungleichmäßigen Klang gehabt, kam ihm zu Bewusstsein. Sorgsam musterte er die Übergänge zwischen den Schrankwandbrettern und entdeckte einen Spalt, der größer war, als er sein sollte. Mit einem dünnen Briefmesser stocherte er, bis ein Riegel sich löste und das drehbare Brett ein weiteres Fach freigab. Eine gerollte Nachricht lag darin.

Mein Schatz hat einen Wächter, mit dem niemand Freundschaft schließen wird. Doch hat der treu erfüllt, worin meine Nachkommen versagten.

Lenz' erster Impuls war, den Zettel Ada hinzuwerfen und ihr viel Freude beim Suchen zu wünschen, doch dann fühlte er sich herausgefordert. Er hatte geahnt, dass mehr Vermögen vorhanden war. Und der versagende Nachkomme – das war immerhin er selbst.

Er fragte sich, ob sein Vater geglaubt hatte, dass er diese Botschaft finden würde, denn für ihn war das Rätsel leichter zu lösen, als es das für einen anderen gewesen wäre. Versagt hatte er in den Augen seines Vaters natürlich darin, legitime Erben zu zeugen. Den Beleidigungstiraden seines Vaters verdankte er, dass er das geschmacklose Rätsel begriff.

Nach dem unbeherrschten Tritt gegen den Tisch konnte er das Bein kaum belasten. Er musste auf die Krücke zurückgreifen, die neben dem Schrank an der Wand lehnte.

Froh, etwas gefunden zu haben, das ihn von seinen Schwierigkeiten mit Ada ablenkte, wollte er sich auf den Weg zum Stall machen, kam jedoch nur bis zur Tür, wo Christopher ihn aufhielt.

»Was hast du noch vor? Es gibt bald Abendessen. Sieh mal, ich war im Weinkeller.«

Die Flasche Rotwein, die Christopher in der Hand hielt, überzeugte Lenz davon, die Schatzsuche auf den folgenden Tag zu verschieben. Es war viel zu lange her, dass er einen Abend mit seinem Freund allein verbracht hatte. Der Gedanke an ein ruhiges Gespräch mit ihm, möglichst über Dinge, die jenseits deutscher Lande lagen, heiterte ihn auf.

Das legte sich, als Christopher ihm den bequemsten Lehnstuhl an den Tisch rückte wie einem alten Mann, und drei Gläser auf den Tisch stellte. »Wo ist Ada? Sie soll den Wein auch probieren, damit sie weiß, was sie im Keller hat. Ich hole sie.«

»Nein.« Lenz sah an Christophers Gesicht, wie grob er wirkte. Er räusperte sich. »Sie ... sie ist gerade in ihre Kammer gegangen.«

Christopher richtete sich betroffen auf. »Geht es ihr nicht gut?«

Das war der Moment, in dem Lenz einsah, dass er mit seinem Freund über alles sprechen konnte, aber nicht ernsthaft über das Problem Konrade von der Wenthe.

Am folgenden Tag, kurz nach dem kargen Mittagessen, als die Hälfte der auf dem Gut lebenden Menschen sich zu einer Ruhepause zurückgezogen hatte, betrat Lenz den Stall. Seinem Knie ging es womöglich noch schlechter als kurz nach seinem Wutanfall, aber davon wollte er sich nicht aufhalten lassen.

Sein Vater hatte, wie für Gutsherren üblich, seinen Stall mit gutem Zuchtvieh bestückt. Sollte es einen Fortschritt in der Zucht geben, musste der Grundherr dafür sorgen, denn die meisten Bauern konnten es sich nicht leisten, einen Bullen, Hengst oder Eber zu halten und zu schonen, nur weil er gute Anlagen hatte.

Lenz war sicher, auf der richtigen Spur zu sein. Gleich vorn beim Eingang war der erste Hengststall. Ein schwerer, alter Ardenner-Hengst stand darin, ein grauer Riese, der in früheren Zeiten einen gerüsteten Ritter hätte tragen können und nun die besten Zugpferde zeugte. Er hatte das dicke Winterfell noch nicht ganz verloren und sah struppig aus. Gutmütig wirkte er außerdem, er grüßte Lenz mit einem tiefen, kehligen Wiehern.

Lenz rieb ihm die Stirn und musterte dabei den mit wenig Stroh ausgestatteten Boden unter den Hufen des Tieres. Alter steiniger Boden, seit vielen Jahrzehnten festgetreten.

Er hatte nichts anderes erwartet.

Nach einem Abschiedsklopfen auf den Pferdehals machte er sich auf den Weg zu dem großen, schwarzen Bullen, der im anderen Flügel des Stalles untergebracht war.

Dierk hatte Lenz' Weg vom Haus zum Stall von der Dachluke des Heubodens aus verfolgt. Er hatte dort oben Rattenfallen gebaut, eine seiner liebsten Beschäftigungen. Es ging ihm weniger darum, die lästigen Nager zu beseitigen. Auch gab ihm niemand einen Heller für jeden Rattenschwanz, wie es in manchen Städten üblich war. Es machte ihm Spaß, die Fallen zu konstruieren. Immer neue Methoden dachte er sich aus, hätte am liebsten Tag und Nacht in Werkstatt und Stall verbracht, um die Wirksamkeit seiner Erfindungen zu beobachten und zu verfeinern.

Aber er wollte nicht undankbar gegen die Herrschaften sein, die ihm ein Bett im Dienstbotengeschoss des Hauses zugewiesen hatten. Ein Bett, als sei er einer von ihnen.

Dierk wunderte sich nicht darüber, dass Lenz allein in den Stall kam. Viele Erwachsene huschten allein in den Stall und zu anderen Türen wieder hinaus: sein Freund Hans Flügge, Luise, Vogt und Grete. Sie würden ihre Gründe haben, und er hatte gelernt, dass ein Junge besser nicht alles sah und wusste. Manchmal, wenn es wild im Stroh raschelte, zog man lieber den Kopf ein und tat, als wäre man nicht da.

Trotzdem wurde seine Neugier eine Weile später geweckt. Im Stall unter ihm hatten sich die Geräusche verändert. Eben noch gemütliches Malmen, Rascheln, Schnauben und mittägliche Ruhe, nun erschrockenes Schnaufen, Stampfen und Poltern. Eine Kuh muhte aufgebracht, der Bulle brummte dumpf. Die eingesperrte Sau mit den frischen Ferkeln ließ sich anstiften und quiekte.

Ruck, zuck war Dierk an der Klappe nach unten, die Füße auf der Leiter, dann stand er auf dem Gang. Da gab es nichts Ungewöhnliches, also flitzte er um die Ecke. Als hätte der Blitz vor ihm eingeschlagen, blieb er stehen.

Das Gatter vom Bullenverschlag stand einen Spalt offen. Glücklicherweise hatte der Bulle das noch nicht bemerkt. Sehr wohl bemerkt hatte der riesige, böse Fleischklotz den Mann, der in seinem Verschlag reglos am Boden lag. Schnaubend starrte er ihn an, seine Vorderklaue warf das Stroh nach hinten, Rotz tropfte von seinem Nasenring.

»Herr Graf?« Bei Dierks Ausruf warf der schwarze Bulle den Kopf hoch. Der Junge konnte sehen, wie er darüber nachdachte, wen er zuerst zertrampeln wollte, und er wusste, dass er schneller denken musste als das Vieh.

Die Türen nach draußen waren geschlossen. Ließ er den Bullen auf die Stallgasse, würde der sich vielleicht dem Abendfutter zuwenden, das schon bereitlag, und es wäre Zeit gewonnen.

Zitternd, aber schnell ging er das letzte Stück. Es blieb zu hoffen, dass der Schwarze den Herrn nicht beim Hinauslaufen tottrat.

Dierk schwang das Tor auf und kauerte sich dahinter

klein an der Wand zusammen. Der Bulle dachte nicht länger nach, sondern machte einen Satz über den Liegenden und polterte auf die Gasse. Mit einem wütenden Schwingen traf sein stumpf behornter Schädel das Tor, sodass es Dierk blaue Flecke schlug. Der ertrug es tapfer schweigend und kroch unter dem Tor durch, sobald der Bulle weit genug gegangen war. Dann zog er es von innen zu und schob den Riegel vor. Das Tier sah sich nicht um, sondern suchte tatsächlich das Futtergras.

»Herr Graf?«

Ada nutzte die Ruhe nach dem Mittagessen, um noch einmal durch die Vorratskammer und den Keller zu gehen. Sie schrieb dabei eine Liste der fehlenden Waren, und es war ihr lieber, wenn ihr dabei niemand über die Schulter sah.

Etwas ratlos betrachtete sie beim Licht ihrer Laterne die Weinflaschen. Sie kannte die Unterschiede nicht, daher unterteilte sie nur in Rot und Weiß.

Während sie sich mit dem Schreiben abmühte, jeden Buchstaben sorgfältig malte, fielen ihr die Briefe in der Spielzeugschachtel ein. Die Reise und ihre Ankunft hatten so viel Unruhe mit sich gebracht, dass sie nicht mehr daran gedacht hatte, sie zu lesen. Sie nahm sich vor, es bald zu tun. Wer wusste, wie lange sie dazu noch Gelegenheit haben würde? Wenn Lenz abreiste, würde er natürlich die Schachtel samt Briefen mitnehmen.

Vom Keller ging sie in die Küche, um Luise zu finden.

Auf der Bank saß die Behnsche mit Strickzeug auf dem Schoß und schlief. Die Baiersche Erna musste eben aus dem Garten hereingekommen sein, sie packte aus zwei großen Körben Frühkohl, ein paar Radieschen und Gurken auf den Tisch. Das brachte Ada darauf, dass sie sich auch den Gemüsegarten zeigen lassen musste. Müde gestand sie sich ein, dass sie vom Gärtnern wenig verstand. Sie konnte berechnen, wie viel der Garten von allem abwerfen musste, aber ob die Mohrrüben neben den Zwiebeln besser gediehen oder neben den Bohnen, das wusste sie nicht. »Ist Luise im Garten?«

Wie eine dicke Taube wirkte Erna mit ihrem kleinen Kopf, den sie nun schüttelte.

»Der Kohl sieht gut aus.«

Erna nickte mit dem Taubenköpfchen und zupfte nervös ein paar braune Blätter von den Kohlköpfen.

Die Behnsche schlief ungestört weiter. Ada seufzte und ging durch die äußere Küchentür die schmale Sandsteintreppe hinunter in den Garten. Die Stufen waren an einigen Stellen bemoost; dagegen musste etwas getan werden, bevor jemand stürzte, notierte sie gedanklich.

Ada meinte sich zu erinnern, dass der Gemüsegarten der von Bardelebens zu dieser Jahreszeit aufgeräumter ausgesehen hatte, aber vielleicht kam es darauf nicht an.

Der Garten lag neben dem hinteren Teil des Hauses und ging in die Obstwiese über. Nach vorne zum Hof hin trennte ihn ein Zaun vom Ziergarten, der kahl wirkte. In Tulpen hatte Graf Ludwig von der Wenthe offensichtlich kein Vermögen angelegt.

Ada trat durch die quietschende Pforte des Blumengartens auf den Hof. Gerade kamen die drei Männer der Flügges und der Schwarkes aus ihrem Wohnquartier im hinteren Anbau des Stalles. Von der Haustür aus rief Cornelia laut und schrill nach Grete. Im selben Moment öffnete der Knecht Ottman von außen die Stalltür.

Dierk hatte recht, schoss es Ada durch den Kopf. Der schwarze Bulle war ein Monstrum. Ein dunkler Koloss, wie er da aus dem Stall sprang, schneller, als Ottman die Tür vor ihm wieder zuknallen konnte.

»Verdammter Schietkroms. Wokeen hett de Bull rutlaten?«, brüllte Ottman. Cornelia kreischte und warf die Haustür von innen zu.

Ada ging bedachtsam rückwärts durch die Pforte zurück in den Blumengarten. Eine Böe fuhr ihr in den Rock, blähte ihn und ließ ihn flattern, die Angeln der Pforte quietschten.

Der Bulle warf sich in ihre Richtung herum, als Ada den Haken der Pforte einhängte. Sie sah ihn überlegen und zögerte nicht, sondern raffte ihren Rock, drehte sich um und rannte. Hinter sich hörte sie das dröhnende Galoppieren des Kolosses, dann das Krachen seines Schädels gegen den Holzzaun. Sie sah sich nicht um, sondern lief weiter, zu dem steinernen Zierbrunnen in der Mitte der in symmetrischen Mustern angelegten Rabatten. Erst als sie den Brunnen zwischen sich und dem Bullen wusste, sah sie sich um. Das Tier stand noch vor dem Zaun, der durch den Stoß in ganzer Länge umgekippt war. Erst als es nun seine Verwunderung überwand, machte es einen schwerfälligen Hüpfer über das liegende Hindernis und schritt, mit triumphierend erhobenem Haupt und durch geweitete Nüstern schnaubend, durch die Rabatte auf sie zu.

Über den Brunnen hinweg sahen Ada und der Bulle sich an. Trat der Bulle auf das rechte Bein, trat Ada ebenfalls auf das rechte Bein, und umgekehrt. Das Herz schlug ihr bis zum Hals, aber große Angst hatte sie nicht mehr. Der Brunnen war ein hüfthoher Steinring mit einem malerischen Dach. Wenn es brenzlig wurde, würde sie hineinspringen und sich zusammenkauern, dann konnte der Bulle ihr wenig anhaben.

Besonders angriffslustig schien er ohnehin nicht mehr zu sein. Er beobachtete sie zwar noch, senkte aber zwischendurch seinen Kopf und rupfte Gras. »Du bist doch gar nicht so böse«, schmeichelte Ada.

Er schnaubte, schüttelte sich und widmete sich endgültig dem Futter. Hinter ihm kamen die Männer mit Hakenstangen, Knüppeln und Stricken. Ottman und Jakob sprachen beruhigend auf das Tier ein, bis sie ihre Stangen und einen Strick in seinen Nasenring gehakt hatten.

»Allens gut nu«, sagte Ottman.

»Lasst ihn doch das Gras noch fressen«, sagte Ada. »Dann müsst ihr es nicht mähen.«

Ottman schüttelte den Kopf und nickte zum Stall hinüber. »De Düwel soll die Blumen man bäter nich fressen. Der hat gerade den Herrn ümsmieten, dass er wie tot dalag.«

»Den Herrn Graf?« Ada wartete die Antwort nicht ab, sondern lief los.

Lenz saß mit Dierk auf einem umgedrehten Korb vor der Milchkammer und hielt sich den Kopf, als Ada ihn fand.

Sie musste verängstigt ausgesehen haben, denn Dierk fing schon an, sie zu beruhigen, bevor sie etwas gesagt hatte. »Ist nicht so schlimm. Nur eine Beule. Ich habe das Monstrum rausgelassen, damit es nicht auf dem Herrn rumtritt.«

Ada umarmte ihn kurz und heftig. »Das hast du gut gemacht.« Erst dann wandte sie sich ihrem Gatten zu. »Warum um Himmels willen bist du zu dem Bullen hineingegangen?«

Lenz hob den Kopf und erdolchte sie mit seinem Blick. »Stell dir vor, das bin ich nicht. Ich hatte es vor, aber gewiss nicht auf diese Art.« Er kniff die Augen zu und legte den Kopf stöhnend wieder in die Hände.

Ada ging vor ihm in die Hocke und litt mit. Obwohl sie wütend auf ihn gewesen war, konnte sie nun nicht aushalten, dass es ihm schlecht ging. Sie legte ihm eine Hand aufs Knie. »Was meinst du damit?«

»Ich meine damit, dass mir jemand etwas Hartes gegen meinen Hinterkopf geschlagen und mich dann in den Bullenverschlag geschleppt hat. Und ich bezweifle, dass derjenige damit bezwecken wollte, dass ich es warm habe.«

»Du glaubst, es wollte dich jemand umbringen?« Die Gesichter der Gutsbewohner zogen vor Adas innerem Auge vorbei. Wem läge etwas daran, Lenz tot zu sehen? »Wer?«

»Hätte ich meine Augen am Hinterkopf, wüsste ich es, wäre jetzt aber vermutlich blind. Ich versuche es also gerade als Glück zu begreifen, dass ich ihn nicht gesehen habe.«

Darüber konnte Ada nicht lachen. »Wenn er dich umbringen wollte, wird er es noch einmal versuchen.«

Wieder hob er den Kopf ein Stück und funkelte sie an. »Wie schön du mich tröstest. Weißt du – seit wir auf der Ostsee schlimmen Seegang hatten, ahne ich, dass dieses verfluchte Land mein Tod sein wird. Und man behält ja gerne recht, nicht wahr? Unterstützung ist da warm willkommen.«

»Von den Flügges war es bestimmt keiner.«

Dierk sagte es schnell und besorgt, woraus Ada schloss, dass er die Familie mochte. Sie klopfte ihm beruhigend auf die Hand. »Lenz, wenn du die Sache untersuchen willst, musst du schnell alle zusammenrufen, bevor sie sich miteinander absprechen können. Es wird sonst immer schwieriger. Die Unbeteiligten sollten gar nicht wissen, worum es geht, wenn du sie rufst.«

Auf dem Stallgang um die Ecke, dem Weg zum Bullenverschlag, hörten sie die Männer mit dem Bullen kommen. Während Dierk ängstlich aufstand, lehnte Lenz sich gegen die Wand zurück. »Ich höre immer meinen Namen. Das ist dein Haus. Du willst doch sicher wissen, ob du einen Mörder beherbergst, oder? Und du scheinst ja bestens zu wissen, was du unternehmen musst.«

Ada stieß sich etwas gröber von seinem Knie ab als nötig und stand auf. »Willst du es also wirklich jetzt schon allen so deutlich zeigen, dass du hier nichts zu sagen hast? Von mir aus, bitte. Dann werde ich die Leute befragen.« Sie spürte, wie sie rot wurde, denn in Wahrheit war sie nicht von ihren Fähigkeiten überzeugt. Der Umgang mit dem Gesinde war auch vor diesem Zwischenfall schwierig genug gewesen.

»Ich war's auch nicht«, sagte Dierk bedrückt. »Beweisen kann ich das aber nicht.«

»Keiner von uns käme auf den Gedanken, dich zu verdächtigen. Abgesehen davon hättest du den Herrn gar nicht bewegen können.«

Dierk musterte Lenz nachdenklich. »Ach, doch. Wenn es nur ein kurzes Stück war. So dick ist er ja nicht.«

»So, wie meine Seite sich anfühlt, hat man mich gezerrt. Und es war tatsächlich nur ein kurzes Stück.«

»Deine Seite. Das hatte ich vergessen. Ist es schlimm?«

Er nickte, antwortete aber nicht mehr, weil die Männer um die Ecke kamen, die den Bullen eingesperrt hatten.

»Mutt een to 'n Bader hen?«, fragte Jakob.

»Nein, nein.« Lenz rappelte sich auf und kam auf die Füße. »Es geht schon. Der Bader wäre keine Hilfe.«

Ada holte tief Luft und wandte sich an Jakob. »Ich möchte, dass alle in den Kleinen Saal kommen. Sofort.«

Ottman nickte bedächtig. »War sicher ein Dwarsbüddel, der das Tor nicht zugemacht hat, und recht is, wenn die Herrschaften sich den vörknöpen wolln. Aber, wenn Euer Hochwohlgeborn meine Vorlautigkeit verzeihen wolln, es kann einem mal ein Fehler passieren.«

Mit würdevoller Miene strich Ada sich die Falten aus dem Rock. »Ich jage niemanden vom Hof, weil er ein Tor nicht geschlossen hat. Aber wissen will ich doch, wer es war. Es hätte ein schlimmer Schaden entstehen können.«

»Nu. Tja. Das is recht. Und der Zaun ist ja auch hin. De Bull hatte woll Freude an 'n Rock von der gnädigen Frau. Man nur gut, dass gnädige Frau klug und schnell waren, sonst wäre vielleicht wirklich was passiert.«

Ada nickte. »Ist das Tier schon immer bösartig gewesen?«

»Nee. Bösartig, so würde ich das gar nicht nennen. Ist mehr, dass dem der Auslauf fehlt. Der selige Herr Graf wollte ihn immer im Stall haben. Hat ja einen ordentlichen Wert, der Kerl, nach dem kommt fettes Fleischvieh. Und für die Soldatens wär er nur 'ne Mahlzeit.«

Die Verwirrungen des jungen Herrn

10

Ada führte die Untersuchung im Kabinett durch. Einen nach dem anderen rief sie die Gutsbewohner zu sich und Lenz herein, während Christopher und Dierk im Kleinen Saal diejenigen im Auge behielten, die noch nicht an der Reihe gewesen waren.

Die Befragung dauerte lange, und das einzige Ergebnis war, dass der Täter nicht aus einer der Bauernfamilien stammte. Außer dem ältesten Sohn der Flügges und der fast erwachsenen Tochter der Schwarkes bezeugten sich alle Mitglieder der beiden Familien gegenseitig die gemeinsame Mittagsruhe. Die beiden Ausnahmen bezeugten sich dies nach einigem Herumdrucksen mit heißen Ohren ebenfalls gegenseitig. Ada bedachte dieses Geständnis pflichtbewusst mit einem tadelnden Kopfschütteln, obwohl sie seit kurzem völlig verstand, was die jungen Leute zueinandertrieb.

Als Täterin schied auch die Behnsche aus, und wahrscheinlich Erna, die in der Küche mit dem Gemüse zu tun gehabt hatte, als Ada hindurchging. Sie hätte sich beeilen müssen, um vom Ort des Verbrechens so rasch mit ihren Körben zurück in die Küche zu gelangen, und so hatte sie nicht gewirkt.

Genug Verdächtige hatte sie ohnehin. Außer den beiden Familien schien jeder seine Mittagsruhe allein verbracht zu haben: Jakob hatte in der Werkstatt geschlafen, Ottman in der Scheune gewerkt, Wilhelm Vogt hatte einen Spaziergang auf die Felder gemacht, um sie zu begutachten, Luise hatte im Backhaus geputzt, Cornelia in ihrer Kammer gedöst, bis Aegidia wach wurde und nach Grete rief. Grete hatte sich mit einer Näharbeit hinter die Scheune in die Sonne gesetzt und war dort eingeschlafen. Sogar Christopher hatte allein in seiner Kammer gelesen.

Jeder von ihnen hätte es schaffen können, Lenz mit einem schweren Gegenstand niederzuschlagen, ihn die paar Meter in den Bullenstall zu schleifen und zu verschwinden.

Nur bei Cornelia hatte Ada Zweifel. Nicht nur dass sie schwächlich wirkte – sie hätte wahrscheinlich auch zu viel Angst vor dem Bullen gehabt.

Ludwigs Base dritten Grades war äußerst ungehalten, als Ada sie hereinbat, weil sie bei der Ermittlungsprozedur mit dem Gesinde gleichgestellt worden war.

Bis dahin hatte Lenz sich im Hintergrund gehalten und Ada das Wort führen lassen, was einige Leute verwirrt hatte. Hartnäckig richteten sie ihre Antworten an ihn, doch er verwies mit wohlwollendem Nicken immer wieder auf Ada und tat, als wäre er auf seinem Platz am Schrank mit dem Verfassen verschiedener Schriftstücke beschäftigt. Cornelia von Questenberg versuchte ebenfalls, Ada zu übergehen, baute sich vor Lenz auf und beschwerte sich bei ihm.

Er antwortete ihr kalt und von oben herab. »Man hat meinem Kopf heute bereits genug Schaden zugefügt. Antworte Sie, wo Sie gefragt wird, und verschone Sie mich.

Meine Gattin ist entschlossen, ein Verbrechen aufzuklären, und hat meine Zustimmung. Überlege Sie gut, ob Sie die Untersuchung behindern will.«

Es mochte an dieser Andeutung über seinen schmerzenden Kopf liegen, dass am nächsten Tag alle von dem Anschlag wussten.

Auch war niemandem verborgen geblieben, dass Cornelia Ada als Täterin verdächtigte. »Man sieht doch sofort, was das für ein herrschsüchtiges Weib ist. Natürlich ist ihr daran gelegen, ihn loszuwerden«, hatte sie vor Grete, Wilhelm Vogt und unvorsichtigerweise auch in Dierks Hörweite geäußert.

Dierk überbrachte die Äußerung Ada und Lenz, woraufhin Ada auf die Unverschämtheit der Base schimpfte, Lenz sie jedoch ansah, als zöge er die Möglichkeit in Betracht, dass sie die Schuldige war.

»Du hättest es sein können«, sagte er.

»Das hätte ich nicht, weil ich im Keller Weinflaschen gezählt habe. Außerdem habe ich keinen Grund, dich gewaltsam aus dem Weg zu schaffen, denn du wirst freiwillig gehen. Neben Christopher und Dierk bin ich die Einzige, die das sicher weiß.«

»Ich fände es nicht abwegig, wenn du lieber Witwe wärest. Du wärst dann wieder frei.«

Ada stand auf und streckte sich. »Für eine Witwe wäre es viel schwieriger, dieses Gut zu behalten. Da müsste ich mich auch noch mit Anwärtern auf deine Nachfolge herumschlagen.«

Lenz sah sie zwischen halb geschlossenen Lidern an und nahm einen Schluck Wein aus seinem Glas. »Aber vielleicht hast du schon einen Nachfolger für mich im Sinn.

Dann hättest du mit meinem Tod ein ausgezeichnetes Geschäft gemacht.«

Ada spürte, wie ihre Hände anfingen zu zittern, weil sie wütend wurde und weil er sie so ansah, als würde er es genießen, sie zu beleidigen. Mit einem Zischen stieß sie die Luft aus. »Weißt du, ich kann es nicht gewesen sein. Wenn ich es gewesen wäre, wäre ich stehengeblieben und hätte bis zum Schluss zugesehen, wie der schwarze Satan dich zertrampelt.«

Er warf den Kopf nach hinten, nur ein kleines bisschen, entblößte seine aufreizend starken, gesunden Zähne zu einem Grinsen und lachte kurz und mit einer Bitterkeit, die sie weiter aufbrachte. »Ada, ach, Ada.« Seine Stimme war auf einmal ungewohnt tief und rau, und erst jetzt begriff Ada, wie viel Wein er während der langwierigen Fragerei getrunken hatte. Vielleicht hatte er Schmerzen gehabt oder anderweitig unter der Sache gelitten, und sie hatte nicht darauf geachtet. Kein Wunder, dass er sich gegen sie wandte. Sie wollte sich entschuldigen, da stellte er sein Glas ab und stemmte sich mit einem leichten Schwanken aus dem Lehnstuhl hoch.

»Ada, Adamantin ... Dierk!«

Dierk musste an der Tür gelauscht haben, denn er kam sofort ins Zimmer. »Ich will zu Bett. Geh mir zur Hand, Junge. Die gnädige Frau möchte sich zurückziehen.«

»Willst du nichts essen?« Ada hasste das Gefühl, so von ihm weggeschickt zu werden.

Er lachte in sich hinein und hielt sich mit einer Hand am Schrank fest. »Weißt du, dieser Wein ... Ich fühle mich, als hätte ich einen Schlag auf den Kopf bekommen. Geh, Mädchen. Verschone mich mit Essen.«

Dierk sah Ada schulterzuckend an. »Ich bring ihn schon ins Bett, keine Sorge. Der Herr wird auch ohne Essen bis morgen schlafen.«

Es traf Ada wie ein Schlag, als ihr bewusst wurde, dass die Gefahr für Lenz nicht vorüber war. »Der Herr darf auf keinen Fall allein schlafen. Schon gar nicht, wenn er tief schläft. Was, wenn der Mörder es noch einmal versucht? Christopher soll bei dir bleiben, Lenz. Ich suche ihn.«

Sie war schon halb zur Tür hinaus, da hielt er sie auf. »Ada! Untersteh dich.«

Erstaunt sah sie sich zu ihm um. Sein Anblick ließ ihre Wut restlos verrauchen. Kleidung und Zopf gelockert, Erschöpfung in den Schultern, im Gesicht. Er schwankte, und da sie sich schnell umgedreht hatte, entdeckte sie in seinen Zügen einmal mehr den Anflug von Verletzlichkeit, der sie so berührte.

»Er schnarcht«, sagte er. »Das solltest du wissen. Christopher schnarcht.«

Sie nickte. »Ja. Das tut er. Natürlich weiß ich das.«

Kurz sah er sie noch an, dann wandte er sich ab. »Ich werde es überleben.«

Ada wusste nicht, ob er das Schnarchen meinte oder die Nacht ohne Wächter.

Dierk löste das Problem für sie. Er versuchte bereits, Lenz die Samtweste auszuziehen, die er im Haus statt seines Lederkollers trug. »Ich lege mich innen vor die Tür. Da kommt keiner herein, ohne dass ich es merke.«

»Gut.« Ada nickte wieder und wollte hinaus.

Über die Schulter sah Lenz sie an, während Dierk ihm die Weste aufknöpfte, und sein Ton war wieder spöttisch.

»Adé, Ada. Adieu, Adamantin. Ruhe sanft und ungestört wie ich.«

»Übrigens schnarchst du selbst. Wie kann es dich da stören?«, sagte sie und schloss die Tür erheblich lauter hinter sich, als nötig gewesen wäre.

Lenz spürte, wie sich Nebel über seinen Verstand senkte, und war froh, die Frau rechtzeitig fortgeschickt zu haben, bevor ihn der Rausch zu Dummheiten verleitete. »Es kann mich stören, Dierk. Sie ahnt nicht, wie es mich neuerdings stört, wenn ein Mann die gleichen Unarten hat wie ich. Wenn er das Gleiche sieht, denkt, tut wie ich. Wenn er das Gleiche riecht! Ja. Gerade Christopher. Ja. Gerade weil ich was sehe oder ... Gerade deswegen stört mich, wenn ein anderer es auch ... Nein. Du verstehst das nicht. Ha! Noch nicht. Du bist ein wirklich guter Junge, wusstest du das? Wenn dein Onkel ... Wenn er kommt, wird er mich überzeugen müssen ... Muss er mir erst beweisen, dass er es wert ist, dich zurückzu... hu ... oh.«

Dierk hatte offenbar Routine in dieser Art Hilfestellung, es war ihm gelungen, das Bett dorthin zu bringen, wo Lenz niedersank. Oder umgekehrt. »Respekt.« Er fühlte sich schläfrig, seine Stimme wurde träge. »Lockt den Stier in den Blumengarten. So eine ...«

Den Rest der Nacht verbrachte er ohne Bewusstsein.

Das Gras stand dürr auf dem Heideboden, aber es war hoch und reif zum Heuen, und besseres Wetter konnte ein Juni dazu nicht bringen. Obwohl die Angst vor den Soldaten und Marodeuren allen im Nacken saß, musste man hinaus auf die Wiesen.

Zwei Wochen waren seit dem Begräbnis von Lenz' Vater vergangen. Ada hatte sich in das Leben auf dem Gut eingefunden, und auch wenn es nicht reibungslos für sie verlief, musste Lenz sich der Frage stellen, wie er ihr noch helfen konnte. Tagelang hatte er sich vorgegaukelt, dass seine angeschlagene Gesundheit Grund genug war zu bleiben. Doch sein Knie hatte sich so weit gebessert, dass es ihn nur noch wenig einschränkte. Er konnte nun abreisen oder sich Maßnahmen widmen, die der leichteren Verwaltung des Gutes dienten.

Den Gedanken an die möglicherweise größte Bedrohung verdrängte er. Sollte sein Onkel weiterhin feindliche Absichten hegen, ließ sich vorbeugend kaum etwas dagegen unternehmen.

Christopher hatte es mit der Abreise nicht eilig, im Gegenteil. Er schien die Tage auf Wenthe zu genießen und bot sich Ada als Hilfe an, wann immer sich die kleinste Gelegenheit zeigte. Sogar Kredit wollte er ihr geben, damit sie die Zeit ohne Barvermögen überbrücken konnte.

Lenz wusste, dass es an ihm gewesen wäre, das zu tun, doch es widerstrebte ihm, sein mit Hilfe von Henry Carton erwirtschaftetes Geld in die heruntergekommene Hinterlassenschaft seines Vaters zu stecken. Er wollte das Gut gern hergeben, aber auch noch dafür zu zahlen, ging ihm zu weit.

Lieber suchte er den Schatz.

Er hatte sich mit dem Bullenstall geirrt, dort konnte nichts versteckt liegen. Zwar wollte mit dem schwarzen Satan niemand Freund sein, aber sein Vater musste einen anderen Wächter gemeint haben.

Ada war mit Christopher hinaus auf die Wiesen gefahren, um sich die Heumahd anzusehen. Außer den alten Frauen in der Küche, der von Questenberg, ihrer Magd Grete, ihm und Dierk war niemand im Haus.

Dierk wich ihm seit jener Nacht nach dem Anschlag nicht von der Seite, er hatte sich zum Schutzengel ernannt. Lenz mochte ihn nicht zurückweisen, obwohl er sich sorgte, dass bei dem nächsten Versuch des Täters dem Jungen zuerst etwas geschehen würde. Um sich selbst hatte er keine Angst. Er war gewarnt und würde sich zu wehren wissen.

Solange er sich ohne Hast bewegte, tat es seinem Bein gut. Das war zumindest ein ausreichender Vorwand, um die Schatzsuche auszudehnen und bei einem Spaziergang außen um die Mauern herum nach möglichen Verstecken Ausschau zu halten. Wer wusste, ob sein Vater nicht einen Vorteil darin gesehen hatte, Wertvolles außerhalb der Mauern zu verbergen? Vielleicht hatte er an eine feindliche Übernahme des Hauses gedacht und geplant, ein kleines Vermögen darüber hinwegzuretten.

Bevor er sich auf den Weg machte, lud Lenz eine Pistole und legte den Degen an. Durch das Fenster seines Zimmers sah er, dass Dierk bereits draußen in der Sonne auf dem Hof lauerte. Er vertrieb sich die Zeit damit, zwei Holzscheite in die Luft zu werfen und wieder aufzufangen. Lenz hatte ihn auch schon mit Kiefernzapfen jonglieren sehen.

Er konnte nicht sagen, dass der Junge ihm lästig war. Gewissermaßen war er sogar dankbar für dessen Anhänglichkeit. Sie tröstete ihn darüber hinweg, dass Christopher seine Nähe nicht mehr suchte.

Gedankenverloren stieß er beim Hinausgehen mit Grete zusammen, die einen Stapel gefalteter Laken trug. Obwohl er sie kaum berührte, erschrak sie so, dass ihr einige davon auf den Boden fielen. Er bückte sich schneller als sie und legte die Wäsche wieder obenauf. Eine Selbstverständlichkeit für jemanden, der mit wenig Standesdünkel zu Höflichkeit erzogen worden war. Sie bedankte sich mit solch auffallendem Liebreiz, dass er ihr erstaunt in die Augen sah. Was er dort fand, war schamlos kokett. Sie flatterte ihn mit ihren strohfarbenen Wimpern an, als böte sie unziemliche Ware feil. »Ich bin froh, dass Euer Gnaden wieder gesund sind. Die Treppe macht doch keine Schwierigkeiten mehr, nicht wahr? Soll ich Eure Sachen wieder nach oben schaffen? Oder lieber nicht?«

Wie sie kokettierte! Hätte sie nicht die Laken getragen, sie hätte an ihrem Brusttuch genestelt, da war Lenz sicher. »Wenn ich nach oben zu ziehen wünschte, würde ich es sagen.« Spielerisch strich er Fältchen aus dem obersten Laken, neugierig, wie weit sie gehen würde.

Sie lächelte. »Ich verstehe. Wollt Ihr es Euch dann hier unten nicht bequemer machen? Gnädige Frau hat sich schließlich oben auch ganz behaglich eingerichtet.«

Ihr Ton ließ keinen Zweifel an der anzüglichen Spitze. »Hat sie?« Er war machtlos gegen den Ärger, der in ihm zu brodeln begann.

Unter halb gesenkten Lidern sah sie ihn an, die schöne Schlange. »Das wisst Ihr bestimmt besser als ich. Ein rechtes Geheimnis macht sie nicht daraus. Es ist ja auch nichts dabei, wenn man sich so geeinigt hat. Die Liebe folgt nicht immer den Pflichten.«

»Darüber scheint Sie sehr genau Bescheid zu wissen. Damit so plump zu hausieren, ist allerdings nicht eben gescheit. Sollte ich Sie dabei erwischen, dass Sie die Liebe über Ihre Pflichten stellt, werfe ich Sie hinaus. Bei jeder anständigen Herrschaft hätte Sie zudem gelernt, dass Ihr Geschwätz über Höherstehende nicht zusteht. Ich lasse Sie nur deshalb dieses eine Mal davonkommen, weil ich annehme, Sie weiß es nicht besser.«

Grete war mit jedem seiner Worte dunkler rot geworden, machte am Ende auf dem Absatz kehrt und lief mit ihren Laken davon.

Schlange, dachte Lenz auf dem Weg zu Dierk. Schlange. Aber den Stachel hatte Grete nicht erst gepflanzt. Sie hatte ihn nur tiefer hineingetrieben.

Er wollte nicht daran denken, aber die Frage drängte sich ihm auf. Ada und Christopher im oberen Stockwerk – taten sie es oder taten sie es nicht?

Denn inzwischen lag er abends im Kabinett wach und grübelte. Taten sie es? Dann erschienen Erinnerungsfetzen an Adas weiße Haut und tanzten mit den Worten einen Reigen. Tun sie es? Ada. Tun sie es? Jetzt? Halb wahnsinnig machte ihn das, er konnte sich noch so entschlossen sagen, dass er kein Recht hatte einzugreifen. Sie hatten alles nur zu seinem Besten arrangiert. Merkwürdig. Eine weitere quälende Sache, die zu seinem Besten getan worden war. Das schien sein Schicksal zu sein; er musste es aushalten.

Die beiden sollten nicht dafür büßen, dass er sich in seinem Stolz verletzt fühlte. Denn das war die Erklärung für seine Gereiztheit, sagte er sich. Dass Grete und Luise die Köpfe zusammensteckten und tuschelten, er hätte sich eine Frau beschafft, um zu erben, überließe das Ehebett aber seinem Freund, der darin willkommener wäre.

Sein Plan war würdevoller gewesen.

Lenz' Laune war so pechschwarz geworden, als er bei Dierk auf dem Hof ankam, dass er ihn nicht beachtete. Gehetzt hinkte er an ihm vorbei zu der niedrigen Tür hinter der Kapelle, deren Schlüssel er schließlich in einem der geheimen Schrankfächer gefunden hatte, und von dort aus zum Friedhof.

Die Sonne heizte die alten grauen Grabsteine so auf, dass Eidechsen darauf saßen und sich wärmten. Eine Erinnerung stieg in Lenz auf. Als Kind musste er sich gelegentlich im Sommer hier zwischen den Gräbern aufgehalten haben, denn er sah vor seinem inneren Auge eine Eidechse in einem Holzeimer. Er hatte sie hineingesetzt, um sie eine Weile betrachten zu können. »Zeig mal, wie sie den Schwanz verliert.« Sein Bruder hatte das gesagt. Er hatte nicht offen widersprochen, sondern getan, als hätte er aus Ungeschicklichkeit den Eimer umgestoßen. Was danach geschehen war, wusste er nicht mehr.

Rudolph lag im Familiengrab, und Lenz konnte sich weder daran erinnern, wie sein Bruder gestorben war, noch, was er dabei gefühlt hatte.

Dierk tat, was alle Jungen getan hätten. Er pirschte sich an eine der Eidechsen an, fing sie und brachte sie zu Lenz. »Wenn sie hinten festgehalten werden und Angst haben, werfen sie ihren Schwanz ab«, erklärte er mit leuchtenden Augen.

Lenz nickte. »Hast du es schon einmal ausprobiert?«

Das Leuchten in Dierks Augen wurde zu Vorsicht. Besonnen bückte er sich und ließ die Eidechse beim nächsten Stein frei, wo sie pfeilschnell unter Efeublättern verschwand. »Nein. Meine Mutter mochte es nicht, wenn man so etwas tut.«

»Hast du deiner Mutter immer gehorcht?«

Dierk schüttelte den Kopf und bewegte den Blick nicht von der Stelle im Efeu fort. »Ich glaube, ich gehorche ihr besser, seit sie nicht mehr lebt.«

»Wie lange lebt sie nicht mehr?«

»Noch kein Jahr.«

Lenz war bei seiner Frage weitergegangen, und der Junge folgte ihm. Um von dem traurigen Thema abzulenken, weihte Lenz Dierk in die Schatzsuche ein.

Es stellte sich heraus, dass der Junge nicht nur von dem Schatz wusste, sondern längst selbst danach gesucht hatte. Sie unterhielten sich angeregt über die Stellen, die noch als Versteck infrage kamen, während sie am Rande des Verteidigungsgrabens entlangwanderten.

An den torlosen Seiten des Anwesens war der Graben am steilsten und tiefsten, so tief, dass sich unten Wasser gesammelt hatte.

So hätte man immerhin den Trost, dass die Angreifer, die die schlecht bemannte Burg von dort her einnahmen, nasse Füße bekamen, dachte Lenz spöttisch. Er äußerte den Gedanken nicht. Gleichgültig wie wahrscheinlich es war, dass das Gut zum Ziel eines Angriffs wurde: die Andeutung hätte Dierk vermutlich schwer beunruhigt, allein aus Sorge um seine verehrte gnädige Frau.

Er hätte sich diese Rücksicht sparen können, denn nur einen Moment später versetzte etwas anderes sie beide in Unruhe. Sie kamen um die vordere Ecke des Anwesens, fünfzig Schritt entfernt von der Hauptzufahrt. Unmittelbar vor dem großen Tor stand ein Mann auf dem Rücken seines Pferdes und streckte sich eben nach der Oberkante des Steinbogens über den hölzernen Torflügeln. Seine Pluderhose, das geschlitzte Hemd, Degen, Waffengurt und Hut wiesen ihn als Soldaten aus, und als keinen der ärmsten.

Lenz zog seine Pistole und fiel in einen scharfen Schritt, ohne den aufflammenden Schmerz in seinem Bein zu beachten. Dem Soldaten war es inzwischen gelungen, sich mit einem Ellbogen auf die Kante des Torbogens emporzuarbeiten. Nur noch eine Anstrengung, und er würde zumindest in den Hof sehen können, was nicht von Vorteil für die Gutsbewohner sein würde, darauf wollte Lenz wetten.

»Heda!« Mit der ganzen Wucht seiner Stimme versuchte er, den Fremden vom Tor hinunterzubrüllen.

Der Mann zuckte zusammen, so gut das ging, wenn einer mit Hand und Ellbogen an einer Kante hing. Er wollte sich wieder auf sein Pferd hinunterlassen, aber das war heftiger zusammengeschrocken als er und sprang zur Seite. Lenz packte unbändiger Zorn, der ihn vorantrieb: Er kannte das Pferd. Es war die betagte, aber edle braune Stute, die er sich aus dem Stall seines Vaters geliehen hatte, um den Wagen mit seiner Truhe zumindest bis nach Munster zu bringen. Der Hengst, den er in Lübeck gekauft hatte, hatte sich nicht anspannen lassen. Der war nun tot. Wagen und Stute waren im Lager des Söldnerheeres gestohlen worden. Die Stute mochte inzwischen durch viele Hände gegangen sein. Das änderte nichts an seiner Wut.

Der Soldat ließ das Tor los, fiel auf die Füße und stand ihm aufrecht gegenüber. Die Hände hielt er seitlich hoch, bat damit wortlos um Schonung, doch der spöttische Mund unter dem Walrossbart gefiel Lenz nicht. »Für Menschen wie Ihn gibt es hier keinen Einlass. Weder über das Tor noch durch das Tor. Sag Er mir einen Grund, warum ich Ihn nicht erschießen sollte.«

»Vaschteh nit«, sagte der Mann. Das Spöttische trat deutlicher hervor.

»Der Grund ist nicht gut genug.« Lenz spannte den Hahn.

Der Mann ging rückwärts auf sein Pferd zu, die Hände weiterhin erhoben.

Lenz schwenkte die Pistole. »Das Pferd bleibt hier. Er geht zu Fuß.«

»Vaschteh nit.«

»Weg vom Pferd. Dierk, hol die Stute.« Ein Fehler – Lenz sah das tückische Aufblitzen in den Augen des Mannes eine Sekunde zu spät. Dierk streckte die Hand nach den Zügeln aus, und der Kerl sprang auf den Jungen los. Lenz hielt in die Luft und drückte den Abzug durch, die Stute scheute, Dierk tauchte geistesgegenwärtig ab und verschwand im Graben. Der Mann fuhr herum und zog seinen Degen, doch Lenz hatte seinen schon in der Hand. Er freute sich so darauf, sich mit dem Soldaten zu schlagen, dass er alle vernünftigen Gedanken von sich stieß.

Nach dem ersten Austausch von Attacken war deutlich, dass der Soldat Lenz mit dem Degen nicht ebenbürtig war. Er führte mächtige Hiebe wie mit einem Schwert und versuchte, ohne Raffinesse durch Kraft zum Stoß zu kommen.

Lenz kannte einen ganzen Fächer von Arten, einen Gegner zu entwaffnen. Der Soldat hatte immerhin Kraft und Aufmerksamkeit genug, um dreien davon zu widerstehen. Der vierte Versuch brachte Lenz den Erfolg; der Degen des anderen flog durch die Luft und rutschte den Hang hinunter in den Graben, wohin Dierk sich geflüchtet hatte. Lenz hielt dem Mann seine Degenspitze an die Kehle. Durch die

Anstrengung waren dessen Augen hervorgetreten, sodass er nun glotzte wie ein Fisch.

»Versteht Er meine Sprache jetzt? Wer schickt Ihn?«

»Nix Bös gwuit. Hab an Hunger. Brod finden gwuit.«

»Hier gibt es gerade nur genug Brot für die Leute, die hergehören. Das Pferd war gestohlen und bleibt hier. Seine Waffen leg Er ab, und dann pack Er sich.«

Lenz blieb dem Soldaten mit seiner Degenspitze dicht auf dem Pelz, während der seine Pistolen und Dolche auf den Boden warf. Einen mörderischen Blick schenkte der Gauner ihm noch aus seinen Fischaugen, marschierte dann jedoch wortlos davon.

Während Dierk mit dem Degen aus dem Graben kroch, fing Lenz die Stute ein, dann sammelten sie die Waffen auf.

»Den hättet Ihr nicht laufen lassen sollen.«

Der Junge klang erschüttert. Lenz sah ihn nachdenklich an. »Hätte ich ihn umbringen dürfen? Kennst du die zehn Gebote? Ohne Not darf ein Mensch den anderen nicht töten. Oder was hätte deine Mutter gesagt?«

Dierk reichte ihm die letzte Pistole, bleicher im Gesicht als sonst. »Der sie umgebracht hat, hatte davon auch nichts gehört, und die große Not werden wir nun schon haben. Das war doch ein Spion. Der hat genug gesehen. Die ganze Bande wird kommen. Wir müssen die anderen vom Feld holen.«

»Das habe ich vor. Du nimmst den Schlüssel und läufst hinten zur Tür hinein, so schnell du kannst. Schließ wieder zu und stell dich mit der Erna oder der Grete bereit, um uns das Tor aufzumachen.«

Ada hatte sich in Christophers Begleitung von Wilhelm Vogt die Ländereien des Gutes zeigen lassen, die in der nahen Umgebung lagen. Der ehemalige Verwalter sprach klug und erfahren von der bisherigen Verwendung der Felder, soweit Ada es beurteilen konnte. Dennoch konnte sie sich nicht recht entschließen, ihn einzustellen. Er hatte so eine Art, die Schultern hoch und die Mundwinkel stramm zu ziehen, wenn sie ihn direkt ansah. Und immer wich er ihrem Blick aus.

Er wollte anschließend auf den Wiesen bei den Arbeitern bleiben, Ada jedoch wollte zum Haus zurückkehren. Christopher und sie ließen Vogt auf dem bereits gemähten Teil der Wiese vom Wagen steigen, als am Rand des nahen Wäldchens zwei Soldaten auftauchten. Pluderhosen, die über den Knien geschnürt waren, und schäbige Eisenhelme wiesen sie als niedriges Fußvolk aus.

Die Leute, eben noch mit dem Mähen und Auseinanderwerfen des Grases beschäftigt, hielten inne. Die Angst lief wie eine Welle durch sie; einer wurde durch den Schreck des Nächsten aufmerksam und ruckte mit dem Kopf hoch. Die Männer hoben abwehrbereit die Sensen, die Frauen mit ihren Forken rückten zusammen, und die jüngeren Kinder huschten hinter die Röcke der Frauen.

Neben Ada auf dem Kutschbock zog Christopher eine Pistole aus dem Gurt und prüfte sie eilig, während alle anderen den beiden Kerlen entgegenstarrten.

»Es können noch mehr im Wald stecken.« Vogt sagte es teilnahmslos. Ada beneidete ihn ausnahmsweise um seine Kaltblütigkeit. Sie wollte am liebsten den Wagen wenden und dem braunen Wallach davor Beine machen, damit er sie im Galopp zurück hinter sichere Mauern brachte.

Aber die Menschen auf der Wiese waren ihre Leute, und sie konnte sie nicht allein lassen. Was sie allerdings tun sollte, um ihnen zu helfen, wusste sie nicht.

Die Männer näherten sich den Bauern langsam durchs hohe Gras, wie zwei Wölfe, die sich gemächlich nach neuer Beute umsahen.

Zu Adas Überraschung trat Luise vor, als die beiden in Hörweite waren. »Bleibt stehen und sagt, was ihr wollt«, rief sie mit erhobener Forke.

Tatsächlich blieben die Soldaten stehen, und der eine hob begütigend die Hände. »Brot. Und Milch für die Kinder.«

»Wir haben nichts übrig.«

Ada bewunderte Luise für ihren Mut. Sie wusste nicht, ob sie selbst so würdevoll hätte wirken können. Sie gab Christopher einen Stups. »Wir gehen hinüber.«

Er sah sie an, als wolle er widersprechen, stieg dann aber ab, mit der Pistole in der Hand. Unterdessen sprach der Soldat weiter. »Unsere Frauen und Kinder haben Hunger. Was seid ihr für Christen?«

Wieder gab ihm Luise Antwort. »Wir haben auch Hunger. Und was seid ihr für Christen?«

Ungebeten kamen die beiden Männer einige Schritte näher. »Wer hat denn in heutigen Tagen sein Los schon gewählt? Ihr werdet doch wissen, dass man besser teilt.« Seine Stimme bekam einen drohenden Unterton, er griff an seinen Waffengurt.

Ada begann zu laufen und zog Christopher mit sich. »Halt«, rief sie so laut und herrisch wie möglich. Sie war überrascht, wie weit ihre Stimme trug. Die Soldaten zuckten nicht mit der Wimper, aber immerhin hielten sie an. Beide zogen Pistolen aus den Bandeliers.

Nun fand Ottman seine Sprache wieder, das Narbengewebe an seinem Gesicht leuchtete rot. »Schießt, und der Rest von uns schlägt euch tot.«

Alle mit Sensen und Heugabeln ausgerüsteten Leute murmelten zustimmend, hoben die Waffen höher und traten einen Schritt vor. Die Soldaten traten zwei Schritte zurück, ohne jedoch besorgt zu wirken.

»Macht, dass ihr wegkommt«, sagte Luise.

Der Wortführer der beiden grinste sie an. »Du hast hier doch gar nichts zu sagen. Wir wollen hören, was der Herr da zu sagen hat.« Er schwenkte die Pistole zu Christopher hinüber und zielte dann wie zufällig auf Ada.

Die Erinnerung an Lenz' Schusswunde stieg in ihr auf, ihr blieb fast das Herz stehen vor Angst, und sie schätzte sich nur glücklich, dass sie nicht so eine lose Blase hatte wie ihr Pate Stechinelli. Es war ihr ein Rätsel, warum sie nicht ganz gelähmt war, aber sie konnte noch handeln. »Verschwindet von meinem Land«, sagte sie, und ihre Stimme zitterte kaum. »Wenn euer Hauptmann Verpflegung zu kaufen wünscht, dann soll er mit einer höflichen Bitte in eigener Person beim Haus erscheinen. Auf solche wie euch schießen wir ab heute, bevor wir fragen.«

Die Soldaten sahen sie erstaunt an. »Weibsleute mit so großem Mundwerk kriegen es bei uns gestopft«, sagte der eine schließlich, doch einen Hauch von Verunsicherung merkte man ihm an. Die Bauern bewegten sich langsam vor, und die zwei gingen rückwärts.

Ein Schuss dröhnte und lenkte die Aufmerksamkeit aller auf einen Reiter, der in gestrecktem Galopp über die Wiese auf sie zujagte. Für die Soldaten gab das den Ausschlag: Sie kehrten um und rannten zum Wäldchen zurück.

Der Reiter verfolgte sie nicht, sondern hielt bei den Bauern an. »Zurück zum Haus! Es wimmelt überall von den Gaunern.«

Diesmal stieß Ada sein Ton nicht auf, sie war zu froh, ihn zu sehen. Lenz war zerzaust und verschwitzt, und sie fragte sich, woher er das fremde Pferd hatte, aber auf die Erklärung wollte sie gern warten, wenn er ihr nur half, alle zusammen sicher auf den Hof zu bringen.

Während die Bauern schon das Werkzeug aufluden und sich mit angespannten, ängstlichen Gesichtern zur Flucht anschickten, stand Ottman noch da und sah zum Waldrand. »Dootslagen weer bäter wesen.«

»Ach, hör doch auf«, sagte Luise. »Pack dien Fork und komm.«

Die Sache mit den Soldaten hatte sich damit nicht erledigt, Ada hatte es geahnt. Zehn von ihnen tauchten am späten Nachmittag vor dem Gutstor auf, zwanzig weitere hielten in Sichtweite.

Jeden Tag wurde ihr deutlicher, auf was für ein Unterfangen sie sich einließ, wenn sie mit dem Gesinde allein auf dem Gut blieb. Sie konnte nicht einmal eine Pistole laden, und in einer Verhandlung mit ungesitteten Männern hatte Luise ihr Mut voraus und würde dennoch verlieren.

Sie war erleichtert, dass Lenz nicht fragte, ob sie sich selbst mit den Soldaten unterhalten wollte. Er stieg gleich auf den Turm und trat an die Verhandlungsluke.

Ada folgte ihm, auf der engen Treppe durch ihr Kleid behindert. Die Luke war klein, aber sie konnte an Lenz vorbei gerade noch nach draußen sehen. Jakob, der hier oben

Wache gestanden und sie alarmiert hatte, trat respektvoll beiseite.

Es waren diesmal in der Tat nicht die Lumpenkerle, die ihnen auf dem Felde begegnet waren, sondern sorgfältig gekleidete Männer, die als Offiziere und Begleitung auftraten.

Fourage verlangten sie, das hieß, sie forderten nur in höflicheren Worten, dass die Gutsbewohner ihnen Verpflegung und Futter für das Vieh ausliefern sollten. Ada wusste, dass der Krieg ihnen ein Recht dazu gab, auch wenn sie es nicht einsah. Was ihre Leute von ihrem Land unter so großen Schwierigkeiten erwirtschaftet hatten, das sollte ihnen erhalten bleiben. Leider würden die Soldaten sich mit dieser Ansicht nicht anfreunden.

Einmal hatte Ada den alten Herrn von Bardeleben berichten hören, wie er fouragierende Soldaten zufriedengestellt hatte. Man dürfe sie nie das fetteste Vieh sehen lassen, hatte er gesagt, aber ihnen auch nicht das jämmerlichste geben. Sähen sie das fettgefütterte, wüssten sie genau, dass man noch reichlich habe. Bekämen sie die Krüppel, wüssten sie gleich, dass sie abgespeist wurden.

Ihnen gar nichts zu geben war unmöglich. Aus Mutwillen wäre wohl niemand gegen die Burgmauer angerannt, eine gereizte Horde würde sich jedoch nicht abschrecken lassen. Die Angreifer müssten bloß ein kleines Geschütz herbeischaffen, und dann würde es keine Stunde dauern, bis sie im Haus waren.

Lenz fragte hinüber, was der Oberst für ein Schlachtrind oder ein Jungschwein zu zahlen bereit wäre.

Was der wortführende Offizier bot, war ein lächerlicher Preis, aber dass er überhaupt eine Bezahlung zugestand, zeigte, dass man es nicht mit einer gänzlich verwilderten Truppe zu tun hatte.

Lenz sagte ihm drei junge Rinder und zwei Schweine zu, aber das war dem Soldaten zu wenig. »Damit kann ich nicht zu meinem Oberst kommen. Das wäre ein schlecht ausgeführter Auftrag. Wir brauchen eine Milchkuh, Eier, Korn. Ihr könnt Euch denken, was die Männer tun, wenn sie hören, dass eine gesittete Anfrage so wenig Erfolg hat. Es ist nicht so, dass meine Leute nicht wüssten, wie man es anstellt, satt zu werden.«

Der Sprecher hatte eine hünenhafte Gestalt und machte den Eindruck, noch nie Hunger gelitten zu haben. Er trug einen breitkrempigen Hut, der Lenz' Respondent ähnelte. Sein Gesicht darunter schien nur aus buschigen Augenbrauen und Vollbart zu bestehen. Wie seine Begleiter war er schwer bewaffnet und auf dem Pferd sitzengeblieben.

Lenz ließ sich von seiner Erscheinung nicht einschüchtern, er richtete sich straffer auf und sprach schärfer. Ada wurde abwechselnd heiß und kalt. Bei dieser Begegnung Zuschauerin zu sein, war aufregend genug. Es war eine grässliche Vorstellung, dass sie einmal selbst eine solche Lage würde meistern müssen. Sie schämte sich dafür, aber sie dankte dem Himmel, dass ihr unfreiwilliger Gatte ihr die Verhandlung diesmal noch abnahm.

»Drohungen holen aus einem trockenen Brunnen kein Wasser«, sagte Lenz laut. »Wir haben nichts abzugeben, was uns danach nicht fehlen würde. Ich teile nur, weil es für mich nicht üblich ist, andere verhungern zu lassen. Ich gebe euch Milch von vier Tagen, alle Eier, die wir haben, und ein paar Tauben und Enten dazu. Korn haben wir keinen Scheffel übrig, wir sind schon herunter aufs nötigste Saatgut.«

Das würde noch nicht reichen, bekam er zur Antwort, und so wurde hin und her geredet, aber Lenz blieb zäh. Ein Ferkel gestand er den Offizieren noch zu, dann gaben sie sich zufrieden. Auf Lenz' Aufforderung hin zogen sie sich zu ihren Leuten zurück, damit das vereinbarte Vieh und Gut gefahrlos vor das Tor gebracht werden konnte. Nur einen unbewaffneten Mann durften sie dalassen, der die Ware bezahlen und das Vieh beieinanderhalten sollte, bis das Tor wieder geschlossen war.

Von Adas Seele fiel eine Riesenlast, weil es so glimpflich ausgegangen war. Sie staunte, als Lenz sich mit zweifelnder Miene zu ihr umdrehte. »War das zu viel?«

Sie schüttelte den Kopf und rieb ihre Handflächen am Rock. »Nicht wenn wir sie damit losgeworden sind. Du hast das wunderbar gemacht.«

Er zuckte mit den Schultern und sah ihr in die Augen. »Du musst dir überlegen, wie du damit zurechtkommst, wenn ...«

Es war Ada unmöglich, ein vernünftiges Gespräch mit ihm zu führen, solange er ihr derart tief in die Augen sah. Sie würde nur stammeln und stottern und noch stärker erröten.

Er hatte seinen Satz abgebrochen. »Vorhin auf dem Feld ...«, setzte er neu an, dann trat er einen Schritt näher zu ihr und schwieg wieder. Und immer noch sah er sie zweifelnd und etwas verwirrt an.

Sie hielt mit einer Hand verkrampft eine Rockfalte fest, mit der anderen richtete sie im Nacken ihre Haube. »Da haben wir großes Glück gehabt.«

»Christopher hätte sich für dich umbringen lassen.« Nachdenklich klang er, tastend.

Sie zwang sich, seinem Blick nicht auszuweichen. »Er ist sehr ritterlich.«

Er schüttelte den Kopf. »Er ist sehr ...« Mit einem weiteren Schritt stand er dicht vor ihr, und sie musste zu ihm aufsehen. Ihre Hand glitt aus dem Nacken auf ihre Brust. Seine Nähe brachte ihre Haut zum Prickeln, ihre feinen Härchen stellten sich auf, und ihr Herz flatterte.

Er hob die Hände, umschloss sanft ihre Oberarme und fuhr streichelnd bis zu ihren Ellbogen herab, dann zog er sie an sich. »Ich will nicht, dass dir etwas zustößt.«

Sein Blick war zu ihren Lippen gewandert, Ada hielt die Luft an. Er wollte sie küssen, sie spürte es. Warum tat er es nicht? Sie konnte es doch nicht tun. Es gehörte sich nicht, und außerdem würde sie sich ihm auf keinen Fall aufdrängen. Er musste allein entscheiden, ob er sie wollte. Ihre Sehnsucht machte sie weich in seinem Arm, sie begann gegen ihn zu schmelzen und schloss die Augen. Wie sollte sie das aushalten?

Plötzlich ließ er sie los, wandte sich ab und ging zur Treppe, und sie wusste nicht, ob sie sich die flüchtige Berührung auf ihren Lippen nur eingebildet hatte. Sie legte die Finger darauf, als könne sie es ertasten, und stand noch eine Weile da, bevor sie ihm folgte. Es bedeutete ohnehin nichts. Er will dich nicht, sagte sie sich. Finde dich endlich damit ab.

11

In der Nacht hielten nun zwei Leute auf dem Gut Wache. Lenz, Christopher und Ada beteiligten sich nicht an diesen Diensten, doch die Frauen der Flügges und der Schwarkes, Luise und auch Wilhelm Vogt stellten sich zur Verfügung. Alle wussten, dass für die nächste Zeit tagsüber ohnehin nicht an normales Arbeiten zu denken war.

Einer der Wächter stand auf dem Turm am Haupttor, der zweite auf einer Leiter bei der kleinen Tür hinter der Kapelle. Der auf dem Turm drehte fünfmal das Uhrglas um, damit er gegen Mitternacht die Ablösung wecken konnte.

Schlaflos, wie Ada war, hätte sie gut für die ganze Nacht eine Wache übernehmen können, doch das hätte man allgemein als unpassend empfunden. Deshalb lag sie zuerst lange im Dunkeln wach, dann stand sie auf und schlüpfte in ihre Fellpantoffeln, um zur Nachtlaterne zu gehen und ihre Kerze wieder anzuzünden.

Die Laterne mit der langsam abbrennenden, rußenden großen Unschlittkerze hing oben neben der Treppe und diente weniger als Licht, als eben dazu, andere Kerzen zu entzünden. Bevor Ada den Docht an die Flamme halten konnte, hörte sie, wie unten leise eine Tür geöffnet und geschlossen wurde. Neugierig blickte sie die Treppe hinab. Ein Mann ging auf leisen Sohlen durch die dunkle Halle und zur Vordertür hinaus. Sie erkannte den dunklen Zopf und die breiten Schultern und vermutete, dass Lenz so schlaflos war wie sie.

Einen Moment zögerte sie, dann huschte sie ihm nach. Er hatte mindestens so viel Schuld an ihrer Unruhe wie die

Soldaten und Marodeure. Vielleicht sprach er sich in der Dunkelheit eher mit ihr aus als bei Tag.

Es war draußen kälter, als sie gedacht hatte. Sie fing in ihrem Nachtgewand und dem dünnen Umhang sofort an zu frieren.

Lenz war auf dem Hof nicht zu sehen. Das ganze Anwesen absuchen wollte sie in der Kälte nicht. Sie hatte gedacht, dass er vielleicht die Wachen besuchen würde, doch Frau Schwarke, die den Turm vorne besetzt hatte, stand mit dem Rücken zum Hof allein da oben und tat ihren Dienst.

Ada ging in Richtung Kapelle. Der Mond war beinah voll, und der Himmel war klar, sodass es draußen heller war als drinnen.

Die Leiter bei der kleinen Tür konnte sie daher schon sehen, während sie selbst noch im Schatten zwischen Backhaus und Kapelle war. Der Wachtposten stand nicht auf der Leiter, was sie nicht überraschte. Kein Mensch hielt es aus, stundenlang auf einer Leitersprosse zu verharren. Hans Flügge war allerdings nicht weit fort, er stand mit der Schulter an die Wand gelehnt und wandte ihr ebenfalls den Rücken zu. Zuerst dachte sie, er schliefe im Stehen, den Kopf nach vorn geneigt, dann sah sie, dass er seine Hand vor sich bewegte. Als hätte er gerade Wasser gelassen und wolle sich wieder anziehen, doch ganz passte die Bewegung nicht dazu. Ada überlief ein heißer Schauder, als sie begriff, und zog sich langsam wieder zurück. Ausgeschlossen, dass Lenz hier vor kurzem vorübergekommen war.

Weil sie gerade bei der Kapelle war, warf sie einen Blick hinein. Lenz dort zu finden, erwartete sie nicht. Er hatte sich bisher unbesorgt um sein Seelenheil gegeben. Nicht unbesorgter als sie selbst, wenn sie ehrlich zu sich war. Nicht einmal hatte sie in Lüneburg eine Kirche besucht. Dabei hatte sie doch noch auf dem Weg dorthin zum Himmel gefleht.

Um die Andacht nachzuholen, war es allerdings nicht der richtige Zeitpunkt. Es war finster in der Kapelle, und die Ahnengruft der von der Wenthes war ihr unheimlich. Vierzehn Kinder hatten die ersten Wenthes des Gutes gehabt, und alle lagen in der Gruft. Der größere Teil war nicht über das Kindesalter hinausgewachsen. Dennoch fühlte Ada etwas wie Neid. Sie selbst würde nicht ein einziges Kind haben, so wie sich ihr Leben entwickelte. Es sei denn, sie fand ihren Gatten und überzeugte ihn vom Gegenteil. Notfalls, indem sie sich ihm unziemlich an den Hals warf.

Sünde wäre es weniger als das, was Hans Flügge an der Mauer tat. Ihr erster Gatte hatte ihr erklärt, dass Männer ihr Bedürfnis nicht immer leicht ersticken konnten. Sie hatte daher ein gewisses Verständnis, wollte aber auf keinen Fall jemanden bei so einer sündigen Ablenkung überrumpeln. Entsprechend vorsichtig ging sie weiter. Die Stalltür bei den Milchkammern stand offen, sie schlich hinein. Hier war es dunkel, nur das Mondlicht, das durch die Tür hereinschien, machte Formen sichtbar.

Auch die alte Milchkammer war offen, und darin hörte sie Schritte hin und her tappen, ein Rascheln und das leise Scheppern eines leeren Zinnkruges, der auf Stein gestellt wurde.

Nun kam ihr der unerkannte Verbrecher in den Sinn, und sie schalt sich leichtsinnig, dass sie überhaupt in der

Nacht allein herumlief. Aber da sie nun einmal dort war, wollte sie nicht feige sein. Während sie vorsichtig nähertrat, begann in der Milchkammer ein Gewisper. Obwohl ihr sogleich klar war, dass sie ihre Nase nicht weiter in die Sache hineinstecken sollte, spähte Ada um die Ecke und lauschte.

Da stand er, schräg mit dem Rücken zu ihr. Er hob die Arme und zog sein Zopfband fest, eine Geste, die sich ihr längst eingeprägt hatte.

Die hellhaarige Frau ihm gegenüber machte sich derweil an seinem Hosenbund zu schaffen und sah nichts anderes. Es war Grete. Die unwiderstehlich schöne und offensichtlich freigiebige blonde Grete.

Die Erkenntnis schnürte Ada die Kehle zu. Sie befahl sich zu gehen und konnte es nicht, stattdessen beobachtete sie, wie er Grete im Dunkeln um die Taille griff, sie auf den leeren Käsereitisch setzte, ihren Rock hochschob. Die Magd legte ihre Arme um seinen Nacken und ihre Beine um seine Hüften und ließ sich von ihm nehmen.

Stoßend und keuchend arbeitete er sich ab an ihr. Ada kehrte um und floh. Mit gerafftem Nachthemd rannte sie über den Hof, zurück ins Haus, die Treppe hoch.

Wie konnte er das tun? Wenn es nicht zu ändern war, dass er sie nicht wollte, so hätte er sich doch zurückhalten müssen, bis er fort war und nicht ... Ausgerechnet diese schamlose, dreiste ... schöne ...

Sie zitterte und kroch voll Verzweiflung in ihr Bett zurück, das jede Wärme verloren hatte. Sie war immer allein gewesen, doch so einsam wie in dieser Nacht hatte sie sich vorher nie gefühlt.

Der Schlaf mied Ada bis zum Morgen, dann mühte sie

sich nicht länger, sondern stand auf und ging in den Kleinen Saal, wo die höhergestellten Bewohner des Hauses ihre Mahlzeiten einnahmen.

Immerhin hatte die Nacht ihr die Erkenntnis eingebracht, dass ihr Gatte abscheulich war. Sie fühlte keine Neigung mehr, ihm nachzulaufen.

Deshalb war es ein neues Ärgernis, dass er ausgerechnet zu dieser Zeit schon mit Christopher und Dierk beim Frühstück saß. Sie hörte ihn durch die Tür hindurch. Es kostete sie Überwindung, aber ihre Erbitterung trieb sie vorwärts. Weit schwungvoller, als sie sich fühlte, betrat sie den Raum. »Guten Morgen.«

Christopher und Dierk grüßten lächelnd zurück.

»Hm«, sagte Lenz. Zu ihrer Genugtuung sah er noch schlechter aus, als sie sich fühlte: müde, zerknittert und ungepflegt. Ihrem Blick wich er aus.

Sie setzte sich wortlos an den Tisch und nahm Brot und Schmalz.

»Hast du mit Vogt gesprochen?«, fragte Lenz, weiterhin, ohne sie anzusehen. Er zerkrümelte dabei einen Rest Brot auf seinem Brett.

»Wir haben nicht zu viel Brot«, sagte sie scharf.

Sein Kopf zuckte hoch, nun sah er sie an, dafür wich sie aus und tat, als bemerkte sie seinen Blick nicht. »Hast du oder hast du nicht? Muss ich es für dich tun?« Ungehalten und übel gelaunt war seine Stimme.

Ada schnitt sich eine dicke Scheibe von dem harten Käselaib ab. Es ging schwer, doch der Zorn gab ihr Kraft. »Ich werde zurechtkommen. Ohne Vogt. Und ohne dich.«

Ein Ruckeln, Scharren, Klirren. Unbeherrscht hatte Lenz sein Schneidebrett von sich geschoben und sich im Stuhl zurückgeworfen. »Wenn du Vogt nicht wieder einstellst, bist du nicht bei Vernunft.«

Christopher räusperte sich und hob beschwichtigend die Hand. »Lenz …«

»Was? Willst du sagen, sie ist nicht klüffelwitzig, wenn sie den Mann wegschickt? Als würden fähige Männer in diesem Land noch leicht zu finden sein. Wer soll dich den Kaufleuten oder Bauern gegenüber vertreten, Konrade? Oder den Soldaten? Ich bestehe darauf, dass du Vogt einstellst, und damit ist die Sache beschlossen.«

Ada legte die Hände flach auf den Tisch, richtete sich auf und begegnete seinem Blick. »Auf meinem Besitz beschließe ich selbst. Nicht du.«

Er fuhr in seinem Stuhl hoch, richtete sich ebenso auf wie sie. Erst fiel seine Faust mit gebremster Kraft auf den Tisch, dann drohte er mit dem Zeigefinger. »Beschließe selbst, wenn ich fort bin, du grünes Weibsbild. Dann muss ich den Schaden nicht mehr sehen.«

Entrüstet zog Ada die Luft ein. »Willst du keinen Schaden sehen, dann sieh einfach zu, dass du schneller fortkommst, du überheblicher …«

»Ada!« Mit gequälter Stimme bremste Christopher sie, dann wandte er sich an Lenz. »Du kannst ihr nicht vorschreiben, dass sie mit dem Mann einig wird. Ich finde ihn selbst nicht angenehm und würde …«

»Wer sagt, dass er ihr angenehm sein muss? Es geht ums Geschäft, und wo es ums Geschäft geht, da muss einem ein Mann nicht angenehm sein. Nicht wahr, Ada?«

Ada war so wütend, dass ihr Herz hämmerte. Am liebsten hätte sie ihren Becher nach Lenz geworfen und das Brett gleich hinterher. »Ganz recht, so geht es mit den Geschäften. Aber wenn ich einen Wagen von einem unangenehmen Mann gekauft habe, dann lasse ich mir von dem gewiss nicht vorschreiben, welches Pferd ich davorzuspannen habe.«

Das verschlug den Männern die Sprache, nur Dierk fing an zu husten, er hatte sich verschluckt. Er hustete, bis er einen roten Kopf bekam vor Atemnot und Ada besorgt aufstand, um ihm den Rücken zu klopfen. Dabei hatte sie den Verdacht, dass der Junge nur deshalb mit dem Husten nicht aufhören konnte, weil er zwischendurch lachen musste und das nicht zeigen wollte. Sanft zog sie ihn am Arm hoch. »Geh in die Küche und trink etwas Wasser.«

Anschließend nahm sie ihr Brot, ihren Käse und ihren Becher mit Dünnbier, um ihm zu folgen.

Christopher war sichtlich hin- und hergerissen zwischen dem Wunsch, mit ihr zu gehen und dem, bei Lenz zu bleiben. Er blieb, und Ada verließ den Raum, mit schwachen Knien, doch auch ein wenig stolz darauf, sich behauptet zu haben.

Sobald sie aus der Tür war, ließ Lenz sich wieder gegen seine Stuhllehne zurückfallen.

Der Tag hatte schlecht begonnen und war erwartungsgemäß schlecht weitergegangen. Eine ganze schlaflose Nacht hatte Ada, Ada, Ada ihn so gequält, dass er die Hand zwei Mal an seiner Türklinke gehabt hatte, um zu ihr zu schleichen und es darauf ankommen zu lassen; so gequält, dass er sich aus der Not heraus schließlich anderweitig hatte behelfen müssen.

Es hatte nichts genützt. Beim ersten Licht war er wieder aufgestanden, hatte in den kleinen Spiegel gesehen, den sein Vater neben der Tür hängen hatte. Manche Prediger in England behaupteten, der Teufel hätte den Spiegel erfunden. Nun, der Teufel hatte vielleicht den für die Schönheiten erfunden. Die Spiegel für den Rest der Menschheit waren Gottes Strafe oder seine Mahnung zur Demut. Er hatte überlegt, ob Ada ihn äußerlich anziehend fand, und es bezweifelt.

Und nun hatte sie ihm bestätigt, dass sie ihn auf keine Art anziehend fand. Er konnte sich glücklich preisen, dass er es in der Nacht nicht bei ihr versucht hatte. In seinem Zustand wäre er ihr womöglich an die Kehle gegangen, wenn sie ihn so abgefertigt hätte. Wo war sie hin, seine Vernunft?

»Ich weiß nicht, was mit dir los ist.« Christopher war bleich und sah ihn vorwurfsvoll an. »So kenne ich dich nicht, und ehrlich, so will ich dich nicht kennen. Sie hat dir nichts getan, und du behandelst sie, als ob du sie verabscheust. Das hat sie nicht verdient. Sie ist eine liebenswerte, anziehende und anständige …«

»Lass mich in Ruhe mit ihr.« Lenz stand mit einem Ruck auf. Christopher hatte früher nie Streit mit ihm gesucht, er hatte den großen Ziehbruder und dessen Ansichten bewundert. Lenz hatte geahnt, dass sich das jetzt ändern würde.

»Das kann ich nicht«, sagte Christopher. »Ich kann mir dieses Spiel nicht länger mit ansehen. Ich dachte, wir würden Ada etwas Gutes tun, aber nun wünschte ich, dass ich dir die Sache nie vorgeschlagen hätte. Du hast gesagt, du willst Wenthe nicht haben, willst bloß, dass dein Onkel es nicht bekommt. Ich dachte, wir würden hier alles tun, damit Ada sich ein neues Leben aufbauen kann. Aber ich glaube nicht mehr, dass das richtig ist. Lenz, es ist hier zu gefährlich für sie. Das wird auch Vogt nicht ändern, wenn sie ihn einstellt. Im Gegenteil, er könnte sie in größte Schwierigkeiten bringen, falls er nicht vertrauenswürdig ist. Stell dir vor, er würde mit den Marodeuren gemeinsame Sache machen. Oder bloß gegen ihre Wünsche handeln ... Sie hätte doch niemanden, der sich auf ihre Seite stellt.«

Es besänftigte Lenz kein bisschen, dass Christopher ausgerechnet in jenem Moment die Bedenken aussprach, mit denen sein eigenes Gewissen sich seit Tagen herumschlug. Er schnaubte verächtlich. »Sie wird lernen, ihre Seite selbst zu vertreten. Was willst du tun – hier bei ihr bleiben und sie mit deinem Degen verteidigen?«

»Das würde ich eher tun, als sie allein lassen. Ich verstehe nicht, wie du so gleichgültig sein kannst. Sie hat dir das Leben gerettet.«

»Dafür schenke ich ihr immerhin ein Gut.«

»Ein Gut, das sie vielleicht das Leben kosten wird. In Wahrheit bist du überzeugt davon, dass der Besitz wertlos ist, solange der Krieg hier dauert. Oder warum hast du ihr bis jetzt keinen Kredit angeboten? Warum tust du so, als müsse sie die Kühe zu Geld machen, um Brot für das Gesinde heranzuschaffen? Du könntest es dir leisten, diesen verdammten Besitz zu verkaufen und ihr in England einen zehnmal besseren zu beschaffen, wo sie sicherer wäre und man ihr helfen könnte.«

»Wo, zum Teufel, glaubst du, werde ich einen Käufer für diesen Sandfleck finden, solange mein Onkel seine Krallen danach ausstreckt? Und du weißt, dass ich ältere Verpflichtungen habe. Du überschätzt mein Vermögen, wenn du denkst, ich könnte noch eine Frau aushalten.«

Nun sprang Christopher auf und schleuderte sein Fingertuch auf den Tisch. »Das ist es eben. Mehr Respekt hast du nicht vor ihr. Noch eine Frau, die du aushalten müsstest! Ada hat Besseres verdient, Lenz. Mit etwas Unterstützung könnte sie für sich selbst sorgen.«

»Dann kann sie es ja auch hier lernen. Gibt es eine bessere Möglichkeit für sie, sich zu beweisen? Hast du sie gefragt, ob sie mit gleicher Begeisterung nach England gehen würde? Mir scheint es doch eher so, dass sie froh wäre, uns endlich los zu sein.«

»Ich werde sie fragen.«

»Ich habe nicht gesagt, dass ich es anbiete.«

»Dann werde ich es ihr anbieten.«

»Vergiss nicht, dass sie mit mir verheiratet ist.«

Darauf erwiderte Christopher nichts, sah ihn bloß mit eisiger Verbitterung an. Einen Augenblick später knallte die Tür hinter ihm ins Schloss.

Lenz schlug sich beide Hände vors Gesicht und schüttelte den Kopf. Er kannte sich selbst nicht mehr. Wie konnte man sich derart verrennen und so viel sagen, was man nicht meinte? Aber was, zum Teufel, meinte er?

Die Soldaten ließen sich den ganzen Tag nicht in der Nähe des Gutes sehen. Dennoch blieben alle Bewohner innerhalb der Mauern. Ada putzte gemeinsam mit den Bauersfrauen und Kindern die Vorratsräume im Keller und neben der Küche. Sie hatte genaue Vorstellungen davon, was die leeren, sauberen Bretter im Laufe der kommenden Monate füllen sollte, und besprach ihre Pläne mit ihren Helferinnen.

Die Frauen Flügge und Schwarke waren völlig ungebildet, doch wie man aus fast nichts ein wenig machte, das wussten sie. So rieten sie Ada, auch das wilde Kraut in ihre Rechnung mit einzubeziehen, das man im Wald finden konnte. Eicheln, Bucheckern und wilde Wurzeln waren zwar schwer zu genießen, schützten aber in der Not eine Weile vor dem Hungertod. Und kam die Not nicht, war die Arbeit nicht vergeudet, solange es noch ein Schwein gab, das diese Vorräte fressen konnte.

»Wie ist es mit der Jagd?«, erkundigte Ada sich, doch da wurden die Frauen rot.

»Jagen hat der gnädige Herr nicht geduldet. Das steht uns nicht zu.«

Ada stellte ein braunes Steingutfass für Sauerkraut zurück in das Regal und wandte sich den Frauen zu. »Ich habe das Jagdrecht auf meinem Land und darf bestimmen, dass eure Männer auf die Jagd gehen sollen, so gut sie eben können. Nur müssen die Hasen in der großen Küche landen, damit alle etwas davon bekommen.«

Sie erntete ungläubige Blicke. »Wird das dem jungen Herrn Graf denn recht sein?«

»Der junge Herr Graf wird nicht hier sein. Sollten die Hasen auf den Herrn warten, würden sie darüber grau werden und das Hakenschlagen verlernen.«

Die Frauen lachten, aber Ada hörte eine leichte Unsicherheit darin, als könnten sie es sich nicht recht vorstellen, ohne einen Herrn zu leben.

Die Furcht vor den Soldaten war berechtigt. Das bestätigte sich, als am Abend der Schäfer ans Tor kam, unter jedem Arm ein hungrig blökendes Lamm.

Er hatte den Soldaten kampflos die letzten achtzehn Schafe überlassen, nachdem sie seinen Hund totgeschlagen hatten. Die beiden schwachen Lämmer waren nur übriggeblieben, weil er sie auf seinem Karren gehabt hatte, um sie vor den Füchsen zu schützen und vor dem alten Wolf, der manchmal aus den Wäldern geschlichen kam.

Ada bot ihm Schutz und Unterkunft an und beschimpfte sich innerlich dafür, dass sie nicht früher daran gedacht hatte, ihn mit den Schafen hinter die Mauern zu holen. Die Hälfte der Herde hatte ihr gehört.

Bei dem Gespräch, das sie mit dem Schäfer auf dem Hof führte, spürte sie Lenz' Blicke, die sich in ihren Rücken bohrten, als würde auch er sie stumm für die Sache beschimpfen. Dabei hatte er den einsiedlerischen Schäfer selbst vergessen.

Mochte ihm ruhig alles missfallen, was sie tat, dachte sie dann. Je mehr er sich darüber ärgerte, dass sie ohne ihn entschied, desto besser. Je unzufriedener und garstiger er sich deswegen verhielt, desto weniger Mühe würde sie haben, sich nachts im Bett daran zu erinnern, dass sie ihn nicht leiden konnte.

Zu ihrem Leidwesen konnte sie an dieser Gewissheit tatsächlich nur genau so lange festhalten, bis sie im Bett lag. Dann stellte sie fest, dass sie sich trotz allem nach ihm sehnte.

Sie hatte die Kerze noch nicht gelöscht, beobachtete die tanzenden Schatten auf dem hellen Stoff des Betthimmels. Gelb war er wohl einmal gewesen, mit zartgrünen Ranken, nun war er ausgeblichen und von derselben Farbe wie Zeltleinwand im Mondlicht.

Es half nichts, sie wurde ihren Kummer nicht los.

Sicher lag es nur daran, dass jener Mann, an den sie besser keinen Gedanken mehr verschwenden sollte, zu einer

Zeit in ihr Leben geplatzt war, in der sie sich ohnehin nach jemandem gesehnt hatte. Sicher lag es gar nicht an ihm.

»Dann wende dich doch Christopher zu«, sagte eine feine, gehässige Stimme in ihr, »den kannst du wahrscheinlich haben.«

Sie seufzte. Früher, bei den von Bardelebens, hatte sie sich bei Kerzenschein an ihr Stickzeug gesetzt, wenn sie nicht schlafen konnte. Sie hatte immer Kerzenreste dafür gesammelt.

Ihr Handarbeitszeug lag in dem großen Deckelkorb in der Zimmerecke. Seit sie aus Celle abgereist war, hatte sie es nicht angerührt. Sie würde es auch jetzt nicht hervorholen.

Das anstößige Buch von dem Italiener zu haben, wäre nun gut, dachte sie, das hätte sie gewiss abgelenkt. Dann fiel ihr etwas Besseres ein: die Briefe aus der Spielzeugschachtel.

Bevor sie den Einfall in die Tat umsetzen konnte, spuckte und zischte ihre Kerze und verlosch wegen des schlechten Talgs oder des schlechten Dochtes. Bei den von Bardelebens hatten zu besseren Zeiten in den Herrschaftsräumen nur Wachskerzen gebrannt. Sie ertappte sich dabei, dass sie sich dorthin zurückwünschte, obwohl sie sich aus jenem Haus, über ihr Stickzeug gebeugt, stundenlang fortgeträumt hatte. Nun erschien ihr das Haus des kalten, steifen Großvaters Bardeleben und der mürrischen, verkniffenen Großmutter wie ein sicherer Hafen. Aber es gab kein Zurück.

Es half nichts. Sie war entschlossen, die Briefe zu lesen, also brauchte sie eine neue Kerze, und die fand sie am leichtesten in der Küche.

Nachts war sie noch nie in der Küche gewesen. Erst vor der Tür fiel ihr ein, dass eine von den alten Frauen vielleicht auf der Bank schlief. Für Köchinnen und Küchenmägde war das üblich, und sie mochten es den klammen, schimmligen Kammern des Gesindeflügels im Obergeschoss vorziehen.

So würde sie eben schleichen, dachte Ada und öffnete die Tür.

Eine alte Frauenstimme summte ein monotones Lied. Es war die Behnsche. Sie hatte sich einen Stuhl an die offene Ofenklappe gestellt, von wo ein sparsames Feuerchen mehr Wärme als Licht verbreitete, und strickte. Ohne hinzusehen verarbeitete sie mit flinken Nadeln dünne, dunkelbraune Wolle zu langen Strümpfen. Ada hatte ihre saubere Arbeit schon früher bewundert.

»Guten Abend, Behnsche.«

Das Summen brach ab, einen Augenblick war alles still bis auf das hölzerne Klappern der Stricknadeln.

»Hmm, hm, hm. Frau Agnes. Haben wir Kummer?«

Ada schwieg gebannt, stellte die Behnsche nicht richtig, doch die tat es gleich selbst. »Vergebung, gnädige Frau. Welkmal is 'n Dörchenanner in mien Kopp. Do sünd se denn all wedder dor.«

Ada verstand sie inzwischen recht gut, nur dann und wann konnte sie sich auf verschluckte Silben keinen Reim machen. Ihr Eindruck war, dass im Kopf der alten Frau nur selten ein »Dörchenanner« herrschte. Sie schloss die Küchentür hinter sich, rückte einen zweiten Stuhl an den Ofen, setzte sich und zog ihren Umhang zurecht. »Du hast wohl viele Menschen hier gekannt, Behnsche?«

»Ja, ja. Alle habe ich sie nicht selbst gekannt, aber die

Geschichten, die schon. Die hat mir meine Mutter hier in der Küche erzählt. Noch von wo der Herr von Wenthe ein Ritter war, in all seinem Eisenzeug. Ein räuberischer Mann war das, hat einfach genommen, was er wollte. Gegruselt hab ich mich als lütte Dirn vor dem. Wusst' ich noch nicht, wie schlimm alles kommen wird, mit dem Land.

Keinen Freund auf der Welt hat der Ritter gehabt. Aber vierzehn Kinder. Da, in der Kapelle liegen sie alle, die Kleinen wie die Großen. So viele tote Kinder liegen hier auf dem Fleck. Ich hoff immer, die haben keinen Groll. Manchmal sehe ich die blassen Gesichter, wie sie böse sind. Ganz bange wird mir da.«

Ada beugte sich vor und tätschelte ihr das Knie. Erschreckend dürr fühlte es sich unter dem grauen Rock an. »Warum hätten die Kinder denn einen Groll? Gab es hier so viel für sie zu leiden?«

»Hm, hm. Datt die lütten Kinners Engel sind, das sagt man ja nur so, nech? In Wahrheit können die meisten auch eigensüchtige Biester sein und haben immer einen Groll. Hatten gewiss auch noch nicht Verstand genug einzusehen, was ihnen alles erspart blieb, dadurch, dass der Herrgott sie früh zu sich nahm. Ich wär ja manches Mal schon dankbar gewesen, wenn er's für mich getan hätt'.

Nehmt mal den Bruder vom jungen Herrn, der hat leben wollen, bis zum Schluss, obwohl er gelitten hat. Geschrien hat er, der Pastor soll weggehen, als der für den letzten Segen kam.«

»An was ist er denn gestorben?«

»Bauchkrämpfe hatte er. Lag eine Woche damit. Ich seh die Frau Agnes noch am Bett sitzen, weißer als die Laken. Wenn eine nur zwei Kinder hat und keines verloren, dann ist sie noch weich. Andere habe ich auch schon gesehen, die waren es nicht mehr, und das ist noch nicht so lange her. Aber davon wollen wir man nicht reden, sonst denken gnädige Frau noch, ich wär respektlos. Steht unsereins ja auch wirklich nicht zu, sich über die Wege der Herrschaften zu wundern.«

Ihre Stricknadeln hatten die ganze Zeit weitergeklappert, während sie sprach, und taten es auch nun, als sie schwieg.

Ada fühlte sich noch wacher als zuvor, und sie ahnte, dass die alte Frau nur auf eine Genehmigung wartete, um weiterzuerzählen. »Ich werde dir die Wahrheit nicht übelnehmen. Wessen Kinder sind denn hier in letzter Zeit gestorben?«

»Hm, hm. Wenn ich Euch das erzähle, darf es Euch nicht gegen den jungen Herrn einnehmen. Ich seh nicht mehr gut, aber so viel doch, dass er keine Ähnlichkeit mit seinem Vater hat.

Einmal saß er hier bei mir in der Küche, seit er ein Mann ist, über die Seele kann man da nicht viel wissen. Aber als Junge hat er öfter hier gesessen, da war er ein Guter. Hatte ein weiches Herz, mehr als sein Bruder, obwohl der als kleines Kind auch nicht böse war. Sie hatten eine freundliche Mutter, das merkte man.

Und der alte Herr Ludwig war da auch noch nicht so hart. Das fing erst an, als der Rudolph ins vernünftige Alter kam, und dann sollte er lernen und konnte es aber nicht so gut, wie der Herr wollte. Da wurde es manchmal arg. Ich glaube, deshalb hat Frau Agnes den Kleinen weggeschickt, nachdem der Große tot war. Da kam der Krieg recht. Sie war ja denn auch schon krank, und auch wenn es den Jungen hart ankam, er ist wohl so besser aufgewachsen, als er's hier wäre. Der Herr Winter, der ihn abgeholt hat, war so ein Herzensfreund von der gnädigen Frau, das hat sie mir einmal gesagt. Im Geheimen, aber nun schadet es ja wohl niemandem mehr.

Der Junge hat nicht geweint, als er fortmusste, war ganz ernst. Fragte nur, warum die Mutter nicht mitkäme, wenn es doch in England sicherer wäre.«

Wieder schwieg sie, bemerkte offenbar nicht, dass Adas Frage nicht beantwortet war. »Du wolltest von den anderen toten Kindern erzählen.«

»Ah, die. Ja. Das waren die, die später kamen, nachdem Frau Agnes gestorben war. Der Graf machte es, wie sie es eben machen. Darüber spricht man ja nicht, aber wissen tun es doch alle. Erst war es Luises Mutter, denn, als die tot war, ihre große Schwester. Heinrike. Und der Herr hatte so eine Art, die Kinder nicht zu bemerken, die da auf die Welt kamen, dass es immer mal an Milch und Brot fehlte, und an Medizin sowieso. Fünf Kleine sind über die Jahre krank geworden und gestorben. Und als er mit Heinrike aneinandergeriet, hat er sie mit dem letzten Kind vom Hof gejagt, ein Junge war's. Ich weiß nicht, was geworden ist aus den beiden.«

Ada wäre bei diesen Enthüllungen beinah der Mund offen stehen geblieben, aber sie beherrschte sich. »Es wundert mich dann nicht, dass Luise immer so einen wütenden Eindruck macht. Weißt du denn, was mit der kleinen Aegidia ist? Ist sie auch so ein Kind, das der Herr nicht bemerkt hat?«

Die Behnsche presste ihre faltigen Lippen zu einem spöttischen Lächeln zusammen und lachte vier-, fünfmal tonlos in sich hinein. Dabei wippte sie vor und zurück, und zum ersten Mal kamen ihre Nadeln aus dem Takt. »Wenn gnädige Frau mich fragen, ist das ein Kind, das ein anderer nicht bemerken will. Aber sicher kann man sich nicht sein. Und nu geht Ihr man zu Bett, dass Ihr nicht auch noch krank werdet.«

Ihre Nadeln klapperten wieder gleichmäßig, sie verfiel in ihr monotones Summen, und Ada fühlte sich unmissverständlich entlassen. Für den Moment reichte ihr ohnehin, was sie gehört hatte, nun wollte sie noch dringender die Briefe lesen. Daher ging sie zum Küchenschrank und nahm eine Kerze heraus. Die Kerzen wurden knapp und sollten gespart werden, aber diesen kleinen Luxus wollte sie sich als Hausherrin gönnen. Über ihr Licht bestimmen zu können, hatte sie sich immer gewünscht.

In Gedanken war Ada schon in ihrem Zimmer, als die Behnsche mit dem Summen wieder aufhörte und noch einmal sprach.

»Ich frage mich nur, ob gnädige Frau Gräfin wissen, auf was gnädige Frau sich einlassen. Man sagt, Ihr würdet hierbleiben, wenn der junge Herr abreist. Werdet Ihr ohne Mann denn glücklich? Ihr werdet hier kein leichtes Leben haben.«

Ada schob die Kerzenkiste zurück in den Schrank. »Ich habe keine Wahl. Gute Nacht, Behnsche.«

Auf dem Weg die Treppe hinauf dachte sie darüber nach, ob sie eine Wahl hatte. In den friedlichen Zeiten, die in diesem Land fast alle nur noch vom Hörensagen kannten, hätte sie das Gut vielleicht verpachten können, sich in der Stadt ein kleines Haus einrichten und vom Zins ihres Vermögens leben, so gut eine Frau eben allein leben konnte.

In den friedlichen Zeiten, in denen das möglich gewesen wäre, hätte es allerdings keine Veranlassung dazu gegeben. Dann hätte sie auch ohne Angst auf dem Gut bleiben können.

In ihrem Zimmer vergaß sie ihre Überlegungen. Flink tauschte sie die Kerze aus, dann kroch sie mit den Briefen in der Hand unter die Bettdecke und las:

1609

Liebste Agnes,
von Herzen beglückwünsche ich Dich zur Geburt Deines Sohnes. Es war mir eine große Freude, einige Geschenke für Euren Stammhalter auszusuchen, und ich hoffe, dass sie Eure Zustimmung finden. Dein Gatte muss außer sich sein vor Stolz, so rasch und ohne grässliche Komplikationen seinen Erstgeborenen von Dir erhalten zu haben. Sicher wird das Kind Euch die Nähe bringen, die Du bisher in Deiner Ehe noch ein wenig vermisst hast.
Ich kann nur froh sein, dass diese Nähe sich zwischen Henry und mir längst eingestellt hat, obwohl ich ihn bisher nicht auf die gleiche Weise glücklich machen konnte. Von meiner letzten Fehlgeburt habe ich mich noch nicht recht erholt, weder körperlich noch in Gedanken. Vielleicht hältst Du es für albern und übertrieben sentimental, und der Vikar hielte es bestimmt für ketzerisch, aber es war mir, als hätte das Wesen, das noch gar kein Kind war, als ich es verloren habe, doch schon eine Seele gehabt. Glaubst Du, der liebe Gott kann so grausam sein, diese winzige Seele von sich zu weisen? Die Frage beunruhigt mich.

Wie werde ich unser Kind lieben, wenn es uns endlich geschenkt wird! Aber das kannst Du sicher verstehen, denn ich kann es mir nicht anders vorstellen, als dass Du eine wunderbare Mutter für Deinen kleinen Sohn bist.
Henry hat ein solches Mitgefühl mit mir, weil ich mich nach einem Kind sehne, dass er schon anbot, wir würden fremde Waisen annehmen, wenn uns am Ende keine eigenen Nachkommen gegönnt werden. Er ist ein so liebenswerter Mensch, mit so einem großen Herzen, und dabei doch ein brillanter Geschäftsmann. Ein Grund mehr, warum ich uns Kinder wünsche – er wäre ein bewundernswerter Vater.

1611

Liebste Agnes,
zu meiner Freude hat mein geliebter Bruder sich bereitwillig angeboten, Dir einen Besuch abzustatten. So kann er Dir persönlich diesen Brief und ein Geburtstagsgeschenk bringen, um dessen Beförderung ich mir Sorgen gemacht hatte. Die Jacke, die ich Dir auf diesem Wege schicke, ist in London gefertigt, von einem derzeit hochangesehenen Tailleur. Ich konnte der Pracht seiner Werke nicht widerstehen und habe mir selbst dort etwas fertigen lassen. Es gefiel mir so gut, dass ich beschloss, Du musst ein ähnliches Stück erhalten. Hoffentlich gefällt es Dir so sehr wie mir.
Georg war neugierig darauf, Dich nach all der Zeit wiederzusehen. Es ist ja nun schon so lange her, dass ich Henry hierher gefolgt bin, und manchmal habe ich den Eindruck, dass Georg inzwischen mehr Zeit

in Bristol verbringt als in seinem Geschäft in Lübeck oder bei den Eltern in Celle.

1612

Ich weiß, ich sollte mich freuen, dass Du in Georg so einen guten Freund wiedergefunden hast, leider sorge ich mich dieser Tage um ihn. Es beunruhigt mich, dass unsere Eltern mir bereits in misstrauischem Tonfalle in einem Brief mitteilen, dass mein Bruder so oft bei ihnen weilen würde und dann unter Nennung dürftiger Gründe tageweise abwesend wäre. Er selbst lässt bei mir kaum noch von sich hören, was ganz ungewöhnlich für ihn ist.
Liebste Agnes, Du wirst es mir doch immer schreiben, wenn Dir etwas auf dem Herzen liegt, nicht wahr? Ich würde alles tun, um dir zu helfen, falls es sich um eine Schwierigkeit handelt, für die es eine Lösung gibt. Ich wünsche mir sehr, dass Dich Schwierigkeiten anderer Art nie betreffen werden.

1613

Liebste Agnes,
ich bin kaum in der Lage, einen sinnvollen Satz zu Papier zu bringen. Was soll ich Dir zuerst mitteilen? Zu viele Gefühle stürmen auf mich ein. Freude für Dich, über Deinen zweiten Sohn. Neid, weil mir dieses Glück weiterhin verwehrt bleibt. Erleichterung, weil Du mit Vernunft und Entschlossenheit eine kluge Entscheidung getroffen hast. Denn klug war sie sicher. Ob sie die glücklichste war, wird man nie wissen. So groß wie die Erleichterung ist allerdings der Kummer

über den traurigen Zustand meines Bruders, der seit einer Weile wieder bei uns im Land weilt. Er ist freudlos und rastlos; es zieht ihn in die Ferne. Ich hoffe, er wird bald ein Glück finden, das ihm seine Ruhe und frühere Freundlichkeit zurückgibt. Denn es ist leider so, dass er sich gerade gegen mich wie ein Scheusal benimmt. Als hätte ich an seinem Unglück Schuld.

1614

Liebste Agnes,
gerade gestern sind wir aus London zurückgekehrt. Wie gern würde ich Dir einmal diese beeindruckend große Stadt mit ihren prächtigen und grauenhaften Seiten zeigen. Das Angebot an Waren ist schier überwältigend.
Georg hat endlich aufgehört, sich wie ein Scheusal zu benehmen. Bevor ich letzte Woche mit Henry nach London aufgebrochen bin, haben wir uns lange unterhalten. Am Ende hat er sich nach Deinem Befinden und dem Deines Sohnes erkundigt. Ich habe ihm erzählt, was Du mir von der prächtigen Entwicklung des kleinen Lorenz berichtet hast. Er hat einiges nachgefragt, mehr, als ich ihm beantworten konnte. Hat der Junge noch blaue Augen, oder haben sie die Farbe gewechselt? Kurz: Mein lieber Bruder bemüht sich, wieder ein vernünftiger Mensch zu werden, mit dem man Worte wechseln kann.

1615

Ich hatte ihm abgeraten, Agnes, das musst Du mir glauben. Ich wusste genau, dass es für ihn mit einem

furchtbaren Rückfall enden würde. Und es tut mir so leid für Dich, beim lieben Herrgott. Tausendmal habe ich mich inzwischen dafür verwünscht, dass ich ihm den Brief gezeigt habe, in dem Du Lorenz beschreibst. Er war so aufgewühlt davon, dass auch ich in dem Moment begriffen habe.
Was hätte ich tun sollen, um ihn aufzuhalten?
Verzeih mir, liebste Freundin. Es macht die große Entfernung zwischen uns und der Umstand, dass wir uns so lange nicht gesehen haben, dass ich tatsächlich nicht ahnte, wie es um Dich bestellt ist. Nicht einen Augenblick hatte ich geglaubt, dass Du selbst so leidest. Ich bewundere Dich auf Knien dafür, dass Du es vor ihm verborgen hast und fest geblieben bist. Was Du über das verhärtete und kämpferische Naturell Deines Gatten sagst, lässt mir kalten Schweiß ausbrechen bei dem Gedanken, was hätte passieren können. Ich danke Dir.
Ich werde helfen, ihn zu heilen, das verspreche ich Dir. Ich wünschte nur, ich könnte das Gleiche für Dich tun. Du weißt hoffentlich, dass Du bei uns jederzeit willkommen wärest, sollte sich die Notwendigkeit ergeben, und Du musst wissen, wie ich Deinen kleinen Lorenz selbst aus der Ferne liebe, wie ich Deine beiden Söhne lieben würde, stünden sie vor mir.

1617

Endlich, endlich, liebste Agnes.
Bis heute habe ich nicht gewagt, Dir davon zu berichten, weil ich solche Angst hatte, dass meine Hoffnung wieder vergeblich sein würde:

Wir haben einen Sohn, einen gesunden Knaben, etwas leicht, aber mit einer lauten Stimme und wunderschönen Augen. Du kannst Dir unser Glück nicht vorstellen! Christopher haben wir ihn genannt.

1618

Es war ein Unglücksjahr für Dich, wie ich es mir schlimmer kaum vorstellen kann. Du musst mir glauben, wie ich mit Dir fühle. Jemand, der so lange auf ein Kind gewartet hat wie ich, kann vielleicht am besten verstehen, wie grauenhaft es ist, eines zu verlieren.

Nachdem ich Deinen Brief erhalten hatte, war Georgs Hochzeitstag ein Trauertag für mich. Du so unglücklich, in einem vom Krieg bedrohten Land, und er heiratet eine Frau, die ihn nicht mehr als zufrieden machen wird. Warum musste alles so kommen?

Ich wage heute nicht, Dir heiteres Geschwätz über mein Kind zu senden, und hoffe nur, dass Du noch Kraft hast, Deinen eigenen verbleibenden kleinen Sohn im Herzen zu halten.

1619

Agnes,

Du bist so bewunderungswürdig stark und klug, dass ich Angst habe, Dir zu widersprechen, aber ich wünschte, Du würdest es Dir überlegen und nicht nur Deinen Sohn zu uns schicken, sondern ihn selbst begleiten. Du weißt, wir werden ihn auf Händen tragen und ihn als das behandeln, was er ist, auch wenn Du nicht bei ihm bist. Aber auch wenn Du die Hoffnung für Dich aufgegeben hast, es mag hier in England vielleicht noch Medici geben, die eine Kur für Dich wüssten und Deine Zeit erheblich verlängern könnten. Du sagst, Dein Gatte würde Dich nicht fortreisen lassen und trotz Deiner Schwäche auf mehr Kinder von Dir hoffen, aber mein Verdacht ist, dass Du nicht versucht hast, ihn darum zu bitten. Du bestrafst Dich womöglich selbst, weil Du Dir die Vergangenheit nicht verzeihst. Ich aber würde Dich und unseren Lorenz in die Arme schließen und Dir wieder und wieder danken, weil Du es richtig gemacht hast.

Deine Katharina

Das Lesen bei Kerzenschein war wegen der kleinen Handschrift eine Anstrengung gewesen. Eins und eins zusammenzuzählen war dagegen ein Leichtes für Ada, auch wenn die liebenswürdige Katharina sich bemüht hatte, keine zu deutlichen Worte zu wählen.

Unerhört wie der Verdacht sein mochte, aber Adas Verstand und Gefühl sprachen dafür, dass Lenz kein leibliches Kind von Graf Ludwig von der Wenthe war.

Der Herr Winter war so ein Herzensfreund von der Frau Agnes. Im Geheimen. So hatte die Behnsche es genannt.

Und der Graf war ein harter Mann gewesen, dem sich Agnes nicht nahe gefühlt hatte.

Ada war christlich genug erzogen, um Agnes von der Wenthe im Fegefeuer zu sehen, wie es sich gehörte. Dennoch konnte sie ihr nachfühlen, warum sie den Gatten betrogen hatte.

Wie die Wirklichkeit so eines Ehebruchs aussah, konnte sie sich allerdings nicht vorstellen. Eine kluge Frau musste doch dafür sorgen, dass ihr Gatte glauben konnte, ihre Kinder gezeugt zu haben. Wie konnte so eine Frau dann aber je wissen, von wem ihr Kind stammte? War Agnes sicher gewesen, wer Lenz' Vater war?

Es musste die Ähnlichkeit sein. Die Behnsche war der Meinung, Lenz hätte keine mit dem alten Herrn, und der Brief mit einer Beschreibung des Kindes hatte Georg Winter so aufgewühlt, dass er Agnes gegen alle Vernunft erneut aufgesucht hatte.

War am Ende etwa auch der alte Graf darauf gekommen, dass Lenz nicht sein leiblicher Sohn war?

Kopfschüttelnd legte Ada die Briefe zusammen und verbarg sie mit der Schachtel wieder in der Truhe, dann blies sie das Licht aus und zog ihre Decke bis zum Kinn hoch.

Nun schien es ihr doch unrecht, dass sie die Briefe gelesen hatte. Was sollte sie anfangen mit diesem erschütternden Wissen, das sie mit niemandem teilen konnte?

Wenn es war, wie sie dachte, waren Lenz und Christopher echte Vettern. Und vor allem war Lenz eigentlich nicht der rechtmäßige Erbe Graf Ludwigs, und sie selbst hatte noch viel weniger ein Anrecht auf das Gut, als sie gedacht hatte. Es war keine Frage des Gesetzes, sondern des moralischen Empfindens. Wenn sie danach ging, gab es zumindest eine Person, die ein Anrecht hatte: der kleine Sohn von Luises Schwester, falls er noch lebte.

Gleich morgen würde sie Luise fragen, ob die beiden wirklich nicht auffindbar waren. Konnte man sie finden, musste sie ihnen zumindest eine Rückkehr anbieten.

12

Am nächsten Tag gab es zu viel Arbeit, als dass Ada mit Luise hätte sprechen können. Da die Soldaten sich weiterhin nicht blicken ließen, zogen alle Arbeitsfähigen hinaus, um frisches Futter für das Vieh zu schneiden und so viel von dem bereits gemähten Gras auf den Hof zu holen, wie man dort ausbreiten konnte.

Letzteres war das Einzige, was Ada an jenem Tag mit Luise klärte. Ottman war nicht recht überzeugt von der Anweisung gewesen, hatte gemeint, man könne doch nicht auf Schritt und Tritt Heu unter den Füßen haben. Luise hatte jedoch zugestimmt. »Es ist gescheit, was die gnädige Frau sagt.« Und damit war die Sache so gut wie getan. Ada konnte nur staunen. Luise sagte wenig, aber wenn sie etwas entschied, dann schlossen die anderen Leute sich an. Sie war das geheime Oberhaupt des Gesindes und wurde so sehr respektiert, dass Ada sich wieder einmal ein Stück davon wünschte.

Bei der Arbeit mit dem Heu fiel besonders auf, dass dem Gut Arbeitskräfte fehlten. Christopher erklärte sich bereit, einen der Heuwagen zu fahren, und zu Adas Verwunderung krempelte auch Lenz seine Hemdsärmel hoch und griff zur Forke, nachdem er dem Abladen auf dem Hof eine Weile zugesehen hatte.

Sie selbst nahm sich Grete vor, die sich allzu gern herausgeredet hätte, und ließ sie den Hof fegen, die Obstwiese abharken und den Misthaufen in Ordnung bringen, damit das Heu möglichst sauber lag. Mit eiserner Entschlossenheit übersah sie die giftigen Blicke, mit denen die Magd sie während der Arbeit bedachte. Sie wies sogar Cornelias Ruf nach Grete ab und forderte sie auf, sich selbst um ihre Tochter zu kümmern, wenn sie schon sonst keine Arbeit tat. In der Folge streunte Aegidia allerdings ohne ihre Mutter auf dem Hof herum und schien sich dabei ausgesprochen wohlzufühlen.

Erst als es Mittag wurde, unterbrach Ada ihre Arbeit für kurze Zeit und ging in die Küche, um nachzusehen, ob die beiden alten Frauen es geschafft hatten, für eine Mahlzeit zu sorgen.

Am Ende des Tages glaubte sie, dass sie diesmal nicht unter Schlaflosigkeit leiden würde.

Lenz hatte zu seinem Bedauern am Abend keinen Zustand ohnmächtiger Müdigkeit erreicht, obwohl er ausdauernd gearbeitet hatte.

Den ganzen Tag über hatte er Ada immer im Blick gehabt.

Sogar wenn sie mit einer Harke hantierte oder die Hühner fütterte, trug sie ihr dickes, graues Kleid; jeder Knopf war geschlossen, die Haubenbänder zugebunden, und um ihren Hals lag das absurde Rad des gefältelten spanischen Kragens. Mittlerweile fühlte er beizeiten den starken Drang, ihr das Ding abzureißen. Nicht nur den Kragen, wenn er weiterdachte. Er hatte über den Tag manchmal nicht gewusst, ob er schwitzte, weil er arbeitete, oder weil er die Schweißflecken auf ihrem Kleid sah, oder wie sie sich mit dem Unterarm die feuchten Härchen aus der Stirn wischte und er sich fragen musste, wie heiß und feucht sie unter ihrem Kleid war. Auch die Anstrengung, die es ihn kostete, nicht ständig zu ihr hinzusehen, war immens. Er hatte den Eindruck, dass sein Nacken davon schmerzte. Nicht dass er sie nicht sah, wenn er ihren Anblick vermied. Dann sah er sie vor seinem inneren Auge – nackt. Aber das bemerkten zumindest die anderen nicht.

Christopher war ihm nach ihrem Streit ein paar Stunden aus dem Weg gegangen, dann jedoch zurückgekehrt. Stillschweigend waren sie übereingekommen, nicht mehr über Ada zu sprechen.

Nachdem sein Freund früh zu Bett gegangen war, saß Lenz noch auf und nippte an einem Glas Wein, diesmal in Maßen, denn nach einem Rausch war ihm nicht zumute.

Vernünftig hatte er sein wollen, indem er sich sein Begehren für die Frau verbot. Christopher schonen.

Sein Begehren ließ sich jedoch nicht unterdrücken, und er musste überlegen, ob er Christopher wirklich einen Gefallen tat. Schon aus reiner Ritterlichkeit, wie Ada es nannte, würde Christopher ihr gegenüber eine Rolle spielen, die eigentlich er als Gatte übernehmen sollte. Es war, als triebe er den Freund geradezu in eine verhängnisvolle Beziehung mit ihr hinein. Wie sollte Christopher am Ende noch wissen, ob er Ada wirklich verehrte oder ob sein Gefühl nur aus Mitleid und Fürsorge entstand?

Lenz schob das Weinglas weg, stand auf und sah aus dem Fenster auf den mondhellen Hof. Eine von den Bauersfrauen suchte ihren Weg durch das ausgebreitete Gras, wollte offenbar der Turmwache einen Umhang bringen.

Ada hatte nicht nur die Hühner gefüttert, sondern auch die Ferkel. Sie hatte Würde, aber keinen Dünkel, tat ohne Zögern, was getan werden musste, war nicht dumm. Sie konnte es auf dem Gut schaffen, wenn sie einen fähigen Mann zur Seite hatte.

Warum war sie nur auf einmal so bockig?

Sie war schön, wenn sie bockig war.

Herrgott, sie war immer schön, auch wenn sie sich verhüllte und verschnürte wie Reisegepäck.

Er hatte sie gehabt. Wie hatte er so blöd sein können, nicht daran anzuknüpfen?

Es war an der Zeit, ehrlich zu sein. Er wollte sie. Ein Mann mit Rückgrat würde gehen, sich ihr erklären und offene Worte von ihr verlangen. Auch über ihre Gefühle für andere.

Wenn sie ihm dann deutlich sagte, dass sie ihn nicht wollte und ob sie Christopher zugeneigt war, hätte er Gewissheit und könnte mit kühlem Kopf den nächsten Entschluss fassen.

Er würde zu ihr gehen.

Froh über die Entscheidung, zog er die Vorhänge zu.

Was aber, wenn sie schon schlief? Er konnte nicht bei ihr klopfen und sie für ein solches Gespräch aus dem Schlaf reißen.

In der vorigen Nacht war sie lange auf gewesen. Er hatte sie durch den Türspalt gesehen, wie sie sich im Dunkeln Richtung Küche getastet hatte. Vielleicht hatte sie vor Hunger nicht schlafen können.

Sie teilte nicht mit Christopher das Bett, da war er nun sicher. Er hatte die beiden scharf beobachtet, wann immer sie zusammentrafen. Zwischen ihnen war keine solche Einigkeit wahrzunehmen. Christophers Verhalten hatte etwas sehnsüchtig Unerfülltes. Dazu kam der entrüstete Ton, in dem er Ada anständig genannt hatte. Auch der herzensweiche, nachsichtige Christopher würde eine Frau nicht »anständig« nennen, die Unzucht mit ihm trieb.

Lenz musste sich nur vorstellen, dass sie mit einem anderen Mann im Bett lag, um fast wieder zu vergessen, dass er sie nicht aus dem Schlaf reißen wollte.

Er würde aufbleiben und warten. Vielleicht kam sie auch in dieser Nacht wieder herunter, dann konnte er sie ansprechen und zu sich hereinbitten. Er würde sich ins Zeug legen, würde höflich sein, freundlich, unterhaltsam. Ehrlich. Verliebt.

Was tat er bis dahin? Er sah sich im Zimmer um, sein Blick fiel auf die Bücher, das »Decameron«. Bloß das nicht; er seufzte.

Dieser Zustand war ihm bekannt, nun, da er es sich eingestand. Er war schon einmal so verliebt gewesen, dass nichts ihn ablenken konnte, dass sein Wille sich nur darauf richtete, so nah wie möglich bei der begehrten Frau zu sein. Damals war es einfacher gewesen, denn Charlotte hatte ihn von Anfang an auch gewollt, und der Anstand war kein Hindernis gewesen.

Charlotte Price war ihm in London als Mätresse eines älteren Adligen begegnet, den sie rasch gegen ihn eingetauscht hatte. Inzwischen wusste Lenz, dass sie sich nicht aus Liebe für ihn entschieden hatte. Sie hatte sich lediglich erhofft, dass er sie in seiner Verliebtheit trotz des Standesunterschieds heiraten und damit langfristig absichern würde. Als sie ihm mitteilte, dass sie sein Kind erwartete, war er nah daran gewesen, es zu tun.

Es wäre eine Hölle von einer Ehe geworden. Er war froh, dass Henry Carton hinter ihm gestanden hatte, als er sich trotz des Kindes dagegen entschieden hatte. Für die beiden dennoch aufkommen zu müssen, war der Preis für seine jugendliche Kopflosigkeit, dagegen hätte er sich nie gewehrt. Außerdem mochte er das Kind – seine Tochter Elisabeth, Betty.

Betty wurde ihrer Mutter ähnlich, was Klugheit, Witz und Schönheit anging, aber deren verletzende Bissigkeit fehlte ihr. Er hoffte, dass er sie davor bewahren konnte, wenn er sie vor der Not schützte, durch die ihre Mutter sich hatte kämpfen müssen.

Die bissigen Frauen schienen sein Kreuz zu sein. Er fragte sich noch immer, womit er sich so plötzlich Adas heftige Abneigung zugezogen hatte.

Mit einem ratlosen Kopfschütteln setzte er sich zu seiner Kerze an den Schreibplatz und fing an, was längst überfällig war. Er schrieb einen Brief an Henry Carton und berichtete beinah aufrichtig von allen Verwicklungen seit dem Tag, als er mit Christopher zum ersten Mal in Wenthe angekommen war.

Er war noch nicht dort, wo er erwähnen musste, welche besonderen Schwierigkeiten das Dreieck Christopher-Ada-Lenz barg, als ihn ein Frauenschrei und ein Poltern in der Eingangshalle vom Stuhl hochfahren ließen. Er griff zu seiner Pistole und rannte zur Treppe.

Obwohl er nie schreckhaft gewesen war, spürte er sein Herz heftig schlagen. Eine Frau lag verrenkt auf den unteren Stufen der Treppe, mit den Füßen nach oben, das Nachthemd war bis zu den Knien hochgerutscht. Ihr Gesicht war vom Umhang verdeckt, und dieser Umhang fing gerade an zu brennen.

Er sprang zu der reglosen Gestalt, riss ihr das brennende Zeug ab, ohne dabei viel Rücksicht nehmen zu können. »Feuer!«, rief er dabei, weil er wusste, dass das alle am schnellsten auf die Beine bringen würde. »Feuer!« Dabei hatte er die kleinen Flammen im Nu selbst ausgeschlagen.

Dennoch brauchte er Hilfe und war erleichtert, dass sich oben Türen öffneten. Seine Hände zitterten, als er die Frau prüfend berührte und sich vergewisserte, dass es nicht Ada war.

Es war Cornelia von Questenberg, und sie war zu Tode gestürzt, daran gab es keinen Zweifel.

Zu seinem Erstaunen war es Luise, die mit einer Lampe in der Hand zuerst die Treppe herabkam. Dabei schien sie es nicht eilig zu haben. »Feuer?«, fragte sie ihn in tadelndem Ton, wie sie es zu einem Kind gesagt hätte, das falschen Alarm gegeben hat.

»Es ist gelöscht.« Er sah nach oben, wo nun Grete aufgetaucht war. Sie hatte keine Kerze, stand aber neben der Nachtlampe; ihre Augen wurden vom Flackern der Flamme geisterhaft verzerrt.

»Ist sie tot?« Luises Frage klang gleichgültig. Lenz warf ihr einen angewiderten Blick zu, dann sah er wieder nach oben.

Endlich erschien Christopher. »Was ist passiert?« Dann sah sein Freund die Frau. »Oh mein Gott.« Er kam die Treppe heruntergelaufen.

»Sie ist tot«, brachte Lenz nun heraus, konnte den Blick aber nicht vom oberen Treppenende abwenden.

Luise beugte sich inzwischen über die Gestürzte. »Ja.«

Nur ein Narr hätte nicht die Zufriedenheit in diesem »Ja« gehört. »Warum warst du so schnell da?«, fragte Lenz sie und zwang sich, seine Abscheu gegen sie nicht zu deutlich zu zeigen.

Luise stieß verächtlich die Luft aus. »Glaubt Ihr, ich pudere mir erst die Nase, wenn einer ›Feuer‹ ruft?«

Lenz ging an Christopher vorbei die Treppe hinauf, wo nun eine verschlafene Ada neben Grete stand. »Was ist los?«, fragte sie.

»Cornelia von Questenberg ist tot.« Lenz blieb einige Stufen unterhalb der beiden schönen Frauen stehen.

»Geh zu dem Kind, du kopfloses Huhn«, wandte sich Luise von unten an Grete.

Grete trat mit funkelnden Augen einen Schritt zur Seite. »Schick du mich nicht herum, Bankert.«

»Pass auf, dass ich nicht noch mehr Namen für dich finde«, kam es von Luise schneidend zurück. »Wie die Herrin, so die Magd.«

»Biest«, zischte Grete.

Ada rieb sich schlaftrunken mit den Handballen die Augen. Das hatte ihm gerade noch gefehlt, sie so zu sehen, dachte Lenz, fühlte dabei aber Wärme. Sie war süß im Nachthemd, müde, mit aufgelöstem Haar. Er wollte sie in den Arm nehmen, fühlen, dass sie lebte, und sich einbilden, sie beschützen zu können. Alle Dämme waren in ihm gebrochen.

»Schick du sie, Lenz«, sagte sie. »Auf dich wird sie ja wohl hören. Das Kind sollte das hier nicht sehen.«

»Ich geh schon«, sagte Grete. »Ich geh nur nicht, wenn die mich schickt.« Sie zeigte voll Hass auf Luise, aber die widmete sich mit Christopher bereits der Aufgabe, Cornelias Leichnam von der Treppe aufzuheben.

Grete ging in Cornelias Gemächer zu Aegidia, und Lenz stand nur noch Ada gegenüber, die verstört zusah, wie Christopher und Luise die Tote wegtrugen.

Auch Lenz hatte der furchtbare Unfall erschüttert. Doch bei allem Mitgefühl und aller Betroffenheit konnte er nicht leugnen, wie erleichtert er war. »Als ich aus meinem Zimmer kam, dachte ich, dass du es wärst, die da liegt.«

Sie sah ihn fassungslos an, dann faltete sie die Arme unter ihrem Busen. »Und? Bist du enttäuscht?«

Er zuckte innerlich zusammen. »Warum sagst du das? Ich meine, ich weiß, dass ich in letzter Zeit nicht …«

»Du bist mir nichts schuldig. Und ich dir nicht.«

»Falsch. Du schuldest mir eine Erklärung dafür, warum du mir grollst. Ein paar Antworten. Und ich schulde dir eine Bitte um Verzeihung. Aber nicht jetzt. Nicht hier auf dieser Treppe. Schenk mir eine Stunde unter vier Augen. Morgen.«

Schreck und Mitleid mit der kleinen Aegidia mischten sich in Ada mit der Wut auf Lenz, der in so einem Moment das Gespräch mit ihr suchte, welches sie sich so lange vergebens gewünscht hatte. »Wenn du meinst.« Sie sagte es abfällig, konnte nur daran denken, was er mit Grete in der Milchkammer getan hatte.

Aber schon wieder brachte er es fertig, sie mit seiner verletzten Miene zu entwaffnen. »Was habe ich dir bloß getan?«, fragte er leise.

»Nichts.« Ihre Stimme brach, und sie fühlte die Tränen kommen.

»Ist etwas passiert?«, fragte da eine Männerstimme und riss sie aus ihrer Verlegenheit. Es war Wilhelm Vogt, der mit Jakob vom Gesindeflügel kam. Beide hatten dort ihre Kammern, so wie Luise, Erna und Ottman, der draußen an der Mauer Wache stand.

Ada überließ die Erklärung Lenz. Sie konnte nicht im Nachthemd vor all diesen Männern stehenbleiben. Auf keinen Fall vor Vogt. Sie war inzwischen darauf gekommen, dass sie ihn auch deshalb nicht mochte, weil er eine ähnlich eintönige Stimme hatte wie der ihr verhasste Matthias Märtens. Keine Melodie, kein bisschen Gefühl.

Eilig ging sie in ihre Kammer zurück und zog sich an. Für sie war an Schlaf nicht mehr zu denken, auch wenn sie sich strikt weigerte zu glauben, dass Cornelias Tod etwas anderes gewesen war als ein Unfall. Wer hätte auch etwas davon gehabt, die machtlose Frau umzubringen?

Andererseits hatte Luise sich angesichts des Unglücks merkwürdig verhalten. Es mochte ihre Art sein, dass sie den Tod von jemandem begrüßte, den sie verachtet hatte. Ada bemitleidete sie dafür, wie sie jeden bemitleidete, dem das Leben die besseren Gefühle ausgetrieben hatte. Als Kind hatte sie ihrem Vater in schmerzhafter Ohnmacht gelegentlich den Tod gewünscht, doch sie war herausgewachsen aus solcher Dummheit. *Vergib uns unsere Schuld, wie auch wir vergeben unseren Schuldigern.* Hass verfinsterte nur das Leben.

Es war gut, dass dieser Unfall sie daran erinnerte.

Sie hatten auch Cornelia im Kleinen Saal aufgebahrt. Die Baiersche Erna hatte sie hergerichtet und ihr den gleichen Blütenzweig in die Hände gelegt wie achtzehn Tage zuvor Graf Ludwig: Weißdorn, vom letzten blühenden Busch. Mittlerweile wusste Ada, dass auf dem Anwesen sonst kaum eine geeignete Pflanze blühte. Man konnte ja einen Toten nicht mit Klatschmohn oder Holunder ausstatten, da würde der Geistliche sofort Aberglauben wittern.

Bei Cornelia wirkten die Blüten harmonischer als bei Ludwig, sie ergaben mit dem weißen Gesicht und den hellen Haaren ein Bild von Stille und Reinheit. Vielleicht lag es aber auch daran, dass Ada sich an den Brauch erst hatte gewöhnen müssen. Blumen an Toten hatte sie in den Städten bisher nicht gesehen.

Da es keine Aussicht gab, einen Geistlichen für die Bestattung herbeizuschaffen, beerdigten sie Cornelia noch am Tag nach ihrem Sturz. Eine Festtafel gab es diesmal nicht, die Vorräte waren zu kostbar. Nur eine arbeitsfreie Stunde schenkte Ada den Leuten, damit die Würde des Todes nicht ganz im Alltag unterging.

Sie nutzte die Stunde, um sich Aegidia zu widmen, schließlich sah es danach aus, dass sie das Kind aufziehen würde. Aegidia jedoch wollte nichts mit ihr zu tun haben, sondern klammerte sich unglücklich an Grete, die darauf mit Genugtuung reagierte. In keiner Weise half sie dabei, zwischen Ada und dem Kind zu vermitteln. Es kam Ada eher so vor, als würde die Magd eifersüchtig noch das ihre tun, eine Annäherung zu verhindern. Sie überlegte kurz, ob sie sie wegschicken sollte, tat es aber Aegidia zuliebe nicht und entließ sie stattdessen gemeinsam aus ihrem Gemach. Für den Augenblick hielt sie es für das Beste, die Kleine nah bei der Frau zu lassen, der sie am meisten vertraute. Dass es ausgerechnet die Frau war, der Ada am wenigsten vertraute, war bedauerlich, aber nicht Schuld des Kindes.

Den Gedanken an das Gespräch mit Lenz hatte sie bis dahin von sich geschoben, nun wollte sie nicht länger ausweichen.

Christopher war mit ihm im Kabinett, als Ada hereinkam, und begrüßte sie wie stets mit seinem warmen Lächeln, während Lenz nur nickte. »Du wolltest mich sprechen«, wandte sie sich an ihren Gatten.

Lenz erschrak, als Ada hereinkam. Bei Tageslicht kam ihm seine wilde Entschlossenheit, was das klärende Gespräch mit ihr betraf, stark übertrieben vor. Dennoch war er bereit, mit ihr zu reden. Musste sie aber gerade darauf bestehen, wenn Christopher im Raum war? Wenn er ihn hinausschickte und darauf beharrte, sie allein zu sprechen, würde es seinen Freund verletzen. Und er machte keine Anstalten, von sich aus zu gehen. »Es gibt einiges zu klären. Christopher ist der Ansicht, dass du nicht ohne männlichen Schutz hierbleiben kannst, wenn du überhaupt hierbleiben darfst. Das ist auch der Grund, warum ich darauf bestehen wollte, dass du Vogt einstellst. Aber vielleicht hast du längst eine eigene Vorstellung davon, wen du an deiner Seite willst. Kannst du uns etwas über deine Empfindungen und Resolutionen in dieser Hinsicht sagen?« Er ohrfeigte sich gedanklich, weil er dem Gespräch die Richtung so grob gewiesen hatte, dass es nicht da ankommen konnte, wo er hinwollte. Er hatte zu ihr von sich reden wollen.

»Ich werde Vogt nicht einstellen.« Sie blieb stehen, bereits wieder in Kampfstimmung.

Christopher ging um den Tisch herum und zog ihr einen Stuhl zurück. »Du solltest nicht hierbleiben. Anderswo hättest du als Frau allein gewiss Aussichten, aber hier … Es ist zu gefährlich, Ada. Sieh dir an, was in der kurzen Zeit alles geschehen ist!«

»Christopher.« Lenz wollte ihm auf einmal am liebsten den Hals umdrehen. Konnte er nicht verschwinden? Sein Mitgefühl war dahin. »Lass Ada und mich bitte allein.«

Christopher wurde rot. »Ich weiß nicht, ob das so ein guter Einfall ist, Lenz. Ich habe den Eindruck, dass du ... Ada, du sollst wissen, dass du gehen kannst, wenn du gehen möchtest. Ich werde dir helfen, du hättest nichts zu befürchten. Vielleicht würdest du sogar in Betracht ziehen ...«

Lenz knallte die flache Hand auf den Tisch, an dem er saß. »Christopher! Geh! Sie wird schon nicht zu Schaden kommen.«

»Es ist besser, wenn du uns eine Weile allein lässt.« Ada drückte Christophers Hand, und endlich gab er nach und ging.

Lenz schwieg, bis Christopher die Tür von außen geschlossen hatte, dann atmete er tief durch. »Christopher ist wirklich mehr als besorgt um dich. Sag mir, hättest du ihn unter gewöhnlichen Umständen heiraten wollen? Das ist eines von den Dingen, die ich wissen muss. Wenn all das hier nicht passiert wäre, wenn Christopher unter gewöhnlichen Bedingungen um dich angehalten hätte, hättest du ihn mit Freude genommen? Und willst du ihn jetzt?«

Nun hatte er sie erschreckt und verwirrt, er sah es an ihrem Gesicht. Er war zu ruppig. Auf diese Art würde sie keine ehrlichen Antworten wagen. »Verzeih. Verzeih mir meine ... Ungeduld. Ich will nur herausfinden, was das Beste für uns alle ist.«

Sie stülpte die Unterlippe ein wenig nach außen, das war neu. Und entzückend. Er verlor den Faden, weil er log, denn er wollte nicht das Beste für alle, sondern nur noch das Beste für sich: sie. Küss mich endlich, wollte er sagen. Geh um Himmels willen mit mir ins Bett. Auf Christopher, den Krieg, England und Wenthe sei gepfiffen.

»Ich werde versuchen, einen Verwalter zu finden«, sagte

sie, »aber ich lasse mir Zeit. Vorerst müssen mir Ottman und Luise genügen. Sie scheinen zuverlässig und verständig zu sein.«

Lenz schluckte seinen Wunsch herunter und nickte. »Ottman hat aus Zuverlässigkeit schon Opfer gebracht. Er hat Tiere aus dem brennenden alten Stall geholt, daher hat er die Brandnarben. Mein Vater hat ihn dafür geschätzt, aber Ottman ist nicht so verständig und wortgewandt, dass er eine Verhandlung für dich führen könnte.«

»Ich werde lernen, das selbst zu tun.«

Die Worte klangen mutig, doch ihre Stimme schwankte. Lenz rieb sich müde die Nasenwurzel, er bekam Kopfweh. »Man wird dir nicht zuhören. Eine Frau hat im Krieg keine Stimme. Ich war ein Narr, dass ich dich in diese Lage gebracht habe. Auch in einem weniger verkommenen Land hättest du es schwer genug.«

»Meinst du denn, die Leute hier stünden besser da, wenn ich wieder fortginge? Willst du sie allein hier sitzenlassen? Ich lese und schreibe langsam, aber die anderen können es gar nicht. Sie können kaum rechnen. Sie hätten nie eine Aussicht auf etwas Wohlstand. Und es gibt außerdem noch etwas …« Sie hielt inne, starrte auf den Tisch und zog die Brauen zusammen. »Weißt du vielleicht, warum Grete in der Nacht Luise einen Bankert genannt hat?«

Lenz schloss die Augen und lehnte sich im Stuhl zurück. Auch das musste natürlich gerade jetzt zur Sprache kommen. »Weil sie einer ist.«

»Luise? Aber ich dachte … Die Behnsche sagte, dass Luises Schwester Kinder hatte, die … Aber ihre Mutter war ja auch … Herrgott, ist das abscheulich. Was für ein Wirrwarr.«

Lenz sah ihr in das fiebrig wirkende Gesicht und traf ihren angewiderten Blick. »Zählst du mich dazu, zu diesem abscheulichen Wirrwarr? Hat es damit zu tun, dass du so eine Abneigung gegen mich hast? Weil du mir vorwirfst, dass ich der Sohn meines Vaters bin?«

Zu seinem völligen Unverständnis lachte sie bitter auf. »Wenn ich vermutete, dass du dem alten Grafen nacheiferst, dann hätte ich wohl Grund zur Abneigung, oder nicht? Ist es wirklich so schwer für einen Mann, sich zu beherrschen? Aber das wahrhaft Abscheuliche daran ist, wenn ein Mann sein Vergnügen mit dem Leid anderer bezahlt. Ich hoffe für deine Seele, dass du gegen deine Kinder nie so schuldig geworden bist wie er gegen seine.«

Es dauerte einen Augenblick, bis ihm einfiel, woher sie von seinem Kind wusste: Er hatte ihr die Erlaubnis gegeben, sein hastig hingeworfenes Testament zu lesen. Stück für Stück kehrte die fehlende Erinnerung zurück. Er presste die Hand gegen seine schmerzende Stirn. »Ein Kind. Nur eines. Und ich habe es nie verleugnet. Meine Tochter weiß, wer ihr Vater ist, und ich hoffe, sie wird sich nie so für mich schämen, wie ich mich für meinen Vater schäme, der nicht nur Luise verleugnet hat.«

»Kannst du so sicher sein, dass du nur eines hast? Ich hätte anderes angenommen. Oder werden die anderen erst noch erwartet? Was wirst du mit denen machen, die du hier hinterlässt?« Beißend wie Frost klang sie.

»Die ich hier hinterlasse? Bist du von Sinnen? Oder … Mein Gott, du bist doch nicht in der Hoffnung?«

Sie sank in sich zusammen und hielt sich an der Stuhllehne fest. »Grete«, sagte sie leise. »Ich spreche von Grete.«

»Was? Ich habe nichts mit Grete zu schaffen. Wie kommst du darauf?«

Sie war bleich geworden und setzte sich endlich. Das Licht fiel nun anders auf ihr Gesicht, und er sah, wie müde sie wirkte. Mit einem Finger fuhr sie langsam von unten zwischen Kragen und Hals entlang, als wolle sie sich mehr Luft verschaffen. Noch etwas, das er vorher nie bei ihr gesehen hatte. Sie schwieg, und sein Herz klopfte angstvoll. »Hat die Dirne dir etwas eingeflüstert? Ich sage dir, es ist nicht wahr. Sie ist eine Schlange.«

»Ich bin müde. Und ich kenne dich nicht gut genug, um zu wissen, ob du lügst. Ich habe jemanden mit Grete gesehen und war überzeugt, dass du es warst.«

Lenz atmete auf. »War es das, was dich gegen mich aufgebracht hat?«

»Nicht nur.« Sie wurde immer stiller, und ihre Schultern sackten noch mehr herab; sie bot ein Bild der Erschöpfung.

Am liebsten wollte er sie zu Bett bringen, nur um neben ihr zu sitzen und sie im Schlaf zu betrachten. »Selbst wenn ich ihr verfallen wäre, hätte ich dich nicht derart bloßgestellt. Mir ist bewusst, dass die Achtung der Leute vor dir auf wackligen Beinen steht. Ich schwöre, ich habe in diesen Dingen keine Ähnlichkeit mit meinem Vater. Mein Fehltritt damals war die Folge von jugendlicher Blödheit.«

Sie sah ihm in die Augen, als wolle sie seine Gedanken dahinter lesen. »Es ist bitter für ein Kind, wenn es Fehltritt und das Ergebnis von Blödheit genannt wird. Hatte es nichts mit Verliebtheit zu tun?«

»Verliebtheit ist nichts anderes als Blödheit. Damals habe ich beschlossen, dass solche Blödheit nie wieder mein

Tun bestimmen wird. Jeder sollte Verliebtheit ertragen und überwinden können, ohne ihr nachzugeben.« Er gab sich die nächste innerliche Ohrfeige. Seine Ungeschicktheit ging auf keine Kuhhaut. Nun würde sie denken, er hielte Liebe für unwesentlich, dabei hatte er ihr nur vorsorglich versichern wollen, dass er eine Ablehnung von ihr aushalten konnte.

»So.« Sie stemmte sich gegen die Last ihrer Müdigkeit hoch und schob bedachtsam den Stuhl zurück an den Tisch, bevor sie fortfuhr. »Du solltest wohl doch besser erfahren, dass auch du das Ergebnis von Blödheit bist.«

Er schnaubte belustigt, obwohl er Verzweiflung fühlte. Sie sollte nicht gehen. »Kinder werden nicht nur aus Verliebtheit gezeugt. Die wenigsten werden es, vermute ich.«

Sie schüttelte den Kopf. »Du bist höchstwahrscheinlich auf der Welt, weil deine Mutter verliebt war.«

»Ich kann mir nicht vorstellen, dass mein Vater derartige Gefühle bei ihr ausgelöst hat.«

»Und wenn dein Vater nicht Ludwig von der Wenthe war, Lenz?«

Entrüstet hob er beide Hände und wehrte ab. »Das ist genug, hör auf. Wen willst du noch alles der Unzucht beschuldigen? Klage meinen Vater an, und ich stimme zu, klage Grete an, und du hast sicher recht. Klage mich an, und ich gestehe, dass ich kein musterhaftes Vorbild bin. Meine Mutter lass in Frieden.«

Ada ging zur Tür, nun riss es ihn aus dem Stuhl hoch. »Ada …«

Sie lächelte traurig. »Ich vermute, sie hätte es nicht geleugnet, wenn du je dazu gekommen wärst, sie zu fragen. Sie war in deinen Vater verliebt.«

»Warte!« Aber sie ging und schloss die Tür, und er konnte sie schlecht durchs Haus verfolgen. Oder konnte er doch?

Auf der Treppe holte er sie ein, auf der verdammten Treppe. Sie wartete kurz auf ihn, dann gab sie ihm den Ring, den Christopher für ihn auf dem Lagerplatz des Söldnerheeres gegen seine bessere Hose eingetauscht hatte.

Er war so betroffen, dass er stehenblieb. Sie lief weiter und schloss ihre Kammertür hinter sich, während er zu dem Schluss kam, dass die Schlacht verloren war und ihm nichts eingebracht hatte außer heilloser Verwirrung. Sein Elend wurde auf die Spitze getrieben, als Christopher aus dem Kleinen Saal kam und mit einem Blick der Verachtung an ihm vorbei die Treppe hinauf und in sein Zimmer ging.

Er steckte den Ring in seinen Hosensack, seufzte und kehrte gebeugt ins Kabinett zurück.

Dierk hatte aufgehört, den Schutzengel des jungen Herrn zu spielen, nachdem er gesehen hatte, wie gut der den Degen schwingen konnte. Außerdem war der Herr vorsichtig geworden und aufmerksam, seit er gewarnt war. Leider schien er das an diesem Abend wieder vergessen zu haben, denn schon beim Abendessen schenkte er sich viermal häufiger Wein nach, als er es sonst getan hätte. Am Tod der von Questenberg lag das sicher nicht, sondern an den Streitereien. Auf der dicken Luft, die zwischen ihm, dem Herrn Christopher und der gnädigen Frau herrschte, konnte man ja einen Becher abstellen. Sie sprachen das ganze Essen über kein Wort miteinander. Nicht einmal der Herr Christopher mit der gnädigen Frau, was sie sonst immer taten.

Es war so bedrückend, dass ihm der Hals richtig eng wurde und er kaum schlucken konnte. Schmecken tat es ohnehin nicht, es gab eine alte Ente, und sie war schlecht gerupft. Ihn ekelte vor den Federkielen.

Selbst beim größten Hunger ekelte ihn manches so, dass er es nicht herunterbrachte. Sein Onkel hatte ihn immer dafür aufgezogen und gesagt, er würde eines Tages vor einem vollen Teller verhungern. Aber am Ende hatte er ihm doch etwas anderes beschafft.

Sein Onkel wusste, wie man überlebte, er war gerissen. Mehr als der junge Herr, aber der war eben wohl zu vornehm für manche Kniffe und deshalb nicht auf alles gefasst.

So wie der Herr trank, war es besser, die Nacht wieder einmal in seiner Nähe zu verbringen. Die vorigen Nächte hatte Dierk heimlich im Stall geschlafen, der Geruch war ihm lieber als der des dumpfen Zimmers, und interessanter war es dort auch. Bis auf die vergangene Nacht natürlich, als er den Sturz der von Questenberg verpasst hatte.

Er wollte wetten, dass das kein Unfall gewesen war, aber er konnte schweigen. Schweigen war ein wichtiger Kniff der Überlebenskunst. Erst wenn man ihn fragte, würde er reden. Bis dahin sollte niemand ahnen, dass er etwas gesehen hatte.

Eineinhalb Flaschen Rotwein trug Lenz nach dem grauenvollen Abendessen in sein Zimmer. Es war der ganze Rest von der Sorte, die er zu schätzen gelernt hatte, und er würde sie mangels guter Gesellschaft allein austrinken.

Der Junge schien das zu ahnen. Seit langer Zeit blieb er zum ersten Mal wieder bei ihm kleben, bereit, sich wie ein Wachhund auf die Türschwelle zu legen und auf den unverständigen Herrn aufzupassen. Dabei sollte es umgekehrt sein.

Nach dieser Einsicht nahm Lenz Abstand von der noch nicht angebrochenen Flasche Wein und lud den Kleinen stattdessen an den Tisch ein, auf eine Partie Karten zur Zerstreuung.

Sein Vater hatte ein Kartenspiel im Schrank gehabt, ein gut erhaltenes deutsches Blatt mit gerüsteten Rittern als Untern und hübschen, farbenprächtigen Damen als Obern.

Hatte Lenz sich zuerst als der Erwachsene gefühlt, der sich nachsichtig auf ein Spiel mit einem Kind einließ, drehte sich dies bald um. Sie spielten um die Kipper- und Wippermünzen, die sie zuvor aufgeteilt hatten, und Lenz' überhebliche Unaufmerksamkeit fand ein jähes Ende, als ihm bewusst wurde, wie der Kleine ihn ausnahm. »Hat dein Onkel dir das Spielen beigebracht?«

Dierk zuckte mit den Schultern, schob die Karten zusammen und mischte. Dann hob er einen kleinen Stapel ab, ließ Lenz eine heimliche Karte auswählen, warf Karten hierhin und dorthin, legte sie aus, stellte ein paar scheinbar zusammenhanglose Fragen und warf ihm am Ende die Karte vor die Nase, die er ausgewählt hatte.

Lenz kannte einen ähnlichen Trick, doch dieser war besser und ausgesprochen geschmeidig ausgeführt worden. Er nickte anerkennend. »Dein Onkel hat viele Begabungen.«

»Er konnte immer etwas zu essen auftreiben.«

»Du hast heute nicht viel gegessen.«

»Ihr auch nicht. Und auch die gnädige Frau nicht und Herr Christopher. Wenn es an den ekelhaften Vogelborsten gelegen hätte, dann hätte wohl jemand Brot nachgeholt.«

Lenz kreuzte die Arme vor der Brust. »Du musst gar nicht scheinheilig tun, du weißt mehr, als du sagst. Die gnädige Frau und ich hatten einen Streit, das ist kein Geheimnis. Erklären kann ich ihn dir nicht, ich verstehe ihn selbst nicht. Vielleicht kannst eher du mir helfen. Du kennst ja auch beide: die gnädige Frau und Grete. Sag mir, welche gefällt dir besser?«

Dierk spielte ein Weilchen schweigend mit den Karten, mischte, legte aus, schob zusammen, drehte eine Karte zwischen den Fingern einer Hand. »Grete sieht aus wie ein Engel. Aber schöner ist die gnädige Frau. Sie ist von innen schön. Wie sie lacht und redet. Warm ist das. Man mag gern bei ihr sein. Oder wenigstens ich. Mancher mag ja eine wie die Grete. Für krumme Pötte gibt's auch Deckel, hat mein Onkel immer gesagt. Aber ich finde, sie ist 'ne Hexe.«

»Pass bloß auf, was du sagst. So was kriegt leicht einer in den falschen Hals.«

»Würd' ich sonst nirgends sagen.«

»Sag mal, weißt du vielleicht zufällig, wer das ist, der die Grete mag? Ist es der Vogt?«

Dierk schnaufte belustigt. »Jedenfalls sind es der Vogt und die Grete, die immer nachts zusammen buttern. Das ist schon seltsam, nech?«

Er grinste von Ohr zu Ohr, der dreiste Bengel. Lenz hätte ihn schütteln mögen dafür, dass er nicht früher damit herausgerückt war, aber er beherrschte sich. »Weißt du noch was über den Vogt?«

Dierk nickte und legte die Karten weg. »Schwarke und der alte Flügge lachen immer hinter Vogts Rücken über ihn. Wenn er sie sieht, trauen sie sich nicht, aber sonst ziehen sie über ihn her. Sie sagen, er hätte der von … der verstorbenen Dame das Kind gemacht. Gegen Geld. Mit dem Geld weiß ich nicht, aber das mit dem Kind kann schon stimmen, würde ich sagen. Das Mädchen hat auch so 'n spitzes Gesicht.«

Lenz schüttelte staunend den Kopf. »Was würde ich ohne dich tun? Weißt du nun auch noch, wer damals versucht hat, mich zu ermorden?«

Da hob Dierk entschuldigend die Hände. »Das wär bloß Raterei. Aber der Vogt und die Grete unterhalten sich beim Buttern schon mal …«

Die wahre Herrin des Gutes

13

Ada war ausnahmsweise ohne Schwierigkeiten eingeschlafen, die Erschöpfung hatte gesiegt. Beim Aufwachen kehrten allerdings alle bedrückenden Gedanken zurück. Sie hatte nicht darüber nachgedacht, warum sie Lenz den Ring zurückgeben wollte. Sie hatte gefühlt, dass sie es tun musste. Ihrem Empfinden nach musste alles neu geordnet werden.

Wenn er die Wahrheit sagte, dann konnte es nur Wilhelm Vogt gewesen sein, den sie mit Grete in der Milchkammer gesehen hatte. Keiner sonst auf dem Gut hatte eine so ähnliche Statur. Sie hätte früher darauf kommen können, wenn sie gewollt hätte, aber ihre Entrüstung hatte sie blind gemacht. Sie hatte leiden wollen, warf sie sich vor, nur deshalb hatte ihr der Zopf als Merkmal gereicht. Vogt trug die Haare immer stramm eingedreht und im Nacken unter seinem Hut hochgesteckt. Man vergaß, dass sie lang waren.

Natürlich war es nicht ausgeschlossen, dass Lenz log, aber eigentlich hatte er wenig Grund dazu. Sie hätte sich nicht von ihrer Eifersucht dazu bringen lassen dürfen, so unfreundlich zu sein. Ihr Gesicht wurde heiß, wenn sie daran dachte, dass er vielleicht gemerkt hatte, wie verliebt sie in ihn war. Verliebtheit war Blödheit, das war seine Überzeugung. Sie musste unbedingt beherrschter sein, auch wenn sie anderer Ansicht war. Aus Liebe brachten Menschen viel zustande. Der Wunsch, jemanden lieben zu dürfen, war zumindest in ihr so groß wie der, geliebt zu werden.

Ob Grete Wilhelm Vogt liebte? Oder umgekehrt? War das der Grund, warum Vogt so hartnäckig auf dem Gut ausharrte, um seine Stelle zurückzubekommen, obwohl sie ihm keine große Hoffnung darauf gemacht hatte? Was würden die beiden tun, wenn sie Vogt fortschickte? Vielleicht wollte Grete dann auch nicht bleiben.

Es half nichts, sie musste mit den beiden sprechen. Wenn sie beweisen wollte, dass sie ohne Lenz und Christopher zurechtkam, würde sie diese Sache allein regeln müssen oder mit Luises und Ottmans Unterstützung, wie sie es angekündigt hatte. Am besten noch vor dem Frühstück.

Ottman war der Erste, den sie fand, er half auf dem Hof beim Heuwenden. Sie schickte ihn nach den anderen: Vogt, Grete und Luise. Dann bezog sie Stellung im Kleinen Saal und wartete.

Luise kam zuerst, grüßte sie tadellos und gleichzeitig voll Verachtung: eine hohe Kunst, in der sie von niemandem übertroffen wurde. Ada verstand Luise inzwischen besser, trotzdem ärgerte sie sich darüber.

Endlich brachte Ottman die beiden anderen, ohne das Kind, wie von Ada gewünscht. Das Schweigen war so drückend, dass Ada kaum Luft holen konnte für ihre ersten Worte. Sie hatte sie sich genau zurechtgelegt. »Vogt, ich möchte Ihm danken, weil Er so viel Geduld hatte, auf meine Entscheidung zu warten. Leider muss ich Ihm jedoch mitteilen, dass ich für einen Verwalter keine Verwendung habe. Ich möchte Ihn nicht länger aufhalten. Er geht mit meiner guten Empfehlung. Gewiss hat Er Hoffnung auf eine bessere Stelle andernorts.«

An dem kleinen Ruck, der durch ihn lief, sah sie, dass er etwas anderes erwartet hatte. »Das bedaure ich«, sagte er mit der üblichen monotonen Stimme, öffnete dabei kaum den Mund. Ada beobachtete ihn scharf, und richtig: Da war der rasche Blickwechsel zwischen ihm und Grete. Grete war sichtlich nicht zufrieden mit ihm, und da er keine Miene machte, sich anders zu äußern, platzte es schließlich aus ihr heraus. »Das macht Ihr nur aus Neid. Ihr schickt ihn weg, weil Ihr wollt, dass es allen so jämmerlich geht wie Euch. Aber wartet nur ab, wenn er geht, dann ...«

»Grete!« Vogt ergriff ihren Arm, so fest, dass sie verstummte und das Gesicht verzerrte.

»Will Sie mit ihm gehen?«, fragte Ada, bemüht, ihre Hände nicht vor Ärger ineinander zu verkrampfen. »Ich stelle es Ihr frei. Falls Sie hierbleibt, wird Sie neben dem Kind die gleichen Aufgaben übernehmen müssen wie die anderen Frauen. Eine Zofe kann ich nicht brauchen.«

Hinter ihr schnaubte Luise belustigt, während Grete vor Wut bebte. »Keinen Tag bleibe ich länger hier!«

Vogt verstärkte seinen Griff um ihren Arm, sodass sie zuckte, und seine ausdruckslose Stimme klang zumindest gepresst, als er Grete zurechtwies. »Wie stellst du dir das vor?«

Sie erinnerte an eine Katze mit ausgefahrenen Krallen, als sie Vogt anfuhr. »Ich habe dir gesagt, es würde so kommen, wenn du nichts tust, du Memme.«

Beherrscht zwang er sie zurück in ihre Position neben ihm. »Es liegt doch ganz im Ermessen der gnädigen Frau, ob sie mich braucht oder nicht. Darf ich fragen, ob Herr von der Wenthe es sich anders überlegt hat und hierbleiben wird? Ich könnte mir vorstellen, dass die gnädigen Herrschaften dann vielleicht für einen bewaffneten Knecht Verwendung hätten, wenn nicht für einen Verwalter?«

»Er würde gern bleiben?« Ada bedauerte, dass er damit kam, sie wollte ihn los sein. Andererseits war da wieder das Kind, für das es schlimm sein würde, wenn Grete ging.

Vogt räusperte sich. »Die Zeiten sind sehr schlecht. Ich wüsste nicht, wohin, jedenfalls nicht sofort. Ich müsste mich umhören.«

Hinter Ada lachte Luise ein Lachen, das einen das Gruseln lehren konnte. »Umhören, Düwel ok. Geh dahin, wo du hergekommen bist, du Rott. Erzähl doch der gnädigen Frau mal, wo du vorher warst. ›Erlaube mir unterwürfigst auszurichten Grüße von Herrn Graf Ferdinand von der Heidmark‹, nicht wahr? Der gute Graf Ferdinand.« Sie hatte Vogts Tonfall nachgeäfft und Ada wieder einmal verblüfft. Nie wusste sie, ob sie Luise mehr bewundern oder ablehnen sollte.

Vogt holte Luft für eine Antwort, seine Kiefermuskeln sprangen rhythmisch hervor, als würde er kauen. Da ging die Tür auf, und Lenz kam herein. »Hier wäre ich doch lieber dabei.«

Vogt schien zu gefrieren.

Ada stampfte mit dem Fuß auf. »Vogt! Seine Antwort will ich hören. War Er bei Graf Ferdinand in Diensten?«

»Er bot sich freundlichst an, mich aufzunehmen, bis Seine Hochwohlgeboren Graf Ludwig seinen Entschluss, mich fortzuschicken, zum Besseren bedacht hätte, das ist richtig. Rein aus brüderlicher Sorge tat er das.«

»Das bezweifle ich stark«, mischte Lenz sich ein, dann wandte er sich an Ada. »Habt Ihr ihm schon mitgeteilt, dass seine Dienste nicht mehr gebraucht werden?«

»Er hat den Wunsch geäußert, dennoch zu bleiben und niedrige Dienste zu leisten.« Ada ärgerte sich; kaum war Lenz im Raum, fingen ihre Hände an zu zittern, und ihre Stimme verlor an Bestimmtheit. Dabei hatte sie sich bisher gut geschlagen. Nun würde er sie wieder als zu schwach ansehen. Wenn er jetzt gegen sie sprach und ihr vor den Leuten riet, Vogt zu behalten, würde sie sich nur schwer durchsetzen können.

Er trat an ihre Seite, Vogt und Grete gegenüber. »Ihr werdet ihm mitgeteilt haben, dass seine Dienste hier in keiner Weise gebraucht werden. Nicht wahr, meine Liebe? Und ich hoffe, Ihr habt das Gleiche bereits Grete mitgeteilt, auch wenn Euer Herz weich ist. Sicher wird mein Onkel der ganzen Familie Unterschlupf bieten. Samt Seiner Tochter, Vogt. Oder was meint Er? Wird Graf Ferdinand nicht gastfrei genug sein, auch das mutterlose Kind durchzufüttern?«

Nun war es um Vogts gleichgültige Miene endgültig geschehen, seine Gesichtszüge waren in Bewegung gekommen, und sein Adamsapfel zuckte wild. »Wie kommen der gnädige Herr Graf zu solcher Mutmaßung? Ich habe mit dem Kind nichts zu tun. Es ist vielmehr ein gemeines Gerücht, dass sie ...«

Nun wurde er seinerseits von Gretes Hand gebremst. »Wilhelm! Willst du sie etwa hierlassen? Wenn du sie jetzt verleugnest, hast du kein Recht mehr auf sie.«

Mit einem wütenden Ruck machte er seinen Arm von ihr frei. »Du willst sie mehr als ich. Was soll ich mit ihr anfangen?«

Grete verzog voll Ekel den Mund. »Was bist du für ein kalter Fisch! Du hast gesagt, es wäre dir ein Trost, dass ich auf sie Acht gebe.«

Lenz lachte spöttisch auf. »Ein weichherziges Frauenzimmer, fürwahr. Vielleicht erinnert Sie sich nächstes Mal daran, bevor Sie jemanden niederschlägt.«

»Was?« Vogt packte Grete mit der Linken am Arm. »Ist das wahr?«

»Ich weiß nicht, wovon er redet.« Gretes Stimme war schrill.

Vogt schüttelte sie. »Du warst es. Nicht sie.« Er zeigte auf Luise. »Du warst mir ungehorsam. Und du hast gelogen.« Er gab ihr mit der Rechten eine Ohrfeige, die ihren Kopf zur Seite schleuderte.

Unwillkürlich traten Lenz, Ada und Ottman vor, um ihn von weiteren Schlägen abzuhalten, doch er trat mit ihr zurück und wehrte mit ausgestrecktem Arm ab. »Es ist mein Recht«, sagte er kurzatmig. »Die kleine Hexe ist mit mir verheiratet. Mord, ja, verflucht. Das treibe ich ihr mit dem Gürtel aus.«

»Du wolltest und wolltest nichts tun«, kreischte Grete. »Nun siehst du, was du davon hast.«

Er schlug wieder zu; Ada schrie auf. »Nun ist es genug.«

Lenz stimmte zu. »Luise, geh mit Grete, packt Aegidias Sachen und holt das Kind. Danach reisen diese Leute ab. Ottman, sieh zu, dass sie hinausfinden. Wird einer von ihnen noch einmal auf unserem Land entdeckt, bringe ich das Weib wegen versuchten Mordes vor den Richter.«

Vogts Blick auf Grete war schlimmer als ein schwarz drohendes Unwetter. Ihre Augen waren so angstgeweitet, als er sie losließ, dass sie Ada beinah doch leidgetan hätte. »Vogt«, sagte sie. »Denk Er daran, dass Grete dem Kind eine Mutter ist.«

Dann waren sie alle hinaus aus dem Saal, und sie blieb mit Lenz allein.

»Verzeih mir«, sagte er und sah ihr auf diese beunruhigende Art in die Augen, die sie immer ganz wirr machte. »Ich weiß nicht, was mich treiben konnte, ihn dir zu empfehlen.«

»Woher weißt du, dass es Grete war, die dich niedergeschlagen hat?«

»Dierk. Der kleine Halunke weiß jede Antwort, wenn man die richtigen Fragen stellt. Er hat Vogt und Grete im Stall belauscht und glaubt, dass Grete Cornelia umgebracht hat. Sie hat sich über ihre Herrin beschwert. Der Junge konnte mir das Gespräch wiedergeben, als hätte er es auswendig gelernt. Ich habe daraus allerdings nicht abgeleitet, dass sie Cornelia, sondern mir etwas angetan haben könnte. Grete ist der Überzeugung, dass sie allen anderen Frauen überlegen ist und sie leicht beherrschen könnte, wenn sie nur in der richtigen Position wäre. Sicher war ich nicht, dass sie mir den Schlag versetzt hat, aber der Diskurs eben hat wohl alles geklärt.«

»Warum hat Dierk nicht von sich aus etwas gesagt?«

»Ich denke, er hat mit einem Mann gelebt, für den Schweigsamkeit in solchen Dingen überlebenswichtig war. Er hat dem Jungen beigebracht, den Mund zu halten, wo etwas nach Verbrechen aussieht.«

»Dass Grete Cornelia gestoßen hat, glaubst du nicht?

Wir dürften sie sonst nicht gehen lassen. Mir ist auch nicht wohl dabei, dass du ihnen das Kind mitgegeben hast. Die Kleine wird unter allem leiden müssen.«

»In einem Land wie diesem käme es mir absurd vor, einen Richter für eine Frau aufzutreiben, die einen lächerlich halbherzigen Versuch gemacht hat, mich aus dem Weg zu schaffen. Sie hat sich bloß verhalten, wie es üblich ist, wo Moral und Sitte verfallen. Und wenn etwas Gutes an ihr ist, dann, dass sie für das Kind sorgen wird.«

»Als halbherzig empfand ich es nicht. Du hättest tot sein können. Warum hat sie es getan?«

»Du weißt, dass mein Onkel Wenthe für sich will, nicht wahr? Er hat Vogt hergeschickt, damit der über kurz oder lang einen Weg ausfindig macht, das zu bewerkstelligen. Grete hat es zu lange gedauert. Sie wollte, dass er handelt, bevor wir uns hier festgesetzt haben, du und ich. Ihre Annahme war, dass du Vogt schnell eingestellt hättest, wenn ich nicht mehr wäre. Dich glaubte sie lenken zu können. Sie wäre dann an Vogts Seite hier so gut wie die Herrin gewesen.«

Ada schüttelte seufzend den Kopf. »Gesetzt den Fall, sie hätte sich gegen Luise durchsetzen können, was ich nicht glaube.«

»Mit meinem Onkel im Rücken hätten sie jeden loswerden können, der ihnen im Wege ist. Luise ist nicht mehr als eine Magd. Sie verschwinden zu lassen, erregte hier wohl kaum großes Aufsehen. Gerade, dass sie eine Tochter meines Vaters ist, nähme meinen Onkel sicher noch schneller gegen sie ein. Ich vermute, er hasst alle, die zu Ludwigs Hausstand gehört haben, und sei es wegen ihrer Religion. Es war wirklich meine gute Absicht, das Schlimmste für die Leute hier zu verhindern, als ich dich hergebracht habe.«

»Aber von deinen anderen Geschwistern wusstest du nichts? Von euren Geschwistern, die gleichzeitig Luises Neffen und Nichten waren? Wenn noch eines davon lebt, sollten wir es finden.«

»Ich mag es nicht, wenn du diese Menschen meine Geschwister nennst. Es klingt obszön. Eine Schuldigkeit ihnen gegenüber mag ich haben, geschwisterliche Gefühle nicht. Luise stößt mich ab. Was habe ich mit ihr gemein?«

»Wenn ich dir nun noch einmal erkläre, warum du nichts mit ihr gemein hast, wirst du mich wieder anfahren. Es ist aber wichtig, dass du darüber nachdenkst, denn an deiner Schuldigkeit gegen sie ändert es einiges.«

Unwillig fegte er mit der Hand ein paar Krümel vom Esstisch. »Nun fängst du wieder davon an. Wenn du also darauf beharren musst, dann erzähl mir jetzt, wie du darauf gekommen bist. Sprich dabei allerdings leise.« Er lehnte sich mit verschränkten Armen stehend an den Tisch und sah sie an, als wäre sie ein Kind, dessen märchenhafte Geschichte er sich aus Gefälligkeit anhören wollte.

Mit beiden Händen richtete sie ihre Haube und schob lose Haarsträhnen darunter, dann ließ sie die Hände fallen und seufzte. »Ich habe Briefe deiner Mutter gelesen. Du musst mir nicht sagen, dass das unrecht war, ich weiß es.«

Verblüfft richtete er sich gerader auf. »Du hast Briefe meiner Mutter gelesen? Für dich allein? Und du hast nicht vielleicht daran gedacht, sie mir zu geben?«

Ada schob einen Finger von unten zwischen Kragen und Hals, ihr war kochend heiß vor Scham. »Gewissermaßen hattest du sie die ganze Zeit. Sie sind in der Spielzeugschachtel in der Truhe. Ich dachte, du würdest sie früher oder später schon finden. Erzählen wollte ich dir zuerst nichts davon, aber dann hast du mich gereizt. Außerdem hat die Sache für mich mehr Bedeutung, als ich im ersten Augenblick dachte. Ich habe nur ein Recht, hier zu sein, wenn ich für die Menschen sorge, die Ludwig von der Wenthe vernachlässigt hat. Dazu gehört Luises Schwester Heinrike und deren Kind, falls es noch lebt.«

Lenz hörte ihr nicht zu; er sah sie an, ohne sie wahrzunehmen. »Hat sie offen geschrieben, dass er nicht mein Vater war? Hat sie geschrieben, wer …? Ich will die Briefe sehen.«

»Es sind Briefe, die Christophers Mutter geschrieben hat. Du musst zwischen den Zeilen lesen, aber dann ist es deutlich. Ich denke, du bist der Sohn von Georg Winter. Er hat deine Mutter geliebt.«

Langsam, wie träumend, griff er sich in den Nacken, zog sein Zopfband fest, strich sich nachdenklich über den Bart. Dann sah er ihr in die Augen, sagte jedoch nichts. Sie hätte gern ihre Hand tröstend auf sein Gesicht gelegt. »Trifft es dich sehr?«

Er schüttelte den Kopf. »Es ist, als ob eine Last von mir fällt und eine andere auf mich. Weiß hier sonst noch jemand davon?«

»Ich glaube nicht. Nur bei Luise kann man nie sicher sein, was sie weiß und was nicht. Sie hat so sorgsam Schweigen gelernt wie Dierk.«

»Der Junge ist dabei allerdings kein Felsbrocken geworden.«

»Was glaubst du, wo sein Onkel geblieben ist? Wollte er Dierk abschütteln?«

»Nein. Zumindest nicht endgültig. Er wollte etwas erledigen, wobei er den Jungen nicht brauchen konnte. Nicht nur das Totenbegräbnis, sondern etwas darüber hinaus. Das mag länger gedauert haben, als er veranschlagt hatte. Es könnte immer noch sein, dass er wieder auftaucht. Das täte mir leid, ich würde Dierk gern mit nach England nehmen und einen Kaufmann aus ihm machen. Er hat gute Anlagen.«

»Oh.« Das war ein neuer Schlag für Ada, das Lächeln missglückte ihr. »Ich hätte ihn gern hierbehalten. Aber du hast ihm natürlich mehr zu bieten.«

Lieber Gott, warum sah er sie so an? Kein Wort würde sie mehr ohne Stottern hervorbringen. Sie konnte nicht mehr. Es war zu anstrengend, sich mit ihm zu unterhalten, als ginge dabei nichts anderes in ihr vor.

Mit bemüht würdevollen Bewegungen nickte sie ihm zu, ergriff ihre Rockfalte und wandte sich zum Gehen. »Ich sehe nach, ob Vogt und Grete Schwierigkeiten machen.«

»Nein.« Er stieß sich vom Tisch ab und kam ihr einen Schritt näher. »Ich meine ... Ich bin noch nicht fertig. Du hast mir gestern keine von meinen Fragen beantwortet, jedenfalls nicht so, dass ich damit zufrieden bin. Was empfindest du für Christopher?«

Sie drehte sich langsam zu ihm um, so beherrscht es ihr möglich war. »Er ist ein Freund, ein liebenswerter Mensch.«

Er verschränkte wieder die Arme vor der breiten Brust, als suchte er einen festen Stand, und diese Beobachtung machte Ada stutzig. Was hatte er von ihr zu befürchten?

»Liebenswert ist er gewiss«, sagte er, »meine Frage ist, ob du ihn als Mann liebst.«

»Nein. So denke ich nicht an ihn. Ich schätze ihn. Was mehr ist, als viele in ihren Ehen finden. Deshalb hätte ich ihn sicher mit Freude geheiratet, wenn mein Vater es damals so arrangiert hätte. Vielleicht hätte ich es auch später aus eigener Wahl getan, weil …« Es überlief Ada heiß, und sie biss sich auf die Zunge.

Lenz durchdrang sie mit seinem Blick, hart und fordernd. »Weil?«

»Nur weil ich …« Sie hielt wieder inne, schluckte. Weil ich mir noch nichts Besseres vorstellen konnte, wollte sie sagen, brachte es aber nicht heraus.

»Ich will dir meine nächste Frage stellen, vielleicht ist sie einfacher zu beantworten. Würde ich beschließen hierzubleiben, und du müsstest an meiner Seite leben, was würdest du empfinden? Würde es dich ärgern?«

»Das … das käme darauf an. Ich …« Keinen Tag konnte sie in diesem Zustand an seiner Seite weiterleben. »Lenz, ich muss dir etwas sagen. Ich … mein Gott. Nein. Oder doch. Wir würden nicht gut miteinander auskommen, fürchte ich.«

Er ließ die Arme sinken und kam noch näher, sein Blick wurde weich. »Ich weiß, dass ich seit unserer ersten Begegnung nicht so freundlich zu dir gewesen bin, wie ich hätte sein sollen. Die Gründe könnte ich dir erklären. Würde das etwas ändern?«

Adas Atem ging so flach, dass ihr beinah schwindlig wurde. »Ich verstehe nicht … Hast du vor zu bleiben?«

»Nein«, sagte er und hob die Hand, als wolle er sie berühren, dann ging die Tür auf, und Christopher steckte den Kopf herein.

»Ah. Da seid ihr. Ich begreife nicht, was hier vorgeht. Aegidia war in deinem Zimmer, Lenz. Luise hat sie dort erwischt und sie Diebin genannt. Daraufhin hat Aegidia gesagt, Grete hätte sie geschickt, das Ding zu holen. Ein Stein, nicht mehr. Jetzt stehen Vogt, Grete, Luise und das Kind in deinem Zimmer und zanken. Ich weiß nicht, was hinter der Aufregung steckt, also bitte kommt und klärt es auf.«

Lenz warf Christopher nur deshalb keinen Gegenstand an den Kopf, weil er nichts zur Hand hatte. Hätte die diebische Bande nicht noch einen Moment länger unter sich streiten können? Ada hätte sich küssen lassen, er war fast sicher. Danach hätten sich alle weiteren Fragen leichter stellen und beantworten lassen. Sein Blut rauschte, und sein Herz schlug heftig, als er den beiden voran in sein Zimmer stürmte. Er hoffte, dass er klar genug denken konnte, um die Angelegenheit schnell zu bereinigen. »Was wollte das Kind stehlen?«

Aegidia hatte sich auf Gretes Arm geflüchtet und umklammerte deren Hals.

»Stehlen, das ist doch lächerlich«, sagte Grete. »Sie wollte ein Andenken, das ist alles.«

Luise zischte erbost. »Sie sagt, Grete hätte sie danach geschickt, und sie wüsste nicht, was sie mit so einem hässlichen Ding wollte. Hier.« Sie hielt den graubraunen Stein aus dem Schrankfach auf der Handfläche in Lenz' Richtung, Ada vor die Nase.

Ada nahm ihn an sich und ging damit zum Fenster. »Das hatte ich nicht begriffen. Ich glaube, das ist ein Bezoar. Kein Briefbeschwerer.«

»Was?« Lenz ging zu ihr und betrachtete das Ding in ihrer Hand, das er für einen polierten braunen Flusskiesel gehalten hatte, nicht für den Magenstein eines Tieres. »So sieht ein Bezoar aus? Bist du sicher?«

»Ja. Der alte Herr von Bardeleben hatte einen. Er hat ihn auch benutzt, meinte, der Stein würde das Gift aus dem Wasser ziehen, das er immer für seine Gesundheit trank. Dazu hat ihm einmal ein Astrologe geraten.«

»Hat es ihm geholfen?«

Ada zuckte mit den Schultern. »Er war rüstig für sein Alter, als ich ihn das letzte Mal gesehen habe.«

Lenz drehte sich wieder zu den anderen um und wandte sich an Vogt. »Bring Er sie fort, bevor ich mir überlege, dass Sie an den Galgen muss. Schließt euch draußen dem Gesindel an, zu dem ihr gehört. Man sollte euch das Kind doch fortnehmen, bevor ihr es ganz verderbt.«

Vogt hatte Grete am Arm und stieß sie wortlos aus dem Zimmer. In der Halle hoben sie hastig ihre Bündel und Körbe auf, dann verließen sie das Anwesen beinah im Laufschritt. Aegidia hielt sich dabei an einem der Körbe fest, die Grete trug.

»Ist der Stein etwas wert?«, fragte Luise mürrisch, während sie den dreien von der Haustür aus hinterhersahen.

Lenz wandte sich von der Tür ab und gab damit allen das Signal, ins Kabinett zurückzukehren. »Es gibt Leute, die so einen Bezoar zehnfach in Gold aufwiegen. Ich hatte bloß noch nie einen gesehen, deshalb bin ich mit dem Stein unachtsam umgegangen. Gut dass du den Diebstahl bemerkt hast.«

»Ich habe das Kind gesucht, es war Zufall.«

Ada lächelte ihr zu. »Dieser Zufall hat uns ein Jahr Armut erspart, Luise. Für den Stein finden wir sogar in Hermannsburg einen Käufer.«

»Das Vermögen der Herrschaft hat den Leuten hier noch nie die Armut erspart.« Luise verzog keinen Muskel in ihrem grimmigen Gesicht.

»Das wird nun anders. Ich möchte einiges Unrecht wiedergutmachen, wenn es möglich ist. Dazu gehört auch das Unrecht, das deiner Schwester geschehen ist, als sie Wenthe verlassen musste. Ich möchte dich fragen, ob man sie zurückholen kann.«

Luise schüttelte den Kopf. »Ich weiß nicht, wo sie ist. Vielleicht lebt sie nicht mehr.«

»Wohin könnte sie denn gegangen sein?«

Mit einem wütenden Blitzen in den Augen straffte Luise den Rücken und stand noch aufrechter als sonst. »Hätte sie gewusst, wohin sie gehen könnte, wäre sie wohl schon früher gegangen. Ich sage doch, ich weiß es nicht.«

Ihr feindseliger Stolz ärgerte Lenz weniger als zwei Tage zuvor. Da er sich nicht mehr damit auseinandersetzen musste, in ihr seine Halbschwester zu sehen, konnte er mehr Gleichmut aufbringen. »Habt ihr keine Verwandten und Bekannten andernorts? Niemanden, den sie vielleicht um Hilfe gebeten hätte? Was ist mit dem früheren Pastor, hätte sie sich an den gewandt?«

»Um den Pastor hätte sie einen Bogen gemacht, selbst wenn sie schon vor Hunger hätte kriechen müssen. Und ihren einzigen Bekannten hat der alte Herr weit weggeschickt, bevor er sie fortgejagt hat. Er hat ihn als Soldaten verkauft, mit bester Empfehlung für die vordersten Reihen. Es wäre ein Wunder, wenn er noch lebte. Er war Taschner, hatte vom Kämpfen so viel Ahnung wie die Kuh vom Sonntag. Und Heinrike hatte von nichts eine Ahnung. Sie wird gleich dem nächsten Abschaum in die Arme gelaufen sein. Für mich ist sie tot, und ihr Junge auch. Sie war dumm, sich mit dem Herrn zu streiten. Ich hatte sie gewarnt. Unsereins muss seine Stellung kennen. Die Gerechtigkeit für die Herrschaften ist eine andere als die für uns, daran wird sich nichts ändern, gleich, was geredet wird. Die kleine Gans hatte nicht genug Verstand für die Welt.«

Luise hatte sich in Rage geredet und mehr auf einmal gesagt als je zuvor. Lenz folgerte daraus, dass die Sache sie stärker bewegte, als sie zugab. Er wollte das Gespräch gern beenden, aber Ada blieb hartnäckig, obwohl sie über Luises Ausbruch sichtlich erschrocken war.

»Hast du dich denn so mit ihr überworfen, dass du sie nicht wiedersehen wolltest, wenn wir sie fänden? Sie und ihr Kind sind doch die engsten Blutsverwandten, die du hast. Wäre es das Gleiche mit meinen Brüdern, ich würde wenigstens wissen wollen, was mit ihnen geschehen ist und ob ich ihnen eine Hilfe sein könnte. Die Ungewissheit ist grauenhaft, oder nicht?«

Luise lachte höhnisch. »Denke ich an meine Schwester und ihr Kind, sehe ich ein flaches Grab in der Heide. Hätte ich Gewissheit, würde ich vielleicht viel Schlimmeres sehen. Gnädige Frau entschuldigen, wenn ich jetzt lieber in die Küche gehe und beim Mittagmachen helfe.« Sie wartete nicht auf Erlaubnis, sondern knickste und ging.

Lenz und Ada wechselten einen Blick. »So viel Bitterkeit«, sagte Ada fassungslos.

Lenz nickte, räusperte sich dann. »Wie viele Brüder hattest du?«

»Zwei. Von ihnen weiß ich sicher, dass sie tot sind.«

»Von wem nicht?«

»Dietrich von Bardeleben. Mein erster Ehemann. Er ist für tot erklärt, aber Genaues haben wir nie erfahren.«

Sie presste ihre Lippen zusammen, verschloss sich. Er spürte, wie sie innerlich Abstand von ihm nahm. Gleich würde sie fliehen. »Du hast an ihm gehangen«, sagte er und wurde sich wieder bewusst, dass Christopher als schweigender Zuschauer im Hintergrund anwesend war.

Sie schüttelte den Kopf und raffte den Rock. »Nicht sehr. Verzeiht, ich möchte mir ansehen, wie Grete die Räume oben hinterlassen hat.«

»Sie wird eingepackt haben, was von Wert ist.«

»Um Aegidias willen hoffe ich, dass es da etwas von Wert gegeben hat.« Sie machte sich auf den Weg zur Tür, ohne ihn anzusehen.

Ich begleite dich, wollte Lenz sagen, doch Christophers Gegenwart hielt ihn davon ab. Er ließ sie gehen und wandte sich dem Freund zu.

Christopher jedoch sah ihn nicht an. »Ich begleite dich«, sagte er und folgte Ada.

So blieb Lenz nur übrig, den Bezoar vom Tisch zu nehmen und ihn in einem der verschließbaren Fächer unterzubringen. Ein Vermögen, falls man einen Käufer fand. Er seufzte und gestand sich ein, dass er Adas Mangel an Geldmitteln in den vorangegangenen Tagen zunehmend als strategischen Vorteil für sich empfunden hatte. Auf den Vorteil würde er nun verzichten müssen. Ada brauchte ihn nicht, und sie entzog sich ihm. Wollte er noch etwas bei ihr erreichen, blieb ihm nur, seinen ganzen Charme ins Gefecht zu führen.

»Ich hoffe, Lenz hat dich nicht wieder geärgert.« Christopher betrachtete eines von Cornelias Kleidern und fingerte spielerisch an den Spitzenbesätzen, als wäre er gefesselt von deren Details.

Elf Kleider hingen in Cornelias Gemächern, und in einem zwölften war sie bestattet worden. Ada hatte in ihrem ganzen Leben nie mehr als vier Garnituren gleichzeitig besessen. Selbst wenn sie die Kleider des Kindes nicht mitrechnete, drängte sich ihr die Frage auf, von wessen Geld dieser Überfluss bezahlt worden war. Im selben Moment schämte sie sich schon für den Gedanken. Sie war nicht stolz auf die Abneigung, die sie der Frau zu Lebzeiten gezeigt hatte, ob sie nun berechtigt gewesen war oder nicht.

Noch quälender empfand sie das Schuldgefühl darüber, dass sie nicht darauf bestanden hatte, das Kind auf dem Gut zu behalten. Andererseits fühlte sie sich nicht fähig, gegen so viele Widerstände für ein Kind zu sorgen, das nichts von ihr wissen wollte.

»Lenz hat sich deiner Meinung angeschlossen und will mich nun davon überzeugen, dass ich nicht hierbleiben kann. Ich sage aber, dass ich zumindest hierbleiben muss, bis ein ordentlicher Verwalter für das Gut gefunden ist.«

Christopher nickte, warf ihr einen flüchtigen Blick zu, starrte wieder auf das Kleid. Lavendelfarbene Seide, über den Hüften, wo das Polsterkissen sitzen musste, ballonförmig gebauscht, an jeder Raffung mit weißen Schleifchen besetzt. »Wenn das erreicht wäre, würdest du dann mitkommen? Nach England, meine ich. Nach Bristol.«

Er wurde ganz steif vor Verlegenheit und bekam rote Ohren.

Tagelang hatte Ada damit gerechnet, dass es zu dieser Aussprache kommen würde, und geglaubt, sie würde der Peinlichkeit ausweichen und flüchten, aber nun begriff sie, dass sie ihm klare Worte schuldig war. »Nein. Ich kann dir versprechen, gut auf mich Acht zu geben und mich anderswo niederzulassen, wo es sicherer ist, aber mit dir nach England gehen kann ich nicht.« Ihre letzten Worte hallten in ihr nach wie ein Echo der Vergangenheit. Die gleichen Worte mochte in diesem Haus dreißig Jahre zuvor Lenz' Mutter zu Christophers Onkel gesagt haben, um bei einem Gatten zu bleiben, den sie nicht liebte. Ada sagte es, weil die Frage nicht von dem kam, den sie liebte.

Christopher hatte mit der Antwort gerechnet, denn seine nächsten Worte kamen ruhig und ohne Zögern. »Dann bleibe ich auch. So lange, bis ich sicher bin, dass du gut versorgt bist. Und wenn du es dir anders überlegst ...«

»Das ist sehr liebenswürdig, aber du solltest nicht wegen mir deine eigenen Angelegenheiten vernachlässigen. Ich werde es mir nicht anders überlegen.«

»Du willst mir sagen, dass du nicht zu meinen Angelegenheiten gezählt werden möchtest. Aber ich fühle mich verantwortlich dafür, dass du hier bist, und ich wäre ... ich wäre untröstlich, wenn dir etwas zustieße. Du bist mir ...«

Die Röte hatte sich inzwischen von seinen Ohren her über das ganze Gesicht ausgebreitet. Ada wusste mit sicherem Instinkt, dass er gleich Worte aussprechen würde, die er später bereuen würde. »Sag nichts mehr«, befahl sie schnell. »Ich gehe nicht mit dir. Das musst du hinnehmen.«

Er sah sie an, nickte kurz. »Du hast recht.« Dann wandte er sich ab und ging.

Ada setzte sich auf Cornelias Bett, auf dem die Decken und Kissen noch ungelüftet durcheinanderlagen, und ließ den Kopf in ihre Hände sinken. Möglicherweise hatte sie soeben den letzten wahrhaft freundlichen Mann fortgeschickt, dem sie in ihrem Leben begegnen würde. Den freundlichsten, dem sie je begegnet war. Dennoch, es änderte nichts: Der, den sie begehrte, war unten im Haus geblieben. Er hatte sie mit dem Freund hinaufgehen lassen, als hätte er nichts mehr mit ihr zu besprechen.

14

Nachdem mit Grete und Wilhelm Vogt zwei weitere Arbeitskräfte weggefallen waren, hatte Ada so viel zu tun, dass sie kaum wusste, wo ihr der Kopf stand.

Draußen auf dem Hof musste das Heu gewendet, gleichzeitig unter den beengten Umständen für das Vieh gesorgt werden. Stundenweise brachten sie die kleinen Herden hinaus zum Grasen, nie weit vom Anwesen und mit äußerster Vorsicht, um sie rechtzeitig zurück hinter die Mauer treiben zu können, falls sich Gefahr näherte.

Die älteren Kinder der Flügges und der Schwarkes schickte Ada mit Dierk in die nahe gelegenen Gesträuche, damit sie von ihm das Schlingenlegen lernen konnten. Voll Stolz über diese Aufgabe vergaßen sie ihre Furcht, als sie hinauszogen.

Täglich brauchte nun auch der Gemüsegarten Pflege, und Ada tat ihr Bestes, um von Erna und Luise zu lernen, was dort zu tun war.

Seit dem Tag der Unterredung mit Christopher mied Ada die Gesellschaft der Männer. Sie aß nicht einmal mehr mit ihnen, sondern nahm sich ein Tablett mit in ihr Zimmer. Tagsüber setzte sie sich mit ihrem Brot nach draußen in den Schatten, wie ihre Leute es auch taten.

Sie hätte es an diesen Tagen geschafft, die beiden Herren aus ihren Gedanken zu verbannen, wenn Lenz sich weiter verhalten hätte wie vorher. Doch das tat er nicht. Er machte sich genauso nützlich wie sie, und er hatte es offenbar fertiggebracht, sich mit Christopher zu versöhnen. Gemeinsam kümmerten sie sich um die vernachlässigten Reitpferde des Gutes. Sie ritten einen Dreijährigen zu und zwei struppige Vierjährige, bei denen es versäumt worden war. Sie gingen auf die Jagd und listeten dabei für Ada den Holzbestand auf, der zum Verkauf oder für eigene Zwecke dienen konnte.

Das alles taten sie, ohne das Gespräch mit ihr zu suchen. Wenn sie sich dennoch begegneten, verhielt Christopher sich wie üblich, nur etwas bedrückt. Lenz war auf einmal von ausgesuchter Höflichkeit. Er trat ihr entgegen, als hätte man sie einander gerade erst vorgestellt.

Grüßte er sie, tat er es mit einer angedeuteten Verbeugung und machte ihr ein wohldosiertes Kompliment.

Weit mehr als das verwirrte Ada, dass er jede Möglichkeit nutzte, um sie zu beobachten, und wenn sie ihn dabei erwischte – quer über den Hof oder die Gartenbeete hinweg – dann wich er ihrem Blick nicht aus. Bald kam es ihr so vor, als würde er nie etwas anderes ansehen als sie, so lange sie in Sichtweite war. Was dazu führte, dass sie sich ihrerseits ständig nach ihm umschaute. Nach zwei Tagen war sie ganz zermürbt davon.

Am Morgen des dritten Tages suchte er sie zu ihrer Überraschung in ihrem Zimmer auf. Natürlich kam er nicht herein, wie er es früher getan hätte, sondern blieb mit dem

Hut in der Hand vor der Tür stehen. Ein höflicher Gruß, eine Verbeugung, dann suchte er ihren Blick, und wie üblich stolperte Adas Herz, als sie ihm in die Augen sah.

»Wenn du zustimmst, möchte ich mit Christopher nach Hermannsburg reiten und einen Käufer für den Bezoar finden. Das würde die Angelegenheit für dich vereinfachen.«

Ada hätte ihn nicht darum gebeten, war aber erleichtert. Seit sie den Stein gefunden hatten, dachte sie darüber nach, wie sie es einrichten sollte, ihn zu verkaufen.

Andererseits würde sie es mit dem Gut nicht weit bringen, wenn sie es nicht wagte, solche Dinge selbst in die Hand zu nehmen. »Ich würde gern mitkommen. Meinst du, dass es sehr gefährlich ist?«

Er zögerte, sah sie nicht an, sondern musterte die Stellen des angeschlagenen weißen Türrahmens, wo das braune Holz durchkam. »Ich würde dich lieber hierlassen. Christopher und ich können die besten Pferde nehmen und im Notfall durch Schnelligkeit davonkommen. Ein Wagen wäre hinderlich. Oder kannst du reiten?«

Sie musste verneinen und ärgerte sich darüber. Sie hatte immer gelernt, was man von ihr erwartet hatte, und bis auf das Lesen alles gut gemeistert: Rechnen, Einkochen, Pökeln, Backen, Milch verarbeiten, Schneidern, Sticken, Wäsche waschen, Kerzenziehen und hundert Dinge mehr. Sie konnte jeden Kragen fälteln und stärken und ein Haushaltsbuch führen. Das war alles sehr schön und nützlich, doch nichts davon würde ihr helfen, ihr Leben zu schützen. »Ich sollte es lernen«, sagte sie.

»Du solltest in einem Land leben, in dem du unbesorgt mit dem Wagen fahren kannst.«

Nun sah er ihr wieder in die Augen, und sie musste nach

der Türklinke greifen, um sich Halt und Mut zu geben. »Christopher hat mich gefragt, ob ich mit nach England gehe.«

Sein Gesicht verlor die Freundlichkeit, wurde ausdruckslos, nur seine Hand verriet ihn. Er schlug seinen Hut mit einer gereizten Bewegung gegen sein Bein. »Hat er das?«

Ada nickte bedächtig. »Ich habe nein gesagt.«

Noch einmal schlug er den Respondent gegen sein Bein, dann trat er einen Schritt näher und sah sie an, dass Gluthitze über sie lief.

»Und wenn ein anderer dich fragte?«

Sie zuckte mit den Schultern. »Er fragt ja nicht.«

»Würdest du?«

Er trat näher, sie konnte seinen Atem spüren und heftete ihren Blick nun ihrerseits an eine Schramme im Türrahmen. »Vielleicht«, flüsterte sie.

»Herrgott«, sagte er. Und dann ließ er endlich den Hut fallen und nahm sie in den Arm.

»Können wir neu anfangen?« Ada flüsterte weiter, weil sie wusste, dass ihre Stimme zitterte.

»Nicht ganz neu. Wir sind verheiratet, und unsere erste Nacht war gut. Ich erinnere mich an alles.« Er zog sie nachdrücklich an sich, und sein Körper zeigte ihr, dass er bereit war, an jene Nacht anzuknüpfen.

»Nicht am hellen Tag.« Das Blut rauschte Ada in den Ohren, und ihr war schwindlig vor Glück.

Er nickte. »Christopher wartet unten auf mich, wir sollten die Sache mit dem Bezoar erledigen. Aber wenn ich zurückkomme ...« Mit einer Hand griff er in ihren Nacken und nestelte die Schleife von ihrem Kragen auf, als hätte er seine eigenen Worte nicht gehört. Achtlos warf er den

Kragen hinter ihr ins Zimmer. »Ein Kuss für den Anfang. Der, den du mir nach unserer Hochzeitsnacht hättest geben sollen.«

»Ich hätte ihn dir gegeben. Du wolltest ihn nicht.«

»Du hast mir einiges zu verzeihen.«

Ada legte ihre Hände um sein Gesicht, brachte ihn zum Schweigen und gab ihm einen Kuss, der ihm die unerfüllte Sehnsucht zeigte, unter der sie gelitten hatte. Ohne Worte versprachen seine weichen Lippen und seine geschickte Zunge, dass ihr Warten ein Ende hatte.

Hätten sie nicht im Türrahmen gestanden, sondern weiter im Zimmer, sodass die Tür sich leicht hätte schließen lassen, Lenz hätte sein Vorhaben vergessen und dem Begehren nachgegeben.

So aber erinnerte er sich daran und trat von Ada zurück, nach viel längerer Zeit, als je ein Kuss gedauert hatte, so kam es ihm vor.

Er berührte sie noch einmal, bevor er ging, strich mit den Fingerspitzen über ihren Hals, der ohne Kragen so anmutig war wie der eines Schwans, vor allem, wenn sie verschämt den Blick gesenkt hielt. Sie schauderte unter seinen Fingern, und eine zarte Röte breitete sich von ihren Wangen den Hals hinab aus bis unter ihr Kleid, wohin er seine Vorstellung nicht vordringen ließ, damit er nicht doch noch die Beherrschung verlor. »Wenn du mich heute Nacht bei dir schlafen lässt, dann kannst du es nicht zurücknehmen. Dann gehörst du mir.«

»Und muss dir gehorchen?«

Nun zitterte sie und stellte ihn damit auf die Probe. Er wollte ihr Zittern spüren, ihre Haut auf seiner Haut, ihre

Hitze. Es fiel ihm schwer, ein überzeugendes Lächeln zustande zu bringen, als er den Kopf schüttelte. »Dann und wann würde ich das begrüßen«, sagte er, doch sein Ton sagte bloß: Es ist alles gleich, solange du mein wirst.

»Dann und wann werde ich es tun.« Sie gab ihm ein ähnlich angestrengtes Lächeln zurück, und er schaffte es, sich abzuwenden und zu gehen.

Von dem Augenblick an, als Jakob das Tor hinter Christopher und Lenz schloss, fühlte Ada sich unwohl.

Lenz' plötzlicher Sinneswandel schien ihr bald unwirklich, als hätte sie ihn nur geträumt. Es wäre nicht das erste Mal gewesen, dass sie sich einen Kuss mit ihm so lebhaft ausmalte, dass ihr heiß und benommen wurde. Sie würde erst ganz an seine Worte glauben können, wenn er zurückkehrte.

Zu ihrem Unbehagen wurde sie von der schwarzseherischen Ahnung gequält, dass ihm etwas zustoßen würde, das ihn von der Rückkehr abhielte.

In ihrem ganzen Leben war sie nie für lange Zeit von Herzen froh gewesen. Sie konnte sich einfach nicht vorstellen, dass es diesmal anders sein würde.

Wie um sie zu bestätigen, klopfte Dierk bei ihr an und brachte schlechte Nachrichten. »Ottman sagt, es wird gewittern, und ob Ihr meint, das Heu soll schon in die Scheune.«

Ada stimmte zu, und danach warf sie sich mit allen anderen zusammen in die Arbeit, das Heu vor dem aufziehenden Regen zu retten. Noch während sie die letzten Wagen beluden, brach der Sturm los und riss ihnen das Heu von den Forken, sodass sie aufgeben mussten.

Ottman hatte unrecht gehabt: Es war nicht nur ein Gewitter, das über sie zog, sondern eine Sintflut. Der Wind legte sich nach den anfänglichen Böen etwas, doch der Regen prasselte stundenlang ohne Unterbrechung auf das Anwesen. Wo das Heu liegengeblieben war, schwamm es bald. Überall, wo der Boden fest war, bildeten sich auf dem Hof Teiche, breiteten sich aus, sickerten über die ausgetretenen Türschwellen auf die Stallgassen und in die Scheune.

Überhaupt kam der Regen in der alten Scheune auch durchs Dach, davor hatten Adas Leute sie schon gewarnt, als es galt, das Heu unterzubringen. Nun lag es auf dem Heuboden der neuen Scheune; die Bauern waren noch dabei, das letzte Fuder abzuladen.

Ada stand im Kabinett und sah aus dem Fenster. Bald würde sich die Frage stellen, ob sie das Vieh trotz der Marodeure und Soldaten auf die weiter entfernten Weiden bringen wollte, oder aber zusehen, wie sich die Tiere hinter sicheren Mauern mager hungerten. Mit den wenigen Leuten konnte sie nicht tägliches Futter und Wintervorrat gleichzeitig hereinbringen. Wenn nun auch noch das Wetter schlecht wurde, musste jeder gute Tag genutzt werden.

Die Arme und Schultern taten ihr weh von der Arbeit, die von den harten Halmen zerkratzte Haut an Händen und Unterarmen juckte, ganz zu schweigen vom Rest. Heustaub und Schweiß waren überall. Sie hatte sich nicht geziert, mit anzufassen. Manchmal zeigte eine der Frauen Verunsicherung, wenn sie nebeneinander schafften, aber dass die Arbeit getan wurde, war Ada wichtiger als Rangfragen.

Luise und die Männer nahmen es ohne Regung hin, dass

ihre gnädige Frau zur Forke griff. Vielleicht weil sie ohnehin nicht viel Respekt vor ihr hatten, wenn sie sich auch an die Formen hielten.

Ada untersuchte die Flecken auf ihrem Kleid und rieb unglücklich daran herum. Der Regen verdunkelte den Raum, und sie war müde. Sie hatte geglaubt, dass sie in Lenz' Zimmer Trost finden würde, aber das Gegenteil war der Fall. Seine Sachen, sein Geruch, alles erinnerte sie nur daran, wie sehr er sie verwirrte und wie besorgt sie um ihn war. Zudem war ihr Kleid feucht geworden, sie riskierte eine Verkühlung.

Auf dem Weg nach oben begegnete ihr auf der Treppe Luise, die ausnahmsweise nicht hart und unbewegt wirkte, sondern so gebeugt die Stufen herunterschlich, dass Ada überrascht stehenblieb. »Luise?«

Luise richtete sich auf, versuchte ihre Haltung wiederzufinden. »Gnädige Frau?«

»Ist etwas nicht in Ordnung?«

»Der Regen«, seufzte die Magd. »Offiziere leben nicht gern in Zelten, in denen das Wasser steht.«

»Was meinst du damit? Tun sie dir leid?«

Luise schnaubte abfällig. »Gnädige Frau haben vom Krieg noch nicht viel gesehen, nicht wahr? Ich will sagen, dass wir bald eine Rotte Offiziere vor dem Tor haben, wenn der Regen anhält. Der alte Herr wusste, wie man mit ihnen umgeht und sie wieder loswird, aber der kann uns nicht mehr helfen.«

»Wir lassen sie eben nicht herein.«

»Sie werden einen Einquartierungsschein mitbringen, der ihnen das Recht gibt. Herzogliche Order.«

»Wie oft ist so etwas hier schon passiert?«

»Zweimal. Ihr möchtet das nicht erleben, wenn kein Herr im Haus ist.«

Ada sah auf Luises Filzpantoffeln, die sie im Haus anstelle der lauten Holzpantinen trug. Von Luise hatte sie als Letztes erwartet, dass sie einen Herrn vermisste, aber natürlich war es schiere Vernunft, dass sie es tat. »Die jungen Herren werden uns helfen können. Bis sie zurück sind, könnten wir die Kerle doch abweisen, oder nicht?«

Luise sah sie ungläubig an und schüttelte den Kopf. »Die jungen Herren werden nichts anderes tun können als mit denen zu trinken, bis der Keller leer ist. Was haben sie für Macht? Man muss schon wissen, wie man solche Männer packen kann, damit sie einem gefällig sind. Ich weiß nicht genau, wie der alte Herr das beim ersten Mal gemacht hat, aber beim zweiten Mal hat er seinen eigenen Stall angezündet, um die Bande aus dem Haus zu schaffen. Dabei hat er Zeter und Mordio geschrien, dass sie ihm Feuer gelegt hätten.«

Ada riss die Augen auf. »Er hat ihn selbst angezündet?«

»Ja, drinnen hat er den Betrunkenen gespielt, und zwischendrin ist er mit Zunder in den Stall, nüchtern wie eine Forelle. Die Offiziere hatten ihre Pferde da drin, deshalb sind sie aus dem Haus gerannt. Danach hat er sie aus dem Haus ausgesperrt. Wahrscheinlich sind sie abgerückt, weil sie mit dem Brand nichts zu tun haben wollten. Er wird schon gewusst haben, womit er drohen konnte.«

»Das war das Feuer, aus dem Ottman Pferde gerettet hat? Ich muss sagen, ich hätte gedacht, der Herr ist verrückt.«

»Den Stier hat Ottman gerettet. Dafür hat er sich verbrannt, für das schwarze Biest. Die eigenen Pferde hatte der Herr vorher selbst herausgebracht.«

Nicht nur das feuchte Kleid ließ Ada frösteln. »Es hätte alles niederbrennen können. Das ganze Anwesen.«

»Ich sag ja nicht, dass er nicht verrückt war. Auf der anderen Seite wollte er den alten Stall sowieso weghaben, und es war Regenwetter.«

»Zu solchen Mitteln werden wir aber besser nicht greifen. Ich werde darüber nachdenken, wie wir am klügsten vorgehen, falls sie tatsächlich kommen.«

Luise nickte, ohne es zu meinen. Ada wusste genau, dass die nur wenig jüngere Frau keinen Grund hatte, ihr viel zuzutrauen. Für den Moment freute sie sich schon darüber, dass Luise ihr gegenüber gesprächiger geworden war. Vielleicht war mit ihrem letzten Zornesausbruch der Damm in ihr gebrochen, und sie konnte deshalb offen über ihre Angst sprechen.

Mit der neuen Sorge im Kopf ging sie in ihr Zimmer und zog sich um. Einen Moment zögerte sie, dann legte sie ihren Kragen wieder an. Bei der Arbeit hatte sie ihn nicht getragen. Lenz mochte ihn nicht, so viel hatte sie begriffen, aber ihr gab das gewohnte Kleidungsstück Sicherheit und das Gefühl von Würde. Dabei war die Spitze wie all ihre Kleidung längst nicht mehr sauber. An Wäschewaschen war nicht zu denken, es sei denn, sie wuschen bei schlechtem Wetter und trockneten die Wäsche im Saal vor dem Kamin. Das allerdings würde Holz vergeuden, was sie darauf brachte, dass auch Holz geschlagen werden musste, wenn es bis zum Winter trocken sein sollte. Die großen, hohen Räume des Gutshauses waren schwer zu heizen.

Andererseits würden fast alle Räume leerstehen. Sie konnte ins Untergeschoss ziehen, sodass für ihren Bedarf nur ein Raum geheizt werden musste.

Und wenn sie nicht blieb? Vielleicht nahm Lenz sie wirklich mit nach England. Wozu dann die Mühe mit dem Gut? Weder Luises Schwester und ihr Kind würden sich finden, noch ein neuer Verwalter, dachte sie. Und wie lange würde Luise es allein schaffen?

Sie öffnete den Deckel ihres Handarbeitskorbes, betastete ihre angefangenen Stickereien und fragte sich, ob sie sich je wieder ruhig genug fühlen würde, um sich damit zu beschäftigen.

Der Regen ließ nach, es wurde heller. Nicht mehr als ein Loch in der grauen Wolkendecke, aber sie beschloss, es zu nutzen, damit sie nicht vor Rastlosigkeit platzte.

In Holzpantinen klapperte und platschte sie durch die Pfützen auf dem Hof zum Torturm. Oben spielten zwei der Flügge-Kinder mit Tonmurmeln und hielten gelegentlich Ausschau, ob sich jemand näherte.

Noch während Ada auf dem Turm stand und in Richtung Hermannsburg starrte, wurde der Regen wieder stärker. Sie wollte kein zweites nasses Kleid und blieb auf dem Turm, um den Schauer abzuwarten. Daher sah sie den reitenden Boten als Erste und nahm seine Briefe in Empfang. Einer für Christopher und Lenz, zwei für sie.

Drinnen breitete sie ihre Briefe auf Lenz' Tisch aus. Das Papier war durchfeuchtet, und an einigen Stellen war die Tinte verlaufen, aber lesbar war alles geblieben.

Sie hatte nicht damit gerechnet, dass ihr jemand schreiben würde, die Briefe hatten sie überrascht und sofort beunruhigt. Als sie entdeckte, wer ihre Absender waren, wurden ihre Knie weich. Der erste kam von Graf Ferdinand, der mit Mord drohte.

Der zweite war unterzeichnet von Junker Dietrich von Bardeleben, ihrem ersten Ehemann.

Lenz und Christopher waren schon auf dem Hinweg nach Hermannsburg in den Regen geraten, und auf der Suche nach einem Käufer für den Stein wurden sie erneut nass. Fündig dagegen wurden sie nicht. Keiner der Händler oder Privatleute war bereit, den Preis zu zahlen, der Lenz vorschwebte und von dem er wusste, dass er ihn an anderen Orten erzielen konnte.

Im Grunde war die Suche ohnehin Formsache, er hatte geahnt, dass Hermannsburg zu klein war. Schon vor dem Ausflug hatte er beschlossen, dass er den Stein selbst kaufen würde. Schließlich war er Kaufmann genug, um selbst dann keinen Verlust zu machen, wenn er Ada einen hohen Preis für den Bezoar zahlte. Spätestens in London würde er ihn ausgezeichnet verkaufen können.

Procurator Eckermann willigte ein, ihm einen Wechsel auszuzahlen, wenn er sich bis zum nächsten Morgen gedulden wollte.

Christopher war dafür, über Nacht zu bleiben, zumal Eckermann ihnen die Unterkunft anbot. Während der Advokat den Raum verließ, um einen Knecht nach Geld zu schicken, hörte Lenz den Regen vor dem halb offenen Fenster mit den milchigen runden Ochsenaugen-Scheiben rauschen. Er wusste, wie dunkel die Regenwolken den abendlichen Heimweg machen würden, wusste, dass es Unsinn war, nicht auf das Geld zu warten. Wusste, wer auf ihn wartete, und seine Vernunft zählte dagegen nichts.

»Ich will zurück. Bleib du und bring das Geld morgen nach.«

Christopher, der sich den ganzen Tag über beinah normal verhalten hatte, wenn auch nicht fröhlich, zog die Brauen zusammen. »Ist es klug, wenn wir uns trennen?«

»Hast du Angst?« Gott, das war ungerecht und bissig, befand Lenz und holte Luft, um sich zu entschuldigen.

»Weißt du, vielleicht bist du doch wie dein Vater«, sagte Christopher da, und aus Lenz' geplanter Entschuldigung wurde ein trockenes Lachen.

»Wer weiß.« Er stand auf. »Also bringst du das Geld morgen?«

»Warum hast du es so eilig zurückzureiten? Du wirst unterwegs halb ersaufen.«

Lenz sah dem Freund in die Augen und setzte seinen Hut auf. »Du warst der Erste, der gesagt hat, sie solle nicht allein bleiben, Christopher. Ich werde sie bitten, mit mir nach Bristol zu kommen.«

Christophers Mienenspiel zeigte seine Überraschung, das Blut schoss ihm in die Wangen, dann wurde er wieder blass. »Als was?«

»Als meine Gattin. Es tut mir leid, wenn ich dich damit verletze. Ich habe es vermeiden wollen.«

Procurator Eckermann kehrte in den Raum zurück und begann gleich ein Abschiedszeremoniell, als er Lenz stehend vorfand, sodass Christopher keine Zeit zum Antworten blieb.

Lenz reichte sein Gesichtsausdruck. Er war sich gewiss, dass er sich nie ganz verzeihen würde, seinem Freund diesen Hieb versetzt zu haben.

Stockfinster war es, als Lenz beim Tor ankam. Er war bei der schlechten Sicht auf den überschwemmten Wegen kaum vorangekommen. Bauer Schwarke ließ ihn zum Tor hinein und begrüßte ihn deutlich erleichtert, ebenso wie Dierk, der ihm im Stall sein Pferd abnahm.

Er war nass bis auf die Knochen, das Wasser tropfte vom Hut, aus dem Mantel, der Hose, den Haaren, aber er spürte es kaum, er konnte nur daran denken, dass Ada ihn irgendwo im Haus erwartete. Ihre Arme würden warm sein, ihr Kuss ihn alle Schwierigkeiten vergessen lassen.

Trotz seiner Ungeduld ging er zuerst in sein Zimmer. Wenn auch ihm die Nässe nichts ausmachte, sie mochte sich dadurch gestört fühlen.

Mit Schwung öffnete er die Tür zum Kabinett und erstarrte. Ada saß gebeugt bei einer Kerze am Tisch, die Stirn in eine Hand gestützt, vor sich Papier und Feder. Es war nicht zu übersehen, dass sie geweint hatte und ihm nicht die freudige Erwartung entgegenbrachte, die er sich ausgemalt hatte. Er räusperte sich und nahm den nassen Hut ab. »Störe ich dich?«

»Ich habe gedacht, du kommst nicht mehr.«

Erschöpft und verzweifelt klang sie. Hatte sie wegen ihm geweint? Weil sie dachte, er käme nicht zurück? »Christopher kommt morgen nach. Mich hielt in Hermannsburg nichts. Ich hatte gehofft … Ist dir nicht wohl?«

»Ich habe einen Brief bekommen. Du kannst ihn lesen.« Sie zeigte auf einen kleinen Stapel Papiere.

»Schlechte Nachrichten? Ist jemand gestorben?«

Ihre Reaktion verwirrte ihn vollends. Erst lachte sie auf, dann fing sie an zu weinen. »Nein«, schluchzte sie. »Eben nicht gestorben.«

Sie hob mit spitzen Fingern einen der Briefe auf und schob ihn auf dem Tisch in seine Richtung. »Was soll ich antworten?«, fragte sie – nicht ihn, sondern sich selbst. Sie sah aus, als würde sie sich das seit Stunden fragen. Er hob den Brief auf und holte seine Brille von der Schreibplatte des Schrankes.

Teure Konrade, verehrte Gemahlin,
nach langen Irrfahrten ist es mir vor wenigen Tagen endlich geglückt, den Heimweg nach Celle zu finden, wo mich die, wie ich gestehe, nicht völlig überraschende Erkenntnis erwartete, dass ich sowohl von Euch als auch meiner Familie als tot aufgegeben worden war. Ich bin mir bewusst, dass meine Auferstehung für Euch eine große Erschütterung sein muss. Doch das wird die Zeit remedieren.
Des Weiteren muss ich Euch mitteilen, dass mein verehrter Herr Großvater bei meinem Erscheinen von einem Schlag getroffen wurde und nun schwerkrank darniederliegt. Die Medici geben ihm nur noch kurze Zeit, die schon abgelaufen sein mag, wenn Euch dieser Brief erreicht.
Ihr werdet verstehen, dass ich als Erbe des Hauses nun ohne Verzug dafür sorgen muss, dass unser Eheverhältnis geklärt wird. Euch muss selbstverständlich bekannt sein, dass die Rücknahme Eurer Mitgift und die Ehe mit dem Gehilfen und Nachfolger Eures Vaters, so Ihr sie bereits eingegangen seid, keinen rechtlichen Bestand haben und Ihr weiterhin meine Gemahlin seid. Ich gehe davon aus, dass Eure Loslösung von meiner Familie weniger Eurem als dem verständ-

lichen Betreiben Eures Vaters zuzurechnen ist, und vergebe Euch. Allerdings werdet Ihr begreifen, dass diese Angelegenheit für einen Mann meines Standes eine erhebliche Unannehmlichkeit bedeutet, und ich vertraue nun darauf, dass Ihr mich nach Kräften dabei unterstützen werdet, sie rasch und diskret in Ordnung zu bringen.

Sobald die Umstände, betreffend meinen armen Großvater, es zulassen, werde ich mich auf den Weg zu Euch machen.

Euer Gemahl
Dietrich von Bardeleben

Ada sah Lenz mit brennenden Augen beim Lesen zu, fühlte sich aber innerlich so leer, dass sie sich nicht einmal darum sorgte, wie er die Nachricht aufnehmen würde. Sie sah Überraschung in seinen Zügen, dann Fassungslosigkeit, Misstrauen und am Ende Wut.

Mit einem Knurren senkte er den Brief und legte unsanft die Brille auf den Tisch. »Willst du zu ihm zurück?«

Er blaffte sie an, als wäre alles ihre Schuld. Neue Tränen drängten in ihr hoch, ließen sich nicht zurückhalten. Stumm schüttelte sie den Kopf.

Er schleuderte den Brief von sich, das Papier flatterte zu Boden, halb unter den Schrank.

»Dann schert uns das nicht.« Er kam zu ihr, drehte ihren Stuhl vom Tisch weg und zog sie hoch. Seine Sachen waren nass und kalt, sie schauderte und fing an zu zittern. »Lass ihn doch kommen«, sagte er, sein Mund schon ganz nah bei ihren Lippen, und danach hatten sie keine Zeit mehr zum Sprechen.

In diesen Kuss legte er hinein, was er wochenlang für sie aufgespart hatte. Ihre Verzweiflung wurde von seinem Verlangen weggefegt. Er legte ihr besitzergreifend eine Hand in den Nacken, während er mit der zweiten sein Wams aufknöpfte.

Als hätte sie ihm noch ausweichen wollen. Sie grub selbst ihre Finger in seine Schultern, sein nasses Haar.

Es dauerte lange, bis sie sich von ihren Kleidern befreit hatten. Zumal Lenz sich wieder nicht damit zufriedengab, sie im Hemd zu lassen, sondern ihr auch noch ihre letzte Hülle raubte. Es war köstlich, wie seine kalte Haut danach auf ihre traf, wie er es ihr in dem Versuch gleichtat, so viel Haut wie möglich aneinanderzulegen, als wollten sie auch auf diese Art verschmelzen.

Sie hatten keine Zeit, die türkisch gemusterte Decke vom Bett zu ziehen, sie hatten keine Zeit, das Licht zu löschen oder mehr Licht zu machen, keine Zeit, den Schlüssel im Türschloss zu drehen.

Viel zu lange hatte es schon bis zu diesem Moment gedauert. Sie fielen auf das schmale Lager, und Ada erfuhr zum ersten Mal, welche Gewalt im Begehren eines Mannes stecken konnte. Lenz' Gesicht war hart, als wäre er wütend, und er war bald nicht mehr sanft. Doch selbst dann wollte sie ihn noch, selbst wenn er sie nach seinem Belieben herumstieß. Ihr wurde schwindlig von der Gier, die sie beide um Luft ringen ließ. Zuerst war sie stumm, später entkamen ihr Laute wie von einem Tier. Es fiel ihr nicht ein, sich dafür zu schämen. Er verstand ihr Seufzen, ihre kleinen Schreie, er lauschte, was ihr besondere Lust verschaffte. Eine Weile diente er ihr, dann hörte er sie nicht mehr, flüsterte ihr ungeheuerliche Dinge zu, die sie kaum begriff, bis er sich schließlich mit einem Wonnestöhnen in ihr ergoss. Sie streichelte ihn, bis er wieder zu Atem gekommen war. »Was hast du da für sündige Sachen gesagt?«

Er lachte in sich hinein, sie fühlte es auf ihrer Brust. Seine Stimme klang wärmer als sonst. »All die sündigen Sachen will ich noch mit dir tun. Gleich heute Nacht. Verrätst du mich an den nächsten Pastor, wenn uns je wieder einer begegnet?«

»Ob ich die sündigen Sachen mit dir tun werde, das fragst du nicht?«

»Das ist nicht nötig. Ich weiß, dass du es wirst. Und du wirst es nicht bereuen. Sag mir, seit wann willst du mich?«

Ada wurde rot und überlegte, ob sie lügen sollte, verwarf es jedoch. »Von Anfang an. Seit Christopher uns bekannt gemacht hat. Ich habe es mir nur verboten.«

»Wir sind offenbar beide nicht besonders gut darin, unseren wahren Wünschen zu folgen. Mir tut es leid um die vergeudete Zeit.« Er hob den Kopf, küsste sie und verlagerte dann sein Gewicht auf seine Ellbogen.

»Du hast mir sehr gut vorgespielt, dass du mich nicht willst«, sagte sie.

»Ich habe es mir selbst sehr gut vorgespielt. Verzeih mir. Es ist vorbei, und nun gebe ich dich nicht mehr her.« Neckend fuhr er mit den Lippen ihren Hals hinab bis zu ihrem Busen, und sie schauderte.

»Aber wir sind gar nicht verheiratet, Lenz. Was soll ich mit Dietrich machen?«

»Er muss dich aufgeben. Wir werden alles regeln. Ich sage ja nicht, dass wir keine Sorgen haben.«

»Ich werde ihn davon überzeugen, dass es so besser ist.

Er muss nur erfahren, wie verschuldet mein Vater ist. Wenn ich meine Mitgift abtrete, hat er von mir ja nichts mehr zu erwarten. Dann kann er sich mit meinem Vater um das Recht darauf streiten.«

»Ist er so dumm, dass er deinen Wert nur darin sieht?« Für eine Antwort darauf ließ er ihr keine Zeit. Er arrangierte das Bettzeug mehr nach seinem Geschmack und neckte Ada mit Küssen, bis sie vor ihm lag, wie er es sich wünschte. Ein zärtliches Spiel begann zwischen ihnen, welches beinah die ganze Nacht dauern sollte.

Dietrich von Bardeleben war wütend. Er war es schon gewesen, als er aus Celle aufbrach. Nie wieder hatte er reisen wollen, so hatte er sich geschworen, als er nach all den Jahren endlich wieder dort angekommen war.

Es blieb ihm keine Wahl.

Auf den Brief an seine Gemahlin war keine Antwort gekommen. Er hatte ihr nicht gleich einen Vorwurf daraus gemacht. Der Brief konnte verlorengegangen sein, denn was ging nicht alles verloren in diesen Zeiten. Dennoch war er wütend, als er aufbrach. Weil er reisen musste, weil sein Schwiegervater ausgerechnet so kurz vor seiner Rückkehr beschlossen hatte, die Tochter neu zu verheiraten, und damit alles verkompliziert hatte. Weil sein Großvater gestorben war, kaum dass er ein paar Tage daheim gewesen war, und ihn mit dem Besitz, den Schulden und den Pflichten allein ließ, mit denen er sich nicht mehr auskannte.

Die Großmutter zählte nicht als Unterstützung. Die lag ihm von der ersten Stunde an nur mit ihrem Wunsch nach legitimen Enkelkindern in den Ohren.

Seine Wut war um ein Vielfaches gewachsen, als er in

Lüneburg erfahren musste, dass seine Gemahlin noch kompliziertere Verhältnisse geschaffen hatte, als befürchtet. Von der Wenthe war kein unbekannter Name für ihn, vielleicht war das Geschlecht sogar mit seinem eigenen entfernt verschwägert, wenn die von Bardelebens auch nur von untituliertem kleinem Adel waren. Auf jeden Fall war es durch diese Wendung fraglich geworden, ob man die Angelegenheit ohne Aufsehen würde regeln können.

Aber sein Recht würde er schon bekommen. Als vom Schicksal gebeutelter Soldat hatte er in den vergangenen Jahren geübt, es sich zu erkämpfen.

15

Als die Sonne aufging, hatte der Regen aufgehört, aber der Himmel blieb verhangen.

Lenz sah keinen Grund, das Bett zu verlassen, außer der Tatsache, dass seines viel schmaler und damit unbequemer war als Adas. Deshalb standen sie früh auf und schlichen nach oben, wo sie wieder unter die Decken krochen.

Ruhe hatte Ada allerdings nicht mehr, ihre Sorgen raubten ihr den Schlaf. Dietrich von Bardeleben schien tatsächlich eine der kleineren zu sein, solange Lenz zu ihr stand. Den Brief seines Onkels hatte sie noch nicht erwähnt.

Ferdinand drohte darin, dass es für Lenz und sie keine Aussicht auf Überleben gäbe, wenn sie ihm das Gut nicht überließen. Dafür wollte er sorgen.

Zog sie in Betracht, dass sie durch ihre ungültige Ehe nicht einmal formal die rechtmäßige Eigentümerin von

Wenthe war, so schien es das Vernünftigste, das Gut aufzugeben.

Vorausgesetzt, dass es gelang, die Ehe mit Dietrich aufzulösen, würde sie Lenz mit einer Truhe und ein paar Körben nach England folgen, sie brauchte nicht viel. In zwei Jahren konnte sie dann das Erbe ihrer Tante als späte Mitgift in ihre neue Ehe einbringen und Lenz auf die Art dafür danken, dass er sie auch ohne Geld gewollt hatte.

Die Leute vom Gut mussten eben sehen, wie sie zurechtkamen. Luise würde für sie sorgen müssen. Graf Ludwigs Tochter war ohnehin längst die heimliche Herrin auf Wenthe.

Nur hatte sie nicht das Gesetz auf ihrer Seite, und auch sie hatte Angst. Was mochte sie beim letzten Mal mit den einquartierten Offizieren erlebt haben? Ada seufzte; es würde ewig auf ihrem Gewissen lasten, wenn sie einfach ging.

»Was hast du?« Lenz war im Halbschlaf, aber so eng mit ihr verschlungen, dass ihr Seufzen ihm nicht entgehen konnte.

»Was tun wir, wenn wir Soldaten Quartier geben müssen? Luise sagt, das wäre schon einmal geschehen, und es muss schlimm gewesen sein.«

»Wir lassen sie nicht herein.«

»Wenn sie eine schriftliche Order mit Siegel vom Herzog vorzeigen können, kannst du sie nicht abweisen. Sonst gältest du als Verräter.«

»Weiß in diesem Land denn noch jemand, wem er Treue schuldet? Wer ist der Herzog, und auf wessen Seite steht er gerade? Des Kaisers? Der Religion? Auf der Seite Frankreichs oder auf der schwedischen? Wir werden sagen, wir hätten eine Seuche im Haus. Eine Seuche, um die andere Seuche abzuwehren.«

»Das werden sie nicht glauben. Dein Vater ... ich meine, Ludwig von der Wenthe hat seinen eigenen Stall angezündet, um einquartierte Offiziere loszuwerden.«

»Damit hatte er Erfolg? Dann können wir ja das Haus anzünden, bevor wir sie hereinlassen. Sicher werden sie dann noch besser abgeschreckt.«

Ada musste lachen, obwohl sie die Angelegenheit nicht halb so leicht nehmen konnte wie er. Es mochte daran liegen, dass er nicht mit den gleichen Schauergeschichten aufgewachsen war wie sie. Geschichten von hungrigen und habgierigen Soldaten, die Menschen die Füße ins Feuer hielten, um an ihre versteckten Schätze zu gelangen, von verschleppten Frauen, die nur als Huren überleben konnten.

Seit dem Gespräch mit Luise kreisten ihre Gedanken darum, ob es ein Versteck auf dem Anwesen gab, wo zumindest die Frauen und Kinder im Notfall ausharren konnten, bis heraus war, wie die Soldaten sich verhielten. Sie würde noch einmal mit Luise darüber sprechen, nahm sie sich vor.

»Ich will fort von hier, Ada. Alles, was ich noch will, ist, dich sicher heimzubringen. Lass das Gut zum Teufel gehen. Wir brauchen es nicht. Die Leute können mitkommen, falls du das willst. Es sind nicht viele. Wir können sie auf meinem Land ansiedeln. Auf ein paar mehr kommt es dort wohl nicht an.«

»Anfangs war es dir so wichtig, dass das Gut in meinen Besitz gelangt.«

»Ich dachte, ich treffe sieben auf einen Streich. Ärgere

meinen Vater, meinen Onkel, helfe den Bastarden meines Vaters, den Leuten auf dem Gut und dir. Es war kurzsichtig, aber du musst mir zugutehalten, dass ich das Ende meines Lebens vor Augen hatte.«

»Ich bin froh, dass es anders gekommen ist.«

»Bist du das?« Er wälzte sich über sie, ließ sie sein Gewicht spüren, seine Macht. Statt zu antworten, öffnete sie ihre Schenkel für ihn.

Nachdem sie sich am Vormittag endlich zum Aufstehen durchgerungen hatten, ging Lenz die Treppe hinunter, als wäre es die selbstverständlichste Sache, dass er nur in Hose und Hemd aus dem Zimmer seiner Gemahlin kam. In Wahrheit fühlte er sich bei aller Mattigkeit stolz und glücklich wie ein Hahn.

Das verflog sofort, als er sein Zimmer betrat und Christopher dort vorfand. Sein Freund saß still auf einem Polsterstuhl beim Schrank, den Fenstern zugewandt, deren Vorhänge nur einen Spalt offen standen.

Adas Kragen hing über einem der Stühle, ihre Haube lag darunter, seine und ihre Strümpfe waren noch weiter verstreut. Diese Sprache war deutlich genug, es hätte das zerwühlte Bett und den schwülen Geruch in der Luft nicht gebraucht. Wortlos ging Lenz an Christopher vorbei zu den Fenstern, öffnete eines davon und zog die Vorhänge ganz zur Seite.

»Du bist früh aufgestanden«, sagte er.

»Eckermann hatte das Geld noch gestern Abend zusammen.« Christophers Stimme klang so erschöpft und niedergeschlagen, wie er aussah. Sein Hemd war feucht, seine Haare waren noch nass, und seine Stiefel voller Schlamm.

»Ich werde nachsehen, ob die alten Frauen ein Frühstück für uns haben. Du leistest uns doch Gesellschaft?«

Christophers Blick wanderte zum Bett und blieb dort hängen. »Ich glaube nicht. Es ist …«

Er verstummte gequält, und Lenz wurde von seinem Gewissen geplagt. »Es tut mir leid, Christopher. Aber …«

»Du musst dich nicht entschuldigen. Die Sache ist nur …« Er griff hinter sich, nahm den Brief zur Hand, den er auf dem Boden gefunden haben musste, und hielt ihn Lenz hin. »Ihr seid gar nicht rechtmäßig verheiratet. Hätte ich das gewusst … Was willst du nun tun?«

»Wenn du schweigst, werden wir verheiratet sein, bevor jemand den Unterschied merkt.«

Christopher schüttelte den Kopf. »Wenn von Bardeleben sich nicht von ihr trennen will …«

Lenz nahm ihm den Brief ab und faltete ihn klein. Das Feuer in der Küche würde ihn fressen. »Ada will nicht zu ihm zurück. Deshalb wird er sie gehen lassen. Andernfalls müsste er sich mit mir duellieren.«

Während Lenz Strümpfe, Pantoffeln und seine Samtweste anzog, stützte Christopher die Ellenbogen auf die Knie, saß da und starrte auf den Boden. »Wie lange werdet ihr noch hierbleiben?«

Lenz hätte es selbst gern gewusst. Nach wie vor war ihm jeder Tag ein Tag zu viel. »So kurz wie möglich. Aber du siehst, es ist noch einiges zu regeln. Wenn wir abreisen, ohne diesen von Bardeleben zu treffen, können wir unseren Ehestand nicht klären. Außerdem müssen wir für die Leute sorgen.«

Wieder schwieg Christopher, dann lachte er bitter. »Die Rolle, die ich in diesem Stück gespielt habe, ist komischer, als du denkst, Lenz. Weißt du, ich habe als Kind einmal Vater und Mutter belauscht. Mutter war überzeugt davon, dass ihr Bruder Georg dein Vater war und nicht Ludwig von der Wenthe. Wenn es so wäre, hättet ihr gar kein Anrecht auf Wenthe. Hätte ich mich nicht eingemischt, wäre das Gut einfach dem Wenthe-Heidmark-Zweig zugefallen, und Ada wäre den grässlichen Märtens von allein losgeworden. Nach Celle zurückzukehren, hätte ihr unter den Umständen wahrscheinlich nichts ausgemacht.«

»Wenn du dich nicht eingemischt hättest, dann wäre ich tot.«

»Hätte ich mich nicht eingemischt, dann wärest du gar nicht unter das Soldatenpack und in Gefahr geraten.«

»Ich werfe dir das nicht vor.«

»Das brauchst du nicht. Ich tu es selbst. Lenz, ich bin entschlossen. Ich reise ab. Eine Weile allein zu sein, wird mir guttun.«

»Aber du fährst nach Haus zu deinem Vater.« Unwillentlich war es Lenz herausgerutscht wie ein Befehl.

Christopher lächelte spöttisch. »Mach dir keine Sorgen. Vater wird verstehen, dass du mich nicht bis ans Ende unserer Tage an der Hand führen kannst.«

Lenz nickte, obwohl er sich sehr wohl Sorgen machte. »Ada sagt, da wäre ein Brief von ihm gekommen. Hast du den auch gefunden?«

Christopher hatte ihn nicht gefunden, sie überflogen das Schreiben gemeinsam. Da keine bedeutenden Neuigkeiten darin standen, ließ Lenz Christopher in Ruhe lesend zurück, während er sich um das Frühstück kümmerte.

Lenz wusste, dass Henry Carton es ihm nicht übelnehmen würde, wenn er Christopher gehen ließ. Das änderte nichts daran, dass er selbst sich wie ein Vater fühlte, dessen halbwüchsiger Sohn zum ersten Mal allein auf Reisen ging: beunruhigt, aber auch erleichtert. Christopher musste seinen eigenen Weg finden. Am besten weit weg von Ada.

Christophers Abreise löste auch in Ada gemischte Gefühle aus. Bei allem Bedauern war sie ebenso erleichtert wie Lenz und genoss nach dem Abschied die neue Zweisamkeit mit ihm.

Sie hatten viel Zeit füreinander, denn das Regenwetter dauerte an. Ada hatte den größten Teil des Viehs am Ende doch auf die Weiden geschickt, deshalb gab es weniger Arbeit innerhalb der Mauern.

Überflüssig wurde die Arbeit allerdings nicht, denn mit dem Angebot einer Umsiedlung stießen sie bei den Bauern auf Widerstand. Alle waren verstört, weil die Herrschaft sie verlassen wollte, aber ihr zu folgen, konnte sich außer dem jungen Hans Flügge niemand vorstellen. Besonders Luise nicht. »Ich gehöre nirgendwo anders hin«, sagte sie, verschränkte die Arme und schnaubte verbittert. »Auch wenn das Leben dann nicht mehr lang dauert. Wenn kein Herr hier ist, wird der Herr Graf von der Heidmark das Land über kurz oder lang in die Finger kriegen. Dann lässt er uns verhungern, er hasst uns Protestanten, und er hat das Gut immer schon haben wollen. Er hat es sich nur nicht geholt, weil der alte Herr Graf ihn im Griff hatte.«

Ada hatte Lenz den Brief von Graf Ferdinand schließlich gezeigt, aber er hatte ihn abgetan wie den von Dietrich. Das Drohen hätte Ferdinand erstmal nur Papier gekostet, hatte er gesagt.

»Womit hat Graf Ludwig seinen Bruder im Griff gehabt?« erkundigte sie sich bei den Versammelten.

»So was weiß unsereins nicht«, sagte Ottman mit einem Schulterzucken.

Ada beobachtete Luise, die nachdenklich auf ihre Filzpantoffeln blickte. »Luise?«

Die Magd sah auf. »Er war mal sehr lustig an einem Abend. Es hatte was mit seinem Bruder zu tun. Ich denke, es waren Schuldscheine, die er gekauft hatte.«

»Ich habe keine gefunden«, sagte Lenz.

Keiner hatte bis dahin gemerkt, dass Dierk im Raum war. Hinter allen anderen hatte er mit dem Rücken an der Wand gehockt, nun sprang er auf. »Im Schatz. Er hat sie ganz sicher mit dem Schatz versteckt.«

Gemurmel brach aus, teils belustigt, teils zustimmend. Lenz lachte. »Weißt du denn endlich, wo er ist, der Schatz? Ich weiß nicht mehr, wo ich noch suchen soll.«

Ada sah ihn überrascht an. »Du hast danach gesucht?«

Er nickte. »Ich war sicher, dass er im Bullenstall liegt, aber da hatte ich mich geirrt. Ich habe den Boden dort, wie du weißt, ganz aus der Nähe untersucht.«

Adas Lachen und Lenz' gute Laune steckten auch diejenigen an, die sonst nie gewagt hätten, sich über ihren jungen Herrn lustig zu machen. Nur Luise blieb völlig ernst, sie sah sogar noch angespannter aus als zuvor. »Wieso im Bullenstall?«

»Es gab einen Hinweis, den ich so verstanden hatte«, gab Lenz Auskunft.

Nun begriff auch Ada. »Lenz, der Bullenstall …«

»De Düwel schall mi holen«, entfuhr es Ottman.

»Der alte Stall«, sagte Luise.

»… der Bullenstall ist abgebrannt«, fuhr Ada fort. »Da steht jetzt die neue Scheune.«

Lenz starrte sie fassungslos an. »Herrgott, bin ich ein … Weiß jemand noch die Stelle, wo der Bulle gestanden hat?«

Ottman nickte grimmig. »Oh ja. Die weiß ich gut.«

In der Scheune mussten sie zuerst Heu, dann Gerätschaften und Ackerwagen zur Seite räumen, bevor sie graben konnten. Es dauerte eine Weile, bis sie die beiden kleinen Eichenkisten fanden, die im festgestampften Boden steckten.

Fröhlich wie bei einem Volksfest ging es dabei zu. Die Sorgen waren im Fieber der Schatzsuche aus dem Blick verschwunden. Alle waren glücklich, sich mit der Arbeit in der Scheune ablenken zu dürfen, denn draußen hatte wieder der Regen eingesetzt.

Lenz hätte die Kisten lieber ohne Zuschauer geöffnet, brachte es aber nicht über sich, die aufgeregten Leute zu enttäuschen. Daher sprengte er die rostigen Beschläge mit dem Spaten und ließ alle Anwesenden noch in der Scheune einen Blick auf den Inhalt werfen.

Tatsächlich gab schon die erste der Kisten einen echten Schatz preis. Sie war bis zum Rand mit angelaufenem Tafelsilber und Schmuckstücken gefüllt. In der zweiten lag ein zehnfach verschnürtes Wachstuchbündel. Die Leute hatten Verständnis dafür, dass er dieses nicht in der Scheune öffnen wollte.

Die Prozession zog durch den Regen ins Haus und dort in den Großen Saal, wo die Leute in respektvoller Entfernung einen Halbkreis um Lenz, die Kisten und das Bündel bildeten.

Er hatte die Schnüre des Wachstuchbündels gerade zerschnitten, als draußen die Glocke vom Torturm Alarm läutete. Schwungvoll drückte er Ada das Bündel in den Arm, bevor er mit den anderen Männern nach draußen eilte. »Bring es in Sicherheit.«

Ada war hin- und hergerissen zwischen dem Drang, mit Lenz zum Tor zu laufen, und dem Pflichtbewusstsein, das ihr befahl, zuerst für den Schutz der Frauen und Kinder zu sorgen. »Luise, das wollte ich dich längst fragen: Gibt es auf dem Anwesen ein Versteck für die Frauen und Kinder?«

Luise sah sie merkwürdig betreten an, ließ dann den Blick über die anwesenden Frauen schweifen, bevor sie mit den Schultern zuckte. »Mit acht säße man schon dicht auf dicht. Wir sind zwölf.«

»Ich geh nicht in ein Loch«, meldete sich die abgehärmte Frau Schwarke zu Wort. »Wenn ihr nur die Kinder mitnehmt.«

Frau Flügge nickte. »Die Kinder. Und meine Schwester muss mit, die hält die Soldaten nicht nochmal aus. Wir beide wissen dann schon, wann wir den Kopp einziehen.« Sie drückte der Schwarke'schen die Hand und tauschte einen Blick des Einverständnisses mit ihr.

Luise nickte, zählte ernst an den Fingern rückwärts. »Die Behnsche geht nicht, und Erna nicht.«

»Mein Hinnerk wird bei den Männern bleiben. Ich kann ihn zu nichts mehr zwingen«, ergänzte Frau Schwarke.

»Macht vier Frauen und vier Kinder. Das wird gehen.«

»Wo?«, fragte Ada.

Luise schüttelte den Kopf. »Das erfährt nur, wer dann mitgeht. Wir wissen noch nicht, ob wir gehen müssen.«

»Warst du beim letzten Mal auch dort?«

Ein sichtbarer Schauder überlief Ludwigs Tochter. »Mit Heinrike. Wir sind zu früh herausgekommen.«

Drückendes Schweigen ließ eine dunkle Geschichte ahnen, die Ada jetzt nicht hören wollte. »Dennoch. Wir müssen vorbereitet sein. Alle, die mitgehen sollen, müssen sich in der Küche sammeln. Legt Vorräte bereit. Und lass das hier nicht aus den Augen.« Sie reichte Luise das Wachstuchbündel, raffte den Rock und lief den Männern nach.

Noch bevor sie die Haustür erreicht hatte, kam Dierk ihr entgegen. »Sie sind mit 'nem Einquartierungsschein da. Der Herr versucht, sie wegzuschicken, aber wir sollen uns darauf gefasst machen, dass wir morgen das Haus voll Offiziere haben.«

Er kehrte um und rannte über den Hof zurück zum Tor. Ada lief ihm nach und drängte sich auf der Turmtreppe neben ihn, um der Verhandlung zuzuhören.

»Ich kann nur wiederholen: Mein Gut ist neutraler Boden, und ich bin keiner Kriegspartei verpflichtet«, sagte Lenz.

»Das könnt Ihr wiederholen, so oft Ihr wollt, aber ich habe diesen Schein und sage: Entweder Ihr lasst uns auf den Hof, oder der Herr begleiten uns zum Lager und verhandeln persönlich mit dem Kommandanten. So ist die Order. Sonst bringen wir ein kleines Geschütz und machen uns eine eigene Tür in Eure Mauer.«

»Wer mich sprechen will, soll mich aufsuchen.« Lenz ballte eine Faust und schlug in wütendem Rhythmus gegen die Steinwand. Die Männer von unten konnten es nicht sehen, Ada schon. Sie durchschaute ihn längst gut genug, um zu wissen, dass er sich innerlich darauf vorbereitete, die Soldaten in ihr Lager zu begleiten. Ihr wurde kalt.

»So heißt es nicht in der Order«, sagte der Soldat von draußen. Seine Stimme hatte einen höhnisch quäkenden Beiklang.

»Lass dich nicht darauf ein«, flüsterte sie flehentlich.

Lenz warf ihr über die Schulter einen flüchtigen Blick zu, der sie wohl beruhigen sollte, aber das Gegenteil bewirkte. Er schien schon zum Mitgehen entschlossen.

»Ich nehme an, Euer Kommandant ist gut mit Graf Ferdinand von der Wenthe-Heidmark bekannt«, sagte er. »Wahrscheinlich schickt mein verehrter Onkel Euch her, weil er selbst nicht mehr genug Platz für so viele Gäste hat?«

Der Soldat lachte. »Sagen wir, Euer Onkel ist der Ansicht, dass Ihr mehr Platz habt, als Euch gebührt.«

»Ist das auch die Erklärung dafür, warum Ihr jetzt zum Einquartieren kommt, obwohl das Heer von Stund zu Stund auf den Marschbefehl wartet? Die Schweden sollen doch schon nah sein.«

»Sorgt Euch nicht. Für einen Rundgang durch Euer Haus wird unsere Zeit noch ausreichen. Und was die Frage betrifft: Kommt mit uns und findet die Antwort heraus.«

Lenz drehte dem Fenster den Rücken zu und flüsterte. »Waren die Schuldscheine in dem Bündel?«

»Ich weiß nicht.«

»Sieh nach. Schnell.«

Ada fiel vor Eile beinah die enge Treppe herunter, bevor sie unten die Holzpantinen von den Füßen schleuderte und barfuß durch die Pfützen rannte.

Das Bündel lag mitten auf dem Küchentisch, auf dem

die Frauen Vorratskörbe rüsteten. Zur Verblüffung aller riss Ada es an sich und hockte sich damit auf den Boden: Stapel von Schuldscheinen, nicht nur von Graf Ferdinand. Mindestens ein Dutzend weitere Namen sah sie beim Durchblättern. Entscheidend aber war, dass die Summe der Schuldscheine auf Ferdinands Namen überwältigend hoch war. Mit flinken Fingern sortierte sie sie heraus, schlug das Wachstuch wieder über den Rest und sprang auf. Sie zeigte auf das Tuch und rief »Nicht aus den Augen lassen!« in die Runde, dann rannte sie zu Lenz zurück. Außer Atem kam sie auf dem Turm an, als Lenz das Palavern gerade aufgegeben hatte.

»Ich muss mit ihnen gehen«, begrüßte er sie. »Hast du die Scheine?«

Sie zeigte sie ihm, zum Sprechen war sie zu aufgelöst.

Er warf einen Blick darauf und gab sie ihr zurück. »Behalt sie und versteck sie wieder. Wenn jemand fragt, dann liegen sie in Lüneburg bei einem Advokaten, hörst du? In Lüneburg, nicht Hermannsburg. Sonst schneidet er am Ende noch Eckermann die Kehle durch.«

»Wenn du damit verhandeln musst, solltest du wissen, dass es eine unfassbare Summe ist, Lenz. Dein Onkel würde damit bankrott gehen.«

»Falls er hinter dieser Attacke steckt, wird das helfen.«

Er trat ganz vom Fenster weg. Während Dierk seinen Platz dort einnahm und vorsichtig hinunterspähte, nahm Lenz sie in den Arm. »Jetzt wünschte ich, Christopher wäre noch hier, dann wüsste ich, dass jemand auf dich aufpasst. Ich versuche schnell wiederzukommen, aber sei auf das Schlimmste gefasst. Such Verstecke für alles, was wichtig ist. Und wenn ich nicht wiederkomme, dann schlägst du dich mit Dierk nach Bristol durch, zu Cartons. Henry und Christopher werden dir helfen, an mein Vermögen zu kommen. Pass auf das Geld für den Bezoar auf, damit kannst du reisen. Kümmere dich dann nur um euch beide.«

»Ich gebe auf mich Acht. Tu dasselbe.«

Nur für einen raschen Kuss blieb noch Zeit, unten kam Jakob über den Hof gelaufen und meldete alle Männer auf kampfbereitem Posten. Lenz ließ sich von ihm ein Pferd satteln, und wenig später war er mit den Soldaten verschwunden.

Ihre Verzweiflung zur Seite schiebend, befasste sich Ada damit, Schätze, Vorräte und Menschen zu verstecken. Sie ließ das Vieh wieder von den Weiden holen und stellte fest, dass ein Teil bereits abhandengekommen war. Sie gab Anweisungen für den Fall des Angriffs oder der Einquartierung aus.

Dabei wusste sie, dass die Vorsorge wenig nützen würde, wenn sich eine wilde Horde Einlass verschaffte. Zwar konnte niemand Luises geheimes Versteck verraten, aber lange konnten ein paar Frauen und Kinder es nicht in irgendeinem Loch aushalten. Schon gar nicht, wenn es keine Hoffnung darauf gab, dass jemand die Belagerer wieder fortjagte.

Lenz kam an jenem Tag nicht zurück, und auch nicht am nächsten.

Ada stand am Abend an ihrem offenen Fenster und sah auf den nassen Obstgarten, dann weiter über die Mauer zum Friedhof, der in der grauen Dämmerung düster dalag.

Wenn er tot ist, dann ist es Gottes Strafe für unsere Sünde, dachte sie. Für ihren Ehebruch und für ihre Anmaßung, Glück vom irdischen Leben zu erwarten, statt erst vom jenseitigen oder vom Glauben allein. So hätte es jeder Pastor erklärt.

Aber ihr Glaube war nie stark und demütig gewesen. Sie hatte unter der harten Hand ihres Vaters gelernt, Frömmigkeit vorzugeben und die Regeln der Kirche zur Zufriedenheit der Gesellschaft zu befolgen. Das alles, ohne Gott je nah zu sein. Die Religion hatte sie nie trösten oder stützen können wie andere Frauen. Wie viele andere Mütter hatte sie zu Gott gebetet, ihr kleines Kind behalten zu dürfen. Hätte er ihr das gewährt, dann hätte sie ihre Haltung vielleicht geändert. Aber sie hatte nie auch nur für einen Augenblick das Gefühl gehabt, dass er ihr zuhörte.

Früher hatte sie sich deshalb manchmal minderwertig gefühlt. Wenn sie so gar nichts von ihm spürte, dann musste es daran liegen, dass er sie nicht wollte, hatte sie gedacht. Doch im Laufe der Jahre, in denen sie viel darüber gehört hatte, auf welch grausige Weise die christlichen Konfessionen sich stritten und bekriegten und Gott für sich beanspruchten, ohne dass der sich je rührte, hatte sie sich beruhigt. Gott schien eben an den Menschen im Allgemeinen wenig zu liegen.

Zum Himmel zu beten war nur eine tröstliche Gewohnheit. Sie dachte dabei an ihre tote Mutter und alle Seelen, die ihr dort oben sonst noch freundlich gesinnt sein mochten.

Trotz allem konnte sie die Lehre der Kirche nicht vergessen. Viele hundert Predigten hatte sie noch im Ohr: Du sollst nicht ehebrechen. Der heilige Bund der Ehe.

Was, wenn die Soldaten Lenz umgebracht hatten? Was

würde sie tun? Tatsächlich nach England reisen, wie er es gewünscht hatte? Sie verstand nicht einmal die Sprache.

Müde vor Kummer schlief sie in ihrem Bett unter Lenz' Decke ein.

Geweckt wurde sie vom erneuten Läuten einer Alarmglocke. Der Klang war dünner als der von der Torglocke, es war die kleinere, von der hinteren Leiter. Ada sprang aus dem Bett, riss sich das Kleid über den Kopf und stopfte die notdürftig zum Knoten geschlungenen Haare unter die Haube.

Im Laufen band sie noch ihren besseren Kragen um, rieb sich die Augen und Wangen, um weniger verschlafen zu wirken. Als könne bei dem matten Mondlicht überhaupt jemand viel von ihr sehen.

Gleichzeitig mit Jakob, Dierk und Bauer Schwarke lief sie auf die Leiter an der hinteren Mauer zu, da läutete auch die große Glocke am vorderen Tor. Aus den Wohnungen am Stall kam Frau Flügges Schwester Tilde mit den schlaftrunkenen Kindern, die im Notfall ins Versteck gebracht werden sollten. Alles war besprochen, jedem seine Aufgaben eingeprägt.

Hans Flügge gab von der Leiter aus Ada mit der Hand das Signal, nach vorne zu laufen. »Eine Armee. Es sind viele«, rief er.

Auf dem Turm drängte Ada sich neben Bauer Flügge an das kleine Fenster und sah fassungslos auf die dunkle Heide, über die eben die Sonne die ersten Strahlen schickte. In einiger Entfernung vom Gut zog bei Fackellicht ein Heer von Reitern, Wagen, Fußgängern und Vieh von Süden nach Norden, wie eine schwarze Riesenschlange. Kein Anfang und Ende war zu sehen.

Ein Trupp von Reitern näherte sich dem Gut.

»Wie lange beobachtet ihr das schon?«, erkundigte Ada sich bei Flügge.

Der warf einen Blick auf das Stundenglas, in dem der Sand zur Hälfte durchgerieselt war. »Drei Stunden wohl. Wir hatten Hoffnung, dass sie uns nicht bemerken, deswegen wollten wir nicht läuten.«

»Sie haben uns bemerkt«, sagte Ada und seufzte. Während sie die Lichtpunkte des Reitertrupps näher kommen sah, nahm sie die Haube ab, knotete die Haare sorgfältiger und richtete dann Haube und Kleidung so anständig wie möglich her.

Bauer Flügge sah sie flüchtig von der Seite an, hielt aber den Mund. Sie roch seinen Angstschweiß. »Wird schon gutgehen, Flügge.« Nicht dass sie daran geglaubt hätte, aber so schlecht klang sie nicht, fand sie. Sie räusperte sich und straffte die Schultern. »Nun hol Er mir mal Ottman«, sagte sie, und fester hatte auch Lenz hier auf dem Turm nicht geklungen.

Es waren die Schweden, die da über das Land zogen.

Der schwedische Hauptmann, der mit Ada in Verhandlung trat, sprach ein so raues, fehlerhaftes Söldnerdeutsch, dass sie sich angespannt in die schmale Fensternische hineinbeugte, um nur ja alles zu verstehen.

Sie konzentrierte sich darauf, ihre Stimme laut und sicher klingen zu lassen, als würde sie täglich derartige Verhandlungen führen. Die Schweden wollten nicht in der Nähe lagern, sie zogen durch, denn sie sollten eilig nach Bleckede an der Elbe geführt werden.

Ada wusste, dass die schwarze schwedische Heerschlange den katholischen Haufen einfach verschlucken würde, sollte er ihr in den Weg geraten. Und mit dem Haufen würde Lenz untergehen, falls er noch lebte.

Der Schwede mit dem blonden Bart bat wie erwartet um Fourage, und nun zögerte Ada doch. Sie wusste, was sie ihm zugestehen konnte, damit er das Gut verschonte. Darüber hinaus kam ihr nun noch etwas anderes in den Sinn. Jeder Mann hätte sie dafür verlacht, aber ihr Gefühl ließ nichts anderes zu. »Mein Gemahl, Graf Lorenz von der Wenthe, ist in Geschäften unterwegs. Er ist kein Unterstützer der katholischen Sache, könnte aber unfreiwillig in die Hände Kaiserlicher Soldaten geraten sein. Solltet Ihr ihn antreffen, so möchte ich bitten, Ihr möget seinen neutralen Stand respektieren und für seinen Schutz sorgen, damit er hierher zurückkehren kann.«

Sie ließ ihre Worte wirken, ohne ein Angebot zu machen. Der schwedische Hauptmann trieb sein Pferd ein paar Schritte näher zum Tor und gebot seinem Dutzend Begleiter zu bleiben, wo sie waren. »Nicht freiwillig?«, sagte er voll Spott. »Woran soll ich das erkennen, Frau Gräfin? Das wird nicht einfach sein.«

»Dass der junge Herr von der Wenthe nicht auf Seiten der Katholiken ist, könnt Ihr daran erkennen, dass er Euch unterstützt. Durch mich.«

»Das lässt sich hören«, sagte der Schwede und sah ihr herausfordernd ins Gesicht. Er hatte eine so große Nase wie König Gustav Adolf von Schweden selbst, wenn den Kupferstichen zu trauen war, die Ada von ihm gesehen hatte. »Was bietet Ihr für Unterstützung?«

»Eine tragende Kuh, acht Jungrinder, drei Schweine und drei Flaschen guten Wein für Euch persönlich.«

»Das überzeugt mich ganz und gar nicht davon, dass Euer Gatte auf unserer Seite steht.«

»Ich sage, er ist neutral. Er ist Engländer und nur aus geschäftlichen Gründen hier.«

»Wisst Ihr, welchen Aufwand und welches Risiko es für mich bedeutet, einen Mann auf Gegnerseite zu schützen? Das soll ich für drei Flaschen Wein tun? Und wenn um mich die hungrigen Männer wütend sind? Verdoppelt Euer Angebot.«

Ada atmete tief und zwang ihre Hände, auf dem kalten Stein liegenzubleiben, statt an ihrem Kragen zu nesteln, wie sie es tun wollten. »Glaubt mir, ich würde von Herzen gern verdoppeln, Euch eine Freude bereiten und Eure Männer satt machen, wenn ich es könnte. Aber ich kann es nicht. Ihr kennt die Zeiten, Ihr wisst, wie wenig den Menschen geblieben ist. Es ist ein Wunder, dass hier nicht längst alle verhungert sind.«

»Gar nicht verhungert seht Ihr aus, gnädige Frau. Ihr seid mit Verlaub blühend schön, so mir das wenige Licht zu sehen gestattet. Die Frauen in unserer Begleitung können sich nicht mit Euch messen. Sie haben einiges auszustehen und wenig, ääähh … auf den Rippen.«

Einige seiner Leute hinter ihm lachten verhalten, und Ada verkrampfte sich. Ruhig, dachte sie, bleib ruhig, sie dürfen nicht den Respekt verlieren. »Ich verbitte mir den Ton. Ein Schwein mehr kann ich Euch geben, ein dürrer Krüppel ist es. Und aus Barmherzigkeit eine zweite Milchkuh, obwohl darunter bei uns die Kinder leiden werden.«

»Habt Ihr Kinder, gnädige Frau? Ich habe welche, da hinten beim Heer. So manches, was man für Kinder braucht, kann man eintauschen gegen eine Flasche Wein.«

Adas Herz schlug inzwischen in ihrer Kehle, ihre Hände zitterten, als sie sie vom Stein löste. Sie wandte sich Ottman zu und zeigte ihm unauffällig mit den Fingern eine Sieben. »Ottman, wie viel Wein haben wir noch?«

Ottman räusperte sich. »Sieben Flaschen, gnädige Frau«, sagte er laut.

Ada beugte sich wieder in die Fensternische. »So gebe ich Euch sechs Flaschen Wein und einen Fellkragen von meinem verstorbenen Schwiegervater dazu.«

Der Schwede zögerte einen Moment, dann grinste er unverschämt. »Und einen Kuss?«

Sie stieß ein verachtungsvolles Zischen aus. »Und einen Schuss Blei, wenn Ihr Euch nicht zufriedengebt.«

Er lachte. »Gut also, ohne Kuss. Aber was ist mit dem Mantel, der zu dem Kragen gehört?«

»Den könnt Ihr Euch abholen, wenn mein Gemahl heimgekehrt ist und Ihr ihm tatsächlich von Nutzen wart.«

Daraufhin nickte er und deutete in seinem Sattel eine spöttische Verbeugung an.

Eine halbe Stunde später war das Geschäft abgewickelt. Die Schweden schlossen sich wieder dem Heerzug am Horizont an, der sich im Laufe des Vormittags ausdünnte und schließlich aus der Sicht verschwand.

Kein grüner Halm würde dort mehr zu finden sein, wo das Heer entlanggezogen war, wusste Ada. Die Erde würde aussehen wie gepflügt.

Sie war von der Verhandlung erschöpft, als hätte sie zwei Tage lang Wäsche gewaschen, aber stolz war sie bei aller Furcht und Sorge ebenfalls. Hauptmann Jonsson hatte ein Drittel weniger von ihr bekommen als die Obergrenze, die sie veranschlagt hatte. Ob sie damit für Lenz etwas Nützliches bewirkt hatte, war ungewiss, aber zumindest hatte sie den Schweden keinen Anlass gegeben anzugreifen.

Sie ließ die Wachen ablösen und gab Tilde Flügge Entwarnung, die noch mit den Kindern in der Küche gewartet hatte. Nur für eine kurze Weile wollte sie sich danach in ihr Zimmer zurückziehen und sich etwas herrichten.

Sie fand sich mit der Haarbürste in der Hand am Fenster stehend wieder und war für lange Zeit nicht in der Lage, sich zu rühren. Was hätten die Schweden getan, wenn die hohe Mauer nicht gewesen wäre? Wenn sie gewusst hätten, was für ein jämmerliches Häuflein Menschen hinter dieser Mauer lebte?

Sie wünschte, sie hätte gewusst, wie man ficht und schießt. Aber das war natürlich Unsinn. Nur gegen Halbwüchsige und Schwächlinge hätte sie im Kampf bestehen können, auch wenn sie gewusst hätte, wie man mit Waffen umging. Eine Muskete konnte auch einen kräftigen Schützen umstoßen, wenn er nicht Acht gab. Das Waffenhandwerk musste von Jugend an geübt werden, für eine Frau galt das umso mehr.

Einer gewöhnlichen Frau blieben Zähne, Fingernägel und verborgene Messer. Und das Erdulden.

Aber mehr blieb auch einem Mann in einem feindlichen Lager nicht. Ihre Brust krampfte sich zusammen, wenn sie daran dachte. Sie durfte sich nicht vorstellen, wie es Lenz ergehen mochte, denn es kamen ihr nur höllische Bilder vor Augen.

16

Gotthard Lobeke musste sich eingestehen, dass mit der jüngsten Schicksalswendung seine letzte Hoffnung zerschlagen war.

Er hatte die Tage gezählt, bis zum Ende der Frist, die er sich gesetzt hatte, bevor er mit seiner neuen Strategie beginnen wollte. Ein Besuch bei seiner Tochter hätte der Anfang sein sollen. Ein Besuch, wie ihn ein Vater machen durfte, um sich vom Wohlergehen seiner Tochter in ihren neuen Lebensumständen zu überzeugen. Vor Ort hätte er einen Weg gefunden, an ihrem Reichtum teilzuhaben und damit seine geschäftlichen Schwierigkeiten zu bewältigen. Seine Gläubiger rückten unbequem nah, die Zinsen waren hoch.

Dann hatte Dietrich von Bardeleben an die Tür geklopft, der Schwiegersohn, von dem er sich einst so viele Vorteile erhofft hatte, als er die Ehe mit dessen Großvater ausgehandelt hatte. Er hatte damals geschäftlich in Celle Fuß fassen wollen, hatte Grundstücke und Lagerhäuser gekauft, war aber daran gescheitert, Kunden in den besseren, zahlungsfähigen Kreisen zu finden. Der junge, lenkbare von Bardeleben hätte sein Schlüssel zu der neuen Kundschaft sein sollen.

Ein Reinfall, nicht erst mit dessen Verschwinden. Der Junge hatte sich als zu jung, der Großvater als zu alt erwiesen, um nützlich zu sein.

Zu seinem Leidwesen war der Totgeglaubte nun kein weichlicher Jüngling mehr, sondern ein schwieliger, angriffslustiger Kämpe, der sich nicht von ihm beeinflussen ließ. Er war mächtig laut geworden, als Lobeke ihm mitgeteilt hatte, dass er die Grundstücke und Lagerhäuser in Celle, aus denen Konrades Mitgift bestanden hatte, zurückgenommen und verkauft hatte und das Geld aus dem Erlös nicht mehr zur Verfügung stand. Sprach gleich von Gericht und Entschädigung, und ausnahmsweise zweifelte Lobeke, wer in diesem Falle Recht bekommen würde.

Vorerst war von Bardeleben wutschnaubend abgereist, um Konrade und ihren neuen Gemahl aufzusuchen und seine Ansprüche und Forderungen deutlich zu machen.

Lobeke hatte in der Dornse gesessen und an die Wand gestarrt, nachdem der junge Mann gegangen war. Alt hatte er sich gefühlt und zu ausgelaugt, um nach einer Lösung zu suchen.

Später war Stechinelli gekommen und nicht weniger entsetzt gewesen ob der überraschenden Wendung. Gemeinsam stellten sie fest, dass ihre Lage hoffnungslos sein würde, wenn es von Bardeleben gelang, Konrades neue Ehe für ungültig erklären zu lassen.

»Uns wäre am besten geholfen, wenn sie sich gegenseitig umbrächten«, meinte Stechinelli.

»Wie sollte das gehen? Einer stirbt immer zuerst.«

»Der eine bringt den anderen um und stirbt danach durch den Henker. Man könnte das einrichten.«

Lobeke schlug mit der Faust auf den Tisch. »Dass du immer wieder damit kommen musst, du mordgieriger Köter. Alles, was ich tun werde, ist, ihm nachzureisen. Vielleicht kann ich meinen Einfluss geltend machen und dafür sorgen, dass die zweite Ehe gültig bleibt.«

»Das wird vor Gericht eine langwierige Sache. Jahre wird es dauern, bis alles geklärt ist. Bis dahin hast du gar nichts, Lobeke. Du warst schon immer ein schwerfälliger Torfkopf, deshalb hast du alles heruntergewirtschaftet. Kannst du nicht dieses eine Mal etwas Witz aufbringen und deinen Vorteil begreifen? Ich werde schon alles regeln.«

»Ich will davon nichts wissen.«

Stechinelli war bereits an der Tür, nun drehte er sich noch einmal zu ihm um und spuckte vor dem Ofen auf den Boden. »Dann wisse eben nichts.«

Auf Wenthe gingen die Tage dahin, alle waren stumm und bedrückt, sie lebten unter einer Glocke aus Angst. Gelegentlich hörte man weit entfernt Geschützdonner. Einige Male sah eine Wache dunkle Gestalten um das Gut herumschleichen und schnüffeln, unschlüssig, ob die Beute zu stark für sie war.

Ada fror jeden Tag, fühlte sich unerklärlich müde und erlebte alles wie im Nebel. Nach der kurzen warmen Zeit Ende Mai war mit dem Regen Kälte gekommen. Nun war es Mitte Juni, und noch immer musste man mit nächtlichem Frost rechnen. Sie heizten dennoch nicht, um Holz zu sparen.

Am siebten Tag nach der Verhandlung mit dem schwedischen Hauptmann kam Stechinelli nach Wenthe.

Jakob holte Ada zum Tor, ohne den Fremden einzulassen. Als sie sah, wer draußen stand, fühlte sie einen solchen Widerwillen, dass sie ihn am liebsten von Jakob hätte fortschicken lassen. Da sie dazu aber zu viel Anstand hatte und er Neuigkeiten haben mochte, die sie angingen, öffnete sie ihm das Tor.

Sie war sicher, dass Stechinellis Anliegen bedeutend sein

musste, wenn er den Weg nach Wenthe allein und zu Ross auf sich nahm. Es war nicht schwer zu erraten, dass es mit Dietrich zu tun hatte. Dessen Brief war über Lüneburg gegangen, und wenn Eilert ihn nicht unbemerkt an sie weitergeschickt hatte, dann würden ihr Vater und Stechinelli über Dietrichs Auferstehung im Bilde sein.

Das Spiel um Macht und Vermögen hatte damit eine neue Wendung für sie genommen. Angesichts dessen konnte Ada sich nur fest an die Hoffnung klammern, dass Lenz noch lebte und sie es in seiner Abwesenheit schaffen würde, ihre zweite Ehe zu verteidigen.

Stechinelli schwieg, während sie ihn in den Kleinen Saal führte, aber seine glitzernden Augen sogen auf, was er sah. Ada konnte sich vorstellen, wie er gedanklich eine Liste des Inventars aufstellte. Vermutlich war er bereits enttäuscht, denn alles, was noch von Wert sein konnte, war versteckt.

Das Kostbarste waren ohnehin die Schuldscheine, und von denen würde er nichts erfahren.

»Wo ist dein Gatte?«, fragte er endlich.

Ada straffte die Schultern und wappnete sich. »In Geschäften unterwegs.«

»Wann erwartest du ihn zurück?«

»In den nächsten Tagen.«

»Soso. Ich hoffe, ihr seid zufrieden in eurer Verbindung?« Rastlos wanderte sein Blick, zerlegte ihre Kleidung, bohrte in den verschlossenen Kästen an der Wand, streichelte den Zinnleuchter auf dem Tisch.

»Voll und ganz zufrieden.«

Sie bot ihm einen Stuhl an, setzte sich und faltete die Hände im Schoß. Das Schweigen dauerte, bis er ebenfalls saß.

Vorwurfsvoll rieb er seine Finger aneinander. »Kalt ist es. Bietest du mir nichts an?«

»Sicher wird die Magd gleich Wasser bringen.« Du hast mit einem Schwedenhauptmann verhandelt, sagte sie sich, und das half. Sie fühlte sich ruhig und unerschütterlich.

Ihr Pate spürte ihre Ruhe, und sein Ton wurde prompt gereizt. »Es ist etwas vorgefallen, das dich zweifellos aus deiner eigensüchtigen Bequemlichkeit reißen wird. Dein erster Gatte ist wieder aufgetaucht. Und er hat bereits deinen Vater besucht, um zurückzufordern, was ihm gehört. Es ist eine Überraschung, dass er noch nicht hier ist. Wahrscheinlich wird er jeden Moment ans Tor klopfen.«

Ganz ruhig, dachte Ada. Soll er anklopfen. Sie wusste inzwischen, was sie tun würde. »Ich habe schon vor einer Weile einen Brief von ihm bekommen und erwarte, dass er mich aufsuchen wird. Habt Ihr den weiten Weg gemacht, um mir diese Neuigkeit zu bringen?«

Er verzog angewidert das Gesicht. »Ich habe wie immer keine Mühe gescheut, um dir und deinem Vater zu helfen. Du wirst in deiner Lage Unterstützung brauchen. Ich nehme an, du kannst einschätzen, welcher der Männer dir bessere Vermögensverhältnisse zu bieten hat? Vermutlich von der Wenthe, obgleich dieses Anwesen … nun, so oder so wird von Bardeleben eine Entschädigung für die verlorene Mitgift fordern. Dein Gatte wird hoffentlich imstande sein, sie zu zahlen?«

Ada schnaubte belustigt. »Ich wüsste nicht, warum er sich dazu bemüßigt fühlen sollte. Er ist es nicht, der meine erste Mitgift eingesteckt hat. Natürlich werden wir versuchen, eine vernünftige Einigung zu erzielen. Euch betrifft das allerdings nicht.«

Stechinelli stand auf, schob wütend seinen Stuhl zurück. »Ich merke wohl, dass mit dir in deiner verstockten, unverständigen Art wie üblich nicht zu reden ist, und werde meine Zeit nicht vergeuden. Ich kehre zurück, wenn dein Gatte wieder hier ist. Er wird Vernunft eher zu schätzen wissen.«

Ada erhob sich gemächlich und begleitete ihn zur Haustür.

Hans Flügge stand noch mit dem Pferd ihres Paten auf dem Hof, sodass der so schnell abreisen konnte, wie er hereingeschneit war.

Dietrich von Bardeleben war unterwegs nach Wenthe, doch wie meistens hatte er nicht den kürzesten Weg gefunden.

Schon oft hatte er in dunklen Wäldern kampiert, weil ihm auf seiner schrecklichen langen Odyssee etwas in die Quere gekommen war. Diesmal hatte er Heeresteilen ausweichen wollen, vor denen andere Reisende ihn gewarnt hatten. Unwegbares Gelände hatte ihn gezwungen, einen größeren Bogen zu schlagen als beabsichtigt, und der Umweg war immer länger geworden – er kannte das.

Da sein Orientierungssinn schlecht war, wusste er nicht einmal ungefähr, wie lange es noch dauern würde, das Gut seines Ehekonkurrenten zu erreichen.

Mit einem zotigen Söldnerfluch sattelte er in der Morgendämmerung im Wald sein Pferd. Diese Kälte in den schmerzenden Gliedern vom Schlafen auf der nassen Erde hatte er nie wieder fühlen wollen. Was war er damals für ein junger, kopfloser Narr gewesen, als er unbedingt in den Krieg ziehen wollte.

Er konnte nicht mehr zählen, wie oft er sich das seitdem

gesagt hatte, nicht nur, wenn er sich wieder einmal verirrt hatte.

Gotthard Lobeke verlor auf der Reise von Lüneburg nach Wenthe ein Viertel seines Gewichtes, so schwitzte er vor Angst.

Er wurde zu alt für solche Unternehmungen, er spürte es immer deutlicher. Noch nie war in dieser Gegend so viel zwielichtiges Volk auf den Straßen, in den Wäldern und auf den Feldern unterwegs gewesen. Es war wie eine Treibjagd, auf der er durch das aufgescheuchte Wild den Jägern entgegenritt. Gebetsmühlenartig wiederholte er die stumme Bitte, dass es ihm gelingen möge, unbemerkt durch ihre Reihen zu schlüpfen.

Natürlich waren es Soldaten, keine Jäger. Kaiserliche Truppen mit den Schweden im Nacken, hatte er sagen hören.

Es war zu spät, um nach Lüneburg umzukehren. Wenn es ihm gelang, sich an den Soldaten vorbeizuschleichen, würde er im Rücken der Heere sicherer sein als vor ihnen.

Das einzig Gute an der Lage war die kleine Hoffnung, dass Stechinelli irgendwo auf der Strecke geblieben war. Der hatte sich einfach auf den Weg gemacht, ohne sein Einverständnis einzuholen, ohne seinen Plan mitzuteilen. Da war das Schlimmste zu befürchten, und diesmal wollte Lobeke die Einmischung nicht zulassen.

Von Bardelebens Auftauchen war der Tropfen gewesen, der das Fass zum Überlaufen gebracht hatte. Wenn der Kampf um sein Geschäft noch mehr Verbrechen nötig machte, so wie Stechinelli meinte, dann wollte er ihn nicht weiterführen. Er fühlte sich alt und war es leid, sich mit dem hinterlistigen alten Intriganten abzugeben. Statt sich immer weiter in Gesetzesbrüche zu verstricken, würde er verkaufen, was vom Geschäft übrig war, und sich die Unterstützung seiner Tochter verschaffen, um sich zur Ruhe setzen zu können. Eine Hand wusch die andere. Wenn er ihr vor Gericht in ihrer Eheangelegenheit beistand, dann würde sie ihrem Vater gegenüber Dankbarkeit und Pflichtgefühl zeigen und ihm einen angenehmen Ruhestand ermöglichen. Dazu würde er sie schon bringen. Stechinelli und Märtens mochten hingehen, wo der Pfeffer wuchs. Wenn er kein Geschäft mehr hatte und Lüneburg verließ, dann hatte er von ihnen nicht mehr viel zu befürchten.

Es war nicht Christophers Plan gewesen, sich noch einmal in Lenz' und Adas Leben einzumischen. Dennoch hatte es ihn von Wenthe aus nach Lüneburg getrieben. Dort hatte sein Herumschlendern ihn unweigerlich in die Grapengießerstraße geführt. Als er sich Lobekes Haus näherte, sah er Matthias Märtens herauskommen. Märtens erkannte ihn nicht und ging grußlos an ihm vorüber. Der unsympathische junge Kaufmann machte einen besorgten Eindruck.

Christophers verletzte Gefühle beruhigten und entwirrten sich allmählich, und er fragte sich, ob er tatsächlich so unter Liebesschmerz litt, dass er seinen besten Freund und die liebenswerteste Frau, die er kannte, weit hinter sich lassen musste.

Verletzt war er in der Tat, er fühlte sich von beiden abgewiesen und ausgeschlossen. Je mehr Abstand er gewann, desto deutlicher sah er jedoch, dass es nicht leidenschaftliches Verlangen gewesen war, das ihn zu Ada hingezogen hatte, sondern nur Zuneigung. Er hatte für sie sorgen wollen, solange sie schutzlos wirkte. Nun, da Lenz ihm die Aufgabe abgenommen hatte, fühlte er sich wie ein Schiff, bei dem alle Segel gesetzt worden waren und dessen Reise der Eigner im letzten Augenblick abgesagt hatte. Es dauerte einfach eine Weile, bis die Segel wieder gerefft waren und das Schiff ruhig ankerte.

Als er also Märtens in der Straße sah, wo Lobekes Haus stand, kam es ihm in den Sinn, dass er zumindest einmal Verbindung zu dem freundlichen Knecht aufnehmen konnte, der so hilfsbereit gewesen war – Eilert. Der würde vielleicht wissen, was Lobeke bezüglich Adas erstem Ehemann zu unternehmen gedachte.

Kurzentschlossen bog er in die Durchfahrt zum Hof ein. Eilert stand auf eine Schaufel gestützt vor dem Stall und unterhielt sich mit dem anderen Knecht, Knütter. Seine Lene stand auch dabei, knetete aufgeregt ihre Schürze. Alle drei sahen sie nicht weniger sorgenvoll aus als Märtens. Eilert entdeckte ihn zuerst, Christopher winkte grüßend.

Lobeke war nicht daheim, sondern am Vortag abgereist, auf den Fersen von Adas grässlichem Paten, und auch Märtens hatte eben angekündigt, dass er einige Tage abwesend sein würde. Die drei hatten ihre Reisen in merkwürdiger Manier angetreten.

Stechinelli hatte anderntags aufgekratzt die Dornse vom Herrn im Streit verlassen, mit einem Leuchten in den Augen, das Lenchen mit dem eines Geisteskranken verglich, den sie einmal im Käfig an der Stadtmauer gesehen hatte. Lobeke war gegen jede Gewohnheit abgereist, ohne eine einzige Anweisung oder Aufträge zu hinterlassen. Und

Märtens war überrascht gewesen, als er von der Abreise erfuhr, gar fast zu Tode erschrocken, meinte Eilert.

Da wunderte es nicht, wenn das Gesinde beunruhigt war und sich fragte, ob Lobeke schon vor seinen Gläubigern floh und sie deshalb alle binnen Kürze auf der Straße sitzen würden. Lene behauptete, dass das Lobek'sche Haus nun am Ende wäre, wo auch noch der Herr von Bardeleben wieder auferstanden und nach dem Gespräch mit dem Herrn so wütend aus der Tür gestürmt wäre.

»Wir würden es Euch sehr danken, wenn Ihr uns mehr sagen könntet, Herr Carton«, sagte Eilert.

Christopher schüttelte den Kopf. »Ich hatte die Hoffnung, dass du mir mehr sagen kannst. Wie lange ist es her, dass der Herr von Bardeleben hier war?«

»Vier Tage. Gestern erst war übrigens jemand hier und hat nach Dierk gefragt.«

»Sein Onkel?«

»Nein, ein jüngerer Mann. Ich habe ihm erklärt, wo der Junge ist.«

»Hat er nicht gesagt, wer er ist oder was er mit Dierk zu schaffen hat?«

»Wie soll ich sagen ... Er war kein gesprächiger Mensch, ein grimmiger Geselle. Sah aus wie ein Söldner und hätte den Auftrag, den Jungen zu finden. Mehr hat er nicht gesagt. War es falsch, ihm Auskunft zu geben?«

»Ich weiß nicht. Aber Herr von der Wenthe wird schon auf Dierk aufpassen.« Christopher klopfte Eilert beruhigend auf die Schulter, obwohl er selbst ein so ungutes Gefühl hatte, dass sich seine Nackenhaare sträubten. Was er gehört hatte, klang bedrohlich. Lenz hätte gewusst, was nun zu tun war, er fand sich immer zurecht. So leicht fiel

Christopher das nicht, er musste mehr wissen. »Erzählt mir einer nach dem anderen, was ihr in letzter Zeit hier gesehen und aufgeschnappt habt.«

Nachdem alle Mitglieder des Lobek'schen Gesindes zu Wort gekommen waren, stand für Christopher fest, dass er nach Wenthe zurückmusste, um Lenz und Ada beizustehen. Und sei es nur als Zeuge auf ihrer Seite, wenn es um ihre Ehe ging. Was ihm noch zu tun blieb, war, den Mann ausfindig zu machen, der Dierk suchte. Mit etwas Glück war er noch in der Stadt.

Lenz wachte in einem zerschlissenen Zelt zwischen elf stinkenden Männern auf. Dass man ihn darin schlafen ließ und nicht unter freiem Himmel, war dem Umstand zuzuschreiben, dass er von dort unmöglich fliehen konnte. Er hatte sein Bestes getan, um das geflickte Dach trotzdem als Annehmlichkeit zu betrachten. Da er seit dem Vortag jedoch nur noch mit einem Auge sehen konnte, gelang es ihm an diesem Morgen endgültig nicht mehr, etwas Gutes an seiner Situation zu finden.

Es kam ihm vor, als hätte er sieben Tage damit verbracht, sich von morgens bis abends zu prügeln. Um alles hatte er sich schlagen müssen: um das, was er am Leib trug, um seine Würde, seine Haut, sein Leben. Eine ganze Kompanie war ermutigt worden, ihn als den mindersten Geworbenen in ihren Reihen zu betrachten. Sie wussten, dass er derjenige war, der im nahenden Gefecht als Erster dran glauben würde.

Es gab nichts, was ihm nicht wehtat. Vor dem Aufstehen wusste er von keinem Muskel und keiner Sehne, ob sie noch ihren Dienst tun würden. Immerhin konnte er noch auf einem Auge sehen, damit war er nicht völlig wehrlos, wenn er das nächste Mal angegriffen wurde. Es war über die letzten beiden Tage weniger geworden, aber er glaubte nicht, dass die Lumpen Respekt vor ihm gewonnen hatten, auch wenn er besser ausgeteilt hatte, als er sich das früher zugetraut hätte. Der Kerl, dem er das geschwollene Auge verdankte, hatte jetzt eine gebrochene Nase und würde an diesem Tag auch nicht aufrecht gehen können.

Trotzdem, am Respekt lag es nicht, wenn sie ihn in Ruhe ließen. Eher daran, dass sie sich für das näher rückende Gefecht schonten. Vielleicht auch daran, dass er sie zu langweilen anfing und sie glauben mussten, dass bei einem, der Wams, Hut und Handschuhe bereits gegen Essen getauscht hatte, nichts mehr zu holen war. Pferd und Sattelzeug waren ihm gleich am ersten Tag von den Hauptleuten abgenommen worden.

Er setzte sich langsam auf und spürte seinen Schmerzen nach. Einige von den anderen begannen ebenfalls aufzustehen. Gähnten, räusperten sich, husteten, kratzten ihre Ungezieferbisse, ihre dreckigen Leiber, ließen Gase. Nicht anders als auf jedem Schiff, bloß waren ihm diese tierhaften Männer so zuwider, dass ihn alles ekelte, was sie taten.

»Sollte mich nicht wundern, wenn es heute losgeht«, sagte der eine zum anderen und sah sich zu Lenz um. »Zeit für letzte Gebete, feiner englischer Pisser.«

Lenz gönnte ihm keine Antwort, nur einen kalten Blick.

Beten tat er allerdings. Ein bescheidenes Gebet darum, dass ihm eine Waffe in die Hände fallen möge, wenn es tatsächlich losging. Unwahrscheinlich genug war das, denn diesmal war seine heimliche Hinrichtung eine fest vereinbarte Sache zwischen dem Oberst dieses Kaiserlichen Truppenteils und dem einflussreichen Katholiken Graf Ferdinand.

Was bis vor kurzem nur ein Verdacht gewesen war, wusste er nun sicher. Christopher hatte es für Zufall gehalten, dass die Lumpensoldaten damals ins Gasthaus kamen, Lenz war es gleich merkwürdig vorgekommen, wie zielgerichtet die Bande darangegangen war, sie mitzuschleifen. Hier und da aufgeschnappte spöttische Bemerkungen hatten ihn darauf gebracht, dass es sich um eine von seinem Onkel geplante Entführung handelte.

Es hätte keinen unverdächtigeren Weg gegeben, den störenden Neffen loszuwerden, als dafür zu sorgen, dass er im Kampfgetümmel zu Tode kam. Allenthalben wurden junge Männer zu den Soldaten gepresst, nie hätte jemand von Mord gesprochen, und schon gar nicht den erzkatholischen Grafen verdächtigt, da er Protestanten mit der Sache beauftragt hatte.

Beim ersten Mal war der Plan gescheitert. Diesmal hatte der alte Adlige die ihm treu ergebene katholische Seite eingespannt und bessere Vorkehrungen getroffen, damit ihm das Gut nicht wieder durch die Lappen ging. Lenz rechnete damit, dass eine Musketenkugel oder ein Hieb von hinten seinen Tod beschleunigen würde.

Danach musste Ferdinand nur noch mit Ada fertig werden. Lenz hoffte, dass sie sich seinen Wunsch zu Herzen nahm und sich auf den Weg nach Bristol machte, bevor Ferdinand ihr zu nahe kam. Seine Ada. Sahneweiße Haut. Wie Porzellan, würden manche sagen, aber das passte nicht zu ihr. Sie war wärmer als das, in jeder Hinsicht. Gott, hatte sie zärtliche Hände, war sie stark und sanft. Er sehnte sich so danach, sie wiederzusehen, dass ihm das Herz wehtat. Zu kurz war die Zeit gewesen, die er mit ihr hatte verbringen dürfen. Zu ungerecht kurz. Warum hatte er Zeit vergeudet? Vielleicht wäre alles anders gekommen, wenn er sich eher um sie bemüht hätte.

Die Geräusche des erwachenden Heerlagers bestätigten die Ahnungen der Männer. Es würde an diesem Tag keinen Aufbruch geben, keinen gehetzten Marsch in dem verzweifelten Versuch, eine günstigere Position zu erreichen. Wer im nächsten Kampf sterben sollte, der würde es in der nahen Umgebung tun.

Er fragte sich, ob sie ihm wenigstens einen Knüppel geben würden. Es war sein dringendstes Anliegen, an etwas zu gelangen, womit er sich zumindest gegen die plumpsten Gegner wehren konnte. Eine Weile würde er noch warten, bis die Aufregung und das Durcheinander vor dem nahenden Kampf sich ausbreiteten, dann würde er einen der Trümpfe ausspielen, die von ihm niemand mehr erwartete.

Der Augenblick kam schneller, als er gedacht hatte. Schon Tage zuvor hatte er sich zwei Männer ausgesucht, die für sein Vorhaben infrage kamen. Einen von ihnen bekam er zur richtigen Zeit zu fassen. Er war ein Pikadier, dessen Wampe und Doppelkinn erkennen ließen, dass er sein persönliches Wohlergehen hoch ansetzte. Nach Lenz' Einschätzung sogar höher als den absoluten Gehorsam gegen Befehle, die sich umgehen ließen. Zudem besaß er ein kleines Arsenal von Waffen, das sein verlaustes Weib für ihn auf ihrem Wagen verwahrte, wo sie mit drei Kindern hauste.

Lenz bot ihm den Ring an, der in seinem Hosenbeutel mit ihm gereist war, seit er ihn von Ada zurückbekommen hatte, und sein Hemd, das zwar mitgenommen aussah, aber aus teurem Leinen war. Dafür fragte er nach jeglicher Fechtwaffe, die der andere erübrigen konnte, und einem schlichten Kittel.

Der Dickwanst gab ihm, womit er selbst am wenigsten anfangen konnte: ein unhandliches Rapier mit schlanker, aber schwerer und schlecht geschärfter Klinge. Für Lenz war es mehr, als er zu hoffen gewagt hatte.

Das schmutzige sackleinene Kittelhemd war weniger angenehm, aber seinen Lodenmantel hatte er verbissen verteidigt und würde ihn nicht hergeben. Er brauchte ihn nicht nur, um das Rapier darunter zu verstecken, sondern um ihn später um den Arm zu wickeln und als Schild zu benutzen. Auch von den Stiefeln hatte er sich nicht getrennt. Die langen Fußmärsche wären mit schlechtem Schuhwerk kaum zu ertragen gewesen, und seine Überlebensaussichten hingen auch von gesunden Füßen ab.

Er würde schnell entscheiden und handeln müssen. Das Schlimmste war die Gefahr im Rücken. Wenn sich die kleinste Möglichkeit bot, würde er zu den Schweden überlaufen und sich von dort aus gegen die Männer wenden, die ihn vor sich her in die Schlacht trieben. Natürlich würden sie versuchen, ihn zu erledigen, bevor er das tun konnte.

Nachdem der dicke Pikadier ihm das Rapier gebracht und es heimlich von einem Mantel unter den anderen geschoben hatte, verhielt Lenz sich unauffällig. Ohne Worte ließ er sich mit den Männern, die seine Kompanie sein sollten, herumschicken und aufstellen. Die Kaiserlichen

Trommler arbeiteten schon eine Weile, und aus der Ferne hörten sie als leises Dröhnen die schwedischen Trommeln.

»Er da. Engländer! Der Oberst will Ihn sprechen.«

Lenz sah den Boten mit gemischten Gefühlen. Tagelang hatte er um ein Gespräch mit dem Oberst gebeten. Nun allerdings wollte er ungern noch einmal scharf gemustert werden. Es konnte ihn das Rapier oder gleich das Leben kosten. Andererseits gab es noch immer die kleine Aussicht auf eine hoffnungsvolle Wendung, wenn er den Oberst auf dem richtigen Bein erwischte.

»Glotz Er nicht! Bewegung!«

Keine Wahl zu haben, konnte eine bequeme Sache sein, dachte Lenz, während er dem Hauptmann folgte. Zumindest musste man sich später nicht über seine eigene falsche Entscheidung ärgern.

Die angespannte Warterei hatte Ada den Appetit geraubt. So war es ihr noch nie ergangen, sie war es eher gewöhnt, nie ganz satt zu sein. In diesen Tagen schenkte sie häufig Dierk das ihr zugemessene Brot, weil sie es nicht herunterbrachte.

Jeden Augenblick war sie darauf gefasst, ans Tor gerufen zu werden. Als es endlich geschah, war es eine Erleichterung, obwohl der Besuch so unwillkommen war, wie er nur sein konnte.

Stechinelli war zurück, und obendrein hatte er auch noch ihren Vater als Verstärkung mitgebracht.

Allein sein Anblick vor dem Tor genügte, um das alte Gefühl von Schwäche in ihr wachzurufen. Ihr nervöser Zustand machte es nicht besser. Sie musste all ihre Kraft zusammennehmen, um sich selbst davon zu überzeugen, dass sie ruhig und stark genug für die Begegnung war. Gemeinsam mit Ottman öffnete sie das Tor.

Das kalte Grinsen, mit dem Stechinelli sie verhöhnte, ließ ihn wie einen Irren aussehen, jede Heiterkeit wirkte fremd an ihm. »Noch immer nicht zurück von seinen Geschäften, dein Gatte, was?«

Ada überlief es kalt. »Habt Ihr etwas von ihm gehört?«

Stechinelli lachte – ein Laut, der zu dem Eindruck eines Geistesgestörten passte, den er vermittelte. »Würden wir denn vor dir etwas von ihm hören, von deinem so geschäftstüchtigen Gatten?«

Sie fing sich wieder. *Nur keine Schwäche zeigen.* »In diesen Zeiten wäre das möglich.«

»Diesen mörderischen Zeiten, nicht wahr, in denen ein Geschäftsmann leicht unter die Soldaten und zwischen die Fronten geraten kann, meinst du das?«

Stechinelli konnte sich schier nicht beruhigen vor Freude über seinen Witz. Adas Abscheu gab ihr neue Kraft. »Eben solche Zeiten. Da geht mancher verloren. Zu meinem Glück sind meine Verhältnisse geregelt und die Papiere dazu in meiner Hand. Es ist ja nicht der erste Gatte, der mir vorübergehend abhandenkommt. Obgleich ich bei diesem weit größeres Zutrauen habe, dass er den Heimweg findet.« Brüsk wandte sie sich ab und ging den Männern voraus ins Haus, während Ottman wieder Stellung auf dem Turm bezog.

Ihr Vater schwieg und schätzte das Anwesen auf die gleiche Art ab, wie Stechinelli es bei seinem ersten Besuch getan hatte.

In der Halle begegneten sie Luise, die eben mit dem Besen in den Kleinen Saal wollte. »Sei so gut und bring den beiden Herren eine Stärkung«, bat Ada sie.

Sie öffnete die Tür zum Kleinen Saal und sah noch, wie Dierk mit dem Finger Brot- und Käsekrumen auftupfte. Bevor die Männer ihn hätten bemerken können, rutschte der Junge unter den Tisch und machte sich unsichtbar. Ada tat, als hätte sie nichts bemerkt.

»Wenn Graf von der Wenthe tot ist, wirst du dich mit deinen Besitzansprüchen gegen seinen Onkel nicht durchsetzen können. Schon gar nicht, wenn gleichzeitig von Bardeleben seine Eherechte einfordert.«

Das waren die ersten Worte, die ihr Vater sprach. Sein müder Tonfall brachte Ada dazu, ihn zu mustern: graues Gesicht, stumpfe, faltige Haut und Ringe unter den geröteten Augen. Eine schlechte Rasur und schmutzige Kleidung wiesen auf die Strapazen der Reise hin. »Er ist nicht tot.«

Wieder lachte Stechinelli sein krankes Lachen. Ihr Vater zuckte mit den Schultern. »Sein Onkel scheint anderer Ansicht zu sein. Stechinelli ist in Hermannsburg einem seiner Männer begegnet, der davon erzählen konnte. Du wirst den Wenthe'schen Besitz verlieren, dafür wird er sorgen. Und von Bardeleben wird von mir deine Mitgift zurückverlangen, nehme ich an. Ich werde sie nicht zahlen können, mein Geschäft ist am Ende. In der Tat war ich gekommen, weil ich dich um Unterstützung bitten wollte.«

»Weil du ein Narr bist, Lobeke.« Stechinellis Stimme überschlug sich. »Alles ließe sich retten, wenn du nicht so ein entschlussloser greiser Hasenfuß geworden wärest. Aber ich werde deinem Schicksal aufhelfen. Ich. Wie immer. Ich!« Er schlug mit den Fäusten auf den Tisch.

Luise kam mit einer bescheidenen Mahlzeit herein, fegte

mit einem Tuch Krümel vom Tisch und fing an aufzudecken.

Adas Vater drohte Stechinelli mit dem Zeigefinger. »Hör auf damit.«

»Nichts da. Sie ist nicht mehr als ein Weib. Gemacht, um vom Manne beherrscht zu werden. Ich sage, mit zwei toten Gatten und unter unserer Vormundschaft bringt sie den meisten Nutzen. Wir werden uns das Recht auf den Besitz schon vor Gericht zu erkämpfen wissen. Das Wenthe'sche Erbe gehört ihr und damit dir, Lobeke, wenn du aus deinem zaghaften Dösen aufwachst.«

Luises Kopf ruckte, als sie das hörte. Ada krampfte ihre Hände ineinander. »Wie auch immer sich meine Umstände entwickeln werden, sie werden es ohne Eure Unterstützung und ohne Eure Vormundschaft tun.« Luise richtete sich auf, sah sie an und nickte aufmunternd. Ein rares Zeichen der Zustimmung von ihr, das seine Wirkung auf Ada nicht verfehlte. »Die Menschen auf diesem Gut kämpfen ums Überleben und haben es schwer genug. Sie brauchen keine Teilhaber, die nichts anderes wollen, als das Land auszusaugen. Ich werde mich keinesfalls Euren Plänen beugen.«

Sie war zu angetan von sich selbst und ihrem Mut, um vorauszusehen, was kam. Stechinelli sprang auf und schlug sie so heftig ins Gesicht, dass sie vor Schmerz und Schreck benommen war. Luise ließ den Wasserkrug fallen. Er zerbrach krachend am Boden; das Wasser spritzte Ada auf die Strümpfe.

Im gleichen Moment schoss Dierk unter dem Tisch hervor und hängte sich an Stechinellis Arm, nur um ebenfalls einen Schlag zu erhalten, der ihn zu Boden warf. Ehe Stechinelli nachtreten konnte, bekam er seinerseits von Luise einen Stoß.

Adas Vater erhob sich und brüllte »Stechinelli«, in einem Befehlston wie zu seinen besten Zeiten, doch Adas Pate hörte ihn gar nicht. Er tobte in blinder Wut, stürzte sich auf Luise wie ein Wahnsinniger, schlug sie nieder und trat mit seinen schwer beschlagenen Schuhen auf sie ein.

Adas Benommenheit wich, sie stieß einen entrüsteten Schrei aus und warf sich mit geballten Fäusten auf Stechinelli, der ein Mann sein mochte, aber nicht größer war als sie. Sie schlug mit aller Macht auf ihn ein, sodass ihre Hände und Arme davon schmerzten.

Dierk war an ihrer Seite und tat das Seine, sodass Luise sich aufrappeln konnte. Auch Adas Vater mischte sich nun ein, ohne dass klar wurde, wem er helfen wollte. Sie fanden es nicht heraus, denn Stechinelli hatte auf einmal in jeder Hand eine Pistole.

»Zurück«, kreischte er.

»Bist du irre?«, schrie Adas Vater. Ein Schuss ging los, und er sackte zusammen.

Erschrocken stolperten Luise, Ada und Dierk von Stechinelli weg. Der ließ sich davon, dass Lobeke reglos auf dem Boden lag, nicht ablenken, sondern zielte unstet mit der zweiten Pistole auf Ada und Dierk. Sie schob den Jungen mit einem Ruck, der keinen Widerspruch duldete, hinter sich.

Am Tor läutete die Glocke. Es konnte immer noch schlimmer kommen, dachte Ada benebelt. Wahrscheinlich war das Dietrich, oder es war eine Rotte Offiziere mit einem Einquartierungsschein. Oder es war Graf Ferdinand.

Stechinellis Augen glitzerten vor Hass und Irrsinn. »Das

wird endlich Herr von Bardeleben sein, dein toter Gatte.« Er lachte haarsträubend falsch. »Verstehst du, Konrade? Dein toter Gatte. Haha. Tot! Schick den Jungen, damit der Gast hereingelassen wird. Wir werden ihn empfangen.«

»Hörst du, Dierk? Lauf.« Ada trat zwei Schritte zur Seite, sodass sie nun als Schild vor Luise stand, während Dierk zur Tür lief.

»Halt. Ich habe es mir anders überlegt. Schick die Frau. Der Junge kommt zu mir. Falls sie Bardeleben warnt, töte ich den Jungen und dich und am Ende sie. Euch alle, nach euch kräht kein Hahn. Am Ende ist mir Graf Ferdinand noch dankbar.«

»Luise«, sagte Ada, und dann stockte ihr der Herzschlag, weil der Bengel, der auf eingeschüchtert wirkende Art von der Tür zurückgewichen war, plötzlich einen Schwenk machte und wie eine Wildkatze in Kniehöhe auf Stechinellis Beine losfuhr.

Luise knallte die Tür von außen hinter sich zu, Stechinelli verlor das Gleichgewicht und stürzte. Ada war mit zwei Sätzen bei ihm und Dierk, stampfte mit ihren Holzpantinen die Hand mit der Pistole nieder, dass Stechinelli vor Schmerz schrie.

In der Halle kreischte Luise auf, dann ging der Schuss aus der zweiten Pistole los und schlug ein großes Loch in die Wandvertäfelung.

Ada ließ gleichzeitig mit Dierk von Stechinelli ab und riss die nächste greifbare Waffe an sich: das kurze Schwert ihres Vaters. Luises Schrei hatte sie verwirrt, sie stürmte zur Tür und öffnete sie genau in dem Moment, als ein fremder Mann von außen dagegendrückte und an ihr vorbei ins Zimmer polterte.

Draußen vor der Tür standen ein Dutzend Söldner, Luise, der von einem Fremden der Mund zugehalten wurde, und ein guter Bekannter.

»Christopher?« Ada verstand nichts mehr, sie wirbelte wieder zu Stechinelli herum, doch inzwischen hatte der andere Mann ihren Paten bewusstlos geschlagen und Dierk auf die Füße gezogen.

»Onkel?« Der Junge war ebenso verdutzt wie Ada.

Schlagartig wurde ihr der Mord bewusst, den Stechinelli begangen hatte. Sie ließ das Schwert fallen und näherte sich ihrem Vater. Die Kugel hatte ihn sofort getötet, das sah sie nun deutlich. Ihr wurde so übel von dem Anblick, dass sie sich abwandte. Als könne sie die Erinnerung an das Geschehen damit abstreifen, wischte sie die Handflächen an ihrem Rock ab. Dann trat sie Christopher entgegen, der eben hereinkam. »Ich muss hinausgehen. Begleite mich bitte.«

»Gnädige Frau? Ist alles in Ordnung?«, rief Dierk ihr nach, so ängstlich besorgt, als wäre sie das Kind und nicht er.

Sie sah sich kurz zu ihm um, verließ aber dabei den Raum. »Du bist ein Held, Dierk. Ich danke dir vielmals.«

»Ihr seid selbst eine Heldin«, sagte er. »Man möchte nicht unter Euern Holzschuh geraten.«

Sie winkte ihm mit abgewandtem Gesicht. »Alles in Ordnung, Luise?«, fragte sie.

»Loslassen soll mich dieser sture Ochse. Es ist mir das erste Mal passiert, dass ich vor Schreck geschrien habe. Aber Herrgott, soll man sich nicht erschrecken, wenn plötzlich das Haus voll Soldaten steht? Lass mich los, du Trottel.«

»Lass sie los«, sagte Christopher. »Es herrscht wohl keine Gefahr mehr. Wo ist Lenz, Ada?«

Sie ging weiter, ohne zu antworten. Zur Küche, wo Erna ihr mit angstvollen Augen durch den Türspalt entgegenblickte und die Behnsche gebeugt und zittrig beim Herd stand und sich am Messinggriff der Ofenklappe festhielt, als könne der sie retten. »Keine Gefahr mehr«, sagte Ada im Vorübergehen. Zwischen den Beeten des Gemüsegartens entlang, Christopher immer auf ihren Fersen. Sie wusste nicht, wohin sie wollte, nur dass sie Luft brauchte und den Kleinen Saal hinter sich lassen musste. Neben der Kapelle hielt sie schließlich inne und umarmte sich selbst. »Wer sind die Männer?«

Christophers Miene und Haltung drückten eine hilflose Besorgnis um sie aus. Sie musste nur etwas mehr Schwäche zeigen, dann würde er sie in den Arm nehmen, und sie würde heulen wie ein Säugling. Aber das konnte sie nicht zulassen; sie brauchte ihren kühlen Kopf.

»Ein Söldnertrupp unter der Führung von Dierks Onkel Curd. Formidable Haudegen ohne jede Moral. Dienen immer dort, wo sie den besten Schnitt machen können. Ich habe sie in der Nähe von Lüneburg gefunden, weil sie sich dort nach dem Jungen erkundigt haben.«

»Warum bist du zurückgekommen?«

»*For Heaven's sake,* Ada, das ist jetzt … Wo ist Lenz? Was ist geschehen? Warum hat er dich allein gelassen?«

»Ich muss dich um etwas bitten, Christopher. Und ich wage es nicht, solange ich nicht weiß, warum du hier bist.«

»Du machst mir Angst. Ich bin hier, weil ich erfahren habe, dass euch Schwierigkeiten bevorstehen und ihr meine Hilfe brauchen könntet. Meine Sorge um euch hat mich gelehrt, was mir eure Freundschaft bedeutet.«

Ada griff ihn am Ärmel und sah zu ihm auf. »Dann bitte ich dich bei deiner Freundschaft zu Lenz, ihm noch einmal zu helfen. Bring Dierks Onkel und seine Männer dazu, ihn mit dir zu suchen.« Sie schilderte ihm, wie Lenz verschwunden war und ihren Verdacht gegen Graf Ferdinand, den Stechinelli bestätigt hatte, sprach von den Schweden und den Schuldscheinen. Fieberhaft hing sie an seinem Ärmel und flehte mit jeder Silbe, dass er, den sie hatte abweisen müssen, ihren geliebten Mann retten sollte.

Schließlich nahm er sie doch in den Arm und drückte ihren Kopf an seine Brust. »Hör auf, Ada. Wie kannst du glauben, dass ich ablehnen würde? Du musst mich nicht einmal bitten. Die Frage ist nur, was Curds Söldner als Bezahlung fordern werden.«

Die Totengruft

17

»Umsüs kratzt keen Hinn. Was habt Ihr zu bieten, gnädige Frau?«

Umsonst kratzt keine Henne. Ada hatte überlegt, was sie Curd anbieten konnte, aber in dieser Sache gab es für sie kein Feilschen mehr. »Wenn Ihr ihn lebendig wiederbringt, dann könnt Ihr meinetwegen das ganze Gut haben.«

»Ada!« Christopher sandte ihr einen warnenden Blick. »Er nimmt dich beim Wort!«

Einige der Männer um den Tisch im Kleinen Saal lachten. Curd lachte nicht mit, er verfolgte mit nachdenklichem Blick Luise dabei, wie sie um den Tisch ging und aus einer großen Zinnkanne Dünnbier ausschenkte. Dierk saß neben ihm und beschoss übermütig grimmige Söldner mit Stückchen von Nussschalen, so sicher fühlte er sich an der Seite seines starken Onkels.

In der Ecke bei der Tür lag Stechinelli, verschnürt und mit einem Knebel im Mund. Um weder ihn noch den Blutfleck am Boden neben dem Tisch zu sehen, heftete Ada den Blick auf Curds Gesicht. Es hatte den dummen Ausdruck eines Pflugochsen, aber inzwischen wusste sie, dass das täuschte.

»Eine unsichere Sache, dieses Gut«, sagte er.

Ada atmete tief durch. »Nicht wenn man die Männer und den Mut hat, um all die Schulden einzutreiben, für die ich die Scheine besitze. Aber ich kann euch nichts rechtmäßig überlassen, was mir nicht unbestreitbar gehört. Ich brauche meinen Gatten, damit mein Anspruch sicher ist.«

»Nehmen wir an, das Gut wäre beschützt, und es wären genug Leute für die Arbeit da. Wie viel würfe es ab?«

Mit einem Knall stellte Luise die schwere Zinnkanne auf den Tisch. »Genug, um die Menschen zu ernähren, die hier leben«, sagte sie und funkelte ihn an.

»Und die Männer, die sie beschützen«, fügte Ada sanft hinzu.

»Das hieße, die Füchse mit Wölfen davonjagen«, sagte Luise und schlug nach einer Hand, die ihr ans Hinterteil griff.

»Fass sie nicht an«, sagte Curd, und Dierk warf eine ganze Nuss nach dem Täter, der grinsend die Hand zurückzog.

»Bringt mir meinen Gatten wieder, dann werden wir uns einig. Ihr habt mein Wort«, sagte Ada.

»Und meines, stellvertretend für meinen Freund«, bekräftigte Christopher.

Curd rieb sich die Gelenke seiner Hand und ließ die Knöchel knacken, dann zeigte er auf Luise, die nun mit vor der Brust gekreuzten Armen dastand. »Ich hätte gern ihr Wort.«

Luise schnaubte verächtlich. »Wozu? Mir gehört hier nichts. Was soll ich da versprechen?«

Curd lehnte sich im Stuhl zurück, Dierk saß auf einmal still, hörte auf zu kauen und war nur noch Auge und Ohr.

»Du heiratest mich«, sagte Curd.

Luise blieb der Mund offen stehen. »Was?«

»Du heiratest mich.«

»Bist du närrisch? Warum sollte ich das tun? Was geht mich die ganze Sache überhaupt an?« Brüsk wandte sie sich ab und marschierte zur Tür.

Curd schwieg und sah gelassen vor sich auf den Tisch, während Dierk mit fassungslos aufgerissenen Augen von ihm zu Luise sah und zurück. Auch die Männer schwiegen nun überwältigt. Ada war erstaunt, begriff aber schnell, dass Curd mit der für ihn üblichen Durchtriebenheit einen klugen Schachzug tat. Hatte er Luise, so hatte er später einen sicheren Stand auf dem Gut. Wahrscheinlich hatte Dierk ihn über alle herrschenden Verhältnisse gut unterrichtet.

»Willst du dann hierbleiben?«, fragte der Junge ihn nun.

Sein Onkel sah ihn an. »Man kann nicht sein Leben lang herumziehen. Gehen alle kaputt, die das machen. Haben wir doch schon genug gesehen.«

»Die bleiben, gehen auch kaputt«, sagte Dierk.

Luise blieb stehen, mit der Türklinke in der Hand. »Von einem Ehemann würde ich verlangen, dass er hierbleibt und arbeitet. Ein Herumtreiber nützt mir nichts.«

Curd drehte sich zu ihr um. »Erst muss ich wohl den Herrn von der Wenthe zurückholen.«

Luise machte ein Gesicht, gegen das eine verregnete Herbstnacht hell und heiter war. »Wir sind ja auch noch nicht verheiratet. Du holst den Herrn, und dann hilfst du hier das Gut führen, mit den Kerlen da.« Angewidert wedelte sie in Richtung der Söldner, die in belustigtes Murren und Spotten ausbrachen.

Ada war nur eines bei diesem Handel wichtig. »Wann brecht ihr auf?«

»Sobald wir deinen Vater unter die Erde gebracht haben«, sagte Christopher.

Noch vor der Nacht stand Ada am Grab ihres Vaters auf dem Friedhof von Wenthe. Sie hatte mit Christopher ein Papier aufgesetzt, das den Tod von Gotthard Lobeke bescheinigte und von allen Zeugen unterschrieben wurde, die etwas wie eine Unterschrift zustande brachten. Des Weiteren verfassten sie ein Geständnis, das Stechinelli samt einer Abschrift unterzeichnete, nachdem Curd und einer seiner Männer eine Weile allein mit ihm gewesen waren. Ada fragte nicht, wie sie ihn dazu gebracht hatten.

Ihr fiel beim besten Willen nicht ein, was mit Stechinelli geschehen sollte, wenn die Männer wieder fortritten. Auf dem Anwesen wollte sie ihn nicht behalten, gefesselt oder nicht.

Sie weinte ihrem Vater nicht mehr Tränen nach, als der in seinem Leben freundliche Worte für sie gehabt hatte, aber Stechinellis irre Bluttat hatte sie dennoch bis ins Mark erschüttert. So nah war ihr der gewaltsame Tod noch nie gekommen, so unsicher hatte sie sich in der Welt vorher nie gefühlt. Die Erkenntnis, wie schnell sich ein Leben beenden ließ, gab ihr das Gefühl, dass der Boden unter ihren Füßen wankte. Solange sie Stechinelli sehen musste, würde sie sich davon nicht erholen.

Schließlich bat sie Curd, ihren Paten mitzunehmen.

»Aufhängen?«

Sie schüttelte den Kopf. »Nur, wenn ein Richter so entscheidet.«

»Ich finde Euch einen Richter für jedes Urteil, das Ihr wünscht, Frau Gräfin. Das ist nicht schwer, wenn es im Beutel klingelt.«

»Ist das so? Aber wenn ich nicht entscheiden möchte?«

Er zuckte mit den Schultern. »Wir werden ihn schon los.«

Am nächsten Morgen brachen sie auf, noch bevor die Lerchen sangen. Nebel hing über der Heide und verschluckte den Rettungstrupp, während Ada ihm vom Turm aus nachsah.

Angesichts eines Scharmützels, das man nicht Schlacht nennen durfte, weil die Seite, auf der man stand, hoffnungslos unterlegen war, schienen Triumphgefühle absurd. Dennoch fühlte Lenz sich, als hätte er schon einen Sieg errungen. Wenn er an diesem Tag starb, würde er es nicht ohne Gegenwehr tun: Er hatte eine Waffe. Es war ihm gelungen, seine Trümpfe auszuspielen, und sein Glück hatte für ihn ein kleines Wunder bewirkt. Die Mörder in seinem Rücken waren zurückgepfiffen, und sein Rapier hatte er behalten dürfen.

Der Oberst hatte von der Waffe bereits gewusst, denn das Tauschgeschäft war der Anlass gewesen, ihn zu sich zu rufen. Der geschäftstüchtige Pikadier hatte die Initialen auf dem eingehandelten Ring gesehen, die gleichen, die ein verschollener Schwager des Oberst führte. Er hatte nichts Eiligeres zu tun gehabt, als den Ring zum Kommandanten zu schleppen.

Lenz hatte berichten müssen, wie er an den Ring gekommen war. Mit der Geschichte, wie er seine Hose gegen das Schmuckstück getauscht hatte, um einer Frau zu schmeicheln, und wie sie ihm den Ring zurückgegeben hatte, weil sie böse mit ihm war, hatte er den Oberst amüsieren können. Den Verbleib des Schwagers aufzuklären gelang dabei jedoch nicht, denn von dem hatte Christopher den Ring nicht erhalten.

Immerhin hatte Lenz aber die Aufmerksamkeit des Oberst geweckt und nutzte sie mit allem Geschick, das ihm zu Gebote stand.

Wie viele Machthaber, litt der Kaiserliche Oberst unter Verfolgungswahn und Misstrauen gegen alle, die ihn umgaben. Lenz hatte ihn zielstrebig bei dieser schwachen Stelle gepackt und sich sein Wohlwollen gesichert, indem er ihm den Bezoar zum Geschenk gemacht hatte, den letzten Schatz aus seinem Hosensack. Wusste der Himmel, warum er ihn auf Wenthe nicht herausgenommen hatte.

Ein geschickter Hinweis auf die Schuldscheine hatte den Mann zudem davon überzeugt, dass Graf Ferdinands Auftrag nicht so sehr zu seinem Vorteil war, wie er glaubte.

Laufen ließ der Oberst Lenz deswegen nicht. Das konnte er allein schon um der Moral seiner Soldaten willen nicht tun. Doch gab er die Anordnung, ihn sich selbst zu überlassen, damit er die gleichen Aussichten auf Überleben hatte wie jeder andere, der schlecht bewaffnet in den ungleichgewichtigen Kampf ging.

Den Ring behielt der Oberst, aber der Verlust tat Lenz nicht leid. Sollte er wider Erwarten lebend aus dieser Sache herauskommen und Ada wiederfinden, dann wollte er ihr in Bristol einen Ring schmieden lassen, den sie ihm nie wieder zurückgeben würde. Er sah ihn schon vor Augen, so wie er sie vor Augen sah, obwohl er bei einem Sandhügel kauerte, neben den er sich vor einer Weile geworfen hatte. Wie die erfahrenen Soldaten machte er es, die auf diese Art den Kugeln der schwedischen und der eigenen Musketiere auswichen. Eine Salve, zwei Salven, drei, dann sprangen sie auf und rannten brüllend vor, ehe alle Musketen nachgeladen waren. Einige blieben jetzt schon für immer liegen.

Lenz hatte nichts anderes vor, als sich seitwärts vom Schlachtfeld herunter in die Büsche zu schlagen, doch das Feld war groß, und der Zeitpunkt noch nicht gekommen. Die Hauptleute wussten, dass mehr als einer gern die Flucht ergriffen hätte, und noch passten sie auf, dass es keinem lebend gelang.

Bis sich Auflösung und Durcheinander ausbreiteten, blieb ihm nichts anderes übrig, als mit den anderen nach vorn zu stürmen, keinen Gedanken mehr im Kopf außer das rechtzeitige Wegducken, Hinwerfen, Aufspringen, Rennen.

Ada wusste, dass es Tage dauern konnte, und zählte dennoch die Stunden. Sie musste sich zwingen, nicht jedes Mal auf den Turm zu steigen, wenn sie das Haus verließ. Die kleinen Tätigkeiten, denen sie nachging, schienen ihren Sinn nur noch darin zu haben, sie vor dem Wahnsinn zu bewahren.

Am Nachmittag des zweiten Tages läutete endlich die Glocke. Ada warf die Wasserkanne neben das Gemüsebeet und lief zum Tor, so schnell die Pantinen es erlaubten. »Sind sie's?«

»Nein. Oh lieber Gott, lieber Gott, nein«, rief Frau

Schwarke schrill zurück und fing an, das Vaterunser herunterzubeten.

Ada stürmte die enge Treppe hoch, Ottman kam kurz nach ihr an und folgte ihr nach oben. »Wer ist es denn?«

»Der Graf von der Heidmark.« Die Bäuerin betete weiter, kaum dass sie es ausgesprochen hatte, und es war leicht zu sehen, warum. Graf Ferdinand kam nicht allein, sondern mit vierzig Mann und schwer bewaffnet.

»Die Kinder ins Versteck«, sagte Ada und scheuchte die erschrockene Bäuerin vom Turm. »Ottman, ich glaube, das geht schief.«

Der Knecht sah neben ihr durch die Luke. »Jau. Dat glöv ik ok.«

»Leistet keinen Widerstand. Versteckt euch alle.«

Flinke Schritte sausten die Treppe herauf. »Was ist los? Sind sie zurück?«, fragte Dierk.

»Es ist der bösartige Onkel vom Herrn. Graf Ferdinand. Ich bin sicher, dass er uns mit seinem Haufen überrennen wird. Dierk, ich will, dass niemand sich in Gefahr bringt. Lauf herum und sag allen, sie sollen sich verstecken. Kämpfen ist sinnlos. Dann gehst du zu Luise in die Küche und lässt dich mit den anderen ins Versteck bringen.«

»Nein. Das geht nicht. Was macht Ihr dann?«

»Ich versuche noch zu verhandeln und verstecke mich dann. Ottman, bring mir eine von den Pistolen. Herr Carton hat sie geladen.«

»Ihr wollt wohl nich scheten?«

»Das wird sich zeigen. Nun lauf.«

Adas Leute hetzten über den Hof hin und her, aber sie hatte nur Augen für den sich nähernden Feind. Ihr Kleid klebte schweißnass an ihr, ihr Herz raste, und ihr Mund war trocken. Sie faltete die Hände zum Gebet, doch ihr fehlten die Worte. Als die Männer nah genug herangekommen waren, erkannte sie in der ersten Reihe neben dem Mann, der seiner kostbaren Ausstattung nach Graf Ferdinand sein musste, ihren Paten Stechinelli. Er saß gebeugt zu Pferd, schien aber unversehrt. Als wäre das nicht genug, hatte sich Matthias Märtens an seiner Seite eingefunden. Unverkennbar war seine hagere, steife Figur.

Curds Söldnertruppe war, nachdem sie Stechinelli samt Geständnis und vor Angst nassen Hosen beim Richter von Hermannsburg abgegeben hatte, bald auf die Schweden gestoßen.

Christopher hatte sich mittlerweile an die Art gewöhnt, wie Curd wortkarg erstaunliche Dinge zuwege brachte, aber was er im gefechtsbereiten schwedischen Heer zu ihren Gunsten bewirkte, war nicht nur sein Werk. Am zweiten Tag begegneten sie einer schwedischen Kompanie, die den Namen Lorenz von der Wenthe bereits kannte. Hauptmann Jonsson begriff ihr Anliegen sofort und bot seine Unterstützung an. »Wie ich es der verehrten Gemahlin vom Grafen versprochen habe. Muss mir doch noch einen Pelzmantel verdienen, bevor der Winter kommt.«

Die größte Schwierigkeit blieb, Lenz zu finden, falls er noch lebte. Herausbringen würde man ihn dann schon, glaubte Christopher.

Lenz verlor sein Leben um ein Haar, als er sich von den Reitern ablenken ließ, die auf seine kämpfende Gruppe zugaloppierten. Er erkannte Christopher schon aus weiter Entfernung an seiner Art, zu Pferd zu sitzen.

Für Fassungslosigkeit war keine Zeit. Er hatte es bisher geschafft, drei Pistolen zu erbeuten, und sie eben geladen, mitten im Getümmel sitzend. Eine hatte dem Kerl gehört, dem er am Vortag die Nase gebrochen hatte. Der hatte ihm aus seinem begreiflichen Groll heraus im Vorbeilaufen die Pike in die Seite stoßen wollen. Dafür hatte Lenz ihn erstochen. Eine Weile zuvor hatte er bereits einen Schweden töten müssen. Es war dumm gewesen zu glauben, er könne noch einmal aus einem solchen Hexenkessel entkommen, ohne an dem Gemetzel teilzunehmen.

Er hob eine der Waffen und erschoss einen Mann, der eine Pistole auf ihn anlegte. Der Rückstoß von dem kurzen Schießrohr warf ihn fast um, und der Pulvergestank stach in der Nase. Er sah sich lieber nicht an, wie er den Mann getroffen hatte. Trotzdem nahm er sofort die nächste Pistole in die Hand, stand damit auf, winkte und brüllte, so laut er konnte: »Christopher! Runter!«

Der Narr war dabei, einen der wenigen verbliebenen Kaiserlichen Reiter anzugreifen, obwohl die Kaiserlichen Musketiere noch von der hinteren Linie schossen. Sie waren die Einzigen, die erreichten, was sie sollten: Sie holten die berittenen Schweden von den Rössern. Sein Freund war eines ihrer Ziele.

Aber Christopher hatte ihn gehört, und zu seinem Glück war er an Lenz' Befehle gewöhnt. Er duckte sich neben den Hals seines Pferdes und entging der Salve. Dann sprang er ab und zwang sein Pferd auf den Boden, das ihm wie üblich gehorchte. Er war der Beste mit Pferden; Stolz wallte in Lenz auf. Sein kleiner Vetter hatte zwar nicht immer unmäßig viel Vernunft, aber zumindest auch keine Spur Feigheit an sich. Jetzt sah Christopher sich wild und gehetzt nach ihm um, kauerte dabei neben seinem Pferd.

Lenz rannte geduckt auf ihn zu, ließ sich zwischendurch fallen, sprang wieder auf und schoss den Kaiserlichen Kürassier vom Pferd, der sich zum Angriff gegen Christopher gewandt hatte, als der scheinbar gestürzt war. Endlich warf Lenz sich neben seinem Freund an den Rücken des liegenden Pferdes und schlug Christopher grinsend auf die Schulter. »Was machst du hier?«

Christopher grinste zurück. »Na, was wohl? Dich suchen. Und ich finde dich am leichtesten, wenn ich mich in Gefahr bringe. Dann zeigst du dich immer. Bist du heil?«

»Jaja. Noch. Bist du allein hier?«

»Zum Glück nicht. Da drüben ist Dierks Onkel Curd. Wenn wir es bis zu ihm und seinen Männern schaffen, haben wir gute Aussichten, aus dieser Bredouille herauszukommen. Bring bloß keine Schweden um, die sind auf unserer Seite.«

»Jesus, Kleiner. Ich bin froh, dich zu sehen.«

Christopher brachte es fertig, selbst in dieser Lage noch zu erröten wie ein Mädchen. Eine Antwort blieb er schuldig, der Geschützdonner hätte sie ohnehin übertönt. Die Salve war das letzte Aufbäumen der Kaiserlichen Seite. Kurze Zeit später wich sie eindeutig zurück, und die Schweden rückten vor.

Zu Lenz' und Christophers Unglück bedeutete das, dass sie mit einem Pferd einer mordlustigen Heerschar im Weg lagen, die nicht wusste, auf wessen Seite sie beide standen. Neu in Reihen formiert, kamen die Soldaten mit erbarmungslosen Mienen auf sie zu und stachen am Boden nach den Gegnern, die sich noch regten.

Lenz stieß Christopher an. »Es ist Zeit. Auf zu Onkel Curd.«

Adas Versuch zu verhandeln scheiterte mit dem ersten Satz ihrer Begrüßung.

»Ich verhandle nicht mit einem Weib«, sagte Graf Ferdinand. Er war jünger als sein Bruder Ludwig, wirkte aber auf greisenhafte Weise brüchig, hatte weiße Haare und einen langen Spitzbart.

»Sei vernünftig und öffne das Tor, Konrade«, sagte Matthias Märtens, tonlos wie stets.

Wenigstens einen Versuch musste Ada machen, wenngleich sie schon ahnte, dass es nicht weiterführte. »Wenn meinem Gatten oder mir etwas zustößt, dann wird unser Advokat in Lüneburg Eure Schuldscheine zu Eurem Schaden einsetzen. Euer gesamter Besitz ist verpfändet, mein Herr.«

»Mein misstrauischer Bruder hatte die Papiere nirgends anders als hier auf dem Gut. Euer Advokat wird sie nie zu Gesicht bekommen. Und Euer Gatte ist nicht Euer Gatte, wie ich höre.« Graf Ferdinand klang gelangweilt und gab seinen Männern mit der Hand ein Zeichen, während er sprach.

Die Männer rückten geschlossen gegen die Mauer und das Tor vor. Ada hielt sich nicht länger auf, sondern lief mit der Pistole in der Hand los, die Stiege hinunter und auf den Hof, wo sie stolperte und aufs Knie fiel. Entsetzen gesellte sich zum Schmerz: Es waren schon bewaffnete Angreifer innerhalb der Mauer. Ada zählte vier; sie kamen von der Tür hinter der Kapelle, mussten dort eingebrochen sein. Gerade jetzt tauchte Luise auf und lief ihnen in die Arme. Sie wollte umkehren, vielleicht zurück in die Küche fliehen, aber die Kerle waren zu schnell und schnappten sie.

Mit hallenden Schlägen wurde hinter Ada das Tor bearbeitet. Sie kam wieder auf die Füße und hob die Waffe auf, dankbar, dass sie beim Sturz nicht losgegangen war. Dann rannte sie auf Luise und die Männer zu. Zwei von ihnen hatten Luise am Boden, die anderen beiden kamen Ada entgegen. »Loslassen«, schrie sie und drohte mit der Waffe.

Einer der beiden Laufenden war Wilhelm Vogt. Er musste dafür gesorgt haben, dass sich die kleine Tür hinter der Kapelle von außen öffnen ließ. Es war ein Alptraum: eine Verschwörung der Männer, die sie verabscheute.

Vogt sah ihre Pistole und ging hinter dem Haus in Deckung. Der zweite Kerl warf sich auf den Boden und schützte seinen Kopf mit den Armen.

Dierk kam aus der Kapelle, in den Händen den schweren Zinnleuchter vom Altar. Die Männer, die Luise hielten, bemerkten ihn nicht. Sie sahen nur Ada mit der Pistole und rissen Luise als Schutzschild hoch. Die ließ das nicht wehrlos mit sich machen, sondern benutzte ihre harten knochigen Ellbogen und Knie mit so viel Kraft, dass die Männer Mühe hatten, sie festzuhalten.

Bevor es einem von ihnen gelungen war, ein Messer zu ziehen, um Luise zur Ruhe zu bringen, war Dierk herangekommen und schlug dem einen den Leuchter machtvoll über den Kopf. Der Getroffene ging zu Boden, während gleichzeitig der andere Luises Ellbogen gegen die Nase bekam und aufschrie. Einen Augenblick später hatte Dierk auch ihn mit dem Leuchter niedergestreckt.

Ada war weiter auf die Kämpfenden zugelaufen und hatte nicht mehr auf den Kerl geachtet, der sich auf dem Boden vor ihrer Pistole in Deckung gebracht hatte. Als er mit einem Messer in der Hand aufsprang, bekam er ihren Rock zu fassen und brachte sie zu Fall. Ohne zu überlegen, schlug sie ihm die Pistole ins Gesicht, und diesmal ging die Waffe tatsächlich los. Zuerst dachte Ada, sie hätte den Mann versehentlich erschossen, denn er ging mit ihr zusammen nieder wie ein fallender Baum. Da sie kein Blut sah, begriff sie jedoch, dass der Rückstoß der Waffe ihn gefällt haben musste.

Am Tor ließen die Schläge kurz nach, offenbar hatte man den Schuss gehört.

Ada rappelte sich auf, Luise hastete ihr entgegen und streckte ihr die Hand hin. Gemeinsam rannten sie Dierk nach, der mitsamt Leuchter zurück in die Kapelle floh.

Sie sahen sich über die Schulter um, bevor sie hineinsprangen. Wilhelm Vogt war auf der anderen Seite des Hauses zum Tor gelaufen und öffnete es nun für die Angreifer.

Luise zog an Adas Hand. »Schnell.«

Die Verschlussplatte der älteren Wenthe'schen Familiengruft stand offen, von unten kam das schwache Licht einer Kerze. Ada ließ sich von Luise in die Gruft schieben.

»Ihr müsst mir helfen.«

Die Steinplatte hatte von innen Griffmulden, eine Maßnahme jener, die gefürchtet hatten, lebendig begraben zu werden. Geholfen hätte sie nur einem Mann, der trotz seines scheinbaren Todes noch stark wie zwei gewesen wäre, stellte Ada fest, als sie Luise keuchend dabei half, die Platte zu bewegen.

»Weiter«, sagte Luise nur, nachdem sie die Gruft verschlossen hatten.

Vier Steinstufen hinunter mussten sie, über einen Absatz, auf dem neben einem Steinkreuz eine mit alten Spinnweben und Staub bedeckte Handglocke stand, ein weiteres Zeichen der Furcht vor einem frühzeitigen Ende in der Gruft. Mit jedem Schritt kroch in Ada die Angst weiter hoch und ließ sie diese Vorsorge verstehen.

Noch einige Stufen tiefer stand die Kerze, die Luise aufhob, dann kamen die Toten. Ada wollte sie nicht sehen, nicht die Schreine, nicht die Knochen und Reste von Leichentüchern, die in den Wandnischen lagen. Sie war froh, dass die Dunkelheit das meiste verbarg.

Im hintersten Winkel des grausigen Kellers, in einer Nische mit einem steinernen Sarg, lag der Durchgang zu ihrem Versteck. Eine weitere Steinplatte musste verschoben werden.

Inzwischen klapperten Ada die Zähne, so sehr zitterte sie vor Aufregung und Kälte. Es war hier unten viel kälter als draußen. Sie stiegen noch weiter hinab, bis zu einer Holztür, die halb offen stand.

Der Raum war klein, so wie Luise gesagt hatte. Es gab Steinbänke, auf denen sechs Erwachsene sitzen konnten. Zwei weitere fanden mit einigen Körben auf dem Boden Platz, dann konnte man sich kaum noch rühren.

Es gab keine Geräusche außer denen der Anwesenden, kein Licht außer dem von zwei Kerzen. Ada begriff, warum Luise und ihre Schwester es damals nicht lange genug ausgehalten hatten. Es war schlimmer als die Gruft, tiefer unten, enger, erstickender. Sofort hatte sie das Gefühl, nicht mehr atmen zu können. Zwei von den Kindern schluchzten.

Dierk stand an die Wand gelehnt, am schmalen Ende der Kammer. Er hielt die zweite Kerze. Den Altarleuchter hatte er abgestellt.

Luise blies ihre Kerze aus, dann setzte sie sich Tilde Flügge gegenüber auf die Bank und klopfte auf den Platz neben sich. »Setzt Euch. Das Warten hier ist am leichtesten, wenn man die Augen zumacht und sich einredet, dass man schläft.«

»Wie erfahren wir, ob wir wieder herauskönnen?«, fragte Dierk. Ada hörte, dass er mit dem Grauen kämpfte, so wie sie selbst es tat.

Luises Schultern sackten nach vorn, sie stützte den Kopf in die Hände. »Wir erfahren es nicht.«

Das Schluchzen der Kinder wurde lauter, Marie, die ältere Schwarke-Tochter, atmete hörbar ein, und Dierk stöhnte leise.

»Ach was, Dierk«, sagte Ada mit aller Zuversicht, die sie vorspielen konnte. »Wir schicken dich alle paar Stunden hinauf, und du siehst heimlich nach, was sie treiben. Du bist doch findig genug, dich nicht erwischen zu lassen.«

Dierk entspannte sich ein wenig. »Ganz bestimmt bin ich das.«

Das Pferd des von Lenz erschossenen Kaiserlichen Kürassiers war nicht weit gelaufen, nachdem es seinen Reiter verloren hatte. Als erprobtes Kriegspferd hatte es die Nervenstärke, vielleicht auch Dummheit oder schlicht Taubheit, den Kopf zu senken und zwischen den Toten und Sterbenden Gras zu rupfen.

Es war so beschäftigt damit, dass es noch ein letztes Maulvoll nahm, als Christopher es schon am Zügel hatte. Er brachte es zu Lenz, der ihnen entgegenrannte, immer wieder in Senken und hinter Erhebungen abtauchend.

Sie waren beide zu Pferd, bevor die dichte Linie der Schweden sie erreichte. Lenz hatte seine Mühe damit, das träge Schlachtross vom Rennen zu überzeugen, doch letztlich ließ es sich von Christophers Hengst anstiften und streckte sich im Galopp.

Curds Söldner und die mit ihnen verbündeten Schweden hatten sie mittlerweile bemerkt und kamen ihnen zu Hilfe. Inmitten ihres schützenden Pulks gelangten sie endlich an den Rand des Schlachtfeldes, wo sie sich vor einem Gesträuch einrichteten und das Vorbeiziehen des Heeres abwarteten. Der großnasige Schwedenhauptmann empfahl sich, ließ aber sechs seiner Leute da.

»Wie habt ihr den Hauptmann auf unsere Seite gezogen?«, fragte Lenz leise auf Englisch, und Christopher antwortete ebenso.

»Er hat auf Wenthe Fourage gefordert. Ada hat ihn bestochen, damit er dich in Schutz nimmt, falls du ihm begegnest.«

Einen Augenblick lang glaubte Lenz, die englische Sprache nicht mehr richtig zu verstehen. Seine ehrbare kleine Ada hatte schwedische Soldaten bestochen? »Wann hast du sie gesehen? Geht es ihr gut?«

»Es ist auf Wenthe einiges vorgefallen. Stechinelli hat Gotthard Lobeke erschossen, während Ada mit ihnen in einem Raum war. Aber sie schien damit besser fertig zu werden als mit der Sorge um dich.«

Lenz konnte seinen Blick nicht aushalten und beobachtete die Krähen und Raben, die sich am Himmel sammelten. Hier und dort saßen sie schon am Boden und begannen ihr widerliches Werk. Lenz fragte sich, ob die Schweden Gräber ausheben würden oder die Arbeit anderen überließen. »Ich hatte wenig Hoffnung, noch einmal lebend davonzukommen. Graf Ferdinand hat große Geschenke verteilt, um mein Ableben zu sichern. Ich möchte so schnell wie möglich nach Wenthe. Wahrscheinlich wird er versuchen, Ada aus dem Weg zu räumen.«

»Es wird bald dunkel. Heute kommen wir nicht mehr weit.«

»Werden die Männer hier uns begleiten? Wenn wir ein paar Schweden dafür gewinnen könnten, würden wir schneller und sicherer vorankommen.«

Hauptmann Jonsson beauftragte acht seiner Männer, sie zu begleiten, weil Lenz versprach, sie mit weiteren Lebensmitteln zurückzuschicken. Ganz zu schweigen von den persönlichen Geschenken für den Herrn Hauptmann.

Vor Einbruch der Nacht schafften sie es immerhin, das Schlachtfeld hinter sich zu lassen. Sie kampierten mit den Nachzüglern des schwedischen Trosses: Kranken und Verkrüppelten, Handwerkern mit lahmen Pferden, spät aufgestandenen Marketenderinnen und Soldatenweibern, die noch rasch unterwegs ein Kind hatten auf die Welt oder unter die Erde bringen müssen.

Lenz hatte in allen Nächten schlafen können, weil seine Vernunft es ihm befahl. In dieser Nacht schlief er nicht. Er stellte sich vor, wie er nach Wenthe kam und Ada wiedersah, doch das Bild entglitt ihm und endete mit der entsetzlichen Angst, dass sie verschwunden war oder tot.

Wäre die Nacht heller gewesen, wäre er in Versuchung gekommen, allein vorzureiten; aber es war dunkel, und er hatte kein Vertrauen in sein neues Pferd. Die Stute hatte zwar starke Nerven, doch ihr Maul war verhärtet, und ihr Reiter war ihr völlig gleichgültig.

So lag er in seinen Mantel gewickelt unruhig wach oder im Dämmerschlaf, bis die Vögel den nahenden Sonnenaufgang ankündigten. Dann hielt ihn nichts mehr. Er weckte die Männer unbarmherzig und ließ ihnen kaum Zeit, ihre Blasen zu erleichtern, bevor er sie zum Satteln anhielt. Die Soldaten schienen es nicht anders gewöhnt, sie murrten nicht. Curds Männer beschwerten sich gutwillig, fügten sich jedoch ihrem Anführer, der Eile für geboten hielt.

Sie ritten auf dem Weg nach Wenthe schon schnell, verdoppelten ihr Tempo jedoch, als sie die Rauchwolke sahen, die über dem gräflichen Anwesen stand.

18

Am späten Abend war Dierk bereits einmal auf Erkundung gegangen. Die Eindringlinge kehrten überall das Unterste zuoberst, berichtete er. Der gute Schrank stünde schon auf dem Hof, und die Hunde lägen tot auf dem Mist. Vom Gesinde hatte er nur Ottman zu Gesicht bekommen, den sie vor dem Stall an einen Viehhaken festgebunden hatten, und Jakob, der volle Wassereimer vom Brunnen zu den Pferden der Kerle schleppte.

Die Nacht verbrachten sie, ohne zu wissen, wann sie anfing und endete. Die Kinder schliefen in der Finsternis vor Erschöpfung, Dierk hielt es nicht in der Kammer aus. Er verbrachte seine Zeit auf den Treppenstufen davor, ungeachtet der Tatsache, dass er nah bei dem Winkel sitzen musste, in dem alle ihre Notdurft verrichteten.

Ada konnte es ihm nachfühlen und hätte es ihm gleichgetan. Die Luft war ohnehin überall schlecht. Da aber das kleine Mädchen der Flügges schlafend mit dem Kopf auf ihrem Schoß lag, fühlte sie sich verpflichtet, stillzuhalten und die Ruhe zu bewahren. Doch sie wusste, dass sie nicht lange ausharren konnten, gerade wegen der Kinder.

Trotz allen Unwohlseins schlief sie selbst für eine Weile und erwachte, als Luises Schulter, gegen die sie gesunken war, ihr plötzlich keinen Halt mehr bot. Luise stand auf, weil Dierk sie rüttelte.

»Sie kommen in die Gruft«, flüsterte er aufgeregt.

Kurz trat Luise mit ihm aus der Kammer, dann kam sie wieder herein und schloss behutsam die Holztür. Dierk blieb draußen.

»Keinen Laut!«, wisperte Luise.

Ada streichelte das sich im Schlaf regende Mädchen auf ihrem Schoß und kämpfte mit ihrem Gewissen. Schon kurz nachdem sie sich hier unten auf der Bank niedergelassen hatte, war ihr eingefallen, dass sie die anderen gefährdete. Graf Ferdinand, Märtens und Stechinelli würden nur sie suchen und die Schuldscheine. Auf welche törichte Hoffnung hatte sie gesetzt, als sie in die Gruft geflüchtet war? Sie hätte sich allen Forderungen beugen sollen, um so gut wie möglich die Leute zu retten. »Ich lasse mich finden«, hauchte sie Luise ins Ohr, die wieder neben ihr saß. »Dann suchen sie euch nicht mehr.«

Luise griff nach ihrer Hand und drückte sie hart. »Nichts geben wir ihnen freiwillig. Auch Euch nicht. Der Katholik bringt uns alle um.«

Sie ließen ihre Hände ineinander liegen, als wären sie Freundinnen, und schwiegen, bis Dierk die Tür öffnete.

»Sie sind fort.«

Etliche Stunden später schoben sie ein weiteres Mal den unteren Stein zur Seite, damit Dierk oben nachsehen konnte, wie es stand.

Zu ihrem Vorteil hatten Graf Ferdinands Männer sich nicht die Arbeit gemacht, die Gruft wieder ganz zu verschließen. Sie hatten einen Spalt gelassen, durch den Dierk beinah bequem schlüpfen konnte. Nur wenig vergrößern mussten sie ihn, danach konnte der Junge ohne ihre Hilfe ein und aus gehen und brauchte für den Weg durch die Gruft keine Kerze mehr.

Diesmal blieb er kürzer oben. »Es ist um Mittag. Sie stellen alles Zeug aus dem Haus auf dem Hof zusammen. Bauer Schwarke hilft schleppen.«

Die Lage in der dunklen Kammer wurde unterdessen schwieriger. Die Kinder waren nun wach und steckten sich gegenseitig mit dem Weinen an. Tilde Flügge hatte ihnen anfänglich noch Geschichten erzählt, aber auch ihre Geduld versiegte langsam. Marie Schwarke saß zusammengekauert auf dem Boden und wiegte sich vor und zurück, manchmal wimmerte sie leise.

Alle trieb es wieder und wieder vor die Tür, was den Kindern nur erlaubt war, wenn sie sich erleichtern mussten. Dierk saß mittlerweile nur noch neben dem verschlossenen Durchgang und wartete auf die Erlaubnis, nach oben zu gehen.

Schließlich ließ Ada ihn.

Nur Augenblicke später kehrte er zurück, außer Atem. »Das Haus brennt. Sie haben das Haus angezündet.«

Ada half ihm, den Stein vorzuschieben, obwohl alles in ihr schrie, dass sie nach draußen musste.

»Sie wollen Euch heraustreiben«, sagte Luise hinter ihr. »Geht ihnen nicht auf den Leim.«

»Aber das Haus ... die anderen Leute!«

»Das Haus ist alt und zu groß.« Luise umschloss mit der Hand ihren Arm.

»Sie soll gehen.« Tilde war die paar Stufen zu ihnen heraufgestiegen und krallte eine Hand in Adas Rock. »Ihr müsst gehen und ihm geben, was er will, ich bitte Euch, gnädige Frau. Wenn der Graf Euch hat und die Schuldscheine, dann wird er abziehen, und wir können heraus. Bitte, geht! Bitte.« Ihre Hand rüttelte flehentlich an Adas Kleid, und ihre Stimme brach.

»Unsinn, Tilde. Halt den Mund. Was ihr dann geschieht, das wünschst du ihr doch nicht. Das kennst du so gut wie ich. Setz dich wieder hin.«

»Bitte, bitte«, schluchzte Tilde, ohne auf Luise zu hören.

»Ich gehe«, sagte Ada.

Luises Griff wurde fester. »Das tut Ihr nicht.«

»Sie werden mich nicht umbringen. Märtens und mein Pate brauchen mich lebend.«

Ein kaltes Auflachen kam von Luise. »Das zeigt wieder, wie wenig Ihr vom Kriege wisst. Ist Umbringen das Schlimmste, was Euch einfällt? Sie werden Euch dazu bringen, mehr herzugeben und zu verraten, als Ihr jetzt denkt. Am Ende auch uns.«

»Das werde ich nicht. Und es wird nicht schlimmer sein, als hier unten mit euch zu sterben.«

Ada versuchte, ihren Arm zu befreien, und Luise ließ los.

»Das habe ich damals auch gedacht. Am nächsten Tag war ich anderer Ansicht.«

Ada machte sich auch noch von Tildes Hand frei und drückte gegen den Stein. »Aber du warst nicht schuld an allem.«

Einen Augenblick schwieg Luise, dann legte sie ihre Hand behutsam wieder auf Adas Schulter. »Ich habe, bei Gott, am Anfang nicht gedacht, dass ich das einmal zu Euch sagen würde: Aber Ihr sollt nicht nur deshalb nicht gehen, weil Ihr uns verraten könntet. Es würde mir leidtun, wenn Ihr zu Schaden kämet, und solange ich noch einen Ton sagen kann, soll niemand wagen, Euch die Schuld für den Wahnsinn der Männer zu geben.

Mein Leben lang habe ich mir angesehen, wie die Herrschaften hier gehandelt und gestritten haben, und glaubt mir, ich habe eine Meinung davon, was Schuld ist und was nicht. Ihr seid anders als die alten Herrschaften. Bleibt!«

Die Glocke wurde wild geläutet, als Lenz und Christopher mit den Männern in Sichtweite des Wachturms kamen. Schwarze Rauchfetzen wehten über die Mauer, und man hörte den Lärm erregter Menschen. Das Alarmgeschrei des Wächters kündigte ihnen an, dass nicht nur ein Feuer zu bekämpfen sein würde.

Umso überraschender war es, dass sich das Tor für sie öffnete, als sie ankamen. Sie hielten nicht inne, um zu überlegen, sondern trieben die Pferde im Galopp hinein. Der Wächter schrie gellend, fand jedoch bei seinen mit dem Feuer beschäftigten Kumpanen zu spät Gehör.

Es war Jakob, der das Tor geöffnet hatte. »Jagt sie raus, Herr. Das ist der Graf Ferdinand mit seinen Katholiken!«

Einen Augenblick später wurde auf dem ganzen Anwesen gekämpft.

Curds Söldner und die selbstsicheren Schweden waren den Eindringlingen gewachsen, doch nicht eindeutig überlegen. Lenz wagte nicht, sich um etwas anderes als den Kampf zu kümmern, obwohl er angesichts des brennenden Hauses halb verrückt war vor Angst.

Er stach seinen Gegner mit dem stumpfen Rapier nieder, das ihm noch immer diente, und sah sich nach dem nächsten Feind um. Wo die Kerle auf dem Hof die guten Möbel des Hauses zusammengetragen hatten, verteidigte Christopher sich gegen zwei Männer. Einer davon war alt und vornehm gekleidet, sein weißer Spitzbart reichte ihm bis auf die Brust. Lenz lief los, wich zwei, drei sich schlagenden Grüppchen aus und erwischte den Spitzbart, bevor der ihn bemerkte. Er legte ihm das Rapier an die Kehle und riss ihm gleichzeitig den linken Arm im Rücken hoch, sodass der alte Mann vor Schmerz aufschrie. »Lieber Onkel. Endlich lernen wir uns kennen.«

Christopher nutzte die Überraschung des zweiten Mannes, um ihm das kurze Schwert aus der Hand zu schlagen, und stellte ihn ruhig.

»Sag deinen Ratten, sie sollen sich ergeben«, befahl Lenz.

»Mit dem Teufel bist du im Bund, Hundsfott«, keuchte Graf Ferdinand mit schmerzverzerrtem Gesicht.

Kurz darauf beendete er den Kampf mit einigen lauten Befehlen. Seine Männer wurden zusammengetrieben und entwaffnet. Lenz hätte sie mit vorgehaltenen Pistolen zum Wassertragen und Löschen gehetzt, wenn er nicht bemerkt hätte, dass der Qualm dünner wurde.

Auch Curd war das nicht entgangen. Er schickte zwei seiner Männer, um herauszufinden, was es mit dem Feuer auf sich hatte. Sie banden sich Hemden der Unterlegenen vor die Nasen und tauchten durch die vordere Tür in den nachlassenden Rauch. Als sie wieder erschienen, schleifte jeder von ihnen einen leblosen Mann aus dem Haus.

Die Frauen hatten Dierk noch einmal hinaufgeschickt, angehalten zu äußerster Vorsicht. Ada hatte sich von ihm und Luise überreden lassen, auf seinen Bericht zu warten, bevor sie entschied, ob sie sich stellen würde.

Der Junge schlug bei seiner Rückkehr ungestüm gegen die Steinplatte. »Wir sind gerettet. Onkel Curd und die Herren sind mit den Männern zurück. Sie haben die Oberhand.«

Ada juchzte auf, und sogar Luise lachte erleichtert, als sie ein letztes Mal die Steinplatte verschoben. Glücklich kletterten beide aus dem stickigen Loch, und Ada umarmte inmitten der Totengebeine Dierk, der sich lachend wehrte. Luise hielt schützend die Kerze in die Höhe, damit sie in ihrem Übermut nicht die Flamme trafen.

Ihre Fröhlichkeit erstickte mit einem Schlag, als auf der Treppe der Gruft ein Mann erschien. Erschrocken erstarrte Ada in der Umarmung mit Dierk. Luise dagegen blies geistesgegenwärtig die Kerze aus und huschte gebückt hinter einen der Steinsärge. Daraufhin ließ Dierk sich auf alle viere fallen und krabbelte in einen anderen Winkel, Ada wich lautlos in die Ecke vor der Durchgangsnische zurück und kauerte sich zusammen. Obwohl ihre Augen sich so an die Finsternis gewöhnt hatten, dass sie weit mehr sah als am Anfang der Zeit im Versteck, hatte sie nur die Statur des Mannes erkennen können. Die Haltung seines Armes ließ auf eine Pistole schließen.

Die Statur ähnelte der von Lenz, aber davon würde sie sich nicht noch einmal täuschen lassen.

»Seid ihr also doch hier unten in dem dreckigen Totenloch«, sagte Wilhelm Vogt und tauchte mit gleicher Geschmeidigkeit hinter einen Steinsarg wie Luise und Dierk.

Für eine Weile regte sich nichts in der Gruft, die Stille war drückend. Adas Verstand arbeitete fieberhaft. Bekam er sie in seine Gewalt, würde er sie als Geisel benutzen, um davonzukommen. In der Pistole hatte er einen Schuss, wenn er überhaupt einen hatte, und im Dunkeln würde er nicht nachladen können. Wenn sie ihn dazu brachten, dass er den Schuss vergeudete, hatten sie gute Aussichten zu entkommen. Es sei denn, er hätte eine zweite geladene Waffe im Gurt.

Luise musste zum gleichen Schluss gekommen sein. Ihre schattenhafte Gestalt streckte sich und tastete hinter ihr in einer Nische. Es raschelte, als sie zugriff, daraufhin scharrte es auch dort, wo Vogt hockte. Luise warf, was sie gefunden hatte. Ada hielt die Luft an. Der Aufprall ließ ahnen, womit sie warf, es war ein knöchernes Geräusch. Wieder bewegte sich Vogt.

Es kostete sie Überwindung, aber Ada kroch näher zur nächsten Nische, um es Luise nachzumachen und etwas zum Werfen zu finden.

Der Schuss fiel, bevor sie zu einem Knochen greifen konnte, und Luise schrie vor Schmerz. Gleichzeitig sprang Vogt auf. Sein düsterer Schatten stürmte durch die Gruft dorthin, wo Luise geschrien hatte. Ada warf sich in seinen

Weg. Sein Stiefel traf sie schmerzhaft in die Seite, bevor er stürzte.

Dann war Dierk neben ihr und schlug Vogt etwas auf den Kopf, während Ada sich aufrappelte. »Luise?« Luises Wimmern verriet immerhin, dass sie lebte. »Hol Hilfe, Dierk.«

Vogt rührte sich nicht, dennoch bückte Ada sich und tastete nach seinem Waffengurt. Eine zweite Pistole hatte er nicht, aber einen Dolch, den sie an sich nahm. Danach suchte sie einen Weg zu Luise, die aufgehört hatte zu wimmern, aber keuchte, als hätte sie starke Schmerzen. »Was ist mit dir?«

»Er hat mein Bein getroffen, ich weiß nicht, wie schlimm.«

Ada fand ihre Hand und drückte sie. »Gleich bringen wir dich nach oben.«

»Was ist mit Vogt?«

»Schsch.«

Vogt regte sich. Womit auch immer Dierk zugeschlagen hatte, es war nicht hart genug gewesen. Adas Herz fing von Neuem an zu rasen. Sie überlegte, wo sie mit dem Messer zustechen musste, wenn er zu ihnen herkam, und nahm sich vor, nicht zu zögern.

»Ada?«

Lenz' Stimme. Sie sank vor Erleichterung in sich zusammen. »Ja. Gib Acht. Vogt kommt wieder zu sich.«

»Nicht für lang.« Das war die Stimme von Dierks Onkel.

»Gottlob, Luise.« Mit zitternden Knien stand Ada auf.

Luise seufzte gequält. »Gott hätte auch machen können, dass das Rabenaas nicht wieder aufwacht.«

Es wurde heller in der Gruft, die Männer brachten Licht mit.

Curd versetzte Vogt im Vorübergehen einen Tritt und übergab ihn dem Söldner, der ihm folgte, dann kam er mit Lenz zu ihnen herüber. Ada sah zu ihnen auf, sogar von dem spärlichen Kerzenschein geblendet. »Ihr müsst Luise tragen. Er hat ihr ins Bein geschossen.«

»Das mach ich schon.« Curd übergab ihr seine Kerze und hob Luise auf, als wäre sie aus Stroh.

Lenz stellte seine Kerze auf einen Sarg und streckte ihr seine Hände hin. »Bist du heil?«

»Ja. Wir müssen die Kinder aus dem Loch holen, Lenz.«

Sie stöhnten alle unter Schmerzen, als sie endlich wieder ans Tageslicht kamen. Die Sonne war ihnen willkommen und ihren Augen zugleich unerträglich.

Curd hatte Luises Bein bereits verbunden, als Lenz und Ada mit Tilde und den Kindern in die Küche kamen. Dort waren die Wände von Ruß und Rauch dunkelgrau geworden, so wie die meisten Wände im Haus, zumindest im unteren Geschoss.

Mitten in der Halle sah man die Reste des großen Rauchfeuers, das Graf Ferdinand hatte anzünden lassen: ein sorgsam von einem Könner gelegtes Feuer aus Kohle, Pech, grünem Holz und Lumpen, das Angst verbreitete, aber begrenzt blieb. Getötet hatte es dennoch.

Ferdinands Handlanger hatten Stechinelli und Märtens in der Halle festgebunden, als der Graf sie nicht mehr nützlich fand. Matthias Märtens hustete nun auf dem Hof und rang um Atem. Stechinelli war am Rauch erstickt.

Die anderen Bewohner des Gutes fanden sich nach und

nach wieder ein. Gelitten hatten alle, aber sie lebten. Selbst die beiden alten Frauen waren entkommen – sie hatten sich durch die Tür hinter der Kapelle auf den Friedhof geflüchtet und sich dort in die hohen Brennnesseln gelegt, gleich nachdem die Angreifer eingedrungen waren.

Die Bauersfrauen verrieten ihr Versteck nicht, nicht einmal ihren eigenen Männern.

Verschwunden blieb der Schäfer, doch die alten Frauen wussten, dass er ebenfalls durch die Hintertür hinaus und in die Heide geflohen war, wo er sich auskannte.

Es wurde schon wieder dunkel, als das Durcheinander auf dem Gut endlich geordnet war.

Lenz wies Graf Ferdinand an, seine Leute wegzuschicken, die Unversehrten auf den schlechteren Pferden, und die Verletzten und Toten auf zwei alten Karren.

Graf Ferdinand selbst wurde in Lenz' Zimmer an einen Stuhl gefesselt, daneben Märtens.

Christopher, der eine Stichwunde im Arm und einen Schmiss im Gesicht hatte, wohnte der Versammlung auf dem Bett liegend bei.

Curd saß am Tisch neben Dierk, der zur Abwechslung auch einmal müde wirkte. Der Junge legte den Kopf auf die Arme und schloss die Augen. Ada setzte sich ihm gegenüber und lächelte. So sah er auf einmal wieder aus wie ein Kind, obwohl er Mut und Witz für drei ausgewachsene Männer hatte.

Sein Onkel sah ihr Lächeln und warf einen langen Blick auf seinen Neffen. Dann nickte er kurz, als wolle er sich selbst bestätigen, dass er seine Aufgabe wieder einmal erfüllt hatte.

Ada fühlte sich so müde wie der Junge. Lenz ließ sich neben ihr nieder und legte seine warme Hand auf ihre Schulter; er suchte fortwährend die Berührung mit ihr, als hätte er Angst, dass sie sonst verschwinden könnte. Auch darüber lächelte sie. Hatte doch auch er Courage für drei, nach allem zu urteilen, was sie bisher erfahren hatte.

Sie schloss die Augen, als er anfing zu sprechen, und genoss für einen Moment nur den Klang seiner Stimme, obwohl sie gut zuhören musste. Er erklärte Graf Ferdinand, der seit Stunden vor Wut rote Flecken im Gesicht hatte, weil sie ihn nicht losmachten, was er mit den Schuldscheinen tun würde. Als Mitglied einer großen englischen Kaufherrengesellschaft verfügte Lenz über rechtlichen Beistand, der ihm helfen würde, seine Forderungen durchzusetzen. Graf Ferdinand würde mit seiner Sippe auf seinem Land nur noch auf Widerruf geduldet leben.

Die Empörung verzerrte Ferdinands Gesicht zur Grimasse. »Die Scheine gehören Ihm so wenig wie das Gut.«

»Sie gehören meiner Gemahlin, und sie gibt mir freie Hand.« Lenz nahm mit einem Streicheln den Arm von Adas Schultern.

Matthias Märtens schnaubte höhnisch, und Ferdinand zischte vor Abscheu. »Die da ist nicht Seine Gemahlin, sondern die von einem anderen, so höre ich. Eine widerwärtige, todsündige Ehebrecherin ist sie, nicht mehr. Daher ist Er ohne Weib, und das Gut kann immer noch an mich fallen, samt der Scheine. Ihm gehören bloß die wertlosen Pfründe, die mit dem Titel kommen.«

»Noch hat kein anderer Ehegatte Anspruch auf mein Weib erhoben, und sollte es einer tun, findet er mich kampfbereit. Unsere Ehe ist rechtmäßig und bisher nicht angefochten.«

Märtens räusperte sich. »Ich fechte sie an, denn ich habe Konrades Gatten vor einigen Tagen lebend gesehen. Er war auf dem Weg hierher.«

Trotz ihrer Müdigkeit richtete Ada sich auf. »Märtens, das alles geht dich nichts an. Du bist meinem ersten Gatten vorher nie begegnet. Selbst wenn du es wärest, könntest du ihn nach all den Jahren gewiss nicht erkennen. Jeder Betrüger hätte sich vor dir seinen Namen geben können. Und wie du siehst, ist er hier nie angekommen. Du solltest schweigen und dich glücklich schätzen, dass ich von dir keine Vergeltung für das fordere, was du hier auf meinem Besitz angerichtet hast. Geh nach Lüneburg und melde dich als Erbe deines Onkels, damit du wenigstens etwas hast. Vom Lobek'schen Haus bleibt dir nichts, das muss dir bewusst sein.«

»Sei glücklich, dass sie für dich spricht, und schweig, Märtens. Meine christliche Seele gewinnt nur mit Mühe Oberhand über die Lust, dich neben meinem Oheim aufzuhängen. Bei meinen freundlichen Erwägungen gegen ihn lasse ich ganz außer Acht, dass er mehrfach den Mord an mir in Auftrag gegeben hat«, sagte Lenz.

Tatsächlich ließ er Märtens und seinen Onkel, der nicht sein Onkel war, am Ende laufen. Die zwei marschierten zu Fuß in die dunkle Heide hinein, denn alle besseren Pferde behielt Lenz, nicht nur als kleinen Ausgleich für seinen Schaden, sondern weil er dem alten Verbrecher und dem widerlichen Märtens einen harten Fußmarsch von Herzen gönnte.

Ada lag schlafend mit dem Kopf auf dem Tisch, als er wieder ins Zimmer kam. Auch Christopher war eingenickt, und Dierk war fort, vermutlich von seinem Onkel zu einem anderen Schlafplatz getragen. Ebenso hätte Lenz es gern mit Ada gemacht, musste sich aber eingestehen, dass er sie in seinem derzeitigen Zustand nicht galant die Treppe hinauftragen konnte. Er konnte sich selbst kaum noch auf den Beinen halten.

Deshalb weckte er sie mit einem Kuss auf das kleine Stück nackte Haut über ihrem endlich vollends ruinierten spanischen Kragen.

Sie wankten gemeinsam die Treppe hinauf und halfen sich aus der äußeren Schicht Kleider, ungeschickt vor Erschöpfung. Zu müde, um auch nur den gröbsten Schmutz von den Gesichtern zu wischen, schlüpften sie unter die Decken, die wie jedes Stück Gewebe im Haus nach Pech und Ruß rochen. Sie rückten nah zusammen, suchten mit den Händen die Haut des anderen, doch bevor aus der Berührung Lust werden konnte, hatten sie sich in den Schlaf geküsst.

Lenz wachte am nächsten Tag davon auf, dass Ada aus seiner Umarmung hochschreckte und aus dem Bett sprang. Erst dann hörte er die vermaledeite Alarmglocke, die ihn ebenfalls auf die Füße und in die Kleider trieb. Er zog den grauenvollen Kittel wieder über die Hose und stieg in die treuen Stiefel. Das alte Rapier hatte er am Vorabend gegen ein ordentliches Wehrgehänge mit einem guten Degen ausgetauscht. Diesen Gurt anzulegen war ihm wichtiger, als ein sauberes Hemd zu finden.

Ada fummelte gehetzt an den Knöpfen ihres Mieders, ihre zerzausten Haare hingen lang über die Schultern und in ihr vom Schlaf rosiges Gesicht. Die Glocke hatte bereits zu läuten aufgehört.

»Diesmal wird keiner unsere Abwehr durchdringen. Du kannst dir Zeit lassen. Ich gehe voraus zum Tor.«

Sie schüttelte den Kopf, drehte flink mit beiden Händen ihre Haare zum Knoten und steckte ihn auf. »Nein, nein. Ich bin schon so weit. Nur noch der Kragen. Die Haube …«

Er nahm ihre Hand. »Lass den Kragen.«

Trotz der gebotenen Eile zögerte sie einen Augenblick und pflückte dann ihre Haube vom Bettpfosten.

Christopher kam aus dem Kabinett, ebenso schmutzig und vom Schlaf zerwühlt wie Ada und Lenz, und mit zwei Pistolen in den Händen. »Nimmt das denn nie ein Ende? Ich schwöre, wenn es dein Onkel ist, Lenz, ich schieße ihn nieder.«

Als sie auf dem Hof ankamen, war ihre Gefechtsordnung bereits wieder in Auflösung begriffen. Vom Turm her kam Curd ihnen entgegen. »Besser einmal zu viel alarmiert als einmal zu wenig, sagt Otto. Ist nur ein Gast.«

Ada entfuhr ein tiefer Seufzer. »Dem Himmel sei Dank. Wie geht es Luise, Curd? Ich habe sie gestern gar nicht mehr gesehen.«

»Liegt in der Küche auf der Bank. Die Weiber kümmern sich. Wird keinen Schaden anrichten, die Schramme.«

»Sie hat eine Courage wie ein Bär.«

»Hmmhm.« Er machte ein so zufriedenes Gesicht, als hätte er das längst gewusst.

Lenz zog sie weiter, Christopher war schon beinah am Turm. Sie hörten den Besucher laut mit dem Wachtposten Otto streiten. Er beschwerte sich über die Unverfrorenheit, ihn vor dem Tor stehenzulassen. Dumpf prasselnde Schläge klangen, als würde er etwas gegen die Wand des Turmes werfen.

Otto ließ sich nicht aus der Ruhe bringen. »Bitte um Vergebung für den Alarm, Hochwohlgeboren. Dachte aber, es ist ohnedies Zeit zum Wecken. Soll ich den Mann hereinlassen?«

Lenz sah durch die Luke.

»Ich polier dir die Arroganz von der Schnauze, du Kläffer. Mistfressender ...«, scholl es von unten.

»Ich kenne ihn nicht«, sagte Lenz.

Ada spähte an ihm vorbei.

»... Stiefellecker. Du machst mir jetzt das Tor auf, sonst ...«

Der Mann hielt ein Pferd am Zügel, das den Kopf bis auf den Boden hängen ließ und zwei Beine schonte. Es war nass vom Tau, verfilzt und schmutzstarrend und damit ein Spiegelbild seines Herrn, der immerhin noch Kraft hatte, beim Fluchen mit Erde und Steinen zu werfen. Sein Bart machte ihn fast unkenntlich, aber Ada erinnerte sich an die leicht schiefe Haltung seiner Schultern und den Hauch von Lispeln. Ihn wiederzusehen, überraschte sie trotz aller Vorwarnung.

»Das ist Dietrich von Bardeleben«, sagte sie und traf Lenz' Blick.

Lenz war eigentlich in keinem besseren äußeren Zustand als der auferstandene Tote, doch ihr Herz sah darüber hinweg. In seinem heilen Auge konnte sie lesen, was er für sie empfand. Er würde sie nicht aufgeben, und solange sie das wusste, fürchtete sie Dietrich nicht, auch wenn er vor Wut kochte.

Mit einem aufmunternden Lächeln gab sie Lenz einen

Kuss in sein Bartgestrüpp und ließ sich von ihm in die Arme nehmen.

»Lass Er ihn herein, Otto«, sagte Lenz.

Dietrich von Bardelebens einzige Freude auf dem langen Weg war es gewesen, sich auszumalen, welche prächtigen Entschädigungen er für seine Unannehmlichkeiten verlangen würde. Einkleiden wollte er sich lassen, ein gutes neues Pferd samt Zaum musste her, nicht zu reden vom Ersatz für die Mitgift.

Dann wurde er von einem Söldneraas vor dem Tor des Anwesens stehengelassen, als wäre er ein Lumpensammler, und schließlich von Leuten empfangen, die noch ärgere Vogelscheuchen waren als er selbst.

Seine Gattin erkannte er nicht wieder. Hätte sie ihn nicht mit seinem Namen begrüßt, dann hätte er sie für eine feile Magd gehalten. Das schäbige graue Kleid war an vielen Stellen schwarz vor Dreck und hatte Löcher, die Haube hatte schwarze Flecken und saß schief über den nachlässig befestigten Haaren. Ein Kragen fehlte ganz. Der Mann, den er für den Grafen von der Wenthe hielt, schien sich geschlagen zu haben, er hatte einen Schmiss im Gesicht. »Ich mache es kurz«, sagte er zu dem, »ich bin hier, um meine Gemahlin abzuholen und was mir sonst zusteht.«

Der Mann hob die Hände. »Da habe ich nicht mitzureden.«

Woraufhin Konrade losprustete und ihren anderen Begleiter am Arm fasste, einen blau geprügelten Lumpen, der gegen den Wind stank. »Dies hier ist er, Dietrich. Dies ist mein Gatte.«

Ada musste wieder lachen. Der Blick, mit dem ihr ehemaliger Gemahl Lenz musterte, war zu komisch. »Wir hatten allerhand Unannehmlichkeiten in den vergangenen Tagen, wie Ihr an unserem Äußeren sehen könnt, aber Ihr seid uns angekündigt worden. Ich werde Euch ein Gemach zeigen, in dem Ihr Euch herrichten könnt. Später werden wir uns unterhalten.«

Er sah sie unfreundlich an. »Eine Frau in solchem Aufzug sollte sich nicht auch noch erdreisten, das Wort zu führen. So wie ich unterrichtet bin, war es gerade Eure Eigenmächtigkeit, die diese Misere verschuldet hat.«

Ada hatte sich bereits abgewandt, um den Männern vorweg ins Haus zu gehen, nun drehte sie sich wieder um. Herausfordern wollte sie ihn nicht, aber die Schwächere würde sie in dieser Verhandlung auch nicht spielen. »Meine Eigenmächtigkeit war schuld? Ein Richter würde wohl einen Ehegatten treulos nennen, der seine Familie so lange im Ungewissen über seinen Aufenthalt lässt, bis man ihn für tot erklärt. Glaubt nicht, Ihr seid von jedem Vorwurf freigesprochen, nur weil Ihr am Ende doch zurückgekehrt seid.«

Lenz und Christopher räusperten sich gleichzeitig.

»Ich hole eine von den Bäuerinnen, damit sie dem Herrn behilflich sein kann«, sagte Christopher eilig und ging mit langen Schritten Richtung Stall, von wo jetzt Jakob kam, um das Pferd des Gastes in Empfang zu nehmen. Auch der Knecht sah jämmerlich aus, gähnte und rieb sich Stirn und Augen.

Dietrich holte Luft und öffnete den Mund, nur um ihn wieder zu schließen. Lenz wies einladend zur Haustür. »Wir werden uns besser darauf beschränken, den schnellsten Weg zu beratschlagen, wie wir Eure Ehe für nichtig erklären lassen können. Die richtige Darlegung des Falles muss ein Gericht überzeugen.«

»Was? Unsere Ehe? Eure, meint Ihr wohl«, erwiderte Dietrich fassungslos.

»Keineswegs. Ich habe nicht die Absicht, Euch meine Gattin zu überlassen. Meine Wahl war wohlüberlegt und erwies sich als gut getroffen. Ich werde Euch jeden Anspruch streitig machen. Es wird sich wohl einrichten lassen, dass Ihr ein anderes Weib ehelicht.«

Dietrich blieb stehen und griff nach seinem Degen, fand ihn jedoch nicht, weil sein Waffengurt an dem Pferd hing, das Jakob verschlafenen Schrittes zum Stall führte.

Inzwischen hatten sich vor der Stalltür die Schweden und zwei von Curds Söldnern versammelt. Sie putzten träge ihre Waffen und ihr Leder, fetteten ihre Stiefel, unterhielten sich und beobachteten mit je einem Auge, was die zerlumpten Herrschaften Erheiterndes trieben.

Dietrich wurde rot und ballte die Fäuste. »Was fällt Ihm ein! Allein der Gedanke …«

Ada streckte beschwichtigend die Hand aus. »Ich bitte Euch. Lasst uns im Haus reden. Ruhig und vernünftig. Die Knechte müssen doch nicht jedes Wort hören.«

In der Halle trafen sie auf ein weiteres schäbiges Paar. Die Reste des Feuers waren bereits hinausgekehrt, doch der schwarze Fleck auf dem Boden war noch nicht beseitigt. Darüber standen Curd und Luise Seite an Seite. Luise stützte sich auf einen frisch geschnittenen Krückstock und betrachtete den rußigen Boden mit gerunzelter Stirn.

»Wir brauchen eine Kammer für Herrn von Bardeleben, Luise.«

Luise hob den Kopf. So bleich sie war, wirkte sie doch für ihre Verhältnisse frohgemut. »Die Flüggesche ist schon oben, Frau Gräfin.«

Lenz und Ada begleiteten Dietrich von Bardeleben bis ins Obergeschoss und überließen ihn dort der Obhut von Frau Flügge. Die hatte auf Luises Anordnung hin eine Garnitur Kleidung des alten Herrn aus den Truhen gesucht, die am Vorabend von den Söldnern zurück ins Haus getragen worden waren. Der Anblick der Frau mit den sauberen Sachen in den Händen besänftigte den Gast. Brav folgte er Frau Flügge, während Lenz mit Ada in ihr Zimmer ging.

»Lässt sich denn für mich auch noch sauberes Zeug finden?«, fragte er.

»Sicher, nur weiß ich nicht, wo. Es ist alles durcheinandergeraten. Meine eigenen Sachen sind auch nicht mehr, wo sie waren. Nicht dass ich noch viel hätte, was man zeigen darf.«

Sie nahm die Haube ab, um wenigstens ihr Haar herzurichten, aber Lenz hatte andere Absichten. Er löste ihren Knoten auf, ließ ihre haselbraunen Haare frei, wickelte seine Hände hinein und zog sie sanft an sich. »Er kriegt dich nicht. Kein anderer kriegt dich, solange ich lebe. Weißt du das?«

Sie legte die Arme um ihn und wickelte ihre Hände auf gleiche Weise in seine langen Haare. »Und was ist mit dir? Kriegt dich eine andere? Das wäre mir nicht recht. Weißt du das?«

»So lange du dich von mir anfassen lässt, muss es keine anderen Frauen mehr geben auf der Welt.«

Er küsste sie, schmiegte sich an sie, so wie sie an ihn, bis sie ihn glückseufzend zum Bett zog. »Er wird eine Weile zum Umkleiden brauchen, oder?«

»Du meinst, wir können uns schneller umkleiden als er? Oder willst du ihm wieder so entgegentreten? Du siehst jetzt noch etwas verworfener aus als vorhin.«

Sie schob schmollend die Lippen vor und ließ ihn los. »Wie du meinst. Dann nicht.«

Er lachte und warf sie so unerwartet aufs Bett, dass sie juchzte. Sie stützte sich auf die Ellbogen und sah ihm dabei zu, wie er den grässlichen Kittel auszog und auf einem Bein hüpfte, um die Stiefel loszuwerden. Schrammen und Striemen bedeckten ihn, er war über und über so blau und violett wie um sein geschwollenes Auge herum. Das änderte nichts an seiner Schönheit. Nie vor ihm hatte Ada einen Mann so schön gefunden. Allein ihn zu betrachten, machte sie glücklich: die starken Schultern, die dunkel gelockte Brust, sein Kinn, die Hände, sogar der tiefe Nabel und alles, was darunter lag, entzückte sie, schmutzig oder nicht.

Sie legte sich zurück und knöpfte ihr Mieder auf, während er aus seiner Hose trat. Das ließ ihn innehalten und ihr zusehen. Sein Glied zuckte vor Wohlgefallen.

Die Sünde war vielleicht noch ein bisschen größer, nun, wo ihr erster Gatte ein paar Wände weiter weilte, aber das schmälerte ihre Lust nicht. Im Gegenteil. Sie zog Mieder und Hemd auseinander und legte ihre Brüste frei, raffte den Rock bis zu den auseinandergestellten Knien und dachte, dass Gott selbst Schuld hatte, wenn er eine Sünde so köstlich machte.

Sie taten ihr Bestes, um ihre schlechten Sachen wenigstens gut anzuziehen, bevor sie wieder hinuntergingen. Trotzdem waren sie ein Bettlerpaar gegen Dietrich und Christopher, die in Lenz' Zimmer warteten. Und das, obwohl Graf Ludwigs Kleidung an allen Enden zu lang für den Herrn von Bardeleben war.

Hinzu kam der rosige Schimmer, der Adas Gesicht und Hals zierte. Jeder weltlich gesinnte Mann musste erkennen, woher er stammte, doch auch dafür schämte Ada sich an jenem Tag nicht.

»Endlich!«, begrüßte Dietrich sie und unterbrach sein ruheloses Wandern. »Man sollte meinen …« Er verstummte, nachdem er sie genauer betrachtet hatte, verengte seine Augen zu Schlitzen, sah Lenz an, dann wieder sie. Voll Abscheu schüttelte er den Kopf. »Ihr scheint nicht zu begreifen, was diese Angelegenheit bedeutet. Konrade, Ihr habt mir eheliche Treue geschworen. Ihr seid an mich gebunden, wie ich an Euch. Mein Großvater ist tot, ich bin der Letzte unserer Linie. Ich brauche meine rechtmäßige Gemahlin, um die Linie fortsetzen zu können. Das muss Euch doch einsichtig sein. Was werden die Leute sagen, wenn ich mich unter diesen Umständen neu verheirate? Ihr habt mit mir weder einen Bauern geheiratet noch einen König. Mag ein Richter unsere Ehe annullieren, die Kirche wird mir ihre Billigung für das Wiederheiraten nicht geben.«

Lenz trat an den Tisch, zog für Ada einen Stuhl zurück, setzte sich und lud Dietrich mit einer Handbewegung ein, dasselbe zu tun.

Christopher blieb mit verschränkten Armen vor dem Fenster stehen und sah scheinbar unbeteiligt hinaus.

»Ich habe Verständnis für Eure Lage. Dennoch glaube ich, dass eine neue Eheschließung für Euch möglich wäre, wenn wir diskrete Rechtskundige beauftragen, Eure Ehe aufzulösen, so wie es auf der Hand liegt«, sagte Lenz.

»Es ist nicht mehr als Euer Wunsch, dass es auf der Hand liegt. Habt Ihr denn keine Vorstellung davon, wie viel Unehre solch eine Trennung und Wiederverheiratung bringt? Wo soll ich wohl eine angesehene Aspirantin finden, die darauf einwilligt? Ihr solltet Euch um Euren eigenen Stand wahrhaftig auch mehr den Kopf zerbrechen. Ihr seid unsittlich und gesetzeswidrig mit einer Bigamistin verbunden. Lasst die Zeiten nur etwas friedvoller werden, und Ihr werdet zu spüren bekommen, wie diese Affäre Eurem Ruf geschadet hat. Eure Ehe ist es, die mit Diskretion aus dem Register gestrichen wird. Meine Gemahlin kommt mit zurück nach Celle, und damit hat sich die Sache.«

Ada seufzte. »Das werde ich nicht. Es ist ganz ausgeschlossen, und ich werde Euch sagen, warum.«

»Ich bezweifle, dass Ihr einen guten Grund nennen könnt. Ihr werdet Euch in männliche Vernunft fügen, wie es sich geziemt. Bei Gott, als ich Euch geheiratet habe, wart Ihr nicht so aufsässig und nicht so … Ihr werdet zu besseren Sitten zurückfinden müssen. Und nun schweigt. Es bleibt die Frage meiner Entschädigung zu klären. Da Euer Vater unglückseligerweise Eure Mitgift eingezogen und verschleudert hat und nicht in der Lage ist, mir …«

Mit einem Knall landete Lenz' Faust auf dem Tisch. »Es reicht. Ihr seid es, der etwas begreifen sollte. Es macht mir nicht das Geringste aus, Euch nackt vor die Tür zu setzen und zum Teufel zu jagen, Junker. Ihr nehmt mir meine Gemahlin nicht, so groß Ihr Euch auch aufplustert. Sie bleibt bei mir, und ich sage Euch, niemand wird es wagen, ihren oder meinen Stand anzuzweifeln. Euch bleibt nur …«

Kampfbereit sprang Dietrich auf und zeigte mit dem Finger auf Lenz. »Schweigt! Ich lasse mir das nicht bieten! Sie gehört nicht Euch, und Ihr werdet sie nicht nur zurückgeben, sondern mir auch den Schaden erstatten, den ich durch diese Sache ...«

Auch Lenz erhob sich nun und richtete sich drohend zu seiner vollen Größe auf. »Mein Herr, der Schaden, den Ihr bis hierher erlitten habt, ist nichts gegen das, was Ihr gleich erleben werdet, wenn Ihr keine Einsicht zeigt. Ich warne Euch ein letztes Mal. Wenn ...«

Ada hob die Hand. »Lenz, lass mich sprechen. Der Streit ist ganz unnötig. Es gibt einen unanfechtbaren Grund, warum Ihr mich nicht zurückhaben wollt, Dietrich: Ich bin guter Hoffnung.« Sie lächelte und ließ ihre Worte wirken. Lenz musste husten, und Christopher drehte sich überrascht zu ihnen um.

Dietrich schluckte, als würde er einen Frosch herunterwürgen. »Herr Jesus, auch das noch! Wir müssen es auf jeden Fall geheim halten. Sollte das Kind leben, werden wir ein Arrangement treffen, um es andernorts versorgen zu lassen. Die Kosten dafür werdet Ihr selbstverständlich der Summe meiner Entschädigung zuschlagen müssen, von der Wenthe! Es sei denn, Ihr wollt den Bankert selbst unterbringen. Genauer betrachtet, wäre es angemessen, wenn Ihr es tätet. Ich sollte darauf bestehen. Es ist reiner Großmut Konrade gegenüber, wenn ich es nicht rundheraus fordere. Tod und Teufel, was für eine widerwärtige Angelegenheit!«

Ada ließ sich nicht aus der Ruhe bringen. »Dietrich, Ihr müsst wissen, dass ich mich nicht von meinem Kind trennen werde und das Kind nicht von seinem Vater. Ich würde mich bei jeder Gelegenheit mit aller Kraft zur Wehr setzen. Es wäre ein maßloser Aufwand für Euch, mich mitzunehmen. Und selbst wenn ich zu Euch zurückkehrte … Überlegt doch – es könnte Jahre dauern, bis Ihr von mir wieder einen legitimen Nachkommen zu erwarten hättet. Und Ihr wisst auch, wie traurig es schon einmal endete. Glaubt mir, es wäre nicht zu Eurem Besten.«

Dietrich betrachtete sie mit verzogenem Gesicht, angewidert von der Erkenntnis, dass sie recht haben könnte.

Sie strahlte ihn an. »Denkt doch daran, welchen Vorteil Ihr von der Sache haben könntet. Wenn wir es geschickt anstellen und kein Aufsehen erregen, wird schon eine neue Braut zu finden sein. Sicher wird Eure Großmutter sich mit Eifer dem Unternehmen widmen, eine große Mitgift ausfindig zu machen.«

»Nun. Wenn Ihr es so darstellt …« Seine Stimme schwankte, und Ada wusste, dass die Schlacht gewonnen war. Zufrieden lehnte sie sich zurück und faltete die Hände züchtig über ihrem Bauch.

»Guter Hoffnung?«, fragte Lenz später in ihrem Zimmer. »Hast du dir das ausgedacht?« Er stellte sich hinter sie und umfasste ihren immer angenehm gerundeten Bauch.

»Ich weiß nicht. Es ist zu früh, um sicher zu sein. Ich hätte es dir aus freien Stücken noch nicht gesagt. Andererseits hat meine Hoffnung schon ihren Anfang genommen.«

»Dann müssen wir bald nach England. Das Kind soll dort auf die Welt kommen.«

»Fragst du mich nicht, ob ich nach England möchte?«

»Das habe ich dich doch schon einmal gefragt.«

»Ich habe nicht geantwortet.«

»Unsinn.«

»Vielleicht, habe ich gesagt.«

»Herrgott, Ada. Willst du etwa nicht? Warum?«

Sie lachte und drückte seine Hände auf ihr Herz. »Ich gehe mit dir, keine Sorge. Aber glaube nicht, dass ich mich stets so einfach fügen werde.«

19

Procurator Eckermann kam auf ihre Bitte hin schon am nächsten Tag. Er arbeitete den Nachmittag und die ganze Nacht daran, die komplizierten Papiere aufzusetzen, die Ada von Dietrich losmachen und fest an Lenz binden sollten. Papiere, die die Hinterlassenschaft von Gotthard Lobeke zugunsten seines Gesindes regeln würden, Papiere, die Luise und Curd verheiraten und Curd zum Verwalter des Gutes machen würden.

Eckermann war aufgebracht darüber, dass der korrupte Richter von Hermannsburg auf Befehl von Graf Ferdinand den Mörder Stechinelli freigelassen hatte. Sie bräuchten nicht zu befürchten, dass ihre rechtlichen Anliegen noch einmal derart fehlschlügen, versicherte er der versammelten Gesellschaft. Er würde persönlich dafür Sorge tragen, dass in Zukunft das Gesetz nicht mehr so leicht umgangen werden konnte.

Während der Advokat am Abend im Kabinett über seiner Arbeit saß, flüsterten sich Lenz und Ada, ausgeruht und endlich wieder sauber, unter den Decken sündige Wünsche ins Ohr.

Luise war zur selben Zeit noch damit beschäftigt, ihr bestes Kleid mit Zierrat aus Cornelias Nachlass zum Hochzeitskleid zu machen. Die so überraschend in ihr gewachsene Zuneigung zur Frau Gräfin trieb sie dazu, auch deren letztes anständiges Kleid aufzubügeln und mit einem neuen, anliegenden Spitzenkragen zu versehen, obwohl sie nicht darum gebeten worden war. Die anderen Frauen gingen ihr bei allem bereitwillig zur Hand.

Luise wusste, dass es für alle so aussah, als hätte sie aus rein praktischen Erwägungen zugestimmt, Curd zu heiraten. Sie widersprach dem nicht. Doch insgeheim hatte der raue Kerl mit seinem dreisten Antrag mehr in ihrem Inneren berührt als nur ihre Vernunft. Er war gerissen und kriegserfahren, hatte Mut und konnte zupacken. Außerdem hatte er sich offenbar nicht davor gedrückt, für seinen verwaisten Neffen zu sorgen. Luise hatte seit langer Zeit keinem Mann so viel Respekt entgegengebracht wie Curd. Einen wie ihn wollte sie gern zur Seite haben. Vielleicht würde sie sich dann einmal wieder so sicher fühlen, dass sie ruhig schlafen konnte.

Und wenn es des Nachts noch etwas anderes geben sollte als Schlaf … Nun, ihr zukünftiger Ehemann hatte sanftere Hände, als man annehmen sollte. Ein seltenes Lächeln huschte über Luises Gesicht, als sie die feine weiße Spitze für die Frau Gräfin zurechtzupfte. Wenn sie nach deren strahlenden Augen ging, dann musste das Ehebett nicht unbedingt eine lästige Pflicht bedeuten.

Curd und Dierk berieten derweil darüber, was dagegen sprach, dass Dierk die Herrschaften nach England begleitete, um bei dem Herrn Grafen in die Kaufmannslehre zu gehen.

Curds Vermutung, dass auch in England nicht mehr lange Friede herrschen würde, brachte den Jungen nicht von seinem Wunsch ab. Umso dringender würden die Herrschaften ihn brauchen, sagte er. Sie wären doch manchmal so arglos. Außerdem begeisterte Dierk die Vorstellung, ein fremdes Land kennenzulernen, in dem er vielleicht so gut fechten lernen würde wie der Herr Graf.

Curd ließ ihm schließlich seinen Willen, denn er sah für sie beide Vorteile darin. Nicht umsonst hatte er seinem Neffen beigebracht, Ohren und Augen überall zu haben. Der Junge würde in England seine eigene Zukunft sichern, und gleichzeitig die seines Onkels.

Dank Dierk war Curd auch darüber im Bilde gewesen, dass er mit Luise die leibliche Tochter des alten Grafen heiratete, bevor er ihr den Antrag machte. Diese Ehe und der Umstand, seinen klugen Neffen in der Lehre beim jungen Grafen zu haben, waren ein ausgezeichnetes Fundament für seine Position auf dem Gut.

Er verbesserte diese Grundlage am folgenden Tag noch weiter, indem er mit den Schweden vereinbarte, dass sie weitere Fourage-Lieferungen im Tausch gegen ein einfaches Geschütz erhalten würden. Die kleine Burg zu verteidigen und ihre Bewohner zu schützen, würde ihm schon gelingen.

Dietrich von Bardeleben schnarchte in seinem Gemach. Er hatte die Anstrengungen seiner Reise auszukurieren und Kräfte für einen Rückweg zu sammeln, der sicher wieder länger ausfallen würde als voraussehbar.

Immerhin ließe ihm das Zeit, sich die geeigneten Worte zurechtzulegen, mit denen er seine Großmutter davon überzeugen würde, dass er alles zum Besten des Hauses von Bardeleben geregelt hatte. Er musste ihr sogleich nahelegen, ihm eine neue Braut zu suchen. Jung, reich und vor allem gehorsam sollte sie sein. Dann würde sich alles andere schon finden. Er seufzte im Schlaf. Wenn er sich auf dem Heimweg nur nicht wieder so desperat verlief.

Christopher ging noch im Garten spazieren und ließ sich die Ereignisse der vorangegangenen Wochen durch den Sinn gehen. Seine Verliebtheit in Ada war verflogen, hatte aber einer Sehnsucht und Ruhelosigkeit Platz gemacht, die er vorher nicht gekannt hatte. Er wartete ungeduldig auf den Tag, an dem sie von Wenthe aufbrechen würden.

Bei dem grauen Brunnenring, neben dem der ausgebrochene Bulle Gras gefressen hatte, hielt er inne und setzte sich auf die noch warmen Steine. Träumend blickte er zum angelehnten Stalltor. *Lockt den Stier in den Blumengarten*. Belustigt schüttelte Christopher den Kopf. Auf welche Weise würde er selbst auf die Frau stoßen, die für ihn bestimmt war? Er konnte nur hoffen, dass er es schneller begriff als sein Freund, wenn es so weit war.

Historische Zeiten

544 Seiten
ISBN 978-3-442-46581-1

608 Seiten
ISBN 978-3-442-46667-2

576 Seiten
ISBN 978-3-442-46816-4

448 Seiten
ISBN 978-3-442-46971-0

Überall, wo es Bücher gibt und GOLDMANN unter www.goldmann-verlag.de

Die ganze Welt des Taschenbuchs
unter
www.goldmann-verlag.de

Literatur deutschsprachiger und
internationaler Autoren,
Unterhaltung, Kriminalromane, Thriller,
Historische Romane und **Fantasy-Literatur**

Aktuelle **Sachbücher** und **Ratgeber**

Bücher zu **Politik, Gesellschaft,**
Naturwissenschaft und **Umwelt**

Alles aus den Bereichen **Body, Mind + Spirit**
und **Psychologie**

GOLDMANN

Überall, wo es Bücher gibt und unter www.goldmann-verlag.de

Goldmann Verlag • Neumarkter Straße 28 • 81673 München